别跑,小裁缝!

Be Brave, My Love

王美雪 著

SPM 南方传媒 广东人民出版社
·广州·

图书在版编目（CIP）数据

别跑，小裁缝！/ 王美雪著 . —— 广州：广东人民出版社，2022.4
ISBN 978-7-218-15637-8

Ⅰ . ①别… Ⅱ . ①王… Ⅲ . ①长篇小说—中国—当代 Ⅳ . ① I247.5

中国版本图书馆 CIP 数据核字（2021）第 273209 号

BIEPAO, XIAOCAIFENG！
别跑，小裁缝！
王美雪　著

出 版 人：肖风华

责任编辑：钱飞遥
责任技编：吴彦斌　周星奎
出版发行：广东人民出版社
地　　址：广州市大沙头四马路 10 号（邮政编码：510102）
电　　话：（020）85716809（总编室）
传　　真：（020）85716872
网　　址：http://www.gdpph.com
印　　刷：广东鹏腾宇文化创新有限公司
开　　本：890 毫米 × 1240 毫米　1/32
印　　张：12　字　　数：265 千
版　　次：2022 年 4 月第 1 版
印　　次：2022 年 4 月第 1 次印刷
定　　价：39.80 元

如发现印装质量问题，影响阅读，请与出版社（020-85716849）联系调换。
售书热线：（020）87716172

CONTENTS

目　录

CONTENTS

第一章
梦中公子

眼睛一闭，天就黑了。

眼睛一睁，还是黑的。

她在黑暗里摸索许久，跌跌撞撞，终于寻到一丝光，那微弱的光似一道线，指引着她前行，不知走了多久，面前豁然开朗，终于大亮，照亮满眼的却不是天光，而是数之不尽的烛火。

她从虚空之境中步出，但见十里长街，牌坊阁楼，雕梁画栋，满街的灯笼直把飞檐翘角衬得仿似琼楼玉宇。

街上飘着香气，是脂粉和桂花酿混在一起的味道，红男绿女来来往往，影影绰绰，公子们褒衫广袖，衣袂飘飘，女子们穿着不知何种料子制成的各色襦裙，梳着代表身份的不同发髻。两边摆着各种摊档，卖首饰的，卖香料的，卖糕点的，还有猜灯谜的，中间空出一条道来，偶有马车和轿子经过。再远一点还有卖艺人在指挥猴子耍大刀，看客们纷纷叫好，洒下铜板。酒肆门口曲水流觞，爱风雅的骚客饮酒赋诗，对月当歌。

古今流转，她不知今夕何夕，但猜测这天应该是上元灯会，否则再是开放的朝代，未出阁的女子也不得随意外出。她还穿着她的高定小洋裙，在一群古人中像个天外来客，不过旁人竟似瞧不见她，任由她肆意徜徉。

她晃晃悠悠行至运河边，那里有人在放孔明灯。放灯的公子一袭白衣，袖里藏风，身姿挺拔如翠竹，正对着那冉冉升起的灯火虔诚许愿。

她的目光不禁被吸引，见他离去时从袖里掉出一方丝帕，她跑过去捡起来，屁颠屁颠追上去，拍拍他肩膀，小公子回头——

山峦做骨，眉间吹雪，一双似笑非笑桃花目，两片欲语还休含情唇，眼里的光和天上的星一样亮。

果然，又是这张熟悉的脸。

他接过她递来的丝帕，对她莞尔一笑，她却不松手，扯着丝帕一角，还往回勾了勾，眼神一挑，明显带了逗弄的意味。小公子略微一惊，大概是没见过这么豪放的女子，有些羞赧起来。

她正想继续行调戏之实，一个苹果脸的小丫鬟一只手拽着她的胳膊，另一只手捧着一盒饼，"小姐，吃饼吗？"

她没好气，"在忙，没空！"

"吃一个吧。"

"不吃！"

"吃一个吧吃一个吧。"

……

两人拉扯间，天旋地转，黄沙漫天，她面前的世界开始碎裂，琼楼玉宇片片崩塌，那白衣公子也被狂风卷起，半空中向她伸手求救，她要上去施援，却被那缠人的丫鬟拖住，"小姐，吃饼。"

"吃你妹！"

空中一声巨响，瞬间天崩地裂，脚下的大地绽开一个大洞，她和丫鬟一起尖叫着坠入无尽深渊中。

"啊！！！！！！"

林梦从梦里惊醒，惨叫声却不是属于她的，而是从她女助理游游口中发出的，因为此刻，她正死死揪着游游的头发，大有要把人薅秃的架势。

林梦松开手，游游喘了一口大气，可怜巴巴地抚摸自己被蹂躏的一头秀发，为无辜阵亡的发丝们默哀。

"你干嘛把我吵醒？"林梦追责起来。

"林梦你怎么恶人先告状呢？我好端端在旁边吃饼，你睡到一半不知抽什么风，骂骂咧咧还对我动手，幸好这节车厢就我们两个，不然动静这么大会被投诉的。"

她俩正坐在自上海去无锡的高铁上，商务座。

林梦一脸沮丧，"我这次都快牵到他的手了……"

游游的眼神中带着一丝鄙夷，"又梦见那个公子了？"

林梦表情花痴地点点头，"这次的场景应该是上元灯会，好浪漫啊，我要画进我的漫画里。"

游游叹了口气，苦口婆心道："我说梦啊，你也不小了，毕业都好几年了，天天惦记什么梦中公子，怪不得交不到男朋友，梦都是假的，赶紧回到现实生活，为自己物色一个真实的男朋友吧。"

林梦怼她，"同为单身狗，你有什么资格说我？"

"起码我是一条积极的单身狗，每天活在当下，精神抖擞，为了桃花和好运——"游游从桌上的盒子里拿出一块鲜肉月饼，啃下一大口，"时刻准备着！"

林梦看着游游那张喜庆的苹果脸，再看看她手里的饼，这两者是打断她美梦的元凶，脸色自然非常不善。

游游察觉林梦充满仇视的眼神，试探性地把饼凑到她面前，"吃吗？"

"不吃！"

游游拍拍胸口，如释重负，"多怕你说要啊，我排了好久才买到的网红月饼，自己都不够吃。"

林梦的脸于是更臭了。

游游打趣她，"梦梦，我们是出来玩的，不是来讨债的，开心点。"

"不是我们出来玩，是我陪你出来玩，什么汉服小镇，什么汉服秀，都是人造的，景区拿来圈钱的噱头罢了。"

"你都没去过，怎么知道不好玩？亏你还在画古风漫画呢，要多感受感受汉服文化，汉服多美啊，中国人就该穿汉服，我这次带了好几套，平时在上海都没机会穿，而且……"游游双目绽放精光，"万一有艳遇呢？"

林梦一脸不屑，"做梦吧，这种好事还能轮得到你？"

游游显然没被打击到，一边啃饼一边拿出手机，开始处理工作，说道："网编又来催更了。"

林梦敷衍道："知道了。"

"网站说你这次的古风漫画《画嬗记》很受欢迎，点击率很高，可是更新太慢了，读者都在催。"

"哪有作者不拖稿的？让他们等等吧。"

游游开始教训她，"你瞧瞧你这工作态度，恋爱不想搞就算了，事业也不好好搞。"

林梦剜了游游一眼，"要不是你打断我跟白衣公子约会，害我没了灵感，我现在就能搞出来。"

"梦啊，你不能老依靠梦境给你灵感，你要学会独立行走，做一个专业的漫画家，万一有一天你梦不到他了呢？"

林梦不想再听游游唐僧念经，从包里拿出耳塞塞上，又取出便携式画板，开始自由创作。

画板上的全身素描像已完成一半，画的正是梦里那个白衣公子，公子的容貌她早已铭记于心，于是提起笔，自发丝开始，细细勾勒他的轮廓。

自三年前起，林梦开始反反复复做同一种梦，梦里时空流转，她回到古代，而不管场景和情节如何变幻，她总能见到这位公子。

都说梦是现实的投影，可为何这个陌生人一再出现？

他是她遗忘的旧识？还是未遇的命定之缘？

林梦苦思冥想，欲求得原因，甚至为此探访心理医生，医生只说也许是创作压力大，把幻想中的人物带进了梦境，叮嘱她别胡思乱想。

这之后，林梦还是一直梦见他，也许就如医生所说，这是她自己幻想出来的人物吧。可即便是梦，相处多了，也难免滋生感情，这样出尘谪仙般的公子，夜夜相对，到了白天她哪还看得上身边那些凡夫俗子？

林梦有时也在感慨，要是他能走到现实中来，该有多好。

抵达无锡时已经傍晚，林梦和游游随着人流走出车站，游游穿着球鞋仔裤，拉着行李箱，和一众赶路的乘客浑然一体，林梦走在前头，穿着她的高定洋裙，踩着三寸高跟鞋，手肘上挂着只够放手机和口红的小包，愣是在熙熙攘攘的客运站走出了公主出巡的气势，引来行人侧目，至于她的行李，自然全部都在游游的箱子里。

然而公主也有凡人的苦恼，出了车站，林梦说："我饿了。"

游游带着她在附近转悠一圈，只发现一些供游客充饥的快餐店，装修简陋、食物简单，没一间能入林梦法眼，林梦决定忍一忍，等到了客栈再吃，然后让她窝火的事情发生了，游游在租车点外掀开行李翻箱倒柜，而后哭丧着脸告诉她一个无可挽回的事实，"我忘带驾照了。"

她俩原本打算租车自驾，游游当司机，因为只有游游考了驾照，现在自驾游泡汤，林梦骂骂咧咧打开网约车手机应用软件，汉服小镇是新开发的景点，路远且偏，天又快黑了，去了就得空车回来，是以没有司机接单，无奈之下，只得去坐公交车。

游游尝试性问道："你有公交卡吗？"

林梦面无表情反问，"你说呢？"

游游一脸的当我没问，自觉去购买单程票。

林梦上一次坐公交车的经历还停留在小学时代，后来她爸的服装生意越做越大，家里配了司机，出入有人接送，再后来她搬出来自己住，代步也都是靠出租车，现在有了网约车就更方便了。说起来她也好久没回家了，不知道家里的司机还是不是从前那个。

车站聚集了一些跟她一样等车的人，她余光瞄到有人在看她，不过这没什么好奇怪的，她自小知道自己长得好看，高挑艳丽，所以对此类注视习以为常。

从火车站出口方向过来两个结伴而行的青年，两个都是高个子，背着鼓鼓囊囊的背包，看样子也是来旅行的。其中一个穿黑衣服，身材健硕，浓眉大眼，长得非常阳光，正跟旁边人说着话，咧嘴笑的时候露出一口大白牙，很开朗的样子。另一个穿白衣服，人很清瘦，但是肩宽腿长，身条比例极佳，戴着棒球帽，低着头，看不清长相，默默聆听着白牙男的话。

两人走到林梦斜后方等车，林梦等得有些不耐烦，从包里拿出气垫粉饼补妆，从粉盒的小镜子里正好能看见那个戴帽子的青年，虽然他帽檐压得很低，只能瞧见下半张脸，但仅从优越的骨相线条就可断定，长得一定不赖，而且他皮肤很白，林梦自诩肤白，可这男的竟丝毫不亚于她，简直令女生都嫉妒。

林梦假装不经意地扭头，想看清他的长相，却依稀见到他的视线正盯着某个方向，林梦稍稍一愣，而后在心里呵呵冷笑，果然外面好不代表里面也好，这世上虚有其表的人比比皆是。

她猛地转过身，"看够了吗？"

原来那戴帽男一直盯着她裙下看，她今天裙子够短，一双笔直纤细的长腿毕现无遗。

但戴帽男不理会林梦，径直走到一个矮小男子面前，"请把你刚才拍的东西删掉。"

矮小男眼神瑟缩，"什、什么删掉？"

戴帽男："你刚才拿手机偷拍这位女士的裙底。"

林梦又惊又怒，这猥琐男竟敢偷拍自己？

矮小男明显心虚，却依旧不认，"胡说八道！"

戴帽男："我是不是胡说，你拿出手机一看便知。"

林梦气势汹汹走上前，"把手机交出来。"

矮小男："我凭什么给你们看手机，你们谁啊？"

白牙男也过来帮腔了，"你要是没拍什么不该拍的东西，就赶紧自证清白，省得我们冤枉你。"

矮小男有些害怕，"你们人多欺负人少！"

这时游游买完票回来，见这阵势，问林梦，"怎么了梦梦？"

林梦："这猥琐男偷拍我裙底！"

游游反应迅猛，拿出手机，"这还得了？必须报警！"

矮小男认栽了，"别报警别报警！我删，我删还不行吗？姑奶奶。"

矮小男刚拿出手机，便被林梦一把抢过，扔进路边水槽里，这下不用删了，连手机都报废。

矮小男气急败坏，"你这女的好不讲道理，我都答应删了。"

林梦："这是给你的一点教训，让你记住，下不再犯。"

矮小男却不服气，"这能完全怪我吗？你自己裙子穿得那么短。"

游游怒道："她裙子短不短跟你有什么关系？"

矮小男："穿成这样不就是让男人看的嘛，装什么清高？"

围观的人窃窃议论，其中有些人竟然认可矮小男的观点，对林梦指指点点，林梦简直气到要打人，坏人还有理了？什么年代了还来荡妇羞辱那一套。

"女孩子爱穿什么是她的自由，她取悦自己，不影响别人，衣着前卫不代表行为随意，但是你因此伤害她，还把责任怪到她头上，那就是你的不对。再比如你行为猥琐，出现在大街上基本可以算是影响市容，但我们并没有因此而禁止你出门，这是人跟人之间最基本的尊重，别人尊重你，也请你尊重别人。"

戴帽男声音清朗铿锵，吐字如珠玉落地，他的观点清晰公正，平息了围观人士的议论。

白牙男一撸袖子，亮出肌肉，"快跟人姑娘道歉！"

矮小男趁人不备，脚底抹油，一溜烟跑了。

白牙男要追，林梦说："算了，这种人自有报应。"

正好公车也到了，一行人便检票上车，车上还剩两个座位，游游自然让林梦先坐，毕竟她穿着高跟鞋。林梦在靠窗的位置坐下后，白牙男和游游互相礼让，你来我往，僵持不下，简直把一个座位让出了诺亚方舟船票的生离死别感，最终难分胜负，于是决定一起站着，把位置让给戴帽男，戴帽男也没客气，在林梦身边坐下。

座位并不宽敞，他肩膀又宽，于是和林梦的肩膀挨着，她能闻到他身上淡淡的香气，很特别，不是什么古龙水的味道，像是某种药香，带点苦味，但是又清冽。从这个角度看去，他的侧面轮廓堪称完美，她记得网络上曾经兴过一个侧颜杀的比赛，要是比赛还存在，这种级别的侧颜定然榜上有名吧。

再看得久些，竟又觉得有点眼熟，不知在哪见过，大概好看的人总是相似。而他好像也意识到她正盯着自己，于是微微偏过头去。

游游和白牙男站在他们后头交谈。

游游："刚才谢谢你和你朋友啊。"

白牙男："路见不平，应该的。"

游游："我叫游游，姓游名游，游泳的游。我朋友叫林梦，还不知道你叫什么？"

白牙男："我叫秦天，秦始皇的秦，天地的天。我朋友叫周施绮，周而复始的周，施展的施，绮梦的绮。"

游游："哇，你的名字好有诗意。"

林梦额头冒出三条隐形黑线，明明是他朋友的名字比较诗意吧，转头往旁边瞄一眼，周施绮，真是人如其名。

游游："你们从哪过来呀？"

秦天："上海。"

游游："巧了，我们也是，你们是来旅游的吗？"

秦天："小镇办了个汉服灯光秀，我们是来表演的。"

游游很激动，"我和梦梦就是冲汉服秀来的！"

林梦刚下去的隐形黑线又起来了，分明是游游自己要来，软磨硬泡拖着她一起来。

游游是汉服发烧友，之后又拽着秦天就汉服秀的事问东问西，林梦就没心思听了。

公车驶在乡间小道，这会太阳落山到一半，天色忽明忽暗，外头的田地四野无人，静谧安详，若静下心来看，倒也别有一番风情，可惜林梦饥饿的肚皮不解风情，咕咕叫了一声，音量还不小。

她有些尴尬，虽然性格雷厉风行，但还是有偶像包袱的，尤其是在好看的男孩子面前，不过周施绮看都没看她一眼，估计是没留意到。

周施绮落座后一直把背包抱在怀里，此刻拉开拉链，伸手在里头翻找什么，很快拿出一块独立包装的压缩饼干，递给林梦。

呃……他果然还是听到了。

林梦婉拒，"不用了，我不爱吃饼干。"

"还有一小时车程。"

林梦想了想，为免不争气的肚子再次闹别扭，接过了饼干。

周施绮问后头的秦天和游游要不要，那两人聊得口沫横飞，根本顾不上吃，于是他拿出一块给自己，拆开包装吃起来。

他的吃相很好，饼干易碎，容易吃得到处都是，他却完全没犯这个毛病，吃得干干净净，吃完了还把包装纸折成一个小小的四方形，再从包里拿出一个小纸袋，把包装纸扔进去。见林梦也吃完了，他又把纸袋的口对她敞开，林梦猜测这应该是他随身携带的垃圾袋，于是把包装纸丢进去。

周施绮把纸袋放回背包侧面的格子里，然后静静望着前方。

对比后头两人舌战群儒般的架势，林梦觉得他们这里简直静到吓人，这个周施绮性格应该挺孤僻的，但他刚才为了帮自己出头，说的那番话简直太帅了，瞧他年纪也不大，应该不过二十四五，跟自己差不多，却如此懂得尊重女性，拥有如此正确的三观，值得一个肯定。

于是林梦尝试喊他的名字，"周施绮。"

"嗯？"他轻轻应了一声。

"刚才谢谢你。"

"没事。"

他无论表情和声音都是淡淡的，似根本不放在心上，而且，他自上车后就没看过林梦一眼，林梦以为是年轻男孩容易害羞，路途无聊，便想逗逗他。

"你为什么一直不敢看我呀？"

"嗯，确实不敢。"

"为什么？"

"免得你又以为我偷看你的腿。"

"……"

这家伙，还挺记仇。

到小镇已经七点多了，游游和秦天聊了一路还没够，下了车还一直在说，林梦饿得前胸贴后背，着急拉游游去吃饭，秦天和周施绮也要去准备一会的灯光秀，两波人匆匆告别。

游游兴奋地对林梦说："你知道吗，原来秦天跟我一样都是汉服爱好者，我俩还混同一个本地社群呢。真是天涯遇知己。"

林梦："我只知道再吃不上饭我就要饿死了。"

然而这会不是旺季，等到了客栈，餐厅已经打烊了，小镇又是新开发的景点，周边设施尚不够完备，好吃的餐厅是有，但都得开车去，步行起码半小时……

所以，十分钟后，林梦自闭般坐在房间沙发上，对着面前刚泡好的一桶方便面，大眼瞪小眼。

幸好游游多带了一桶方便面以备不时之需，否则林梦只能喝西北风了。

游游有些惊恐地看着林梦，"梦，你还好吗？你已经盯着这碗面一分钟了。"她从包里拿出那盒被压到有些变形、可怜兮兮的鲜肉月饼，"还剩一个月饼，要不我让服务员给你热一热，好歹有口肉吃。"

嗜吃如命的游游竟把最后一块月饼留给自己，林梦有些感动，"那你呢？你吃什么？"

游游打了个饱嗝，"下午你睡觉的时候，我吃了两块蛋糕一杯奶茶，还吃了四个月饼，我实在吃不下了。"

不在沉默中爆发，就在沉默中灭亡。

林梦选择了后者，她叹了口气，认命般拿起筷子开始疯狂嗦面，稍微安抚了一下五脏庙后，平静地宣布，"明天一早我就走人。"

"啊？别啊，才刚来。"

"刚来已经受够了。"

"今天是意外，意外，你不能因为我忘带驾照而迁怒于这片土地，美景是无辜的，我们明天可以去赏花，观太湖，还可以穿汉服打卡，想想都开心。"

"你自己去赏花，观太湖，穿汉服打卡吧，明天的这个时候，我已经在外滩的露天西餐厅喝红酒吃牛扒，想想都开心。"

游游拿脑袋蹭林梦，施展她拙劣且略带油腻的撒娇技巧，"梦～～～"

林梦一掌推开她的脑袋，"没用。"

游游见软的不行便来硬的，"不是答应陪我来玩的吗？"

"你瞧瞧这鸟不拉屎的地方，就是一条破村，要啥没啥，车都打不到，麦当劳都没一间，我是答应陪你来玩，不是答应陪你来受罪。"

"非走不可？"

"非走不可。"

"说话不算话，跟渣男有什么分别？"

"渣男拍拍屁股走人，我会给你报销这次的全部费用。"

游游哼一声，从行李里取出自带的汉服，进洗手间换好出来，拿起口红补妆。

林梦："去哪？"

"要你管？渣男！"

"这样啊，那费用我也不管了。"

游游能屈能伸，"去看汉服秀！不用找我，我要去当别人的小宝贝了！"然后一跺脚，一甩水袖，头也不回出门了。

林梦吃完面，打开电视看了会综艺节目，觉得不好看又给关了，然后开始百无聊赖，游游这厮在的时候烦人，不在的时候生活着实无聊啊。

她们定的这家客栈就在太湖边上，晚上风景应该不错，她脑中闪过中国现代四大名句之一——来都来了。

事已至此，就当大老远过来看个太湖夜景吧，于是她披上外套，出了门。

时值初秋，入夜是有些凉的，她沿着湖边栈道漫步，夜风裹着水汽袭来，夹带着一点岸边不知名植物的草木香，这令她想起周施绮身上的药香，毫无攻击性，却令人印象深刻。

到了亮灯时间，不远处的牌坊亮起了灯笼，一盏一盏，直往中心区延伸。这座仿古小镇原是一座废弃的古村落，去年才被开发商看中，改造成古风以招徕游客，由于落成时间不久，很多园区尚未开放，但是某些建筑沿用了古早的样式，倒是原汁原味。

林梦随心所至，沿着青石板街漫步至景区中心的广场，那里搭了一座古戏台，有伶人在上面唱戏，唱的是《游园惊梦》，虽然看客不多，但并未打消表演者的投入热情。

戏台对面是仿汉白玉的台阶，林梦挑了一处较高的位置坐下，待伶人表演完，给予了尊重的掌声。

伶人谢幕下台，安静了一会后，古风音乐响起，这时四周的灯光全亮了，穿着素色汉服的一对男女随着音乐上台，迈古步，行古礼，环佩琳琅，这应该就是秦天口中的灯光汉服秀。林梦对汉服文化一窍不通，看不出这是哪个朝代的服装，但也觉得这些衣服简朴中透着韵味，配上这仿古景色和古乐，真有点梦回古代的感觉。

素服男女下台后，身着不同朝代服饰的模特依次上场，台下的看客逐渐多了起来，其中不乏身穿汉服的，估计也是像游游一样的汉服爱好者，冲汉服秀的噱头而来。林梦凭肉眼推测，这些服装上场的顺序应该是从民间衣物到官贾着装，再到贵族和皇家风格。

未几，音乐从优雅风格换成了潇洒风格，有点像武侠片的配乐，然后作武林人士打扮的各色人等纷纷登场，红衣侠女，黑袍剑客，青衫老者，拂尘道姑，竟然连江湖场面都安排上了。

林梦从那群武林人士中发现了秦天，他穿得相当华丽，一身墨绿长袍，外罩裘皮大氅，戴着盘成一个髻的假发套，双手把大氅往后这么一甩，武功是不是最高不清楚，但看打扮肯定是其中最有钱的，像个爱散财结交武林人士的逍遥王爷。秦天甚至有粉丝呢，在台下为他呐喊助威，林梦心想这是哪个没见过世面的缺心眼，定睛一看，正是她们家游游，她一拍脑门，不欲相认，丢人。

秦天迈着有钱人的步伐退去后，出来一个戴面具的白衣少年，少年身姿倒是一流，宽肩窄腰长腿，再配上小风这么一吹，长发与白色发带一同飘起，颇有些翩若惊鸿的意味。

虽然这场汉服秀不能说没有看点，不过像林梦这种穿惯名牌高定的人，对传统服饰根本兴趣缺缺，只当看个热闹，眼看台阶上的看客多了起来，她不喜欢与人挤，于是起身准备离去，刚走出几步，少年一个转身，拈了个花手，摘下面具——

　　只消一眼，林梦如遭雷劈，定在原地。

　　他白天一直戴着帽子，看不分明，怪不得觉得他面熟，原来竟是梦见过无数回。

　　她在台下，他在台上，那一瞬，天地黯然失色，所有人都成了黑白，她眼里只看得到他，只有他在发光。

　　台下人在做梦，台上人在梦里。

　　她该喊他周施绮？

　　抑或是，梦中公子？

第二章

美男子不好撩

　　游游是被咖啡香唤醒的，她迷迷糊糊睁开眼，见林梦盘腿坐在沙发上，一手端着一杯咖啡，另一只手捧着电子画板正在作画，脸上还贴着面膜，茶几上放着她的手提电脑。

　　林梦见她起身，问道："醒啦？咖啡喝不喝？"

　　游游一看表，才七点多，林梦这家伙可是熬夜狂魔，平时不到中午不起床的，奇道："你怎么起这么早？"

　　"我不是起这么早，我是压根没睡。"

　　"你昨夜里做贼去啦？"

　　"我灵感泉涌，连夜把最新一章漫画搞出来了。"

　　游游走到沙发边，一看电脑，果见页面上《画嫚记》的画稿更新了，粗略一翻看，质量还不错，她老怀安慰，"梦啊你终于懂事了，知道要专心搞事业了，熬一宿困了吧，赶紧去睡个好觉。"

　　"睡什么睡？"林梦掀开窗帘，"这么好的天气岂能辜负，出去嗨！"

但是外头是个阴天。

游游困惑，"你不是说一睡醒就要回上海吗？"

"所以我没睡啊。"

游游觉得今天的林梦格外古怪，挠着不解的小脑袋去卫生间洗漱，说道："你不睡觉的话跟我出去吃饭吧。"

林梦在外头应道："不吃不吃，这种地方能有什么好吃的东西，还不如吃我带来的代餐。"

游游一边刷牙一边说："秦天说有一家地道的馆子不错。"

林梦耳朵竖了起来，"就你跟秦天去？"

"还有周施绮啊。"

游游洗漱完出去，惊见林梦已换好衣服，正在对镜化妆。

"你要去哪？"

林梦抹着粉底，"不是你说去吃饭吗？"

游游奇道："你不是不去吗？"

"哎呀来都来了，总要领略一下本地风味。"

林梦拿起一个镶满水钻的头箍对镜比画，"你说我是把头发扎起来好还是放下来好？"

"随便。"

林梦自说自话，"扎起来青春一些，但是配这个头箍有些太刻意了，算了，还是放下来吧。"

游游换了一身简约风的汉服长袍，款式有些中性，稍稍梳了梳头，涂了一点润色唇膏，五分钟就搞定了出门打扮，瘫在沙发上玩手机。

林梦弄完头发，又开始搭配口红颜色，并就此询问游游的意见。

面对林梦左右手拿着的根本分不出色差的两管口红，游游说道："虽然你平时就很做作，但是今天格外做作，你是不是中邪了？"

林梦切一声，不理她，自己搞造型去了。

游游喟叹，"女人啊！"

秦天约的餐馆在太湖边上，是一家本地人开的农家小院，一对年轻夫妻带个孩子，围了一方鱼塘，养鱼养虾，划了一片地，种瓜种菜，食材都是自产的，非常新鲜。

当林梦穿着藕色香奶奶套裙、踏着设计过的优雅步伐走进农家院时，却惊见周施绮已倚在院门边和一女伴聊了起来。

他今天穿得也很休闲，白色卫衣搭配仔裤，还是戴着一顶棒球帽，正和他聊天的女子穿一袭黑色裹身裙，二十八九岁上下年纪，身材性感，气质成熟妩媚，抹了大红唇的嘴巴一张一合，滔滔不绝不知在说些什么，周施绮并未接话，只是静静聆听，女子自己说自己笑，花枝乱颤，还不安分地把手扶在周施绮胳膊上。

基于女人的直觉，林梦心生警惕：前方有情敌。

正在点菜的秦天见到林梦和游游，热情地向她们挥手，他今天也穿了一袭简约汉袍，配色款式和游游身上那件非常相似。

游游走近，看看秦天，再看看自己，"不同性别都能撞衫？"

林梦直接说破，"你俩穿的是情侣款。"

游游："这该死的审美默契。"

秦天挠挠头，有些不好意思，"我点了几个他们家的招牌菜，你们看看还想吃点什么。"

林梦根本志不在吃，双手抱胸一脸不善地死盯着院门，问道："那女的谁啊？"

秦天："尹经理，小镇景区的商务负责人，和我们在门口遇上了。"

林梦："嘀嘀咕咕在那聊啥呢？"

秦天："小绮是第一次来这里参加演出，尹经理对他昨晚的表演很满意，可能是想有长期合作吧。"

林梦小声嘀咕，"长期合作个鬼，我看是见色起意。"然后问秦天，"她有男朋友吗？"

秦天："尹经理去年好像结婚了。"

林梦稍稍放宽了心，秦天接着说："可是今年离了。"

林梦的警钟顿时长鸣，噔噔噔走到周施绮面前，"周施绮，秦天喊你过来吃饭。"

周施绮看看不远处还在钻研菜单的秦天和游游，"不是还没点好菜吗？"

林梦："就是喊你一起过去点。"

周施绮："你们点吧，我不挑食。"

林梦："……"

要是现在走开就太没面子了，林梦正琢磨要怎么接话，尹经理倒替她解围了。

尹经理："这位是？"

周施绮："昨天在路上认识的朋友。"

尹经理："年轻就是好啊，交朋友多容易。"

林梦对她露出一个很敷衍的假笑。

尹经理："那行，你们吃饭吧，我就不打搅了，小绮你想想我跟你说的方案，回头我们联系。"

周施绮："好。"

这个尹经理还算识相，不过基于她回头还要私下联系这一点，林梦瞧出她肯定和自己一样，对周施绮心怀不轨。

现在是淡季，农家小院生意一般，秦天是老客户了，四人落座后，老板还免费送了他们一些小菜。

秦天对老板道谢，"老板你太客气了。"

老板："都是熟客了，应该的，等着，鱼粥马上熬好了。"

老板走后，游游问道："你们总来这里吃吗？"

秦天："景区今年开始搞汉服表演，我只要时间允许都会来参与，每次来都会在这里吃饭，这次因为有个小伙伴临时有事来不了，我才硬把小绮拖来了。"

游游："那你们平时是做什么工作的呀？"

秦天："我是大学助教，小绮……他是汉服模特。"

秦天说到小绮的时候明显犹豫了一下，林梦看了眼周施绮，他低头用开水涮着碗筷，旁人的对话似与他全然无关。

林梦语有所指，"怪不得穿上汉服气质这么好，原来是专业的。"

游游："会去当汉服模特，那应该跟我们一样也是汉服爱好者吧，来到小镇这种汉服天堂，怎么不穿汉服？"

秦天："小绮家里是开裁缝铺的，对衣服比较讲究，现在网上卖的汉服基本上都是批量生产的，他觉得不够严谨。"

游游："那么小绮自己也会做衣服啰？"

秦天："当然，小绮那可是祖传的手艺，他家的周记制衣是从他爷爷那代传下来的，老字号了，就在我们学校对面，手艺有口皆碑，回头的都是老客户。"

游游："哇，小绮可真厉害。"

林梦戳戳游游手臂，压低声音说："你为什么要对着秦天夸周施绮？他人又不是不在。"

游游答道："你不觉得他周身散发出一种不想与人交流的气场吗？何必强人所难。"

林梦在心里细品强人所难四个字，觉得好有挑战性，她喜欢，于是拨了拨头发，摆了个自以为优雅撩人的姿势，清了清嗓子，用最温柔的语气唤道："周施绮~"

第一个看向她的却不是周施绮，而是游游，"林梦你真中邪了？

怎么发出这种声音？"

林梦瞪她一眼，用唇语让她少管闲事，游游扭头继续跟秦天侃大山了。

周施绮疑惑地看着林梦，他今天帽子压得没那么低了，露出好看的眼睛。

林梦想起自己不知在哪读过的斩男技巧，其中一条要义就是要懂得示弱，让他为你提供帮助，于是把自己的碗筷推到周施绮面前，"能帮我也涮一下吗？"

周施绮："我这壶没水了，你脚下有个壶，自己动手吧。"

游游把自己的碗筷也推给林梦，"顺手把我的也涮了。"

林梦："……"

再接再厉，斩男技巧中还有一条要义，就是要投其所好，志趣相投，等于成功了一半。

林梦："我家是做服装生意的，和你们家也算是同行呢。"

周施绮："哦。"

林梦："我爸搞的那个服装品牌叫君斯，你猜为什么，因为dreams，他就只会这一个英文单词，发音还不标准，哈哈哈，你说好笑不好笑？"

周施绮完全没笑。

林梦管理了一下表情，迅速恢复淑女状态，只要自己不尴尬，尴尬的就是别人。

老板来给大家上菜，银鱼粥、土鸡蛋饼、酱排骨、虾仁馄饨、糖丝芋头、梅花糕，全是当地特色小点，由于用料新鲜，而且刚出锅，大家也都饿了，吃得很香，尤其鱼粥，是店里的招牌，清鲜四溢，游游啧啧称赞。

林梦的心思却不在吃上，喝了半碗粥就放下筷子，她正搜肠刮肚地寻找和周施绮的共同话题。

老板五岁的小儿子正在旁边开玩具车，林梦刚想到要说什么，正打算再度对周施绮下手，玩具车撞到她脚上。

小朋友跑过来捡起小车，望着她说："姐姐，你好漂亮。"

林梦："我知道。"

小朋友："你能陪我玩车吗？"

林梦："我没空。"

小朋友："你有空啊，你都吃好了。"

林梦："我不想玩，你自己一边玩去。"

小朋友像受了欺负似的，跑到周施绮怀里，"哥哥，这个姐姐好凶。"

周施绮安慰他，"别怕。"

小朋友："她好像电视里的人。"

林梦以为小孩又要夸自己好看，谁料小孩说："电视里演的那些漂亮的坏女人。"

更过分的是，周施绮竟然还指导他，"那叫蛇蝎美人。"

林梦："……"

小朋友："哥哥，她不陪我玩，你陪我玩吗？"

"好。"

然后周施绮就被小孩拖走了。

林梦原地石化，她竟然连一个小屁孩都争不过。

吃完饭，一行四人走出农家小院，秦天提议带两位初次到访的女宾沿太湖逛逛。

游游摸着被喂得圆鼓鼓的肚皮，"好撑，是该散散步消消食。"

秦天笑道："能吃是福。"

　　游游："不行我最近胖了，得减肥，晚上不吃了，断食。"

　　游游的长相属于可爱型，圆圆的大眼睛，圆圆的苹果脸，由于气色好，不化妆也自带腮红妆效，如果说林梦是电视剧里的蛇蝎美人，那么她就是元气少女。不过少女的烦恼就是身材天生珠圆玉润，属于稍一不慎长点肉，就容易被归为微胖女孩的类型，偏生她又爱吃，所以终日徘徊于疯狂干饭和断食的两级循环中。

　　秦天说道："为什么要减肥，你现在这样多招人喜欢。"

　　游游："你不懂，女孩就是瘦才好看，像我这样的每天只能穿穿运动服、休闲服，连汉服都只能挑宽袍广袖的，林梦那些漂亮的小裙子我只有眼馋的份。"

　　秦天："现在以瘦为美的风潮特别病态，瘦得跟猴儿似的穿个小裙子有什么好看的。"

　　林梦虎躯一震，感觉有被内涵到。

　　秦天看着游游，"我就喜欢你这样的，健康，健美。"

　　得到夸赞的游游喜出望外，脸上的妈生腮红更甚了，"小伙子你很有眼光哦。"

　　游游和秦天相谈甚欢，自动结伴走在前头，加上那身不谋而合的情侣装，简直天作之合。林梦和周施绮缓缓在后头跟着，无话可说，两双人之间像隔了一层结界，一边热火朝天，一边冷冷凄凄。

　　林梦尝试打开话匣子，"我和游游是大学同学，她本来和我一样学美术的，后来转了艺管，毕业之后就和我一起工作了。你呢？你和秦天是怎么认识的？"

　　周施绮双手插兜，走得不紧不慢，"他妈年轻的时候老来我们店里做旗袍，有时候抱着他一起来，就认识了。"

　　"所以你们从小认识，也就是传说中的竹马？"

　　他点点头，"算是吧，不过阿姨后来迷上了洋服，旗袍也不做了，可能老的东西终归是要过时的吧……"

说到后头，他语气有些沉了下去，现在时装品牌层出不穷，像他们家这样经营老字号制衣铺的，想来生意难做吧。

林梦安慰他，"才不是呢，古老的东西才经典，才有韵味，不会过时的。"

周施绮看了看她那一身的舶来品，从头到脚都是最新款名牌，他明显不信，就差把"那你怎么不穿"几个字写在脸上了。

幸好林梦脸皮厚，权当看不懂他的眼神。

这时秦天转身问他们，"前面可以乘船游太湖，我和游游要去，你们去吗？"

林梦对游船半毛钱兴趣没有，她观察着周施绮的反应，她的风向标跟着他跑。

周施绮说："我就不去了，你们玩。"

于是重色轻友的林梦果断拒绝了邀请，和周施绮一道在岸边等他们回来。

湖边有供游客歇脚的石椅，林梦踩着有跟的鞋子走了半天，正想坐下，周施绮拿着两瓶饮料回来了，他也不说话，把饮料塞给林梦，然后从背包里拿出纸巾，把石椅仔仔细细擦了一遍，再走到就近的垃圾桶把纸巾扔掉。

林梦在心里评头品足，爱干净，有洁癖，讲文明，这样的人做事有条不紊，甚好。

周施绮扔完垃圾到林梦旁边坐下，石椅也不长，他却宁可选择坐在边上，也要和林梦保持一段距离。

林梦心里的小雷达又起，单独对着大美女也坐怀不乱，甚好。

"我拧不开，你帮我开一下。"林梦把饮料给他，并借着这个动作，不着痕迹地向他贴近，两人之间的距离顿时消除。

他拧开瓶盖，递给林梦的同时居然又往旁边挪开一点，距离再次产生。

经得起考验，抵得住诱惑，甚好。

林梦喝一口饮料，没话找话地问道："你平时除了当模特、做衣服，还有什么兴趣爱好吗？"

他想了想，"好像没什么特别的。"

"去酒吧吗？"

他摇摇头。

"玩游戏吗？密室逃脱啊剧本杀啊那些。"

他又摇了摇头。

又不爱玩，又不爱说话，私生活一定干净，甚好。

"看书看电影呢？"

"有时候也看。"

"会上网追连载吗？"

"读书的时候追过。"

"近年国漫做得很不错，很多年轻人爱看。其实我就是画漫画的，我有一个正在连载的古风漫画叫《画嬛记》，你没事的时候可以看看。"

"我不看漫画。"

嗯，就是这点不好，老爱把天聊死。

林梦长这么大从来都是男孩追她，还从未主动接近过什么人，可以说在这方面毫无技巧和经验，全凭一番孤勇，所以在周施绮这种聊天终结者的几番发功后，她一时也想不到还能说点什么，气氛陷入了沉默。

林梦假装欣赏风景，偷瞄周施绮，他倒挺自在，面对冷场丝毫不尴尬，也完全没有要与她聊天的意思，垂着眼，静静观察着湖边正在啄食的一对麻雀，好像这里本来就只有他一个人。

　　眼前人的脸和梦中人的脸重合在一起，林梦有些恍惚，怎么会有这么像的人？她从前看过一部电影，讲的是一个小说家创造的人物从故事里走进了现实，难道她梦里的人也走了出来？抑或她其实还没醒？这场太湖之旅，包括遇到周施绮，都不过是大梦一场？

　　迷迷糊糊间，她竟打了个盹儿。昨夜一宿没睡，这刻安静下来，睡意便势如破竹，不过她也只眯了一小会，毕竟她对睡眠环境的要求极高，条件差一点都睡不踏实，更何况是幕天席地，睁眼时却发现视线是歪的，她的头枕在周施绮的肩膀上。

　　周施绮一动不动，她能闻到他身上好闻的药草香气，有一种说法是每个人都有特殊气味，越是好看的人，身上的味道就越好闻，她觉得此言不虚，若是有周施绮同款气味的助眠香，她一定不惜重金购入。

　　这样想着，她干脆继续装睡。周施绮的肩膀宽，人又清瘦，有肩窝，略微凹陷的弧度正好够盛放她的脑袋，体温透过薄薄的卫衣传来，气质是冷的，身体却暖乎乎。

　　林梦正享受着秀色可餐的靠枕服务，靠枕突然开口，"他们回来了。"

　　林梦假装刚醒，伸个懒腰，却见他嘴角噙笑。

　　"你笑什么？"

　　"你不是早就醒了吗？"

　　原来他一早发现自己装睡。

　　林梦的脸登时化成一个囧字。

第三章

折翼的飞鸟

　　人生中第一次撩汉却遭遇滑铁卢，林梦相当郁闷，这种郁闷情绪一直持续到她结束旅行回上海，即便此刻的她正坐在她最爱的江滨法餐厅的露台，享受着红酒牛排配落日美景的待遇，依旧感受不到快乐。

　　她林梦活了二十五年，一直自诩为内外兼修的美女，对男性富有魅力，难道竟全是错觉？

　　对面的游游一边吃着焗蜗牛，一边用 Ipad 操作文件，"网站想跟你签独家，后续各种推广和资源也会跟上，我看了，条件还不错，不过要求是你每年需要定期更新一定篇幅，你怎么想？"

　　林梦叹了口气，对游游的话置若罔闻。

　　"梦，你还在吗？"

　　林梦拿出补妆的小镜子照了照自己，"我美吗？"

　　"你又中什么邪？"

"回答我。"

"我们美院出了名的美女多，那些无聊的男生甚至搞了个校花排行榜，虽然我觉得他们都是品味差劲的凡夫俗子，但是在凡夫俗子眼中，你是榜首。"

"我性格好吗？"

游游差点噎到，"这位女士请不要自取其辱。"

"那你还跟我当朋友？"

"刚认识的时候觉得你又高傲又做作，但是接触之后，发现你对朋友还挺仗义，值得结交。"

林梦更加不解，"那是为什么呀？"

"什么为什么？"

"我这样要姿色有姿色要个性有个性的大美女，放下身段主动去加男孩微信，他竟然拒绝我？"

游游喝着果汁，眼观鼻鼻观心，一语中的，"周施绮不肯加你微信？"

林梦愣住了，"你怎么知道是他？"

游游叹了口气，"梦啊，我从大学起跟你形影不离，你抬起屁股我就猜到你要放几个屁，当你答应陪我留在汉服小镇玩的时候，我就知道事情并不简单。"

林梦有些心虚，"这么明显吗？"

"你向来眼高于顶，我跟你认识这么久了，何曾见你对男生主动过？这个周施绮帅是帅，但既然人家不喜欢你，强扭的瓜不甜，咱换个瓜扭。"

林梦企图挽尊，"其实他也不是拒绝加我微信，就是说手机没电了。"

游游没给她留面子，"那不就是变相的拒绝吗？"

"也许是相处得不够，他性格慢热，需要给他一点时间去发现我的好。"

游游大感疑惑，"你干嘛对他这么执着，拿热脸贴冷屁股，他给你下降头了？"

"还记得我跟你说我经常在梦里见到一个白衣公子吗？"

"当然，我觉得他就是妨碍你交男朋友的元凶。"

白衣公子的容貌在林梦眼前浮现，她眼里泛光，"周施绮长得和那个白衣公子一模一样。"

游游手里的蒜蓉面包落地，她呆了好一会才把嘴合上，然后握着林梦的手，目光怜悯，"梦梦，幻想症又严重了？好久没看心理医生了吧，这两天我陪你去。"

林梦甩掉她的手，"是真的！那夜我见他在汉服秀扮上古装，完完全全就是我梦里那个人，我也觉得难以置信，但这就是真实发生在眼前的事。我在梦里和他相处了三年，甚至连我创作《画嫘记》都是因为他，是他给我的灵感，我一直觉得这不过是我一厢情愿的幻想，但现在这个人竟出现在我面前了，你敢说这不是神特么的缘分？"

游游相当发愁，"看来不是中邪，是思春，更可怕。"

林梦一把捏住游游的肩膀，"不行，你得对我负责。"

游游喊冤，"这跟我有什么关系？"

"要不是你非拽我去什么汉服小镇，我怎么会遇上周施绮，遇上了又得不到，就跟把红酒牛扒放在玻璃罩子里，看得到吃不到，生不如死。"

游游教育她，"梦梦，世事岂能尽如人意？求而不得是人生必经之劫。"

"游游，你有没有想过如果你的朋友因为历不过这道天劫而英年早逝，那么你就是罪魁祸首。"

游游仰天叹气，觉得自己是被赖上了，只好拿出手机，不知在上面搞了一番什么操作。

林梦的手机发来微信消息提示，她打开一看，游游建了一个群，里头除了她和游游，还有秦天。

游游在微信群里发消息秦天：之前在小镇玩得很开心，谢谢你的招待，回了上海也要常聚哈。

秦天回复得很快：不客气，常聚常聚。

游游：你把你朋友也拉进群吧，有空一起吃饭。

于是群里很快多了一个人，头像是一个飞舞的白色水袖，微信名就一个字：绮。

游游放下手机，看着林梦，"我只能帮你到这啦。"

杨浦区某处地铁站，周施绮正随着人流往外走，他虽然早搬出来住了，但每周末还是会回父母家吃饭。

兜里的手机震了一下，他打开一看，秦天把他拉进了一个群里，正是那日同游太湖的四个人，游游还给群改了一个很土的名字——太湖四君子。

随后，秦天单独给他发了微信，是一张照片。那日，秦天和游游坐船游太湖，临靠岸时见到林梦倚靠在周施绮肩上睡去，而周施绮半个身子都在椅子外，避无可避，只得把双手放在膝上，正襟危坐，秦天觉得画面有趣，便拍了下来。

秦天又发来一句话：别说，还挺般配。

周施绮看了眼照片便收起手机，继续前行。

周施绮的父母家离地铁站很近，是一处石库门里的老房子，几家几户拼在一起那种，住了几十年，街坊邻里都认识，他家的裁缝铺也在附近。

邻居大婶正在公用区域烧栗子，见到周施绮，唤道："小绮回来啦。"

周施绮应道："李婶好。"

李婶盛出一盘栗子，"正好，给你们家拿去。"

"不用了李婶。"

"你爸上回帮我改那两身衣服都没收钱，这点吃的你还跟我客气。"

周施绮便道了谢，拿了栗子回到自己家，他爸妈正在灶台忙活，一个在炖汤一个在炒菜，周施绮要进去帮忙，被他妈推了出来。

"你坐着休息，饭马上好了。"周妈妈从冰箱里拿出预先切好的果盘，"先吃点水果。"

"不用忙活了妈，我随便吃点就行。"

"怎么能随便呢，你每星期就周末回来一次，平时自己在外头乱吃什么我们都不知道，在家得吃好。"

周家虽然是个两居，但客厅很小，饭桌都放不下，就弄了一张折叠桌，平时搁在角落，要用的时候才打开。

周施绮看着桌上那三荤两素再加一个汤，全是他从小爱吃的菜，可是他心中全无愉悦之感，反而有些沉重，他知道父母节俭惯了，这些菜是专门为他准备的，他不在的时候，他们甚至连那个折叠桌都不用，就随意在茶几上用餐。

周妈妈给他盛了一碗汤，"尝尝这鸡汤，你爸专门起早去买的土鸡，可新鲜了。"

他喝了一口，"嗯，好喝。"

周妈妈："好喝就多喝点，你说你要在家住多好，每天都能喝到你爸炖的汤，我们也方便照顾你。"

周施绮："妈，我不需要照顾，我自己挺好的。"

周爸爸推了推鼻梁上的老花镜，"听孙医生说，你上周去找她复查了？"

周施绮淡淡应道："嗯。"

周妈妈很紧张，"怎么了小绮，又不舒服了？"

周施绮："没事妈，幻觉疼痛罢了，吃点药，再热敷一下就行了。"

周妈妈："小绮，搬回来吧，你一个人在外面妈妈不放心，而且你隔三岔五还得来裁缝铺帮你爸忙，一来一回的多不方便。"

周妈妈是个慈母，从小把这个独子当成宝贝，无微不至，面对母亲的关怀，周施绮有些为难。

周爸爸倒是站在儿子这边，"儿子大了，有自己的世界，他要喜欢在外头住就让他在外头住，我们两个老的在旁边反而妨碍他，随他去吧。"

周施绮在心里感激父亲为他解围。

周妈妈又关心起别的来，"钱够花吗？妈每次给你钱你也不肯要，千万别逞强啊。"

周施绮："够的妈，我自己还在外头打工，开销又不大，足够了。"

周妈妈一脸心疼，"你到处去给人打零工，又当模特又表演，走来走去多辛苦，怪不得又开始疼了。你爸之前帮你找的那份工作多好，坐办公室，每天批批文件，到点下班，还轻松，也不用你跑来跑去。"

周施绮低头扒饭，默不作声。

周爸爸用手肘撞了周妈妈一下，周妈妈会意，"行了，妈不说了，最重要的是你过得开心。"

她往儿子碗里夹了一块红烧肉，"你沈阿姨前两天还跟我问起你呢，她女儿来上海读研究生了，你小时候还跟她一起玩过的你记得吗？沈阿姨的意思是你俩以后都在同一个城市，可以多相处相处，咱家的情况她也清楚了，也不介意，她女儿比你小三岁，我看过照片，小姑娘长得挺秀气的。"

周施绮："妈，我现在还不想交女朋友。"

周妈妈："你不会还惦记着初棠吧？"

话一出口，周妈妈就意识到自己提了不该提的，周爸爸皱着眉剜了她一眼。

周施绮安安静静吃光碗里的米饭，然后放下筷子，"我吃好了。"

周妈妈："再多吃一点，还这么多菜呢。"

周施绮："不用了，而且我以后周末也不回家吃饭了。"

周妈妈有点慌，"对不起啊小绮，是妈妈说错话了，你别生妈妈的气。"

周施绮对母亲温柔地笑了笑，"妈我没生气，我知道你们疼我，平时省吃俭用，把饭钱存下来，留在周末给我做顿好的，但你们这样，让我觉得很内疚。"

他低着头，双手搭在腿上，"我现在虽然成了半个废人，很多事都做不了了，但我不想成为你们的负担。你们要是真的疼我，就把精力拿来照顾自己，这样我会好过些。"

吃过晚饭，周妈妈去给隔壁李婶家送水果，周爸爸在厨房刷碗。周施绮进去帮忙，父亲把刷好的碗给他，他把碗筷放在水龙头底下冲干净，再放到沥水架上。

周施绮指着碗上的一处污渍说："爸，你这里没刷干净。"

周爸爸把脸往后仰，眯着眼看了看，"哎，年纪大了，老花眼越来越严重，被你妈看到又要念我了。"

"我明天带你去重新配一副眼镜吧。"

父子通力合作，很快把活干完了，周爸爸靠在窗边拿出香烟，周施绮默契地去客厅把烟灰缸拿来，不忘叮嘱，"少抽两根。"

周爸爸笑道："臭小子，还管起我来。"

"爸，我这个月接了一些外景拍摄和走秀的活，可能不能来店里帮忙。"

"嗯，去吧。"

"你一个人忙得过来吗？"

周爸爸用自嘲的语气说道："我们店的生意能用忙来形容吗？总共也就那么几个老客户，做了几十年了，我这眼睛也越来越不好使，等我再做几年做不动了，就把店面盘出去，给你小子当老婆本。"

"裁缝铺是从爷爷手里传下来的，你真舍得？"

周爸爸吐出一口烟圈，"舍得舍不得又如何，年轻人谁还找裁缝做衣服啊，要么去商场买，要么网购，手机上按几下就行了，现在的人什么都图快捷方便，谁还愿意为了一件衣服花时间等待？会来老式裁缝铺做衣服的，也就是我们老一辈。我们周记还算好的，从你爷爷那一辈传下来的口碑，有那么一批忠实顾客，其他裁缝铺好多都倒闭了，等这几个老客户也不来做衣服了，我们周记制衣是关也得关，不关也得关。"

周施绮觉得有些伤感，"其实我打工也能攒下点钱，不用着急把店面盘出去。"

周爸爸从烟雾里瞄了儿子一眼，"爸爸知道你很懂事，想把店保住，不想爸爸难过，但是人活到一定岁数，拥有的东西就会越来越少，一件一件离开，得服这个理，就跟人得服老一样。"

他扶着儿子的肩膀，"爸爸已经老了，可是你还年轻，小绮你记住，你来店里帮忙也罢，在外头打工也罢，都不是长久之计，从前的路你走不了了。爸爸没什么本事，帮不了你太多，但是人生这么长，你总得再寻出一条自己喜欢的路来。"

周施绮静静地望着父亲，似有一股无形的力量注入他身体，是理解的力量。

夜间十点，周施绮从父母家回到自己租的小开间，房子很小，房东备的陈设也都很简陋，但被他收拾得整齐干净，一尘不染。

他脱了鞋，在椅子上坐下，然后卷起左腿裤腿。

那里的肤色和他身上别的地方明显不同，他肤白，这条小腿却是肉色的，而且是那种毫无光泽、死气沉沉的肉色。

他把裤腿卷至膝盖，解开那里的固定锁，松开接受腔，往下一拉，整条小腿应声脱落。

但见他左腿自膝盖往下，空空荡荡，竟是齐根没了。

腿部终于得到放松，他轻轻吁了口气，按摩断肢处，走了一天路，那里已经被磨得有些发红。桌上放着消毒湿巾和缓解神经痛的药，他把义肢连接处清理干净，放置好，然后用水送服药物。做完这一切之后，他站了起来，用剩余那条健全的腿，一跳一跳去厕所冲澡。

厕所外贴墙放着一排外置式晾衣架，上边挂着他日常穿的衣服，由于地方小，放不下完整的衣柜，他就用了这种省地方的配置。衣架最里边挂着几件古色古香的衣服，和他在无锡小镇表演时所穿的汉服不同，这些衣服无论用料做工还是细节，都相当考究，不是凡品，然而他的目光并没有在上面停留，虽然它们见证了他人生中最美好的时光，可是那些时光一去不复返了，现在的他，已没有资格再穿上它们。

然而既已没有资格，为何还悉心保存？就像折翼的鸟，还奢望有一天能重新翱翔天际不成？

他在心里笑话自己，然后走进花洒喷出的热水里，让氤氲的水汽冲淡思绪。

　　洗完澡出来，他发现手机上有未读微信消息提示，打开一看，有人加了他好友，微信名就一个梦字，头像是一副手绘古风人物画，画里的女郎一身红衣，姿态窈窕，面如芙蓉，凤眼朱唇，倒是和本人有几分相似。

　　是那个叫林梦的女孩。

　　他通过了林梦的好友申请，林梦很快给他发来第一条微信：你什么时候有空？

　　他拿毛巾擦拭着湿发，纳闷她想干嘛，然而没等他回复，第二条微信马上回到：我想找你改衣服。

第四章

好男怕缠女

　　超长沙发上平铺着几身朝代款式花色各不同的汉服，林梦坐在茶几上，托腮凝眉，审视了半晌，得出结论——

　　"不行，全部不行。"

　　游游啃着苹果从厨房出来，"这已经是全网最贵最好的汉服了，我们社群里最有钱的群主才穿得起。"

　　"先不说设计累赘老气，千篇一律，连尺寸都是一个模子出来的，根本不可能完全合身。"

　　"大姐，你当做高定啊，要求这么高，汉服都这样，差个几寸谁看得出？"

　　"我看得出啊。"

　　"你又不是真心喜欢汉服，不过想在周施绮面前做做样子，投其所好，差不多得了。"

　　"当然不行，兵欲善其事，必先利其器，这是战衣，马虎不得。"

游游捂额，"微信都没要到，内心戏还这么多。"

林梦挑出其中一件最精致的白色汉服，"我得找师傅帮我改一下，不能因为衣服拖了后腿。"

游游灵机一动，"周施绮家不就是开裁缝铺的吗？你与其找别人改，不如找他改，还多个见面的借口。"

于是，林梦从太湖四君子的群里加上周施绮的微信，提出改衣服的请求，然而一直等到深夜，他都没给她回。

她瘫在床上，迷迷糊糊地睡着了。梦里望见迷雾中有座假山，白衣公子就在山头对她招手，她奋力攀上去，公子却从山洞口钻了进去，她深入洞内，每每快要抓到他时，他一飞袖子又溜了，像是故意在跟她玩捉迷藏，顽皮得紧，她气急败坏喊他名字，"周施绮站住！"然而任她喊破喉咙，他也没有让她，她就这样追着他一直跑啊跑啊，跑到她醒来的时候都是气喘吁吁。

天光大白，一看时间，才上午九点多，她拿起床边的巴黎水猛灌一通，别人睡觉是休息，她怎么连做个梦都这么累啊，都怪那姓周的，简直是个磨人的小妖精。

她打算玩会手机继续补眠，发现微信里有好多条未读消息。她和游游还有网站那边有个工作群，编辑和游游在群内对接漫画独家签约事宜，游游还给她发了私信。除此以外，同学群和一些玩乐群的消息她都匆匆略过。

再往下划拉，只见周施绮回复了她，给她发来他们家裁缝店的地址，发送时间是两个小时前。

林梦的瞌睡虫登时散尽，她立即追问：你在店里吗？

周施绮没有马上回复她，她猜可能是时间间隔有些久，他没那么快看到，然而等啊等，等啊等，等到她刷完全部朋友圈和待复信息，他还是没有回她。

难道这厮手机又没电了？

被动不是她的原则，命运应掌握在自己手里，她一掌拍在床上，一骨碌爬了起来。

周记制衣坐落在杨浦区一条老弄堂口，这一带几乎都是老房子，由于前两年附近新开了一所艺术院校的分校，这一片也被划进了学区房范畴，所以房价也涨了起来。

周记是老字号，小小的一间并不起眼，若不仔细寻真发现不了，外观也朴实无华，就竖了一块牌匾，匾上的烫金字都磨到没光泽了，看来也是有年头的物件。

林梦在外头观察了一下门面，拿出镜子照了照仪容，然后推门入内，门口挂着迎客铃，随着客人的到来发出清脆铃音。

"欢迎光临。"

一个五十来岁的裁缝站在窗边拿软尺度量布匹，戴着一副老花镜，神态和蔼，"小姑娘，来做衣服吗？"

"我想改衣服。"

"衣服带了吗？"

她为周施绮而来，把汉服这个重要道具忘在家里，于是摇了摇头。

"没关系，下次记得带，或者你可以先跟我说说要改的是什么衣服，想怎么改。"

靠墙一侧挂着各种颜色各种质地的布料，林梦假装看料子，目光四处梭巡，店面不大，一眼望到底，除了老裁缝，再没其他人了。

老裁缝很和气，"随便参观随便看，不买也没关系的，我这个店已经好久没有年轻人光顾了。"

林梦问道："周施绮在吗？"

老裁缝有些意外，"你找小绮？"

"对。"

"他今天有事出去了。"

"他去哪了？"

老裁缝放下了手中的工作，推了推老花镜，打量了她一下，然后有些好笑地说："小姑娘，你不是为了衣服来的吧？"

由于被说中，林梦有点心虚，但还是理直气壮，"我找他有事。"

老裁缝告诉了她一个地址，她说："谢谢叔叔。"

"不客气。"

林梦见老裁缝身量高大，五官端正，头发梳得整整齐齐，穿衣打扮也挺讲究的，颇有那种老上海绅士的味道，虽然上了年纪，但看得出年轻时应该也是个帅哥。

她好奇地问道："叔叔，请问您是……"

老裁缝对她笑了笑，"我是周施绮的爸爸。"

豫园集市的中心区，搭建了一个临时化妆棚，大批临时演员在里面做造型，周施绮就是其中一个。

为了招徕客人，也为了使古老的景区重焕生机，豫园办了一个国潮集市，三大明清街区按照仿古样式布置，连里头的店员也穿戴汉服为顾客服务，更准备了不同风格的表演，比如九曲船秀、旗袍爵士舞、国风乐队演奏，以及汉服巡游等，每日按照固定时间上演。

周施绮接的是汉服巡游的活，他已经做好了妆发，等着换衣服。化妆棚里的换衣间是临时用帘子拉起来的，就那么几格，得先让女生换，男生们嫌麻烦，就在外头直接换了，反正里头穿了运动短裤，唯独周施绮捧着衣服坚持等待。

一同表演的男演员对他说："就在外头换吧，都是男的怕什么。"

周施绮摇了摇头，"没关系，我等等吧。"

周施绮演的是太子，服装比较烦琐，等他换完衣服出来，见刚才建议他在外头换衣服的男演员蹲在角落里和另一个男的一起抽烟，两人正聊天。

男演员说："娘们唧唧的，我们这些大老爷们不都在外头换衣服吗？还怕被人看了去？以为自己多金贵呢。"

另一个说："跟他说话也不怎么理人，仗着长得帅点端个架子。"

男演员说："帅了不起啊？还不是跟我们一样，要来干这种活。"

周施绮知道他们在议论自己，于是不动声地色地换了个方向，绕道出去。

他从休息区拿了瓶矿泉水，去外头透口气，类似的风言风语他这两年没少听，既然决定重新出来做事，这是他早已预设到的状况，他也懒得解释，人类的喜悲并不相通。

他的手机一直放在包里，直到现在才有工夫拿出来看，这才见到林梦给他发的那条微信：你在店里吗？

他给她回复：我今天在外面。

她回复得飞快：发个定位给我。

他没明白，于是发了个问号过去。

她回复：我在豫园。

距离巡演还有一段时间，周施绮便和林梦约在一家奶茶店，他一进去就见窗边坐着一个长发丽人，浅粉色针织衫配紧身牛仔裤，勾勒出纤长窈窕的曲线，她从窗玻璃倒影里看到他，转头冲他打招呼，"嗨，周施绮。"

"你怎么知道我在这？"

"你没回我微信，我就去店里找你了，你爸告诉我你在豫园。"

他有些抱歉，"我一上午没看手机，不好意思。"

"你其实是不是不需要手机啊？"

"嗯？"

"要么没电，有电也不看。"

他听出她话里的挤兑，心平气和地解释道："平时找我的人确实不多，抱歉。"

她把面前的奶茶往他的方向推，"给你的。"

他觉得疑惑，"给我？"

"嗯。"

她面前空空如也，只买了一杯奶茶。

"那你呢？"他问道。

"这里没有代糖，我在抗糖。"

周施绮似懂非懂地点了点头，他听过这个词汇，大致理解为女孩们为了美容而发明出来的一项活动，于是接过奶茶，说了声谢谢。

直到这时他才整了整宽大的衣袍，慢条斯理在她身边坐下，"我最近接了不少活，这个月可能都得在外头忙，你要改衣服可以直接去店里找我爸，我这点皮毛手艺都是他教的。"

林梦端详他今天的古装打扮，除了发冠太重还没套上，其余一身上下明黄色的装束，活脱脱就是等待登基的太子，文雅又贵气，她问道："你今天扮的是皇亲国戚？"

"嗯，明朝太子服，严格来说，衣服是明朝的，配饰用的却是唐代图案，你瞧——"他指着腰带上的刺绣，"这种图腾元素和敦煌飞天很像，这样飘逸大气的设计在唐代才广为流传，明朝流行的是鱼纹、云纹和缠枝纹。不过这些衣服是批发的，估计造的人自己也不懂，幸好巡演也就图个热闹，观众看不出来。"

他话不多的，这应该是两人认识以来，他一口气说得最长的一段话，而且还是主动输出信息，林梦想到他的微信头像也是一个水袖图案，若有所思道："看来你很懂汉服文化嘛。"

"算是个人爱好吧。"

"那我的衣服还非得你亲手改才行。"

"为什么？"

"因为那是一套汉服，我问过叔叔了，他最拿手的是旗袍，对汉服并无了解。"

周施绮颇感意外，瞧她的做派气质，十足一个现代摩登女郎，怎么看都不像是会喜欢汉服的人。

她定定地看着他的眼睛，"你什么时候有时间，我可以等。"

今天汉服巡演的主题是皇帝御驾下江南。这南巡气势浩浩荡荡，仆从、仕女、文武官员、妃子、皇子王爷们，步行的步行，骑马的骑马，坐轿的坐轿，沿着明清街区一路巡查，玉辇上的皇帝还向街道两边围观的人群挥手致意。

站在大花鼓上的舞姬朝空中撒花，顿时下起一场花瓣雨，林梦自那落英间找到了周施绮。正当盛年的天之骄子，坐在金轿之上，集万千尊荣于一身，本应意气风发，可他虽然高雅出尘，眉宇间却总似笼着一层淡淡的忧愁，其实这一点林梦上次就发现了。

旁边有女孩拿手机偷拍周施绮，对小伙伴说："快看，那个太子好帅。"

小伙伴应道："我朋友在里头当摄影师，我们一会去后台找他，让他帮我们介绍。"

"好啊好啊！"

林梦凶狠地瞟了她们一眼，心想，做梦。

为免周施绮被别的女"色狼"勾走，巡演一结束，林梦就拉着他去吃晚饭，周施绮刚换下演出服，说道："不用了，我们后台管盒饭。"

"那我呢？"

他眼神里透出疑惑，很明显，她在他这里还没熟到能随意约饭的地步。

林梦还是那个借口，"我想把汉服改出自己的特色，一两句话说不清楚，我们一边吃饭一边聊。"

出了明清区就是小吃街，汇聚了很多餐厅，其中不乏一些驰名老字号，林梦在本帮菜和西餐之间徘徊，问周施绮，"你想吃哪个？"

他志不在吃，自然意兴阑珊，"随便。"

于是林梦打开餐饮 App，想看网友们的评价再做决定。后头有人喊周施绮的名字，林梦转身一看，见是一个二十六七岁左右的女子，穿一身朴素的麻衣布裤，身材纤瘦挺拔，长发在脑后挽成一个髻，五官小巧精致，初看平淡，多看两眼却觉得好有味道，是那种从骨子里透出的古典气韵，属于越看越耐看的气质型，唯独眼神里隐约透出几分尖锐，和人淡如菊的打扮不太匹配。

女子见到周施绮，很是惊讶，周施绮的表现也有些怪异，好像有些紧张又有些窘迫，却故作镇定。

林梦看看周施绮，再看看那女子，在心中断定，这两人的关系肯定不一般。

女子走到周施绮跟前，"小绮，真的是你，刚才我见巡演上那个太子很像你，但又觉得你不太可能来景区参加演出，没想到真的是你。"

周施绮说："好久不见，初棠。"

叫初棠的女子说："上次见面都是三年前了，你最近好吗？"

周施绮："老样子。"

初棠："还在你爸的裁缝铺帮忙？"

周施绮点点头，"这两年店里生意不好，我就自己出来打打临工。"

初棠："你要是需要工作的话，我可以帮你介绍，我们母校在招老师，不是实操的，是文化课，教理论你应该没问题……"

周施绮冷冰冰地打断她，"谢谢你的好意，我有工作。"

他的语气挺重的，不知是被初棠的哪句话刺痛。林梦本来就对这名突然冒出来的女子有些防备，目标人物身边稍微好看点的花花草草，都是潜在情敌，此刻她当然是选择站在周施绮身边，同仇敌忾。

初棠识相地不往下说，而是换了个话题，看了看林梦，问道："你女朋友？"

周施绮："不是。"

林梦在心里说，还不是。

初棠夸赞林梦，"你好漂亮啊。"

林梦皮笑肉不笑地点点头，在心里说，那确实比你漂亮不少。

初棠拿出手机，"小绮，你微信是不是换号了，我们重新加一下吧。"

周施绮有些犹豫，林梦往前一步挡在周施绮跟前，"他手机没电了。"

这下不光初棠微微愣了愣，连周施绮都怔住了。

女孩之间的战争往往没有硝烟，而这种战斗张力既微妙又明显，幸而初棠比他俩年长，沉得住气，笑了笑说："这样啊，那我给你一张名片，上面有我工作室的联系方式，你有事随时找我。"

初棠从包里拿出一张名片给周施绮，林梦匆匆瞄了一眼，见工作室的名字就叫"棠"，下画一个海棠花的标志。

这时一个男子从公共卫生间出来，张望了一下，然后走到初棠身边，拥着她的肩，"遇到熟人啦？"

男子身穿剪裁考究的衬衣西裤，三十岁左右年纪，长得虽不及周施绮俊俏，可也算高大精神，一派青年精英的气质。

初棠："嗯，我介绍一下，这是我大学学弟，周施绮，这是……他朋友。"

林梦自我介绍，"我叫林梦。"

男子礼貌微笑，"你们好，我叫袁海诚，是初棠的男朋友。"

原来是学姐，且已名花有主，林梦心里的敌意瞬间降低，再看看周施绮，他的表情非常淡漠，阴晴不明。

袁海诚对初棠说："包厢定的七点，我们差不多该过去了。"

初棠点点头，袁海诚又对周施绮和林梦说："我和初棠约了人在附近吃饭，时间还早，她想过来看看汉服巡演，就遇上了你们，真是巧。同是校友，毕了业也得多聚聚啊，今天不得空，下回请你们吃饭。"

袁海诚谈吐落落大方，措辞周到，瞧得出是个在场面上面面俱到的人。

两拨人道了别，袁海诚拥着初棠离去，初棠走出一段后还回头望了周施绮一眼，而在那一瞬，林梦分明在周施绮眼里看到了刺痛。是的，她没看错，是那种极度难过却极度隐忍的刺痛，虽然只流露了一瞬，但那一瞬还是被她捕捉到了。

等袁海诚和初棠走远，周施绮转身，把初棠给的名片扔进垃圾桶。

"你和你学姐有仇啊？"林梦问道。

周施绮忽略她的问题，"你想好吃什么了吗？"

离他们最近的是一家淮扬菜馆，林梦努努嘴，"就它吧。"

周施绮二话不说，率先走进餐厅。

点完菜后，林梦还是没放下疑惑，周施绮那个眼神让她太好奇了，他跟初棠之间到底有什么过往？于是她换了个方式问道："都说因爱生恨，没有仇，难道是有爱？"

　　周施绮的眉间似压了霜雪，"不是聊汉服吗？"

　　他的反应更让林梦坚信他和初棠之间必然发生过什么，也许是学弟暗恋优雅出色的学姐，然而学姐喜欢成熟稳重的大哥哥，只把他当弟弟，他爱而不得，由此耿耿于怀。

　　没想到啊没想到，周施绮端着个冰山美男的架子，也有吃瘪的一天，可是如果他喜欢姐姐型，那自己……

　　林梦生出一点忧虑，拐了个弯试探，"你那个初棠学姐，长得挺有气质的，在学校里是不是挺受欢迎啊？"

　　周施绮并不搭理她，仿佛她根本没说过话一样。

　　林梦好死不死地还在说，"我的意思是很多男生在年纪小的时候都会有迷恋姐姐的倾向，毕竟人总是向往比自己强大优秀的事物嘛，对了，你们上的是哪所大学啊？"

　　周施绮抬头看着她，表情严肃，"要是今天没别的事，我就先走了，我只点了一份面，回头把钱转你。"

　　林梦这时才意识到不能再踩这个雷区了，只得认怂，"好奇问一问罢了，不想说就不说呗。"

　　菜上得挺快，周施绮往面里加醋，一边问道："你买了什么样的汉服？想怎么改？"

　　林梦嚼着汤包，从手机里找出图片给他看。

　　周施绮说："这是唐代的齐胸襦裙，采用百花刺绣图案，那个年代流行这种富丽堂皇的风格。"

　　"富丽堂皇得有些过了，暴发户一样。"

　　"你要是嫌花哨，我可以试着帮你化繁为简。"周施绮从手机上找出一张示例图，"这种朴素一点的风格你喜欢吗？"

　　林梦摇摇头，"这一看就是平民或侍女的装束，我还是想穿有点身份的衣服。"

周施绮又挑了一张女官的图给她看，她仍旧摇头，"虽然英气，但失了女性的柔媚。"

她从包里拿出一支笔，抽了桌上一张餐巾纸，寥寥数笔描绘了一个图案。

"这种类型的图案我会比较容易接受，而且也比较时髦，但是寻遍所有卖汉服的网店，都没找到类似的花纹。"

周施绮看了眼，"这是日本浮世绘风格，虽说日本文化在唐代很受中国影响，可这种图案不出现在正统汉服里。"

"就不能改良吗？各国文化融合一下，取其精华。"

"汉服之所以有其考究和繁复，就是因为每个细节背后都蕴藏了中华的历史和文化，往下挖就是上下五千年，要是肆意把别国元素加进去，那还叫汉服吗？"

"可是时代在进步啊，故步自封是不行的，你看现在国外时装那么多好的设计，要是加上去多好。"

周施绮不再和她辩了，而是把上身往后仰，靠在椅背上，和她拉开距离，静静地看着她。

"你干嘛？"林梦被他看得有些懵。

"你其实根本不喜欢汉服吧。"

林梦还狡辩，"不是啊，我只是觉得凡事都应该灵活变通。"

周施绮的语气更肯定了一些，"你喜欢的是那些新潮时髦的东西，那些张扬的、欧化的、走在时代最前沿的，一个人的气质骗不了人，既然不喜欢，为什么又要穿？"

因为想泡你啊，林梦在心里吼。

但这话她不能说，不是不敢，而是怕会起反效果，以周施绮的性格，分分钟删她微信好友。

周施绮才吃了几口面，但已经没有胃口了，说道："你想要的衣服我改不了，抱歉让你白跑一趟，你慢慢吃，再见。"

说完他就起身走了，走得头也不回，根本没给林梦挽留的机会。

林梦那个心情啊，何止是凄凉，简直是风萧萧兮易水寒，生平第一次对男孩采取主动，就这么铩羽而归。

她还在风中凌乱，突然收到周施绮的微信，还以为是他回心转意，结果却是给她转账，连带下午的奶茶钱也一并结清了，还真是一分都不欠她的，不想跟她有任何牵扯。

她更凌乱了。

从豫园离开后，林梦没有回家，而是杀去了游游家，她受伤的心灵急需安慰。

游游正用电脑端登录汉服社群，跟群友热议下月的活动，他们定期都会搞搞团建。听完林梦的诉苦，她依旧埋首电脑屏幕，头都不抬，"小小挫折等于激励，哪有一蹴而就的。"

"可他也太冷漠了，一点情面都不给。"

"反过来想，这不就证明他洁身自好吗，要是女孩勾勾手指头他就跟人跑，你才要警惕自己看错人。"

"都到这份上了，我要是再去找他，会不会很没面子？"

游游冷笑，"呵呵，都倒追的人了，还想要面子？"

林梦一把合上游游的手提电脑，"跟我聊天专心点！"

游游转而拿起手机，"其实也不能完全怪他，你贸贸然跑过去找人家，来个师姐还杯弓蛇影地问东问西，这还没在一起呢就这么缠人，要在一起了还得了？而且你编了个改汉服的由头，可心思完全不在上面，傻子都看得出来你在糊弄他，生气也正常。"

林梦皱着眉头，"你怎么胳膊肘往外拐？"

"忠言逆耳啊。"

"我表现得这么差？"

"只能说进步空间很大。"

游游顾着回复群友消息，回答得很慢。林梦一把抢过她手机，直接关机。

游游从沙发上坐直身子，叹了口气，"告诉我，你现在什么想法？"

"我很气啊，就没见过这么不上道的人。"

"那简单，和他说再见，一别两宽，各生欢喜。"

林梦很没出息地说："那不行……"

游游目带鄙视，"那就憋着，拿出你的诚意来。"

"怎么拿？"

"相由心生。这个周施绮一看就不笨，你要是弄虚作假，被看穿可就讨人厌了。你可以不说真话，但起码别说假话。"

于是林梦带着游游的叮嘱再度出发，这天是豫园国潮集市的最后一天，她找到周施绮的时候，他刚结束演出，穿着演出服在化妆棚外东翻西找，不知在找什么，见到林梦，微微愣了愣，可能是没想到她竟然厚着脸皮又来了，然后低下头继续找东西。

对于他的无视，林梦早有准备，所以并不生气，她走进旁边便利店买了两瓶水，打算等他忙完再采取行动。

两个跟周施绮一同参加汉服巡演的男演员也在排队结账，林梦站在他们后头，听到他们在议论今天的演出，而当周施绮的名字出现在他们的对话中时，成功吸引了林梦的全部注意。

其中一个说："你把周施绮的包藏哪了？"

另一个说："还藏？我直接给扔垃圾车里了，让他再拽。"

"昨天你喊大家喝酒，他还不去，一天天的摆个脸子给谁看啊。"

"这会估计他还找着呢。"

"让他找！演出服是租的，不还不让走。他不是连换衣服都躲着我们吗？我看他没了衣服怎么回家，穷嘚瑟。"

两人结完账走了，林梦慢条斯理跟在他们后头，见周施绮正跟负责演出的主任商量，能不能先把服装穿回去，明天再还回来。

那两个找碴的人一边看戏一边说风凉话，"别为难主任了，班子今晚就散了，他明天还得专门为了你再来一趟？赶紧把衣服脱了还人家，里头又不是没穿，大男人怕什么？"

另一个说："那可不行，周哥是讲究人，跟我们不一样，哪能随随便便脱衣服？可比姑娘家还矜持呢！"

两人一唱一和，故意给周施绮难堪，周施绮当然也听出来了，没给他们眼色，只寻思该怎么解决当下的困局。

林梦走到周施绮面前，"小绮，我终于找到你啦！"

周施绮："？"

林梦："我找了你那么多天，你都不肯搭理我，你以为我这样就会放弃吗？"

周施绮："？？"

林梦递给他一瓶饮料，"忙一天口渴了吧，先喝点水，想吃什么回去给你做，知道你怕胖，专门挑的零糖零脂的饮料。"

周施绮："？？？"

旁边人好奇起他们的关系，主任问道："小绮，这小姑娘是你女朋友？"

周施绮回答得斩钉截铁，"不是。"

林梦补充道："现在还不是，主任，我在追他。"

这下不光周施绮，在场所有人都感到惊讶，虽然周施绮长得好看，但现在这个社会多现实，他来这里打临时工，拿着几十块一小时的工资，条件稍微好点的姑娘哪看得上他？再看林梦，光鲜亮丽，一身高级行头就算不懂的人也看得出一个"贵"字，这么好看的有钱小姑娘，倒追一个穷小子？

林梦接着说："都怪我之前追得太狠了，又是送礼物又是请客，小绮嫌我一身铜臭味，为了躲我，这才跑来打工。他这个人就是这样，面皮子又薄又清高，可是我就是喜欢他这样。主任，他没给您添麻烦吧？"

主任已经对周施绮刮目相看，忙说："没有没有，小绮工作态度很认真。"

林梦："那就好，主任，我家小绮的性子容易招人嫉妒，有小人把他的衣服搞丢了，您行个方便，今天能让他就穿着演出服走吗？"

主任有些为难，"这个衣服我们明天要还给人家的。"

林梦："多少钱我赔。"

周施绮静静地看着她，并没有制止。

主任报了一个数字，然后打开手机收款码，林梦扫了个金额，主任一看，说："小姑娘，给多了，要不了这么多钱。"

林梦："没给多，剩下的是请大家喝奶茶吃蛋糕的钱，人人有份，小绮我领走了，这些天谢谢大家关照。"

现场的人向林梦道谢，原以为周施绮是个穷小子，没想到竟是富贵女婿，还是脾气很臭要被哄着供起来那种，真是失敬。那两个找周施绮茬的也惊到说不出话，林梦故意牵着周施绮经过他们面前，像想起什么似的，转头对主任道："这二位就不用我请了，他们自己买水了。"而后上下打量他们一眼，"嗯，多喝点白水，把脏东西冲一冲，对身体好。"

那两人本来就心虚，被呛得有些尴尬，面面相觑。

周施绮就这样被林梦牵着，直到走出广场，他才轻轻挣开她的手。

　　林梦解释道："不好意思，他们是故意把你的包丢掉想看你出丑的，我强出头了，你不介意吧？"

　　周施绮说："我知道。"

　　"你知道？你知道他们整你还这么冷静？"

　　"难道跟他们打架？"他抖了抖长长的袖子，"而且有一点他们说得没错，我确实不合群。"

　　他身上还穿着那身太子朝服，不过头套已经摘了，这会夕阳落尽，只剩一点余晖，笼在他面庞周围，竟映出些许忧郁凄美的意境，像皇朝落幕后的寂寥。

　　他侧过身对林梦说："刚才谢谢你。"

　　林梦没想到还能从他嘴里听到这三个字，有些受宠若惊，"我还担心我的做法太莽撞。"

　　"方式确实欠妥，但是心意是好的。"

　　果然，夸完了不忘再踹一脚。

　　"你给了主任多少钱，我还你。"

　　"不用。"

　　"我不喜欢欠别人。"

　　"你不是还要给我改汉服吗？就当酬劳了。"

　　"可是你想要的那种风格，我爱莫能助。"

　　林梦想起游游的话，决定坦诚以待，"你那天说得没错，我确实不喜欢汉服，只想凑个热闹，或者换句话说，对汉服一窍不通，毫无了解，这才失了敬畏心。但是你了解啊，所以我今天来就是想请你在不伤害文化底蕴的原有基础上，把汉服改成适合我的风格。"

　　这时天全黑了，路灯一盏盏亮起，接着，清明街区的灯笼也一盏盏亮了，景区为了增加气氛，还在天顶上倒挂了朱红色油纸伞，此刻被光晕照着，散发出淡红色光辉，迷蒙又靡丽，她面前还站着个秀色可餐的古装公子，真有那么点古今混淆的意味。

林梦的神情非常认真，周施绮看了她一会，然后竟轻轻地笑了笑，眼里亮晶晶的，不知怎的，林梦觉得他的这个笑别有意味。

"你笑什么？"

"笑你啊。"

"我怎么了？"

"你真的好执着。"

林梦虽然不懂这有什么好笑的，但她和周施绮之间的相处氛围明显变好了，着实令她欣喜。

两人沿着街区往外走，周施绮问她，"你去哪？"

她的答案得参考他的答案，于是反问，"你去哪？"

"我回家。"

"哦，那我也回家了。"

他走在她斜前方，她隐约看到他嘴角勾了勾，然后说："我送你去坐车吧。"

虽然还是不懂他为何笑，可见他心情不错，她便也跟着高兴起来。

前头有表演古典舞的，女舞者们穿着仕女服，转着花手，直把一双素手舞成莲花。

林梦看得饶有兴致，有样学样地拧起手来。这动作看着简单，做起来却没那么容易，在人家那里是手灿莲花，在她这里成了狗熊打拳。

周施绮忍俊不禁，"你在干嘛？"

"她们那个手不是这么拧的吗？"

他笑道："当然不是，我教你。"

然后他举起手，两个腕子相对，先是慢动作分解了一次，而后再来了一个快速的。

周施绮的手很美，修长干净如翠竹，既有男子的刚劲有力，兼容女子的柔韧灵巧，这样一双手舞出来的手花，自然比那些女舞者的好看多了。

林梦啧啧赞叹，"你转得比她们好看多了，周施绮你是不是会跳舞啊？"

周施绮把手收回袖子里，"前面左转就是出租车站，今天园区人不多，应该不用等，你自己小心点，我去坐地铁了。"

不知是否看错，他刚才眼里还闪亮亮的，只这一瞬，眼里的光没了，连带语气都冰冷了几分，好不容易才拉近点距离，好像一切又重新回到起点。

"那改衣服的事……"林梦追问道。

"后天下午两点，带上衣服来店里找我。"他顿了顿，"那么，晚安，林梦。"

说完他看了林梦一眼，转身走了。

林梦望着他远去的背影，高挑清瘦的身躯裹在宽袍大袖里，逐渐消失在夜色中。

周施绮正处于最茂盛的年岁，本应对未来怀有无限向往，梦想、青春、自由、爱，所有最美好的词汇都应该能用在她身上。可林梦那一刻却有一种错觉，觉得周施绮好孤独，好无助，就像一棵风雨中飘摇的树。

第五章

接着缠

《画嬗记》第十八回。

话说宁国府千金孟嬗和相府少爷锦秋自小定下娃娃亲，且是当今圣上金口赐婚，两家门当户对，简直是金童玉女，城中佳话。可自打孟嬗在上元灯会邂逅那河边放灯的白衣公子后，见之不忘，思之如狂，哭着闹着要解除婚约，她父亲只当她一时孩子心性，时日一久自会痊愈，毕竟仅是一面之缘，哪抵得过和锦秋自小相识的交情？

然而孟老爷错估了女儿的执着，孟嬗画了白衣公子画像，找人四处张贴，若有消息者，重金行赏，一段时日过去，仍无音信。

得不到的永远迷人，这道理古今相通。孟嬗贵为贵胄千金，从小要风得风，求而不得的白衣公子成了她毕生头一个执念，进而茶饭不思，终日在房中临摹那公子的一颦一笑。孟老爷觉得女儿魔怔了，甚至请来巫师施法驱邪，无果，为避免闲言碎语，也为了让女儿疗愈心病，遂将孟嬗迁至城郊别院暂住。

别院依山傍水，清幽雅静，孟嬗在里头念诗作画，每日只有小厮送来三餐，无人打搅，她晨看白云绕青山，暮观星斗正阑干，可谓悠然自得。

一日，孟嬗为追逐一只小兔从花园行至后山，小兔没了踪迹，她却在溪流边发现一个受重伤的男子。孟嬗自小心善，便将男子扶回别院，待擦净面上血污，才发现此人正是她苦苦寻觅的白衣公子。

所以说世间之事，念念不忘必有回响，你被什么吸引，什么就是你的命运，万般皆注定。

周施绮合上电脑，揉了揉眼睛。

因为答应帮林梦改汉服，为了了解顾客，他上网看了林梦创作的漫画，别的不说，她画的白衣公子，和自己竟有几分神似。

他平时是不看漫画的，更遑论这种古言漫画。其实他过去将近二十年的岁月里，除了每日密集的排练，几乎没有别的娱乐，这样想想，他的人生着实无趣啊。

他脑中浮现林梦的容貌，她是那么美丽又自信，果敢又霸气，虽然有些骄矜，但因着坦荡无畏，却也憨态可掬，像她这样的女孩，人生应该过得相当有趣吧。他想起她在太湖边靠着他假寐，想起她假装成苦追不舍的痴情女帮他出头，想起她一脸认真要他为自己改衣服，想起她学人舞手花舞得一塌糊涂，然后对他说，周施绮你是不是会跳舞？

一阵锥心的刺痛从断肢处袭来，打断了他的遐思，他皱了皱眉，从柜子里拿药吃。最近，他的幻肢疼痛的症状又开始反复了，那一截小腿明明已经失去，却仍像与他身心相连，不时折磨着他。

药瓶里只剩下最后一片药，他拿水服下，这几日得抽空去开药了。

有时候连他自己都几乎忘了，忘了自己的狼狈和无望，可是受过的伤像一根倒刺，勾着他扯着他，不时冒出来提醒他，提醒他已经不是一个健全的人。

这天是和周施绮约好的日子，林梦一大早就爬了起来，沐浴阳光喝杯现磨咖啡，再放上音乐梳妆打扮，装束要美，但是还要素雅些，举重若轻，不能刻意。

林梦活了二十五年，也不是没有过恋爱经历，但梦境照进现实还是头一次，没想到她梦里的人，竟真真实实地和她生活在同一个城市，呼吸着和她一样的空气，她画漫画都不敢这么画。

林梦刚换好衣服，有电话打进来，一看，竟是她爸林贵华，这可是稀客。

在林梦还很小的时候，她父母就离婚了，据说是她母亲对不起他们，跟外头的野男人跑了。幸好林贵华有本事，把原本只有一间零售店的服装生意越做越大，还创建了自己的品牌，一个人也把女儿供得跟公主似的。

不过这些都是林梦长大后听父亲说的，她母亲走的时候她还在牙牙学语呢。按理说孤儿寡父相依为命，感情应该很好，但这道理到了林氏父女这里行不通。也许是由于被最爱的人背叛过，林贵华的性格有些偏执，有时候甚至不近人情，对女儿也非常严厉，从小实行军事化教育，处处都得按照他的要求来，偏生林梦又是个叛逆的主，越大越不服管，打都打不服，父女间的矛盾越闹越大，后来林梦上大学了，干脆借这个机会搬出来住，自此脱离父亲的管束。

其实林贵华之所以对女儿如此冷酷，还有一个原因，林梦在老照片里见过母亲的样子，自己竟和她有七八分像，估计林贵华看到自己一手养大的孩子越长越像自己的仇人，被勾起了曾经痛心疾首的回忆。

不过这些上一辈的恩怨与她无关，她父亲虽是个可怜人，但把自己的不幸发泄在女儿身上，就是他不讲道理了。林梦上一次回家吃饭还是好几个月前，林贵华在席上提出让女儿回来帮自己打理生意，别再画漫画了，林梦当然不肯，两父女僵持不下，就此大吵，这场争执最终以林贵华把菜砸到女儿脸上为终，这之后，林梦再也没回过家。

林梦看了来电显示几秒钟，最终还是按下接听键，那头却不是父亲林贵华的声音，而是他的秘书。秘书的意思是老板想女儿了，刚飞了三个城市结束漫长的出差之旅，今天才得空，想约林梦一起吃个中饭，但是老板要面子，之前吵过架，拉不下脸自己说，这才让秘书代劳。

毕竟是父女，打断筋骨连着皮，林梦又是个吃软不吃硬的主，嘴里骂着死老头子，心里对于父亲惦记自己还是开心的，而且距离跟周施绮约定的时间还早，吃个中饭完全来得及。

于是林梦按照秘书给的地址找到一家私人会所，服务生把她迎进包厢，她入内一看，才知道事情并不是她想的那么简单。

父亲林贵华比她早到，坐在主人位旁边一席，对面是一个二十八九岁的男子，打扮很时髦，长得也不能说不登样，但气质里总流露着一丝不怀好意的色气，瞧得人心里不舒服。

男子见到林梦，笑着抬了抬下巴，"来啦梦梦。"

林梦没想到是他，翻了个白眼，林贵华斥责女儿，"怎么见了人也不打招呼。"

林梦这才不情不愿喊了声，"小邵总。"

男子说："叫得这么见外？你从前可都是喊我梓秋哥哥的。我知道我消失太久冷落了你，可这不也是因为我家老爷子把我遣去国外干活的缘故吗？这不，刚回国就想着来见你了，别生气。"

这个男人叫邵梓秋，是知名电商创始人邵腾的独子，人称小邵总。林贵华在邵家电商事业刚起步的时候就盯上了这根高枝，甚至有意撮合女儿和邵梓秋，毕竟有了小邵总这个女婿，他已经蒸蒸日上的生意就可以更上一层楼。邵梓秋呢也不是不喜欢林梦，也在她身上花过心思，严格来说，他是林梦第一个男朋友，可是他太花心了，只要是美女都喜欢。林梦第一次撞破他和别的女生幽会，被他花言巧语蒙骗过去，可是这种事情一而再再而三地发生，林梦忍无可忍，愤然提出分手。这之后邵家的业务扩展到海外，邵梓被他父亲委派到国外驻扎了三年。林梦前阵子便听说他回国了，没想到今天就见上了，真是冤家路窄。

林贵华说："梦梦，梓秋知道你爱吃法餐，专门定的这里，点的都是你爱吃的菜。"

林梦稍一思量，捋清了前因后果，邵家这几年的电商版图越扩越大，林贵华一直都想找机会攀附，所以一知道邵梓秋回国了，就献宝似的把林梦呈上去。这哪里是父亲思念女儿？卖女儿还差不多！

既来之则安之，要是哭哭闹闹，岂非失了体统，反正吃饱就撤。这样打定主意后，林梦安之若素地坐了下来。

林贵华倒识相，站了起来，"我出去抽根烟，你们聊。"出去前还不忘把门带上。

林梦白眼简直翻到天上去，若是卖女儿有比赛，林贵华绝对是王者级别。

邵梓秋对着林梦上下打量一圈，"梦梦，许久不见，长大啦。"

其实邵梓秋长了一双大眼睛，看人的时候本应含情脉脉，可不知是因为忙碌还是因为纵欲过度，他的眼珠略显浑浊，眼白还泛着些许红血丝，一看就是昨夜又通宵达旦鬼混去了。

林梦认识他的时候还在上大学，是个小姑娘，现在长开了，出落得愈发水灵，身材自然也更傲人，她拿披肩裹紧上身，连眼头的便宜都不想让他占去。

"你出门拿这么大个包干什么？给我带礼物了？"

邵梓秋要翻林梦的包，却被她一把拦住，包里头装的是要拿给周施绮改的汉服。

"干嘛对我这么冷冰冰？交男朋友了？不对啊，你爸说你还是单身。"

林梦不理他。

"我走了三年，你就单身三年。难不成还对我念念不忘？"

林梦依旧不理他。

"从前是我不对，可是'士别三日，当刮目相看'，更何况是三年，我洗心革面了。"

林梦终于有反应了，"关我屁事。"

"怎么不关你事，跟你大大有关。"

"邵梓秋你到底想干嘛？"

"想和你复合。"

林梦呵呵冷笑，"不可能。"

"给个机会嘛，我真的变了。"

"这句话我从前就听过，你劣迹斑斑，狗改不了吃屎。"

"你不试试怎么知道？给别人一个机会，也给自己一个机会。"

"这句话我从前也听过，我说你的台词能不能改一改？半点创新没有。"

邵梓秋抓到她话里的漏洞，"你瞧，你对我说过的话铭记于心，承认吧梦梦，你根本忘不了我。"

"那是因为我这辈子只遇过你一个渣男，你给的教训够用很多年了。"

邵梓秋一拍桌子，"场面上的好听话说圆了，够给你面子了，都是老熟人了不来虚的，说吧林梦，你要怎样才肯原谅我？"

"对嘛，这才是你本来的面目，那我也不跟你来虚的。"林梦拍桌子拍得比他还大声，"原谅谈不上，因为你在我这里已是个路人，至于复合，门都没有。"

邵梓秋眯缝眼睛看着她，"你到底是哪来的自信觉得我不能再次把你追到手？"

林梦抱着双臂，"我已经有喜欢的人了。"

空气安静了几秒，然后邵梓秋突然爆发，"他是谁啊？比我有钱比我帅吗？"

"关你屁事。"

"怎么不关我事，他是情敌，我得知己知彼。"

林梦也爆发了，"情敌个鬼，你早出局了，别乱给自己加戏。我老实告诉你吧，我今天完全是被我爸骗来的，要知道你在，王母娘娘的蟠桃宴我都不来，饭我也不吃了，就此别过，后会无期。"

林梦拿起包正准备走人，林贵华和邵腾相携着推门而入，没想到父亲把邵家父子一起约了，虽然心里怪父亲利用自己，但在外人长辈面前还是不能失了礼数，于是立马挤出笑脸，"邵叔叔。"

邵腾招呼道："梦梦，越大越漂亮啦。"

"邵叔叔也越活越年轻。"

几句尴尬的商业互捧之后，林梦在她爸的眼色下只得重新坐下来吃完这顿饭。

邵梓秋憋着笑，嘲讽林梦打脸，林梦在桌子底下狠狠踩他的脚。

这顿法餐林梦吃得味同嚼蜡，一边要在邵腾面前扮作乖巧，一边要听两个事业型父亲聊各种生意经，真是度秒如年。

好不容易把饭吃完，林贵华竟提议去打高尔夫，林梦一看时间，已过了和周施绮约好的点，这乖巧是不能再扮下去了，于是提出要走。

林贵华阻止女儿，"梦梦，别扫兴。"

林梦："我跟人约好了。"

林贵华："你梓秋哥好不容易回国，谁能比他重要？"

林梦心里想，当然比他重要多了，嘴里说："反正高尔夫我也不太会打，你们去吧。"

林贵华："就是不会才要学啊。"

林梦知道父亲的性子，只要是他想做的事，能找出一万个歪理，于是转而做邵腾的工作，"邵叔叔，实在不好意思，我今天真的有事不能作陪了，下回我们再约。"

邵腾自然是语态开明，"放人鸽子确实不好，老林啊，就让梦梦走吧。"

林梦心中一乐，邵梓秋这个不长眼的开口了，"是不是要去见你喜欢的那个小子？"

林梦剜他一眼，用唇语让他闭嘴，然后匆匆向在场人士道别，对父亲的眼色装作视而不见，一出门就小跑着冲了出去。

上了出租后她打开手机一看，里头除了林贵华骂她不懂事的几条微信外，还有一条周施绮发来的消息：你到哪啦？

发信时间是半小时前。

周记制衣，周施绮正站在窗边，静静望着外边的梧桐树，不知在想些什么，他父亲在缝纫案板上用画粉画线。

周爸爸说："小绮，你等的人还没来？"

周施绮闷闷应了声，"嗯。"

"是上回来店里找你的那个小姑娘吗？"

周施绮有些意外，"你怎么知道？"

周爸爸笑眯眯的，"来光顾的都是我的老客人，指名要你做的还是头一个，那姑娘是个急性子，我告诉她你在豫园，她风风火火就找你去了，一刻都不能等的。"

周施绮没说话，周爸爸也不戳穿儿子，道："小姑娘怎么还不到，是不是记错了时间，你要不再问问她？"

周施绮看了看手机，半小时前发的那条微信尚未得到回复，她那样任性冲动，也许只是一时兴起罢了，他把手机放回兜里，"可能她今天有事，爸，我先去趟医院。"

周爸爸观察到儿子情绪有些低落，也能理解，毕竟被女孩放了鸽子。可没料到周施绮走后十来分钟左右，放鸽子的女孩跌跌撞撞地冲了进来。

"叔叔，周施绮呢？"

周爸爸："小绮等你不来，走了。"

林梦抱歉道："实在不好意思叔叔，我临时出了点事耽搁了。"

周爸爸看林梦气喘吁吁，一头秀发被风吹得乱七八糟，给她倒了杯水，"小姑娘别急，先喝口水，慢点。"

林梦："周施绮去哪啦？"

周爸爸："他去中心医院拿药了，不过应该很快回来，你坐下来等等他。"

林梦把杯中水一口闷，"谢谢叔叔，我找他去，衣服先放在店里。"

说完放下大包，风驰电掣般奔了出去。

周爸爸看着小姑娘如风般的背影，笑叹，"现在的年轻人，真是心急。"

周施绮从医生办公室出来，拿着药方去取药，脑中回想着适才孙医生对自己说的话。

　　"你的腿没什么大碍，之所以会感到阵痛，主要是心理作用，不过还是要记得定时按摩热敷，以防肌肉萎缩。"

　　"药我还是给你开了，但如非必要尽量别吃，免得产生依赖。"

　　"我们只能帮你解决生理问题，至于心病，要靠自己解开。小绮，三年了，放下吧。"

　　世界上最难医的病，是心病，道理他都懂，可是做起来谈何容易？三年前那场突如其来的车祸，毁了他的腿，也毁了他的梦想，他的后半生，恐怕都要在遗憾里度过了。

　　他晃晃悠悠地走到药房开药，护士将配好的药交到他手里时，背不丁被人拍了拍肩膀，"周施绮！"

　　他转头一看，正是林梦，她由于一路跑过来，所以小脸通红。

　　"找你半天，原来你在这啊。"

　　周施绮尽量不着痕迹地把药往身后藏，"你怎么来了？"

　　"你爸说你在医院，你哪里不舒服吗？"

　　"没有。"

　　"你配了什么药？"

　　林梦想看他手里的药，他后退一步，有意闪躲。林梦正觉得奇怪，负责周施绮病例的孙医生经过，和周施绮打招呼，"小绮。"

　　周施绮："孙医生。"

　　孙医生："药都拿了？"

　　周施绮："拿了。"

　　孙医生："记住我说的话，尽量别吃，能忍就忍忍。"

　　林梦问道："医生，他到底哪里不舒服啊？"

　　孙医生由于不知两人的关系，有些诧异，正要开口，被周施绮打断，"谢谢孙医生，我都记下了，先走了，再见。"

然后周施绮拉起还在等答案的林梦，强行拖走。

这还是周施绮第一次主动拉她，虽然只是手腕，林梦想起上次在豫园，她也是这样把周施绮从巡演班子那里拉走，没想到时隔这么短，情境就反了过来。

他的手掌很暖，体温从她腕子处幽幽传来，今日阳光也好，透过医院走廊的窗户晒进来，连带他的背影都晕上一层淡淡的光，真是一幅美好的画面。

可是一出医院，周施绮立马甩掉她的手，破坏了这幅画。

他转身对上脸上还挂着一丝痴笑的林梦，冷冰冰道："你是不是有什么问题？"

林梦："啥？"

周施绮："这么喜欢不请自来。"

林梦解释道："我去裁缝铺了，但你不在，给你发微信你也没回。"

"所以呢？"

"所以我就过来找你啦。"

"你来我工作的地方就算了，现在还肆意闯入我的私生活，林梦，我跟你有这么熟吗？"

他的眼和他的手截然不同，手是暖的，眼神却很冷。

林梦没想到他会说得这么直接，一时也有些委屈，"因为约了你，我今天一大早就起来了，高考之后我再没起这么早过。可我爸临时把我喊走我也没想到啊，我在他那里受了气，还要在你这里受气，到现在连口饭都没吃，还弄得两头不是人。"

两人静静对峙片刻，周施绮的语气终是软了下去，"明明迟到还有理了。"

他走出几步，发现林梦没跟上来，回头道："走啊。"

林梦问道："去哪？"

"你不是没吃饭吗？"

这一带属于老城区，没有什么太高档的餐厅，两个人逛了一圈后，周施绮放弃了，"要不打车带你去别的地方吃吧，这里的餐馆你恐怕看不上。"

林梦说："不用这么麻烦，就带我去你平时吃的地方。"

周施绮表示疑惑，"你确定？"

林梦眼神坚定，"确定。"

她跟着周施绮进了一条老弄堂，七拐八拐，找到一间几乎没有门面的小餐馆，里头收拾得倒是干净，可是连菜单都没有，周施绮询问了林梦有没有忌口后，叮嘱老板上两份是日套餐。

"这里可真难找。"林梦道。

周施绮说："我念书的时候经常来吃，老板做的都是街坊生意，小本经营，这么多年靠熟客口碑维系下来的。"

"这不是和你们家裁缝铺异曲同工吗？"

周施绮点点头，而后又叹了口气，"可是熟客终究会老去，新客又不愿来，我们周记的生意也越来越差，像这样的老店，终归是江河日下。"

餐上得倒快，是红烧大排配蛋炒饭，还有一碟时蔬，简简单单，干干净净。

林梦早就饿了，正要动筷，周施绮喊道："等等。"

只见他把刚刚用开水涮洗好的碗筷递给林梦，又从她手里拿走未涮洗的。

林梦偷偷笑了笑，这厮虽然看起来冷漠，可毕竟是心细体贴的人，然后她送了一口饭到嘴里，在毫无期待中，感受到不小的惊喜。

"好好吃啊！"她感慨，"完全不输给外滩那家米其林三星的本帮菜馆。"

周施绮见她认可自己的口味，眼底溢出笑意。

林梦猛扒了几口饭后，微微皱了皱眉。

周施绮问道："怎么了？"

"套餐不包饮料吗？"

这家老店虽然物美价廉，但是菜色单一，连喝的都只有加了葱花的白汤。

周施绮说："等我一下。"

他走了出去，不过很快就回来了，回来的时候，手里多了一杯奶茶，放在林梦面前。

"我让店员放的代糖，放心喝。"

林梦怔了怔，没想到这么小的细节他都记得，和细心的人相处就是愉快啊！这还没在一起呢就这么周到，要是真在一起了，该有多么美妙？

她眼望周施绮，狠狠咬一口大排，更立誓要把他收入囊中。

吃饱喝足，两人回到裁缝铺，周爸爸不在，门口挂了个店主有事外出的牌子，也没锁门。这一带都是处了几十年的老街坊，安全得很。

周施绮让林梦先把汉服换上，她手脚倒麻利，很快从试衣间出来，周施绮一看之下，忍俊不禁，她把襦裙的里外两件套都穿反了。

可即便如此，周施绮也看出服装的问题出在哪了，林梦身材苗条，曲线玲珑，而这套汉服里外共三层，料子蓬松，虽然大气雍容，却把她的优点都埋没了，而且尺码也不太合身。

周施绮决定先从最基本的尺寸问题开始解决。林梦今天穿了一件松松垮垮的罩衫，量身不准确，周施绮给她找了件素白色贴身旗袍，让她进试衣间换上，自己拿好软尺候在外头。

过了一会，周施绮听到林梦从里头喊他，"周施绮，过来帮帮我。"

他走到门帘外，"怎么了？"

"拉链卡住了。"

两人仅一帘之隔，他犹豫了一下，把手伸进去，"哪里？"

他的手被她抓住，放到一个恰当的位置，他手指触碰到那处软腻的肌肤，比他们家顶级的布料还要滑，且暖暖的，仿佛隔着帘子都能嗅到甜香。他像触电般缩回手，又被她按回去，只好尽量避开肌肤触碰，摸索到拉链，另一只手拽着下端衣料，拉了上去。

待她换好旗袍出来，只见那衣服虽然极素，可在她身上却穿出了旧时大小姐的风韵，那种被富养在深闺，不识人间疾苦，一生只需懂得爱与美的娇贵千金。

林梦对着镜子看了看，"从前的衣服也不土气嘛，我穿得好看吗？"

这话当然是问周施绮的，可是他不想回答这么显而易见的问题，拿起软尺，"开始吧。"

林梦站直了乖乖由他摆弄，此时夕阳西下，余晖透过窗棂照进来，落在他身上，他整个人似被笼了一层金芒，散发淡淡的光泽。

古有庄周梦蝶，黄粱一梦，都是不切实际的事，然而此刻眼前人竟是梦里人，她不由得看痴了。

也许是她的目光太灼热，倒叫周施绮有些不自在起来，他轻轻咳嗽一声，把软尺挪到她脖颈处，"头发。"

她一只手把长发撩起来让他量颈围。

她脖子修长白皙，微微往后仰的时候，像一只骄傲的白天鹅，他用指腹固定软尺，凑近了看数字，由于离得近，他的呼吸薄薄喷在她颈上，若是不明所以的人见了，定觉得这幅画面暧昧又撩人。

　　她留意到他耳后可疑的红晕，说道："周施绮，你耳朵好红。"

　　他不说话，她凑到他面前，发现他连脸庞也红了，又惊讶又好笑，"你不会是害羞了吧？"

　　他要躲开，她反而凑得更近，进一步印证自己的猜测。

　　门上铃铛响动，两人望向门口，见周爸爸端着茶缸愣在玄关处，目瞪口呆，进也不是退也不是，终于编了个假到不能再假的理由，"我该回家睡午觉了，你们忙。"

　　周施绮解释道："爸，不是你想的那样……"

　　但是晚了，想成那样的周爸爸迈着小碎步走得头也不回。

　　周施绮痛心疾首，迁怒于林梦，略带严厉道："抬手。"

　　她配合地举起双臂，忍住笑说："你爸好像误会了。"

　　"还笑，你一个女孩子家，半点矜持没有。"

　　"你一个小裁缝，帮客人量个身还害羞，半点专业度没有。"

　　周施绮说不过她，狠狠瞪了她一眼。

　　林梦觉得更好笑了，竟笑得微微发颤起来，美男子摆乌龙果然比谐星刻意搞笑更有效果。

　　周施绮正量到腿长，喝止她，"别乱动。"

　　她一个没站稳，向后倒去，周施绮情急之下一拉她，她换了个方向，结结实实扑在他身上。

　　林梦毫发无伤，周施绮却皱了皱眉头，因为他的肩膀砸在了地板上，而林梦只伸出一只爪子给他揉揉，丝毫没有要起来的意思。

　　两个人大眼瞪小眼，终是周施绮先觉得尴尬，闷闷地说："你可以起来了吗？"

　　林梦半个身子压住周施绮上身，只觉他虽然看着清瘦，可实际应该是修长结实的，一点不硌人，趴在上面还很舒服，于是感官战胜了廉耻，竟厚着脸皮摇了摇头。

周施绮对她的操作简直难以置信，接着恼羞成怒，"你给我起来。"

"不。"

"起来。"

"不。"

"林梦，你故意的吧？"

"你猜？"

"你一个女的脸皮怎么这么厚？"

"你明明有手不是也没推开我吗？"

周施绮被一语惊醒，伸手推她，她不依，两人在地上扭打起来。

"小绮在吗？一起吃饭去啊。"刚结束一天教学的秦天背着书包推门而入，看到的就是这样一幅解释不清的场景。

三人六眼，面面相觑。

秦天愣了愣，编出了虚假程度不亚于周爸爸的借口，"那个，我突然想起学校还有课，先走了，你们继续。"

周施绮："秦天，不是你想的那样……"

秦天迈着小碎步走得头也不回，周施绮欲哭无泪。

第六章

缠崩了

　　林梦现在很懊恼。

　　上次强压周施绮的猴急行为，导致的直接后果就是周施绮开始躲着她。她还拿改汉服做借口，但周施绮直接给了个完工日期，说做好同城寄给她，若不满意则请另寻高明，自己反正是尽力了。

　　游游在旁边修着指甲，嘴里进出不知是安慰还是调侃的话，"没事梦，人总要为自己一时冲动犯下的错误买单，就当买个教训。"

　　林梦仰天长叹，"啊，多么痛的领悟。"

　　"谁叫你色欲熏心精虫上脑。"

　　"还有挽回的余地吗？"

　　"要是一个你不喜欢的男的，比如你那个渣男前男友邵梓秋，一见你就饿虎扑羊，你还会见他吗？"

　　林梦很绝望，"不会。"

　　游游摊摊手，意思你知道还问，然后继续细细修她的指甲。

林梦抢过她的指甲锉，"不行，你一定得帮我。"

"姑奶奶，又要我帮你擦屁股。"

林梦撒娇，"你这么鸡贼，一定有办法的。"

撒娇这套对游游不管用，她抢回指甲锉，"自己的事自己做，小学生都懂的道理你不懂啊？"

林梦软的不行来硬的，"游游我告诉你，周施绮要是一直不理我，我就会心情不好，心情不好就画不出漫画，画不出漫画就意味着没有收入。我无所谓啊，反正我是富二代，但是你就会没有工资。"

游游对林梦的无耻简直难以置信，"林梦，你好卑鄙。"

林梦甜甜一笑，"非常时期，非常手段。"

游游仇恨地瞪了林梦一会，然后泄气，认命，拿出手机，打给秦天。

《画嬗记》第十九回

上回说到在孟嬗在溪边把负伤的白衣公子救回别院，本来未出阁的小姐私藏身份不明的男子，被人知道难免说闲话，幸好别院只有她一个人住，她将公子藏匿于内室，倒也无人察觉。只是每日来送伙食的小厮发现小姐近来饭量大增，而且还一反常态地喜欢用药膳进补，略感诧异。

在孟嬗的悉心照顾下，公子的伤势逐渐好转，原来他名叫肖绮，是一名琴师，终日旅居四海，卖艺为生，此番来皇城是为了在万岁寿诞上献艺，希望靠一手好琴艺在乐府谋一份差事，谁料途经此处却遭遇山匪，他好不容易杀出重围，却因身负重伤体力不支而晕倒在溪边。

离万岁寿诞尚有十日，孟嬗着肖绮好好将养，待身体完全恢复再进城不迟。于是每日里，两个无事可做的大闲人谈天说地，从诗词音律聊到人生百态，肖绮虽只是一名卖艺人，可见识渊博，谈吐不凡，胸中墨水不比那些世家子弟少。孟嬗从别院库房找到一把尘封已久的古琴，肖绮上手一弹，技艺果非一般琴师可比，缥缈之音如同天籁，孟嬗伴着琴音观花赏月，饮酒作赋，只觉有了肖绮陪伴的日子，堪比神仙。

不知不觉，十日之期将尽，肖绮告别的日子到了。肖绮再次向孟嬗郑重道谢，并表示他日若有缘再见，定当择法报答小姐救命之恩。

此时刚过辰时，院落中晨雾霭霭，孟嬗望着肖绮的脸，只觉眼前人如梦似幻，她向来不是拘泥的性子，于是说道："不必等到他日，你现在就可报答我。"

肖绮有些微诧异，"小生现下一穷二白，以何报答？"

她伸出葱管般一指，"你。"

饶是淡定如肖绮，也不禁眼神一颤。

孟嬗直抒胸臆，"我一人寂寞太久，你若真心想报恩，就留下来给我做伴。"

路边小餐馆，周施绮正看到《画嬗记》最新章节的最后一页。秦天打完电话从外面进来，瞥了周施绮的手机一眼，奇道："你什么时候也看起漫画来？"

周施绮谎话撒得脸不红心不跳，"了解一下现在的年轻人都看些什么。"

服务员给他们一人上了一碗葱油拌面，菜齐了，秦天一边暴风吸入，一边说："游游打给我，说周末我们太湖四君子一起吃个饭。"

"为什么？"

"什么为什么？年轻人交朋友还需要问为什么？你刚刚不是还说想了解年轻人的世界吗？活得跟个老干部似的。"

周施绮默默吃面，然后说了一句，"我周末有约了。"

秦天觉得新鲜，"你这种寡王还有约？"

"大学班主任结婚，我要去喝喜酒。"

"那个老光棍终于娶到媳妇啦？"

周施绮点点头。

秦天感慨，"可见谁都不是生来孤独的，总有一个人为你而来。"紧接着话锋一转，"你和林梦……"

周施绮打断他，"都说是误会，给她量尺寸的时候不小心摔倒了，要我解释几次？"

"好好好，误会误会，但是如果你有心，这一来二去，感情不就培养出来了吗，我觉得林梦不错，你真不考虑考虑？"

周施绮放下筷子，"秦天，你最近是不是很闲？"

秦天见他神色不善，忙收起给人做媒的心，"是我多嘴，多吃饭，少说话。"可是嚼着面条的嘴里仍嘟嘟曦曦，惋惜道："哎，你和她真挺配的。"

周施绮看着窗外来去的路人，轻轻说："不配。"

下半句话他没说出口：她是天之骄女，我却连个完整的人都不是。

周施绮大学班主任的结婚宴设在一家海鲜酒楼，四十来岁的老光棍娶了个二十多岁的漂亮媳妇，简直是人生的高光时刻，见证的人越多越好，所以新郎官几乎把校内师生都请遍了。

周施绮在签到处签完名，交了份子钱，低着头火速寻找自己的座席，他今天特意戴了棒球帽，帽檐压得低低的，尽量避免与人眼神接触。自打三年前那场车祸后，他再没参加过这种大型社交场合，连同学会都连续缺席了三届。可班主任是他的授业恩师，他自小受到的教育是要尊师重道，老师一生中这么重要的场合，他为人子弟必须送上祝福，否则他真的不想来。

他被安排和从前的同班同学坐一桌，落座的时候几个男生已经喝开了，四年的同窗之谊，见面自然分外热络，打打闹闹乱开玩笑。

尽管他一直低着头，还是被认出来了，一个女同学指着他说："这不是周施绮吗？"

这一声成功引来这桌所有人的注意，大家七嘴八舌针对他发言。

"小绮！真的是你，你终于出现啦。"

"周施绮你可真是，同学会喊你几次也不来，不给面子啊，怎么，拿了大奖，瞧不上我们这帮老同学了？"

"你这些年怎么神隐啦？半点消息没有，我们还猜你是不是被国外团队聘请，出国发展了呢。"

周施绮很久没和那么多人同时交际，显然有些不适应，不过他还是举起酒杯，"是我不周到，我自罚一杯。"

他饮尽杯中酒，不过大家显然不想这么轻易放过这位稀客。

一个女同学说，"我现在搞了个培训班，自己开班授课。小绮你有空的话，能给学生们上一节大师课吗？"

他怔了怔，不知该如何回答。一个碎嘴的男同学抢先说："别闹了，周大师能看得上你那种小培训班？人家可是我们学院有史以来最有身价的天才舞者，出场费你付得起吗？"

周施绮有些不自在，另一个女同学说："我怎么听出了一股酸味？当年在班里，你和小绮是功底最好的，最后老师选他去参赛，没选你，你一直耿耿于怀吧？"

碎嘴男说："确实耿耿于怀，要不是这样我也不会心灰意冷改行经商。现在能住进闵行区的大别墅，还真多亏了周大师，这杯必须敬他。"

谁都听得出话里的反讽之意，这个男同学虽然碎嘴讨厌，可确实是同学里混得最好最富裕的，周施绮举起酒杯回敬他。

开培训班的女同学问周施绮，"你和初棠学姐怎么样了？"

另一个女同学插嘴，"我前阵子去展会还碰上她了，她身边跟了个男的，还挺帅。小绮你可得小心，像初棠学姐这种气质型美女，可受男人欢迎了。"

周施绮淡淡道："我和她早分了。"

众人先是惊讶，紧接着唏嘘了起来。

"太可惜了，我们学院公认的金童玉女，你俩的演出合照现在还留在校网上呢。"

"对啊，我们都以为你们会结婚的。"

"这么说展会上那个男的是学姐现任男友啰，好像也挺般配。"

有人拿手肘撞了一下那个不会说话的女同学，她讪讪对周施绮说："不好意思啊。"

周施绮摇了摇头，"没事。"

身边的女同学问道，"小绮，那你现在有女朋友吗？"

周施绮："没有。"

"你这样的天菜恢复单身，是女士们的福利啊，需不需要我给你介绍对象？"

周施绮苦笑，"不用了，我现在没心思。"

碎嘴男又上线了，"人家周大师心气高得很，要搞事业的，哪有空搭理你那些野花野草？"

女同学啐他，"就你长了嘴巴？"

碎嘴男问周施绮，"周大师现在在哪里高就？"

周施绮怔了怔，所有人也都望向他，毕竟作为曾经的学院之光，他是班里最有前途的学生，业界公认的明日之星。

桌子正中央放着一盆干烧大黄鱼，大鱼张着嘴，鱼眼浑浊。珍珠，鱼目，鱼目，珍珠，多讽刺啊。

周施绮自嘲般笑了笑，道："我现在在我父亲的裁缝铺帮忙，闲时接一些汉服走秀和拍摄的活动。"

席间顿时安静了，这比金童玉女散伙还令人难以置信。

碎嘴男率先打破沉默，"周大师唬我们呢吧！是不是为了创作新作品体验生活，找灵感来着？"

周施绮面色认真，"我说的都是真话——"他顿了顿，"我已经不再跳舞了。"他站了起来，"我去趟洗手间，失陪。"

冷冷的冰水泼洒在周施绮脸上，他把自己的脸埋在水龙头下，仿佛这样就能洗刷尽胸中的羞耻和自卑。

三年前那一天，他一生中最光荣也是最痛苦的一天，一历历，一幕幕，走马灯般回闪在脑中。

那天，全国最权威的舞蹈大赛金莲花奖在上海举行年度总决赛，作为舞蹈学院最出色的学生，周施绮代表学校参赛，表演他最拿手的中国舞。他自四岁开始习中国舞，六岁就穿着汉服随歌舞团到处表演，舞蹈的魂早已刻进他骨子里，不光是技巧，还有神韵和意境，连不懂舞蹈的观众都会被他带进故事里。

他出色的表演获得评委一致认可，不负众望摘得金奖，成为这个奖项有史以来最年轻的获得者，前途一时无两。当主持人念出他的名字，他穿着比赛时的汉服上台领奖，坐在第一排的初棠起身为他鼓掌，他们四眼相望，眼中全是甜蜜和荣耀。

那时候，所有人都觉得他必然会成为一个伟大的舞者，连他自己也深信不疑。

那时候，他觉得世界就在他脚下，他能靠这双从小练舞的腿，去到任何他想去的地方。

那时候多好啊，有爱人，有梦想，有未来，而他还这么年轻。

比赛结束后，周施绮接受完媒体采访，连演出服都没来得及换，就迫不及待回家把这份喜讯分享给父母。他还记得那夜天气不错，上海的夜空难得能看见星星，一闪一闪，和地上的霓虹灯相呼应。他叫的车停在马路对面，他一手捧着金莲花奖杯，一手撩着汉服裙摆，踏着轻松的步伐过马路，忽闻一阵刺耳的刹车声，一回头，见一辆轿车冲他疾驰而来，车头灯的强光晃得他睁不开眼——

再然后，就是无尽的黑暗。

等他醒来时，他已经躺在医院里，全身插满了管子，他尝试着挪动腿部，想下床，却觉得使不上劲，他察觉怪异，挣扎着坐起一看，见左边裤腿下半截空空荡荡……

周施绮的手一拧水龙头，水流声和回忆一起戛然而止，他抬起头看着镜中的自己，他的脸庞无疑还是年轻好看的，可是眼底那丝苦涩和落寞，骗不了人。

那场车祸断送了他的前途，也断送了他的爱情。他不能再跳舞了，而他这辈子大部分时间都献给了舞蹈，除了会跳舞，别无所长，这也就意味着他成了一个废人。曾经许下盟誓的恋人也因怕被拖累，离开了他。不过他不怪初棠，人生在世，谁不现实？她只是为自己考虑罢了，没有错。

他从云端坠落泥沼，从此淡出舞蹈圈，也淡出同学和熟人们的视野，然而他从未对任何人解释过，除了父母和最亲的发小秦天，还有曾经的恋人初棠，没人知道他不再跳舞的真正原因。兴许他内心还是藏着点傲气的，他已经落魄了，但他不想把疮疤揭开来给人看，不想让别人知道他这么惨，惨到连个健全的人都已经不是。

周施绮从洗手间回到座位，见隔壁原本空置的圆桌上多出三个人，正是秦天、林梦和游游。

周施绮惊讶道："你们怎么来了？"

游游："约你吃饭你不是没空吗，我们迁就你，在哪吃不是吃啊。"

周施绮："我的意思是你们怎么进来的？这是人家的婚宴。"

秦天："哦，我从前老去你们学校找你玩，留了你班主任电话，就给他发了个消息祝他新婚快乐。他就让我来喝喜酒，沾沾喜气，我问他能不能带人，他说欢迎之至，我就把她俩带来了。"

游游啃着刚送上来的水晶小排，"份子钱我们都凑了，可没吃霸王席。"

林梦今天穿一袭大红色修身束腰长外套，喜庆劲儿完全不输给新娘子，赞叹道："周施绮，原来你是舞蹈学院毕业的，怪不得花手舞得那么好看。"

周施绮恶狠狠地瞪了秦天一眼，秦天忙撇清，"不是我说的，是她进来之后自己问人的。"

周施绮那一桌，好几个老同学都喝得有些高了，开始吹牛说胡话，没喝多的也聊着职场经赚钱经，女生们聊着各自的男朋友，暗地里存着比较的劲儿。他不太喜欢这种氛围，正好来了熟人有借口，就挪去了林梦他们那桌。

林梦很自觉地往旁边挪，把位置让出来，他默默瞟了林梦一眼，在她原本的座位上坐下。

林梦这次倒乖巧，举起水壶主动给他倒茶，"周施绮，上回是我不对，本意想跟你开个玩笑，却冒犯了你，你大人有大量，别和我计较啊。"

周施绮喝了一口茶。

林梦说："喝过我的茶，就等于原谅我啦，我们和好如初。"

他不禁哑然失笑，这个人真的，自说自话，脸皮厚到令人无可奈何。

林梦见周施绮表情缓和，心下暗喜，然而她下一句话马上就踩到了周施绮的雷点，"你看我眼光多准，上回在豫园我就说你会跳舞吧，你还不承认。"

周施绮放下茶杯，瞬间收起笑意。

新郎新娘挨桌敬完酒后，新郎官喝高了，站上主持台，拿起话筒感慨起来，"鄙人不才，今年四十有二，别人在我这个岁数孩子都小学毕业了，可我呢，单身好多年，把时间都献给了我的教学工作、我的学生，原以为会就这样孤独终老，没想到老天让你等，是为了给你留个最好的。"

班主任此言不虚，他确实对学生非常负责，经常下了课还无偿开小灶，这也是周施绮敬重他的原因。

台下有人起哄，"新娘子也说两句，怎么看上他的？"

新娘子虽然年轻，倒也落落大方，从老公手里接过话筒，"不瞒大家说，我刚认识他的时候觉得他是个无趣透顶的中年男人，除了人还算老实之外简直一无是处。"

嘉宾们哄堂大笑，班主任也有些羞赧，脸红红的，却完全不敢反驳，这家庭地位一目了然。

新娘子接着说："可后来有一次我无意中看到他给学生上课，一次又一次不厌其烦地示范动作，他说他自己岁数大了，跳不动了，可是他们还年轻，他盼他们好，就跟盼自己的孩子好一样。那时候我就觉得他整个人不一样了，好像突然会发光了。"

台下有人艳羡，有人动容，被班主任教过的学生们，则更多的是感激。

席间不知谁带的头，说让新郎官跳一个舞助助兴，新郎婉拒，"我老胳膊老腿，跳不好了，怕贻笑大方。这样，我的学生今天都到场了，让他们给大家来一段吧。"

于是舞蹈学院的学子们开始互相推举表演人选。

林梦说："周施绮你去啊，你跳舞一定很好看。"

周施绮当然不理她，可是林梦的话引起了隔壁碎嘴男的注意，碎嘴男大声对全场吆喝，"大家往这里看啊，金莲花奖都知道吧，舞蹈界的诺贝尔。金奖得主在这里，大家想不想看他跳舞啊？"

全场振奋，都想看全国冠军表演，于是起哄声四起。秦天上厕所去了，周施绮孤立无援，被老同学们合力拱了上去。

白白的射灯打在主持台上，晃得周施绮有那么些瞬间睁不开眼，台下那么多双眼睛盯着他，期盼着他接下来的演出，就跟从前每一次上台一样。不同的是，从前的他总能带给观众惊喜，而现在的他，什么也做不到。

见他愣愣地站在台上，有人等不及了，喊道："赶紧开始吧冠军，别吊胃口了。"

一个人催完，就有第二个人催，然后是第三个、第四个。

周施绮双手紧攥拳头，额头冒出冷汗，三年前那日的点滴，随着灯光闪烁，一幕幕如一下下重拳般，直击他的面门，他的头越来越疼，连带那处早已愈合的断肢，也开始疼痛起来。

秦天从洗手间回来，见此阵势，惊道："这是什么情况？"

游游说:"周施绮不是金莲花奖得主嘛，大家起哄要看他跳舞呢。"

秦天面色都变了，"他不能跳舞！"

林梦奇道："为什么？"

秦天："没法跟你解释，赶紧把小绮弄下来，否则要出事了。"

林梦跟着秦天往上冲，却见周施绮表情痛苦，终于抵受不住压力，像紧绷的弦猛地断裂，轰然晕倒在台上，在场人士纷纷惊呼。

班主任担心极了，和秦天一起扶起周施绮，"小绮怎么了？别吓老师啊。"

秦天身强体壮，一把背起周施绮，对班主任说："我先送他去医院。"

林梦扶着周施绮，"我跟你一起去。"

周施绮神志还是清醒的，甩开林梦放在他背上的手，"你走。"

林梦怔了怔，心里有些受伤。

周施绮再次叮嘱秦天，语气虽虚弱却坚定，"秦天，让她走。"

秦天一边背着周施绮往外去，一边回头对林梦说："你先回吧，小绮有我呢。"

林梦怅然若失地回到座位坐下。经过这一场闹剧，大家的兴致都低落了不少，可是婚宴流程还是要往下走完的。

林梦哀怨地看着游游，"我是不是又搞砸了？"

游游叹息，"虽然我很想安慰你，但是，事实好像确实如此。"

林梦失魂落魄道："本来的计划是你和秦天给我当助攻，在不知不觉间，以迅猛的速度拉近我和周施绮的距离。网上的恋爱秘籍都说，要攻克一个人的内心，就要闯入他的世界，和他的朋友们打成一片，婚宴上全是他的同窗旧友，我以为，我以为……"

游游捂着额头，"没事梦，世界上大部分人都是纸上谈兵，眼高手低，你起码迈出了实际行动，下次会更好。"

林梦哭丧着脸，"还会有下次吗？"

隔壁那个碎嘴男的声音又响了起来，"那个周施绮，还金莲花呢，跳个舞都能给他吓晕过去，他是不是不行？怪不得初棠把他踹了，一脸窝囊相，我当年竟然输给这种人，真是不服。"

林梦觉得尤其刺耳，化悲伤为火力，拍案而起，"你说谁呢？！"

碎嘴男喝得醉醺醺的，"你谁啊，管得着吗？"

林梦："你说周施绮我就得管！"

碎嘴男："哟，你是他相好啊？啧啧，小娘皮年纪轻轻就瞎了，真可惜。"

林梦一脸不屑，"家里有镜子吗？也不照照你自己，尖嘴猴腮、獐头鼠目，女娲造你的时候掺的是馊水吧，丑得千奇百怪、别开生面，真是相由心生！还好意思说别人？"

碎嘴男怒了，"小娘皮你骂人！"

林梦："骂的就是你！"

碎嘴男站起来指着林梦鼻子，"再骂一句我就替你爸爸教训你！"

林梦熟练地摘下腕子上的名贵手表塞给游游，撸起袖子，"不动手不是男人！"

第七章
化腐朽为神奇

视频里，林梦和碎嘴男各自占据一边，中间的桌子都被掀翻了，两个人被一堆劝架的人拉着，谁也打不着谁，只能隔空对骂，只见林梦张牙舞爪，穿着高跟鞋的脚生踢飞踹，虽然并不产生实际杀伤力，却气势汹汹，哪里还有半点千金大小姐的样子，活脱脱一个凶猛的悍妇，或者用拼命的小兽来形容也可以。

周施绮看完视频，把手机还给秦天。

他正半躺在急诊室的床上，刚才的情况属于重大创伤后受刺激的应激反应，医生给他打了镇静剂，已经恢复了。

秦天望着手机傻笑，"游游可真是，姐妹跟人打架还有心思拍视频，你知道她怎么说的吗？"

周施绮不知道也不想知道。

秦天显然也不在意他的意见，继续说："她说，林梦的实力她是清楚的，大学那会就抡起书包把跟踪的痴汉当头一顿猛砸，砸得那人鼻青脸肿从此见了林梦绕道走。别说婚宴现场那么多人一定会劝架，打不起来，就算真打起来，你那个男同学瘦得皮包骨头，林梦都不一定会吃亏。"

秦天问周施绮，"你说游游是不是很有趣？"

周施绮没有回答，可他淡漠的脸就是回答。

秦天放下手机，"行啦，你也别气了，林梦又不是故意的，你瞧她为了你都能和一个男的大打出手，有几个女孩做得到？"

周施绮："所以呢？"

秦天："所以证明她真的很在意你啊，小绮，林梦喜欢你。"

周施绮："那又怎么样？"

秦天急了，"小绮，你怎么这么无情？你从前可不是这样的。"

周施绮自嘲道："我从前也不是这副废人的样子。"

秦天知道戳到他痛处，不吱声了。

周施绮说："秦天，你看看我，再瞧瞧她，像是一个世界的人吗？从前的我或许还能跟她站在一起，但是现在的我……"

他没往下说，而是换了个话题，"总之，你别再跟着她们瞎起哄了，像她这种不识人间疾苦的大小姐，对我也只是一时兴起，觉得好奇罢了，现在还有点耐心，时间一久，就会觉得我无趣无聊，也就作罢了。"

秦天小小声说："可是小绮，你呢？你净想着别人，你自己的感受呢？你真的对她一点感觉都没有吗？"

周施绮望着自己的手臂，那里还留着刚被扎过的针眼，"明知没有结果的事，就不要去想了。"

　　

此时此刻的林梦，正赖在游游家里，专心致志地对着电脑，对周施绮进行翻天覆地的考古工作。

舞蹈学院毕业，金莲花奖得主，四岁开始习舞，六岁开始演出，沿着这几个关键词条顺藤摸瓜，不仅找到了他三年前得奖的表演视频，连他少年时在歌舞团演出的照片和舞蹈学院入学考试视频都一并挖了出来，更不用说他近两年做汉服模特拍摄的那些短视频和图片。

当然，林梦也找到了周施绮在校时和师姐初棠合作的双人古典舞视频，但只看了几秒立马划走，她见不得周施绮身边有别的女孩，于是专注欣赏单人物料。

虽然由于年头久远，像素感人，但林梦还是能从中感受到周施绮跳舞时的感染力，周施绮最擅长的是中国舞，每次表演都会配合舞蹈，穿戴款式不同的汉服，一颦一笑，一举一动，探月踏风，宛若游龙，真如古画中走出来的翩翩公子，《牡丹亭》里迷死杜丽娘的柳梦梅也不过如此了吧。

难怪他对汉服文化了若指掌，穿着古人的衣服跳了这么多年舞，一个作品就是一个故事，化身故事里的人，演绎千百年前的传说，忘我到一定程度，人戏不分，这一件件陪过他的战衣，也是一段段他经历过的人生，有什么理由不好好珍惜？

林梦反复观看他的视频，越看嘴角越不经意往上弯。

游游拿着两盒酸奶从厨房出来，"这位女士请注意你的表情，已经逐渐猥琐，就差流哈喇子了。"

林梦摸了摸嘴角，赞叹道："我真的挖到个宝藏男孩啊，长得帅，会做衣服就算了，竟然还是个舞蹈天才。绮绮子，你还有多少惊喜是本宫不知道的？"

游游递给林梦一盒酸奶，说的话一如既往地扎心，"只怕绮绮子不会想让你知道。"

"我哪知道他不能跳舞嘛。"林梦转而觉得纳闷，"可是他跳得这么好，为什么放弃了呢？反而去当什么汉服模特？"

"何止是放弃，简直像见到洪水猛兽一样，一 cue 他上去跳舞，他竟然晕倒。"游游舔着酸奶盖，啧啧道："这里头肯定有事情。"

"你去跟秦天打听打听。"

"好。"

没过多久，游游铩羽而归，"秦天不肯说，他说周施绮会杀了他的。"

"我现在就想杀了他。"林梦望着微信聊天记录，给周施绮发过去的道歉信息如同石沉大海，悲叹道："周施绮现在躲我跟躲瘟疫似的。我是不是再也见不到他了？"

"不过秦天也说，我们社群下周搞的汉服聚会邀请了一批模特，周施绮是其中之一。千万别说是他说的，否则周施绮会弄死他。"

林梦眼中精光一绽。

周记制衣，已过了下班时间，周爸爸收拾东西准备回家，却见周施绮推门而入，脸上还带着妆，风尘仆仆。

"怎么这个时间来？"周爸爸问道。

"刚拍完一个汉服网店的服装目录，比预计时间结束得早。"

"最近都没什么生意，回去吧回去吧。"

周施绮放下背包，"你先走，我答应帮人改一身衣服。"

周施绮从柜子里取出林梦留下的那套汉服，仔仔细细铺在案板上，拿起画粉开始做标记。

"是那个叫林梦的小姑娘吧？"周爸爸已经连名字都记住了。

周施绮点了点头。

"这么巧，她跟你一样都喜欢汉服啊。"周爸爸端详着案板上的汉服，"可是这一身跟她不太配。"

周施绮淡淡说："不，她不喜欢汉服。"

　　周爸爸看了看儿子，见他埋首工作，心无旁骛，知道这里头有事，却也不便多过问什么，道："那你别弄得太晚。"

　　"知道了。"

　　周施绮没有听爸爸的话，他烧了点热水，给自己泡了一壶清神的绿茶，打算鏖战一个通宵。

　　周记制衣是他爷爷开的，他幼时的小衣服小裤子全是自家做的。周施绮还是个奶娃娃的时候，就趴在案板上玩爷爷做衣服的工具，学着爷爷的样子，把线穿进纽扣里，他爷爷戴着老花镜笑眯眯地说，乖孙这手，天生是做裁缝的料。

　　后来爷爷走了，周爸爸子承父业，成了周记掌门，周施绮记得小时候店里生意还是很不错的，因为周记手艺好，诚信可靠，相近的街坊邻里都来这里做衣服。周施绮天生聪慧，手又灵巧，自小从爷爷和父亲处耳濡目染，天长日久下，也逐渐学会了这门手艺，有时候父亲忙不过来，他还能下场帮忙。父亲便提议，日后把周记传给他。一门三代匠人，家族手艺代代相传，说起来也是美事一桩，可周施绮那时候已经习了几年中国舞，知道自己骨子里热爱的是舞蹈，做裁缝不过闲来无事偶尔为之。周爸爸通情达理，孩子大了自有自己的天地，也不勉强。

　　后来，他遭逢车祸，一夜之间从云端坠落尘埃，原本灿烂的前途尽毁，再也不能跳舞了。他痛苦过，沉沦过，绝望过，甚至有那么一刻曾想过放弃生命，然而看着对他关怀备至的双亲，他怎忍他们难过？不舍得死，那就好好活，已经不是个健全的人了，那起码得活出个人样来。

　　他从四岁起，便把大部分时间都贡献在练舞室里，除此以外，几乎别无所长，幸好还有从小熏陶的家传手艺傍身，令他不至于无事可做，于是便在裁缝铺里帮忙。然而时移势易，电商崛起后，新一代都选择网购，谁还愿意花时间找裁缝做衣服？多老土。周记制衣的生意江河日下，周施绮不想成为家里的负担，闲余的时间便自己出去打工赚钱，幸好发小秦天是汉服社群的活跃分子，在秦天的引荐下，他开始当起汉服模特。

对于穿汉服，周施绮太在行了，那么多年都穿着宽袍大袖翩翩起舞，而且虽然不跳舞了，但功底还在，举手投足自带古典气韵，加上身段好气质佳，扮演起各种古装角色都形神兼备，一来二去之下，找他的单子越来越多，平面、视频、旅拍、走秀、商演。这两三年间，他靠着这样的一单单临工，养活了自己，独立搬出去住，没有因为残疾而成为父母的负担。

他对汉服当然是有感情的，毕竟是从小陪他上舞台的战衣，所以这些工作于他的意义除了赚钱，还有缅怀逝去的美好时光。可他心里清楚，这是不长久的，模特吃的是青春饭，不可能这样过一辈子，像他父亲所说，从前的路走不了了，总得再寻一条别的出路来，可是这条出路是什么？他百思无果。将来会如何？他不知道，也不敢想。

年少时动不动就畅想将来，现在他才明白，人多渺小，将来和意外哪一个先来，谁会知道？能过好今日已不错，今日能做完的事，不要拖到明天。

他伸了个懒腰，壶里的绿茶已见底，不知不觉间，窗外天光已初透。

案板上的汉服经过彻夜修葺，何止是尺寸，连带细节设计也一并调整，简直是焕然一新。

周施绮看着自己的作品，颇为满意，可惜它的主人穿上它的样子，他恐怕是见不到了，不过料想，定是很美吧。

由于长得好看，他自小不缺女孩喜欢，不过像这种会为他打架的女孩，这辈子也是第一次遇见。

想到林梦为自己打架的样子，他不禁莞尔，迎着晨光望出去，觉得世上还是不乏美好的，只不过这美好不一定属于自己。

他低下头笑了笑，有些人即便不能拥有，遇见过，也很好。

当天下午，林梦就收到了同城快递，穿上汉服的那一刻，她简直不敢相信自己的眼睛：这还是同一件衣服吗？

每一寸都恰到好处，宽一点则多，减一点则少，简直是为她量身定做的。最外层的襦裙从蓬松质感的面料换成了轻薄熨帖的绉纱，下摆还加了一串红色玉石，增强垂坠感，显露女性曲线之余又不过火，走起路来还环佩叮当，既好看又俏皮。唐代服装本身就强调华丽，未免太艳丽显得俗气，林梦特意选了以白色作为底色的一身，裙摆上的百花刺绣图原本汇聚了各种颜色的花卉，也不知周施绮用了什么办法，把所有花卉统一变成了红色，繁复的图案因为单一用色而显得高级起来，每朵花的花心正中还镶了一粒珍珠，行走间光华流转，细看才发现乾坤。衣领、袖子和齐胸处都用红色捆了一圈边，这样整身衣服就只有红与白两种颜色，在一众花里胡哨的汉服里反而鹤立鸡群，少即是多，以简取胜。

除了颜色和基本款式不变，整件服装的气质都变了，从暴发户家的阔太太，摇身一变成了低调却难掩光芒的冷都女郎，还是腹有诗书气自华的那种。

游游神为之夺，手里的薯片都不香了，"这还是我给你买的那套汉服吗？周施绮是魔术师吗？"

林梦也是大感惊艳，"本来只是当成撩汉的借口，没想到汉服可以这么好看。"

游游赞叹道："我混了几年汉服圈，这是我见过最好看的一身，周施绮不去做汉服简直可惜了。"

林梦对着镜子里的自己发了会呆，而后突然回过神来，问道："你刚才说什么？"

"这是我见过最好看的汉服。"

"不是这句。"

游游想了想，"周施绮不做汉服可惜了。"

"就是这句。"

"你又在打什么鬼主意？"

林梦唇角微勾，"当然是打周施绮的主意。"

《画嬗记》第二十回

孟嬗没能留住肖绮，他还是要进皇城。临行前，孟嬗要求肖绮把贴身紫玉佩留给自己做个念想。玉佩再贵重也是身外物，而孟嬗毕竟是他的救命恩人，这等请求岂可拒绝？

孟嬗从肖绮手中接过玉佩，确实是上好的紫玉，温润如君子，物似主人。她突然手上蓄力，运劲一掰，玉佩一分为二，此举令肖绮大惑不解。

孟嬗把一半玉佩还给他，"你我重逢之时，便是破壁重圆之日。"

语毕，她转身走进堂屋，反手关上门，竟是头也不回。

肖绮望着空空荡荡的庭院，握着那半枚玉佩，竟感到有一丝怅然若失。

万岁寿诞，举国同庆，天子携朝臣官员于皇城内巡游，百姓在两旁夹道欢呼，争睹天子龙颜，巡游尽头的祭天台上，早候着从各地搜罗来的民间能人异士，轮番为万岁爷表演祝寿节目。

某琴师成功以一曲只应天上闻的乐曲赢得天子称赞，天子龙颜大悦，不仅给了赏赐，还让乐府令将其收编，此名琴师正是肖绮。

肖绮朗声道："启禀陛下，方才那首尚不是小人最拿手的曲目。"

天子："还有什么本事，一并施展出来。"

肖绮："此曲弹奏时讲究意境，故不能太喧哗，得凑近倾听。"

天子被吊起胃口，批准他离近演奏。

肖绮手抚古琴，突然面色哀戚，指尖流淌出的乐音竟催人泪下，悲从中来，全然不是喜庆的贺寿之曲。

天子的面色越来越凝重，这分明是在咒他啊，围观的人也都忧心忡忡，为这名不知死活的年轻琴师捏一把汗，他怕是要倒大霉了。

一曲将毕，只见肖绮一只手悠然弹奏最后几个音符，另一只手却从古琴底下抽出一把短剑来。

周施绮没想到在上海汉服社群的聚会上也能听到林梦的名字，不过这也不奇怪，喜欢汉服的人大概率也喜欢古风，她的古风国漫在网络上点击率这么高，这种大型汉服群里有她的读者，实属正常。

聚会地点定在一家中式茶楼，所有费用由群友均摊，包括请模特的钱。由于秦天是本次活动的筹措者，肥水不流外人田，自然把工作机会优先给了周施绮。

周施绮已经换好汉服在化妆间候场，听到其余几个模特正在热议《画嬗记》的最新一章。

"瞧吧，我就说这个肖绮不简单，肯定有阴谋。"

"刺杀到底成没成功啊，怎么停在这里，好吊人胃口。"

"林梦的风格向来如此，我从她第一本漫画追到现在了，每一章都埋个钩子，简直是钓系作者。"

"听说本人还是个大美女，啧啧，不知道她有没有男朋友。"

"得了吧你，别癞蛤蟆想吃天鹅肉。像这样又有才又漂亮的，哪看得上我们这种野模？"

周施绮觉得嘈杂，拿水壶出去接水喝。大堂里人头攒动，穿着各式各朝汉服的群友们聊天的聊天，合影的合影，还有网红博主现场连线做直播，好不热闹，简直像个古代集市。

熙熙攘攘的大堂里，人人欢声笑语，新朋旧友喜相逢，只有他，人群中倍感寂寥。

入口处传来骚动，应该是群里有分量的人到了，只见穿着鹅黄色宫廷系汉服的游游伴着一个女子抵达，原来引起骚动的不是来者的分量，而是来者身上的衣服。

素白做底，明红点缀，步履间环佩琳琅，小小血色玉石像仙子脚下生出的红莲，将珠玉等华丽之物藏在细节里，乍看朴素，却处处透着雍容高雅。若说是名伶，则名伶没有这么贵气，若说是公主，则公主没有这么脱俗，再加上眉心点的那颗朱砂痣，真如古代神话图里走出来的神明少女。

林梦是第一次参加汉服社群的活动，游游却是老熟人了，女孩们纷纷涌上去，询问这身汉服在哪间店买的？是新品吗？怎么没在上新里见过？游游一一为她们解答，林梦却心不在焉，四处环顾，当她的目光扫到周施绮时，周施绮的心跳没来由地漏了一拍，不知是因为没想到会在此遇见她，还是没想到她穿上自己改过的衣服会这么好看。

林梦提着裙子走到他跟前，"周施绮，上回害你在婚宴上晕倒，是我的错，虽然我也不知道我错在哪里，但总归是我不对，请你原谅我。"

话是道歉的话没错，但总透着那么一股不服气，见周施绮没反应，她还学古人作了个揖，虽然手势摆错了。

周施绮觉得有些好笑，"都过去了，不知者不罪。"

"那你能让我知道我做错了什么吗？"

她眼神真挚，周施绮怔了怔，这时秦天喊模特就位，他便顺势走进后台准备，避过了这个问题。

说是表演，其实就是汉服摆拍。社群里有不少摄影发烧友，拿着长枪短炮，对着背景墙前穿戴汉服的模特一顿拍，每个模特都要换好几身衣服，并根据摄影者的要求变换姿势，工作量虽说不算大，却需要站立很久。

拍摄环节结束后，周施绮坐在化妆间里，擦拭额头上冒出的汗，同时轻轻按摩左腿，那里隐隐作痛，不出意外的话，断肢处肯定又被磨红了，这个义肢他用了三年，有些老旧，为了省钱才没换新的，使用起来自然不太便利。

有人进来跟他打招呼，周施绮认出来者，是个国风文化KOL博主，在网络上很有名，粉丝近千万。

博主说："小周同学，我见你穿起汉服气质拔群，打听了一下，才知道你原来是中国舞演员，来当汉服模特真是大材小用。"

各种缘由不足为外人道，面对夸奖，周施绮报以淡淡一笑。

博主："现如今国潮崛起，有个视频网站在筹备一档国风美男子的综艺，请我去做顾问。我觉得你形象气质各方面条件都不错，而且会跳舞，业务能力应该也没问题，我想举荐你去参赛，有兴趣吗？"

综艺选秀已经是现代年轻人成名的一条捷径，无数为梦想为名利的人趋之若鹜，而且品质高的综艺门槛也高，不是想上就能上的，像这样飞来的机会，无疑是天大的幸运。

可是周施绮说："谢谢肯定，但我没兴趣。"

博主："你是不是担心比赛会很难？其实得不得名次无所谓的，以你的外形条件，营销一下，在网上弄出点动静来不是问题，只要有名气，就有流量，有流量就能变现，这个目的达到了，提前退赛也没关系。我是觉得你当个汉服模特太埋没了，在综艺上露脸之后，后期我们可以把你包装成国风圈的网红，不比你一场场接私活好赚多了吗？"

博主盛意拳拳，就跟星探发现可造之人一样，是双赢的事情，他觉得周施绮没理由拒绝自己，毕竟金钱和名利，谁不想要？但周施绮的回答让他很失望。

"你的建议很有道理，但我确实不感兴趣。"

博主百思不得其解，"为什么呢？你这种模特我见多了，很辛苦的。你会出来打工不也是为了赚钱吗？现在有捷径给你干嘛不走？"

"我当汉服模特，是因为对汉服有感情，就跟我从前跳舞，完全是因为喜欢舞蹈一样。我虽然很想赚钱，但不想去做自己完全不感兴趣的事情，这样不光对不起观众，也对不起自己。"

周施绮态度坚定，博主铩羽而归，在外头跟人非议周施绮。

"一个小野模，跟我谈热爱，清高个什么劲啊，穷讲究。"

化妆间隔音并不好，博主或许也是故意想让周施绮听到，并没有控制音量。

周施绮看着镜子里妆容半花的脸，自己都觉得讽刺，其实人家说的何曾有错？什么理想什么热爱，都是有条件的人才配谈的，他一个每日疲于奔命才能维持生计的蝼蚁，哪来的资格清高？也难怪别人笑话。

他捂额低头，长长叹出一口气，从心底涌出一股绝望，再抬头时，镜子里多了个人。

神明少女自上凝望他，说出来的话也有如神旨。

"周施绮，你改的汉服我很满意。现在有笔钱给你赚，你赚不赚？"

第八章

尘埃里的星火

青山幽幽，绿水淙淙，灰袍公子提着灯笼从山间小径走到溪流旁，眼波里的情意比那天边的云彩还绵长。

"停！模特很好，刚才光线不对，重来一遍。"

摄影师一声令下，周施绮回到最初的位置，重新拍摄。

几条之后，终于过了。周施绮从溪边往回走，见林梦和游游不知何时已杵在拍摄团队中间，摄影师还悉心向游游展示刚才拍摄的成果。

游游："哇，配上古风音乐，简直悠然见南山，完全是古诗里的意境，这还没做后期呢，就这么美。"

摄影师得意扬扬，"我们这个视频号的点击率可是百万级别的，所有作品都是精益求精。"

林梦望着古诗里走出来的公子，笑意盈盈。

周施绮："你们怎么来了？"

林梦："这个摄影师是专拍汉服的，游游和他是好朋友，我们来探班。"

游游对周施绮热情挥手，"小绮，这么巧啊，又见面啦，惊不惊喜，意不意外？"

鬼扯，肯定是知道今天的模特是自己，才过来探班的，周施绮心里这样想着，嘴上也不说破。

灯光组重新布光，准备下一个镜头的拍摄。郊区拍摄一切从简，临时更衣室离这里有段距离，周施绮里头穿了内衬，又是男孩，没那么多讲究，就带着下一套服装走去就近的林子里换，刚脱下外衣想找个树枝挂，侧方默默伸出一只白皙的手来。

他顺着手望过去，林梦俏生生的脸掩映在枝叶后，她双目紧闭，"放心，我没看。"

"没看是怎么跟过来的？"

林梦答不上来。

周施绮把衣服给她，"看也没关系，我里头又不是没穿。"

他都这么说了，林梦就不客气地把眼睛睁开了。男士汉服没有女士的那么烦琐，下边的裤子都是一样的，只需换上身即可。最近降温了，周施绮脱掉汉服中衣，里头穿着一件白色打底衫，料子有些紧，他不是秦天那种大块头壮汉，可该有的肌肉半点没少，是那种修长流畅的线条，加上他骨架生得停匀，宽肩窄腰，真是穿衣显瘦，脱衣有肉。

林梦不禁吞咽了一下口水，谁说祸水都是女的？男色一样误人。

正想入非非，发现周施绮瞪着自己，原来他冲林梦伸手要衣服有一会了，她却只顾着流口水，忘记干正事。

林梦连忙把衣服递给他，把思绪从高速公路拉回正轨，"上次跟你说的事，你考虑得怎么样了？"

林梦在汉服社群聚会上告诉周施绮她打算做汉服生意，想聘请周施绮当设计师。

周施绮反问，"你是认真的？"

林梦急了，"我像是那种信口开河的人吗？"

"我的意思是，汉服制作领域有很多比我专业的人，你仅凭我改的一件汉服，就拍板要跟我合作，是不是太草率了些？"

"有时候做事情靠的就是一股魄力，伯牙子期不也仅凭一曲就认定对方是知音吗？"

周施绮相当狐疑，"你这个例子，举得不太恰当吧？"

"不要在意这些细节！总之，经你手改出来的汉服令人眼前一亮，是连我这种门外汉都被惊艳到的程度。当天现场好多人追着我问衣服哪里买的，我说只此一件，要是能批量生产，还愁没有销量？"

这倒是真话，汉服社群聚会上，林梦这个新人俨然成为中心，一来因为人美，二来人靠衣装，美上加美。

不过周施绮还是觉得奇怪，"你一个漫画家，怎么突然打起汉服的主意来？"

这个问题林梦也早想好了借口，"你别忘了我家是做什么的，我爸创立了君斯服装品牌，现在他年纪大了，担子迟早移交到我手上。我这个做女儿的要是能提前做出些成绩来，岂不是提前让他放心？"

周施绮觉得有道理，点了点头。

林梦接着说："现在年轻人玩舶来品玩腻了，时兴国潮元素，但是卖汉服的网店质量都一般，品质稍微好一点的要价又太高。所以，我打算先小范围试水，效果好的话，再正式引进作为君斯的一条副线。"

"效果不好的话呢？"

"那就作罢，实验嘛，总有失败的风险，但是该给你的薪酬一分不会少，你不愿为了赚钱去做不感兴趣的事，但你对汉服是有感情的，这不算对不起自己吧？"

看来他上次和 KOL 博主的对话，林梦都听见了，虽然这个选择前景不明，可是在无路可走的当下，也不失为一种尝试，更重要的是，他确实需要赚钱。

一个小时后，周施绮的单人拍摄任务完成了，剩下双人视频的拍摄，然而女模特迟迟未到，人也联系不上，好不容易打通电话，才得知她急性盲肠炎进了医院。摄影师急得跳脚，这期内容是签了商务约的，月初必须在视频号上架，择日再拍的话，先不说费用超了，时间也赶不及。

摄制组临时想办法看能不能紧急调一个模特过来，然而这么赶的时间上哪找人？

周施绮也帮不上忙，只得坐在旁边休息，林梦从游游的环保袋里拿出一罐咖啡递给他。

周施绮接过咖啡，"谢谢。"

林梦："你饿不饿？我带了自嗨锅，怕胖的话还有沙拉和奶昔代餐。"

周施绮笑了起来，"你是来郊游野餐的吗？"

摄影师见状，灵机一动，"小周，你女朋友的形象很好啊，让她替一下模特吧。"

周施绮解释道："她不是我……"

林梦拦在前头打断了他的解释，"我行吗？"

摄影师："太行了，不光形象气质的问题，我们要拍的是双人喜服，假情侣哪有真情侣带感？小姐姐救救急帮帮忙，也省得你男朋友再跑一趟。"

周施绮："她真的不是……"

林梦的声音再度盖过他，"没问题！"

　　喜服拍摄地挪到半山腰，新娘的红服后头拖了长长的裙摆，要游游帮忙提着才能走动。林梦带着化妆师给她化好的大婚妆容，额头上还贴了花钿，笑嘻嘻地问周施绮："怎么样？这个新娘你还满意吗？"

　　"媒妁之言，由不得我做主。"

　　林梦的心情并未受影响，"我长这么大第一次穿婚服，还是古代婚服，真像在拍电视剧一样。"她弯膝对他一揖，"相公这厢有礼了。"

　　他没忍住扑哧一声笑了出来，"反了，这是相公对娘子说的话，你懂不懂啊？"

　　林梦相当入戏，"娘子不才，生平所会，不过爱慕相公而已。"

　　饶是周施绮再清冷自持，也被她逗得隐隐发笑。

　　摄影师在后头给予肯定，"很好，要的就是这种你侬我侬的感觉。哎呀，真情侣指导起来就是省事，真情实感，走起，一拜天地——"

　　周施绮牵起林梦的手，对着脚下的山峦和大地，深深一鞠躬。

　　摄影师："二拜高堂——"

　　两人转身，面对镜头，深深一鞠躬。

　　林梦嘴上并不闲着，趁着弯腰拍不到脸，快速说道："周施绮，你们当模特的也太随便了，随随便便就跟人拜堂成亲。"

　　摄影师："夫妻对拜——"

　　两人面对面，双手相牵，双眼双对。

　　这是周施绮第二次看林梦穿汉服，第一次她穿着自己亲手改制的唐代襦裙，化身神明少女，第二次她就换上喜服，成了自己的小娘子。

　　天地悠悠，山风匆匆，他知道这些都是假的，可是这一刻，他像从前跳古典舞一般，遁入了情境之中，真幻不分。

二人同时向对方深深一鞠躬，完成这古老礼仪的最后一步。

我也是第一次，他在心里说。

摄影师："礼成——"

抬起头的那瞬，林梦对他莞尔一笑，小声说："相公，开心点。"

于是他唇边便绽放了微笑。

这条古风视频最终如期上线，并斩获数百万点击量，成为同期同类视频中流量最高的一条。林梦翻阅着底下网友的数万条留言，一瞬间感受到了皇帝批阅奏折的快感。大部分留言都是夸赞拍得好美、好有意境，或是夸赞这对模特俊男美女好生般配，还有不少女网友被种草，说将来结婚也要整一套这样的古风婚服，看得林梦心里是美滋滋。

林梦："广大人民群众的眼睛是雪亮的，都说我和周施绮般配。"

游游一边完善着自己汉服社群的主页，一边打趣她，"人家小周心里想的只有营业，换个女的也一样含情脉脉。"

"一步步来嘛，结婚照都有了，在一起还远吗？"

"不过你也是下了血本，为了接近他，连给君斯开设副线这种借口都编得出。你爸要知道你拿钱贴男人，肯定给你一顿胖揍。"

"他油盐不进，就是个一心只有赚钱的打工人，我也只能投其所好。"

游游在社群主页相册上放了一张汉服聚会上林梦的抓拍，点赞和留言的人众多。她感慨，"周施绮虽然不是专业做汉服的，但是手艺和审美确实没话说，不知道他之后能不能维持在这个水准。"

游游的话很快得到了验证，周施绮的效率很高，收了林梦的定金之后，他白天外出打工，晚上熬夜设计汉服，以梅兰竹菊四君子为灵感，设计了四套明代风格的服装，把草图呈出来时，林梦、游游和秦天都眼前一亮。

周施绮介绍道："经历了唐代的大开大合，明代风格更清雅婉约一些，用色的饱和度上也没那么高，用现在的话说，就是莫兰迪色，而且喜欢大量采用纽扣，有别于唐代襦裙大大方方裸露肌肤，女子服装大多采用立领，看起来更内秀收敛。由此，我采用了气质吻合的花中四君子作为风格主题。"

他把四张设计草图按顺序罗列，"梅傲骨，兰幽远，竹清雅，菊稳重，各自以肤粉、灰紫、玉绿、鹅黄为主色，衣服上的图案和细节都和主题相呼应，远远望去，就像一幅四君子图。"

秦天第一个捧场，"这审美这想法，要放到我们社群活动上，绝对是会被围观的水平。小绮，想不到你搞设计也这么有一套。"

游游默默拍下照片，"我先放到主页上预热一下。"

林梦正在心里啧啧称赞，突觉周施绮望着自己，他眼神里带着期盼，问道："你觉得怎么样？"

意识到他这是乙方看甲方的眼神，林梦清了清嗓子，装作专业，"想法很好，但不知落实到实物会是什么效果。"

周施绮："所以下一步就得把样板服做出来。"他顿了顿，"需要费用。"

林梦恍然大悟，是要钱来了，既然她是金主，就该拿出老板的派头，"没问题，但有个条件。"

周施绮："什么？"

林梦："你制衣的时候，我会不定时过来监工，以保证生产质量。"

林老板所谓的不定时也太定时了，只要有空，每天下午必然出现在裁缝铺，周施绮忍不住揶揄她，"老板，你监工的频次过于密了。"

林梦理直气壮，"我得清楚我每一分钱花哪了。"

周施绮上下打量她，"你不像是这么精打细算的人。"

林梦继续诡辩，"不懂了吧，越有钱的人越抠，要不怎么攒下来钱？"

林老板成了周记的常客，有时还带着下午茶来，再加上嘴甜，成功俘获周爸爸的喜爱。周爸爸从心疼儿子干活辛苦，到胳膊肘逐渐往外拐，比如像这样——

林梦："这里为什么不用金银线？闪闪的，多耀眼。"

周施绮："那个年代没有这种玩意。"

林梦："哦，这个图腾好看，用这个吧。"

周施绮："这是皇家才能用的图腾，诶你不懂就别插嘴。"

周爸爸："小绮，对梦梦态度好点，她不懂你多跟她解释几句。对女孩子半点耐心没有，怪不得交不到女朋友，我在你这个岁数已经和你妈扯证了。"

周施绮被亲生父亲怼，无言以对，林梦乐呵呵看笑话，周施绮一个冰冷的眼刀飞过去，她才用尽洪荒之力止住笑意。

游游有时也会跟着林梦一道来，她所在的汉服社群是上海本地规模最大的，她本人又是社群里头的活跃分子，平日里呼朋唤友，认识者众，所以当她把汉服半成品拍照放到社群主页上，留言的人自然也多，群友纷纷夸赞这批衣服好看。见自己的衣服还未做完就已经在汉服社群引发不小的关注度，周施绮备受鼓励，在制作上更是加倍用心和卖力。

等四套样板服正式做出来后，游游和秦天带着摄影师来拍服装样片。周施绮本身就是汉服模特，这批出自他手的汉服由他亲自演绎再合适不过，由于成衣效果比设计图毫不逊色，甚至在周施绮的演绎下更多了几分仙气，样片被拱上社群置顶位，广受汉服发烧友喜爱，留言想下单的群友一时间挤爆了游游的私信栏。

努力是会上瘾的，特别是在尝到甜头后，周施绮从前除了跳舞之外，最喜欢研究汉服，因为那是贴肉陪他上战场的战友，所以当他眼见自己亲手设计的汉服从纸上走进现实，还受到那么多人欢迎，自然倍感欣慰。他是在掌声中长大的孩子，可自打不能跳舞，赞誉和鲜花从他的世界里消失了，他举目无光，只得摸黑前行，不知何处是尽头，可是现在，前方出现了一点点幽微的星火，尽管光源还很弱，却为他指引了方向。

他望着正督促游游回复群友私信的林梦，不期然产生一种想法，这会不会就是，上天冥冥之中给他指出来的，另一条路？

第九章
天上月眼前人

　　林梦本来只是想花点钱找个借口撩汉，没想到无心插柳，周施绮做出来的东西竟真有不小的销量，这使她不得不端正了态度，于是有了太湖四君子业务上的第一次正式会晤。

　　周记制衣附近的小咖啡馆里，四君子一人端坐方桌一边，人手一杯清茶，由财大气粗的金主爸爸率先发言。

　　林梦："鉴于周师傅的样板服在汉服社群激起不小反响，我的下海尝试初步成功。虽然离把副线开进君斯的目标还有一定距离，但也得进入实操阶段了，各位作为第一批初始员工，有什么建议都可以畅所欲言。"

　　游游："我粗略数了一下，截至昨日，社群里有意向下单的群友共计八十一人，今天好像又有新增。我觉得经由我个人主页向群里贩售这种方式太不专业，为了满足之后的购买需求，得开一个网店，让买家自行下单，后台数据明明白白，这样才好管理。"

　　林梦："同意。"

秦天："我们社群可算是现在国内最规范最具规模的汉服爱好者组织，后期产品口碑好的话，一传十十传百，社群里几千个群友都有汉服购买需求，不愁没有销量。现阶段我们的工作量还没那么大，暂不需要再吸纳新的合作者，但我们自己的分工得明确，我建议从每个人的擅长出发。小绮不用说，负责内容产出，游游是汉服圈活跃分子，人脉广，网店开起来后，由她做网络端运营以及粉丝维护再合适不过。至于我，社群里这么多年的活动都是我操办的，不谦虚地说，拥有一定的执行能力，后期对接团体客户和拉商务活动这一块，就由我负责，大家意下如何？"

周施绮和游游都点了点头，表示同意，唯独林梦提了个问题，"那我呢？"

秦天："你的任务最艰巨。"

自己才是C位，林梦相当期待。

秦天："你负责出钱。"

林梦的笑容瞬间凝固，被安排得明明白白。

游游："对，现在做什么都需要钱。梦梦，你只管把钱搞到位，剩下的交给我们。"

秦天："与其收工资干活，不如设计提成机制，加强工作积极性，所得刨除成本，我们来商量个分成比例。"

游游和秦天本来只是客串来帮忙的，可两人都是汉服爱好者，眼见有机会把兴趣变成职业，热情被激发，竟比林梦还积极。在一通紧密而高效的商量后，按照工作量设定了一个收入分成比例，林梦虽然没什么实际工作量，但她是金主，相当于其余三人都是为她打工，占比自然最高。

林梦和周施绮看了看比例份额，比较合理，没有提出反对意见，紧接着就到了最关键的一趴。

秦天："得给网店想个名字，既要好听，又要好记。"

游游："起名可太关键了，这是一门玄学，直接关系到人缘。"

林梦："周师傅，你作为灵魂人物，有什么创造性的建议没？"

周施绮想了想，"你姓林……林记？"

林梦嘴角抽搐，看来周师傅的创作才能仅限于做衣服。

游游："现在很流行一对情侣里头一人取一个字作名字，梦梦，小绮……"

林梦灵机一动，"绮梦？"

秦天拍掌附和，"我觉得行，穿汉服就是做一场古代的梦，符合意境，也好记。"

林梦看着周施绮，她重视的是他的意见。

周施绮好似回味了一下，说道："有点土。"

林梦怼他，"你的林记就不土？"

周施绮："但是网店名字起得太高级容易曲高和寡，这个水平可以了。"

林梦额头泛起三道隐形虚线，真不知这厮是褒是贬。

周施绮喝了一口清茶，正色道："各位商务层面的决定我都没有意见，现在的汉服市场良莠不齐，我们要从中区分开来，有自己的独特性，就得有自己的坚持。所以，我从产品层面提三点标准：第一，不追潮流，只做符合自己审美的设计，与其去模仿别人，不如坚持自己，让别人来模仿我们；第二，遵循历史，现在很多汉服都是几种朝代风格杂糅，看似多元，其实不专业，我们卖的不仅是衣服，还有衣服背后的古文化；第三，在设备不完善的初期阶段，坚持每件衣服手工制作，以保证品质，毕竟质量才是王道，要给买家最好的体验感。"

三人纷纷觉得周师傅言之有理。

　　周施绮内心的事业小火苗重新被燃起，他补充道："这么做不光是出于我作为设计者的坚持，也是为了长远计，我们绮梦不求做到多大多强，但求让每一个买过我们汉服的买家觉得物有所值。"

　　一场热情四溢的商务会议后，游游要去准备申请网店的材料事宜，秦天要赶回学校给学生上课，二人先行撤离。这里离周记制衣不远，周施绮和林梦道别后，选择缓缓步行回去。

　　走出几步，却发现她还跟在后头，他不解地望着她。

　　林梦故作无所谓地说："坐久了想走两步，送你回去吧。"

　　周施绮莞尔，她的谎话从来都是那么拙劣。

　　两人不紧不慢沿着老街区走到裁缝铺，周施绮轻轻说了句，"这次谢谢你。"

　　"不用谢，又不是白给你钱，你要劳动的。"

　　"不光因为你让我赚钱，还因为你给了我信心。"

　　林梦思绪飞转，"真想感谢我？"

　　"嗯。"

　　"那明晚好好请我吃顿饭。"

　　"好。"

　　孤男寡女，有酒有肉，饱暖思那啥……

　　林梦正打着如意算盘，周爸爸从店里送客人出来，见儿子和林梦到了，向二人打招呼。

　　周施绮问道："爸，我明天要请林梦吃饭，你要不要一起去？"

　　林梦的笑容凝固了，长辈在场她还能折腾出什么幺蛾子？

　　幸好周爸爸识相，瞧着两个年轻人，一脸姨父笑，"勿扰，我要回家跟你妈过二人世界。"

　　林梦瞬间振奋，看来周爸爸是友军。

周施绮问林梦，"你想上哪吃？"

一定要定一个气氛浪漫点的餐厅，可不能让周施绮做主，要是他又把她带去苍蝇馆子怎么办？不是说苍蝇馆子不好，而是那样的环境，不利于她办正事。

"这样，既然是请我吃饭，肯定得要我满意，地方我定，回头我把地址发你，你准时到就行了。"

"好。"

在林梦的精心筛选下，最终确定了一家西餐厅，环境好，价格也公道。然而当她费尽心思作出一身既娇俏又自然的打扮，满怀雀跃地抵达目的地后，看到的除了周施绮，还有秦天和游游。

林梦一脸不善地斜睨游游和秦天，"你俩怎么来了？"

周施绮："我叫来的，我们不是一个团队吗？"

秦天和游游分别悄声向林梦解释。

秦天："我也不想来，小绮非得带上我。"

游游："我也不想来，秦天非得带上我。"

林梦白眼都要翻到背后去了，两位猪队友。

趁着周施绮点菜的工夫，她给他们下了最后通牒，"你俩赶紧吃饱赶紧撤退，不管你们编什么烂借口，拉肚子也罢被追债也罢，总之一个小时之后我不想再看到你们，明白了吗？"

秦天和游游齐刷刷点头。

这家店由于地段好，定价良心，所以生意很旺，幸好林梦一早预约了景观最好的室外雅座，否则连位子都排不上。不过生意旺的缺点就是上菜慢，另外三人倒不太在意，游游和秦天一如既往地叨叨个不停，周施绮心情不错，始终微笑聆听，唯有林梦，心不在焉，度秒如年。

菜迟迟不上，只上了红酒。现在天气逐渐冷了，坐在室外景致好是好，可是林梦为了漂亮穿了小裙子，她一方面为了驱寒，一方面穷极无聊自斟自饮，先干掉了小半瓶。

游游和秦天的话题已经从工作规划上升到人为什么需要伴侣，林梦看了看周施绮，他也喝了点，白皙的脸多了些血色。有一种说法是喝酒容易上脸的人值得交，值不值得交林梦不管，但周施绮此刻脸红红的，眼睛又水汪汪像含了蜜，认真听游游和秦天吹牛的样子，没了平日里的冷漠，多了几分憨气，实在可爱得紧。

林梦托着腮，自动屏蔽两位猪队友的噪音，认真欣赏起美男来。

一个扫兴的声音打断了她，"林梦，真的是你啊？"

林梦抬眼一看，真是倒霉，在这里都能撞见邵梓秋。

邵梓秋这种不愁寂寞的公子哥自然不是一个人来的，一行五六个男女，皆是衣着光鲜，一身名牌，生怕路人不知道他们富贵。

邵梓秋惊讶道："离得远还以为自己看错，林大小姐怎么会来这种以价格实惠作招徕的地方吃饭？"紧接着又把林梦这桌人打量了一圈，眼里是明显的瞧不上，"怎么，离了我，越混越回去了？"

林梦反击，"那你呢？你怎么也来这种地方？"

邵梓秋："旁边新开了家怀石料理你不知道吗？这里是步行区，车子进不来，不过也多亏了这几步路，不然我哪能逮到你？"

游游顶看不惯邵梓秋这副狗眼看人低的德行，拿反话酸他，"我们这些穷人配不上小邵总，您赶紧走吧，和我们多说两句都拉低了您的 level。"

邵梓秋笑道："游游，嘴皮子还是这么厉害。"

游游假笑，"刁民嘛，本来素质就低，您再多待一会我指不定还能说出什么话来。"

同行女友人问邵梓秋，"她就是林梦？"

邵梓秋："对啊。"

女友人："还以为是什么惊天大美女，也不过如此嘛，值得你念念不忘的？"

林梦在心里默默骂了一句脏话，要不是因为周施绮在，多少要顾及点淑女形象，不然早上去和她 battle 了。

林梦要顾及形象，游游的嘴可不饶人，"那我家梦梦确实跟大姐您不能比，都说自信的人最美丽，大姐的自信多到漫出来了。"

女友人生气了，"你喊谁大姐呢？"

游游疑道："不是大姐吗？您脸上粉厚得跟画皮似的，真瞧不出年龄，还以为您是我们阿姨辈呢！"

女友人更气了，"你说什么？"

邵梓秋安抚她，"算了，消消气，你说不过她的。"

女友人这才一跺脚，作罢。

邵梓秋看了看秦天，又看了看周施绮，"林梦，你看上的小子该不会是这两个里头其中一个吧？"

周施绮淡淡扫了林梦一眼。

林梦心虚了，斥道："要你管！"

邵梓秋见周施绮和秦天的打扮都很朴素，心里先就轻视了几分，"还以为你相中哪家贵公子呢！竟然为了这种货色拒绝我。"

秦天有些动怒，"你嘴巴放干净些。"

邵梓秋作风向来乖张纨绔，不屑一顾道："怎么，想动手啊？"

秦天是个愣头青，经不得激，站了起来，被周施绮按回座位。

邵梓秋笑道："你这个兄弟比你稳重懂事多了，这片辖区的负责人我熟，你要敢动我，我保管你没半个月出不来。"

周施绮："小邵总对吧？"

邵梓秋点点头，对他记住自己的名讳感到满意。

周施绮："首先，林梦看上谁我不清楚，这是她的自由，不过既然她拒绝了你，你也无权干涉；其次，虽然我们在你眼里都是不入流的货色，但起码比你强，因为我们还能跟她坐在一起吃饭，而你已经出局了；最后，我们根本不欢迎你，你却一直赖着不走，某种意义上已经构成扰民。这片辖区的负责人我不认识，但我可以让这里的服务员把你请走，你是想自己走呢，还是让我代劳呢？"

周施绮有条不紊娓娓道来，最气人的是语气还很柔和，最后甚至眼带笑意，看在邵梓秋眼里，就是赤裸裸的挑衅。

邵梓秋指着周施绮，"你个小白脸……"

周施绮招呼服务员，"服务员，这里有人滋事。"

粉厚到画皮似的女友人拉扯邵梓秋，"走吧，饭还吃不吃了？还说我呢，你不也说不过人家。"

邵梓秋被友人们劝走后，秦天问道："那男的什么人啊？"

游游："林梦的初恋，渣男一个。"

秦天痛心疾首，"梦梦，你怎么会看上那种人？"

游游："她当时瞎了。"

秦天相当关心，"可不能再瞎了。"

游游："那之后她再没交过男朋友，想瞎也没机会。"

林梦真怕游游那大漏勺把她的老底都掀了，在桌下踹了游游一脚，低声咕哝，"少说两句。"

这时菜终于陆续上了，游游闭上嘴，专心进食。

林梦偷偷瞄了周施绮一眼，见他拿叉子挑着盘里的意面，神色如常。

游游和秦天没有忘记林梦的嘱托，一个小时内火速把食物清盘，然后一个说约了人打排位赛，一个说约了人夜跑，凭借拙劣的借口光速撤离，剩下林梦和周施绮面面相觑。

醒酒器里还剩一点红酒，林梦给自己和周施绮倒上，"今天谢谢你请客。"

"谢谢你才对。"

"谢我？"

"故意挑了个不贵的地方，为我的荷包考虑。"

原来他心里门清。

周施绮主动和林梦碰杯，"我加油赚钱，下次请你们吃贵的。"

林梦笑道："好。"

清空了杯中物，林梦清了清嗓子，"周施绮，你一会儿有事吗？"

"没有。"

甚好，机会来了，"我们要不要饭后散散步？今天天气也不错。"

周施绮看了看表，"不了吧，时间也不早了，而且你穿着裙子，刚才就害怕你冷。"

林梦半喜半愁，喜的是他担心她冷，愁的是跃跃欲试的魔爪又被他一个太极掌打了回来。

周施绮喊服务员买完单，说道："你喝了酒，我送你回去。"

林梦其实酒量一般，喝了这么些红酒颇有点醉意，可刚才全部心思被要对周施绮下手这件事占据，这会彻底没戏了，精神松懈下来，一上车就睡着了。

梦里她迷迷糊糊又见到了白衣公子，或者说是周施绮，他这次坐在一个莲花池畔，是夜，池上烟雾缭绕，他举着酒杯邀她共饮，两人月下对酌，虽无言，可他眼里水汪汪的，蕴的全是情意。

反正是梦，她自己的梦，她说了算。林梦借着酒意行凶，捧着那张遐想了无数遍的脸，目光瞄准他的嘴，那两瓣唇厚薄适中，色泽刚好，上边盈盈还沾了几滴酒，她深呼吸一口，壮着胆子，撅起嘴怼了上去……

"林梦，到家了，醒醒。"

当林梦被周施绮摇醒的时候，那心情简直是郁闷的二次方，现实里不能造次，梦里也不准？

她满含幽怨地望着周施绮，周施绮还以为她不舒服，问道："怎么了？身体不舒服吗？"

她语带怨气，"对！不舒服！"

"哪里不舒服？"

"不知道，哪里都挺不舒服的。"

"你家里有药吗？"

"不知道。"

"你家附近有药店吗？"

"不知道。"

周施绮叹了口气，带着一问三不知的林大小姐下了车，然后打开 App，搜索到最近的药店。

"我去给你买药，你在这里等我一会。"然后他脱下外套，披在林梦身上，"估计你就是着凉了，又喝了酒，这才不舒服。"

他看看林梦光裸的腿，"已经深秋了，别穿裙子了，寒从脚下生。"又顿了顿道："你穿裤子也挺好看的。"

说完就掉头买药去了。

林梦原地宕机几秒，然后猛地反应过来，周施绮这是在夸她好看？

他良心发现了？还是酒后吐真言？

林梦已经掐灭的小九九如燎原之火般猛烈重生，此等好机会岂可放过？于是她火速打好算盘，过一会儿就佯装胃疼，让周施绮扶她上屋，然后继续装病，他就不得不留下来照顾自己，孤男寡女共度一宵，只要锁好门不放周施绮出去，有的是她发挥的空间。

短短时间内，林梦已经在脑内自导自演了一出少儿不宜的小剧场。她裹紧周施绮的外套，衣服上还带着他身上独有的淡淡药草香，她深深嗅一口，真是个美好的秋夜啊！

正陶醉间，讨债般的声音又来了，"哟林梦，一个人啊，那俩小狼狗呢？"

林梦火速切换至战斗状态，"邵梓秋，你跟踪我？"

邵梓秋靠在他的宾利上，"这不叫跟踪，这叫关心，我怕你被人骗财骗色。"

林梦见邵梓秋醉眼惺忪，脚步虚浮，明显也喝了，而且喝得不少，惊道："喝成这样还敢开车？"

邵梓秋大着舌头说："是不是很感动？"

"酒驾要出事的！"

邵梓秋嬉皮笑脸，"明明很关心我嘛。"

"我是怕你祸害无辜。"

"得了林梦，别装了，你心里明明还有我。"

"邵梓秋你是不是有病？"

"我可能得了想死你了病，快让我抱抱。"

说着就张开双臂扑过去，被林梦一脚踹开。

邵梓秋捂着被踹的膝盖，注意到林梦肩上披的男士外套，"这是哪个野男人的？"

"关你屁事。"

"一块破布还当成宝。"

邵梓秋动手拉扯外套，林梦反抗，可力量上终是难敌男子，她喝道："起开！我数到三，不起开我就揍你了！一、二……"

没给她数到三的机会，一双修长有力的手从她身后推开了邵梓秋。

周施绮护住林梦的同时，捧着的药也撒了一地。

"你没事吧？"周施绮问道。

林梦摇摇头。

邵梓秋一个趔趄摔倒在地，看清楚推他的人是周施绮，骂道："是你啊小白脸，脸皮可真够厚的，还跟到人家里来。"

林梦："脸皮厚的是你！"

邵梓秋从地上爬起来，"林梦别说我没警告你，这种人最危险了，一穷二白啥也没有，剩一张脸还能看，就指着这点原始资本翻身呢！多少富婆都是被他这样的小白脸骗到倾家荡产。"

林梦呸一声，"收起你那套肮脏的想法，你以为人人都跟你一样猥琐？"

邵梓秋："那他来你家干嘛？"

周施绮正色道："她喝了酒，我只是把她送回家而已。"

邵梓秋："那你现在可以走了。"

周施绮："你不走，我是不会走的，我得确保她的安全。"

这话让林梦心里一暖，却让邵梓秋怒从中来。

"小子你给脸不要脸，你知道我什么人吗？知道她什么人吗？你知道为什么她跟我分手后再没找过别人吗？那是因为她找不到比我条件更好的！你以为傍上个白富美从此不愁生计？人家跟你玩玩罢了！人以群分，越是有钱的人越是在乎钱，她早晚还是得回到我身边。"

林梦怒道："邵梓秋你胡说八道什么呢，给我闭嘴！"

邵梓秋酒劲上头，开始说混话，"被我说中了吧？实话告诉你，你家地址都是你爸和我说的，林叔叔多识相，我这样的女婿打着灯笼上哪找？你就使小性子吧，服从还不是时间问题。"

周施绮默默拨通了 110，"喂，我要报警，这里有人醉酒驾驶，地址是……，车牌号是……"

周施绮挂断电话，对邵梓秋说："这片辖区的负责人你也熟吗？"

邵梓秋气到手指发抖，指着周施绮，"好你个小白脸！"

林梦斥道："赶紧滚！"

这种情况下，邵梓秋不得不走，本来想来跟林梦重圆旧梦，结果却像过街老鼠般被赶走，然而走前他还不忘撂下几句难听话，"小白脸我告诉你，林梦和你在一起，八成是为了气我，气我对她不忠，你不过是个工具人罢了！回头我跟她和好如初，你就躲一边哭去吧，劝你趁早死了这条心，免得遭罪，林梦什么样人我最清楚了，好马配好鞍，好车配风帆，她啊，不会喜欢你的。"

本以为这番挑拨离间的话多少会给周施绮心里添堵，谁知他只是淡淡地说："我知道啊。"

这下不光邵梓秋，连林梦都有些意外，她望着周施绮，月色下，他眼睑微垂，长长的睫毛像两把小扇子，倒影淡淡映在脸上，看不出是喜是悲。

"我知道自己是什么样的人，我也知道她不会真的喜欢我，所以我从没往那个方向想过。"

不知是不是花眼，这一刻，林梦好似看到有什么亮晶晶的东西自周施绮眼中一闪而过，不过很快就消失了。

周施绮抬起头，平静地望着邵梓秋，"不过至少现在，她也不喜欢你，所以请你马上离开。这里离派出所不远，警察应该快到了，奉劝你最好打车走，免得害人害己。"

邵梓秋骂骂咧咧上了宾利，旋即风驰电掣开远了。

周施绮从地上捡起散落的药，吹了吹上边的灰尘，又细心擦拭干净，他还买了一瓶水，问道："还难受吗？要不要先吃点药？"

林梦已经想不起装病这茬了，"你刚才那话什么意思？"

周施绮把药塞她包里，"要是回去感觉好点就别吃了，是药三分毒。"

"回答我，刚才那话什么意思？"

周施绮叹了口气，"就是字面上的意思，没什么事的话我先走了，晚安。"

他刚要转身，却被林梦死死拉住，"你很了解我吗？我怎么想的你真的清楚吗？你凭什么做我的主张？"

林梦看着那双日思夜想的眼睛，里头蕴含着她尚且读不懂的淡淡哀愁，眼前的他和梦里的他脸孔重合，不知是未散的酒精作用，还是这迷醉的夜风给了她勇气，她大着胆子，捧起他的脸，把刚才被打断的梦境延续下去。

"那么我告诉你周施绮，我喜欢你，我喜欢的就是你。"

然后，她踮起脚尖，一点一点地，缓慢而坚定地，似乎为了印证自己说的话半点不虚，把唇凑了上去。

她的吻技不太娴熟，而且到底还是对他小心翼翼，不过蜻蜓点水一吻，便匆匆分开。饶是如此，林梦也已紧张得心怦怦直跳。

本以为周施绮会大惊，至少会感到错愕，可是他只是怔怔望着地面，维持着刚才接吻的姿势，一动不动，像被点了穴一样。

林梦有些慌，莫不是被自己的色胆包天吓到了？

"周施绮？周施绮？"

他回过神来，看着林梦。

"周施绮，刚才是我冲动了，你别介意啊，千万别又躲着我啊。"

要不是怕他躲着自己，再色胆包天的事她都干得出来。

周施绮垂下头，眼神沉沉的，不知在想些什么，搞得林梦再度紧张起来，她害怕他生气，害怕他不理自己，从小到大，她还没这么害怕失去过什么，她等待着周施绮的宣判，像在等待宣读圣旨，心里没底，很惶恐。

周施绮结束了思考，抬起头定定看着她，他的眼神很矛盾，似乎在抵抗什么，却又在对上她双眸的那一刻放弃挣扎，接着他摸了摸嘴唇，问出了一句她怎么都想不到的话，"林梦，你是不是不太会接吻？"

"啥？"林梦愣住了。

"没关系，我教你。"

她头上的月色骤然一暗，被他的身影挡住，而后，他自她眼里铺天盖地而下——她的世界终于只剩下他。

刚才结束得太快，心情被紧张所覆盖，这回林梦才真真切切感觉到了，他的唇和想象中一样软，嘴里还留着些微红酒的香气，含着他时，像含着一块上好的玉。

他的吻技确实比林梦强，而且他吻得很仔细，甚至拨开她的长发，捧着她的后脑勺，让这个吻再加深些。

她便也勾住他的腰，全情投入作出回应。

他披在她肩头的外套早已落地，两个人也不管不顾，仿佛天地间除了那轮月亮，就只剩下他们。

她既不问他为何要这么做，也不问他打算这么做多久，一切顺应本能，答案与此刻相比，显得那么微不足道。

恋爱很重要，可是比恋爱更重要的，是心动。心动是冰雪消融花开满城，是从天而降的梦想，是绝尘而去的信仰，那短短一瞬间，是你对这个人间仍有热爱的证据。

至于结不结果，那是明年秋天的事，在这个秋天，不必担心。

第十章

春风叩柴门

"昨夜月华星疏，今朝晨霞渐起，人生中本不该有这么多无端的惦念，可我只要一想到你，就落笔温柔。"

周施绮睡醒，打开林梦的漫画主页，就看到更新了这么一段话，是凌晨四点发的，看来她昨晚兴奋过度，失眠了。

他笑了笑，起床洗漱，收拾完毕后出门，在楼下早餐店打包豆浆锅贴，吩咐老板其中一份锅贴要煎得脆一点，父亲顶喜欢吃煎得脆脆的面皮边。

等早餐的工夫，他拿出手机刷微信，和林梦的聊天记录截至凌晨零点，她问他到家没有，然后祝他晚安，谁知道她自己竟彻夜未眠。

他给她发了条微信，问她吃不吃早餐，不过发完就后悔，她这会应该还在补眠呢，谁料刚放下手机，她的回复就进来了：吃！

他的嘴角不自觉上扬，然后吩咐老板再加一份餐。

老弄堂的一天开始得早，街坊邻里开店的开店，做饭的做饭，上班的上班，半空飘着不知从哪个窗户出来的炊烟，带着葱油饼的香气，还有一日之计的希望。周施绮一路走着，挨个和熟人打招呼，从前的他怎么不觉得早晨如此之美好？

周爸爸正仔仔细细地把成衣包在礼盒里，今天要给老客人送过去。周施绮进店之后，把锅贴豆浆放在周爸爸面前，"知道你爱吃脆的，特意叮嘱老板煎香一点，我尝了一个，跟咬锅巴似的，嘎嘣脆，赶紧趁热吃。"

周爸爸觉得儿子过分活跃了些，"你今天心情不错啊？"

周施绮笑了笑，然后一边哼歌一边撸起袖子，开始在案板上干活。

周爸爸："遇上什么好事了？"

周施绮："可能因为初批汉服订单量比设想的大，昨天还是两位数，今天已经破百了。"

周爸爸："那说明我儿子的设计受欢迎啊，可是这么多单子你一个人怎么完成？"

周施绮："我算过了，要是晚上也加班，我的速度大概是两天能做出来一套汉服。目前的订单全部做完大概需要花小半年，时间确实是长了些，不过先做完的可以先发货，而且下单的都是本地汉服社群里的群友，游游，也就是我们网店负责客户端的同事跟他们很熟，可以和他们把情况说明白。毕竟是纯手工制作，相信他们也能理解。"

周爸爸："你一会把样板服拿出来，我仔细研究研究。"

周施绮："爸，你想干嘛？"

周爸爸："我当然是想帮我儿子减轻负担。"

周施绮："爸，这是汉服，不是旗袍。"

周爸爸："嘿你个臭小子，不相信你老子是吧？我做衣服的时候还没有你呢，干了几十年裁缝，你做得出的衣服我做不出？"

周施绮觉得言之有理，"那倒也是。"

周爸爸："儿子忙成这样，老子闲成这样，说得过去吗？我这一身好手艺摆着不用，多浪费，你傻不傻？"

周施绮笑了："那我就不客气了，谢谢爸爸。"

周爸爸打量了儿子一会，半信半疑，"你这么高兴，除了汉服销量好之外，没别的原因了？"

周施绮抿着唇不说话。

门上铃铛发出清脆声音，林梦到了，一进门就喊，"周叔叔早。"

周爸爸对她点点头，然后她直奔目标，蹦到周施绮身边，"我的早餐呢？"

周施绮把给她留的那份拿给她，她问道："只有一份，那你呢？"

"我吃过了。"

"吃的什么？"

"跟你一样。"

多么无聊的对话，但是林梦觉得每个字都津津有味，也许这就是恋爱的魔力吧，能把废话变成天籁。

她打开打包盒，夹起锅贴吃了一口，连食物都比平时美味呢！

周爸爸默默观察这对小年轻，儿子心情好的答案自然不言而喻，他强忍住要溢出来的姨父笑，拎起礼盒，"衣服做好了，我给老客户送过去。"

"爸，我去送吧。"

"你留下来陪梦梦。"

林梦忙道："叔叔，你歇着，我和小绮一起去。"她忙不迭把最后一个锅贴送进嘴里。

周爸爸便也不再推辞，"那也行，小绮，你过来。"

周爸爸把儿子带到屏风后头，叮嘱道："你带梦梦多转转多逛逛，不用着急回来。"

周施绮："那不行，还这么多单子要做呢。"

周爸爸怒其不争，"干活重要，终身幸福就不重要？不差这一天半天。"

周施绮："我不能扔你一个人在店里干活。"

周爸爸："我还嫌你妨碍我清净呢。"

周爸爸从钱包里取出一叠现金，"拿着。"

周施绮不解，"干嘛？"

"带女孩出去玩不要花钱的啊？"

"爸，我跟林梦还没有……"

"不管有没有，男孩跟女孩出去，肯定得男孩买单。"

"爸，我自己有钱。"

周爸爸强硬地把现金塞进儿子兜里，"拿着防身。"

周施绮无奈，只得服从。

周施绮和林梦一人拎着一袋礼盒走在路上，梧桐树的叶子都黄了，白玉兰却开得正欢，香气沁人，林梦一边走一边忍不住回头看那树上的花。

周施绮笑道："今早才睡，还那么好精力？"

"你看了我在主页上的留言？"

"嗯，一起床就看到了。"

林梦窃喜，"你起床第一件事就是看我主页？"

他装作不在意，"起得早，无聊没事做嘛。"

"起这么早干嘛？难道你也失眠？"

"我昨晚睡得特别好，一碰枕头就见到周公了。"

林梦简直无孔不入，"为什么睡得这么好？什么人让你这么开心？"

"被表白自然是件值得开心的事。"

"那你……接受这个表白吗？"

昨晚那吻之后，周施绮把林梦送到家门口，然后不管她怎么耍赖使性子要留下他，愣是没从，摸摸她脑袋就走了，不是不想，是不敢。

她突如其来的一吻，打得他乱了章法，一旦逾越了雷池，有些事情，就越来越不受他控制，因为心动根本无法控制，既然理智不听话，那就缓一缓，容他再想想，或许允许自己放纵一回？

他俩站在十字路口，林梦见他不答，扯着他袖子追问，"说话呀，接不接受？"

他一把拽起林梦胳膊往前走，"绿灯啦。"

林梦趁此机会反守为攻，顺势牵起了他的手，他微微颤了颤，不过也没反抗，任由她牵着过马路，只是一到对面就把手抽了出来。

林梦心道，面皮子这么薄，没事，老娘有的是耐心。

两人送完衣服从小区出来，林梦问道："我们现在去哪？"

"你一夜不睡还想去哪？赶紧回家补眠。"

林梦逞强，"我最高纪录为了赶连载连着三晚不睡，区区一夜未眠对我来说不算什么。"

话虽如此，她还是不争气地打了个哈欠。

周施绮忍俊不禁，"你厉害，比不过，但是我得回去干活了，游游已经把第一阶段的订单需求发给我了，够我日夜不休干一个月的。"

林梦咋舌，"这么多？"

周施绮点点头，"这还是游游担心我忙不过来，把订单按照先后顺序分了批次的。虽然网店不比实体店，做不到为每个客户量体裁衣，但我还是想把汉服尺码分得尽可能细一些，做到尽量精准，这就更考工夫。"

林梦其实真正在意的是周施绮本人，并不是什么网店，然而还是拿出金主的架势，装腔作势一下，"周师傅，虽然你得给我们店创造业绩，但忙归忙，还是要注意身体，不能影响正常生活，尤其是交友方面，不然我多像个剥削劳动人民的无良雇主。"

她着重强调了"交友"二字，把周施绮逗笑，他应道："好，我会注意，不过也能不能麻烦金刚不坏的林姐，迁就一下我这种凡人？"

林梦顺杆爬，"那先放你一马。"

"感恩林姐。"周施绮想了想，"噢对了，梅兰竹菊系列汉服既然已经正式上架进入销售流程，剩下就是一板一眼做衣服的流程了，你不需要再来我们店里监工了。"

林梦怔了怔，琢磨着他话里的意思，委屈巴巴地说："周施绮，你不让我来了？不想再见我了？刚才不是还好好的吗？你这个人怎么说变就变？"

周施绮又好笑又无奈，"难道我们见面就只能在店里吗？"

林梦反应过来他这话的意思，喜不自胜，"你说的对，哪里都能见。"

周施绮帮林梦叫了辆车，林梦扒拉着车窗，"周施绮，晚上一起吃饭吧。"

他点了点头，"你睡醒告诉我。"

"不许再喊秦天和游游。"

他愈发觉得好笑，"知道了。"

于是林梦喜滋滋坐车回家了。

周施绮看着渐驰渐远的车子，想到当初在太湖边，她也是彻夜未眠，挨着自己肩头睡着，这家伙，见到自己喜欢的东西都是这么风风火火地一头扎进去，全然不顾后果吗？

他向来是冷静自律的人，却也不禁被她的炙热感染，开始无法压抑内心的欲望。

林梦刚到公寓楼下，她爸林贵华的电话就进来了，她不情不愿地接听，打来的还是秘书，让她晚上记得回家吃林总的生日饭。

林梦纳闷，"他生日不是月底吗？"

秘书解释，"农历生日。"

这老头，越活花样越多，幸好早就给他备好了生日礼物，林梦说着知道了，冷不丁被拐角处出来的人撞了一下，手机都掉了。

那人是个中年妇人，戴着口罩，打扮素雅，从斑白的头发能看出年纪不轻了，但是身材保养得很好。

妇人连连道歉，"对不起对不起。"

林梦扶着她，"我没事，阿姨您没事吧？"

妇人捡起林梦的手机，从包里拿出纸巾，仔仔细细擦干净，还给她。

林梦接过手机，说了声谢谢。

然而那妇人却一直盯着林梦看，那种眼神很奇怪，夹杂着怜惜和悔恨，是林梦从未见过的，她被看得有些不自在，便别过妇人进了公寓，临进电梯再回头看一眼，远远见到那妇人竟还在。

林梦把和周施绮的晚饭改到了明天，睡醒之后套了身休闲服，不施脂粉出发去父亲家，反正在家里吃饭，用不着打扮。

　　林贵华的别墅位于长宁，堪称全上海单价最高的别墅区，住在里头的非富即贵。其实当初决定买这处住宅时，林贵华的服装事业还没上轨道，投入比产出大，按理说钱应该省着花，但他为了能和高级的人住在一起，愣是硬着头皮买下这栋大宅，用以彰显身份。

　　林梦一进花园，就听到里头传来的人声，客厅里已经聚集了一些客人，正伴着凉菜吃酒，有说有笑。

　　林贵华见女儿到了，说："怎么才来？还穿得这么邋遢，越来越没有样子。"

　　林梦没好气地问："不是家宴吗？怎么这么多外人？"

　　"是家宴啊，在家里办的可不就是家宴。"

　　看来他们两父女对于家宴一词的理解有所不同。

　　林贵华向宾客们介绍女儿，请的自然都是生意场上的人，老林头从来不会放过任何能拓展业务的机会，连他自己的生日也不例外。

　　宾客中一个四十岁左右、衣着高贵的女人说："林总，这道醪糟熏鱼可太地道了，饭店都做不出这个味道。"

　　林贵华笑着说："今天的厨子是我专门从杭州请过来的，知道高总您是杭州人。"

　　姓高的女人说："林总有心了。"

　　这位姓高的女人叫高小绵，和软糯的名字不同，她的长相英气，眉眼锋利，虽不算标准的美人，却自带一股强大的气场，林贵华请她上席，还特意为了她从杭州调来厨子，可见高小绵身份不一般。

　　坐在高小绵旁边的男子取过她的碗，温言道："绵绵别急，我给你把刺挑干净。"

　　一桌人就开始起哄。

　　"恋爱这么多年还这么甜蜜，羡煞旁人。"

　　"男朋友又帅又年轻，还宠妻，高总真是好福气。"

高小绵得意扬扬，她男友则老老实实帮她剔着鱼刺，一副忠犬的样子。

林梦从刚才就觉得这个男的眼熟，此刻尝试着问道："敢问这位宠妻的哥哥怎么称呼？"

宠妻哥有些不敢与林梦对视，眼神闪躲，"免贵姓袁。"

有热心宾客替他把答案说全，"大名鼎鼎高达投资的副总，袁海诚，人称金融圈第一帅。"

林梦没记错，果然是那天在豫园见到的那位，怎么他前脚还是初棠的男朋友，后脚就成了别人的小忠犬？

于是林梦对高小绵举起酒杯，"高姐姐，我觉得你好高贵好有气质，在我爸的朋友里，我还没见过你这么好看的呢。"

哪个女人不喜欢听人夸自己？尤其是被年轻的小美女肯定，高小绵笑逐颜开，"林总，你女儿嘴可真甜。"

林贵华也很高兴，觉得女儿终于开窍，开始懂得巴结有用的人。

林梦接着说："高姐姐，你是做什么的呀？"

高小绵："我是做投资的，妹妹对投资感兴趣吗？"

林梦："我笨得很，投资太难了，搞不来。"

高小绵："你要是感兴趣，找天可以到我们公司来玩，我让老袁带你上上课。"

林贵华帮腔，"梦梦，还不谢谢你高姐姐，她的高达投资可是沪上三大行之一，多少名牌大学生挤破头都进不去。"

原来是高达的掌门人，林梦稍一想就明白了，也是不鲜见的戏码。这个袁海诚长得不赖，于是依靠天赋资本上位，傍上高小绵，心甘情愿给比他年长的富婆当舔狗，估计他高达副总的位子就是这么来的，而且根据已经热恋好几年这条线索来看，初棠肯定是小三没跑了。

这个初棠学姐，看着一副人淡如菊与世无争的样子，暗戳戳撬别人男人，真是人不可貌相。

不过这些都是别人的腌臜事，林梦也不打算告诉周施绮，免得他觉得她嚼舌根。

主菜上齐，林梦吃了一会听了一会就觉得索然无味，这些人看着光鲜，其实熙熙攘攘，皆为利而来。而且林贵华让她过来陪着过生日，却根本没放半点注意力在自己身上，一直忙着应酬交际，林梦觉得自己像个多余的人，于是提出要撤。

林贵华说："再等等。"

林梦："等什么？"

林贵华："小邵在路上了。"

怪不得非得把自己捎上，原来还是为了这茬。

林梦说："那你自己慢慢等吧，是你过生日又不是我过生日。"

林贵华责怪，"你这孩子怎么这么不懂事？小邵都跟我说了，你昨天在他朋友面前不给他面子。"

林梦不屑道："他还真是会打小报告。"

林贵华："他还说你跟不三不四的男人混在一起，梦梦，你这么搞，你让小邵怎么想你？他会以为你是不检点的姑娘。"

林梦反驳，"他爱怎么想怎么想，我还没怪你把我家地址告诉他呢，你经过我同意了吗？"

两父女低声争执，这时林贵华的电话响起，他一看来电显示，是邵梓秋，忙换上和气的语气。

"小邵啊……谢谢，谢谢祝福……啊？你不能来啦？……喝多啦？要不要紧啊？……没关系，叔叔跟你改天聚也一样。"

林梦在一旁偷笑，邵梓秋这夜夜笙歌的家伙，现在指不定抱着哪个姐躺在哪个销金窟里逍遥快活不舍离去呢，哪还会有空陪你这个老头子过寿？

林贵华挂断电话，再没了留下女儿的必要，于是林梦顺利离开这个所谓的家宴。

一从别墅出来，她就给周施绮发了微信：在干嘛？

他这次回得倒快：在绣花。

林梦想象着周施绮在灯下拿着针线细细描绣的样子，红袖添香这个词应该是形容美女的，她却觉得用在他身上也不违和。

他给林梦发：生日饭吃得怎样？

林梦：不怎么样，没吃饱。

林梦缓缓往别墅区外边走，走到门口时，收到周施绮的微信：那，要不要一起吃点夜宵？

两人约在长宁区的夜宵一条街，林梦远远看到周施绮站在街口，在来来往往的行人中岿然不动，挺拔如翠竹，简直是鹤立鸡群，她不禁再次在心里为自己的眼光点赞。

林梦冲周施绮挥挥手，而后小跑至他面前，"我们吃什么？"

"随你。"

"小龙虾？烧烤？串串香？你喜欢哪样？"

"我不挑食。"

"这么好养活？"

"我不接受包养。"

哟，都会开起玩笑来了。

"那你什么时候改变主意了第一个通知我，我拿个号。"

周施绮但笑不语。

林梦最终选择了一家港式火锅，点完菜后，林梦问道："今天衣服做得顺利吗？"

他想了想，说："我爸的帮忙替我减轻了不少负担，他手艺老练，干活快，所以我跟他分工合作，他负责拉出衣服的大轮廓，刺绣之类的细节装饰我来填充。四身汉服里头，梅花下单的人最多，因为最贴合现代人的审美，可是每朵梅花都是手工绣上去的，要绣得完全一样，其实挺不容易的。我刚开始很伤脑筋，可后来一想，虽然这系列汉服是中性的，男女通穿，但顾客绝大部分还是女性，所以干脆随性而至，把每件汉服上的梅花绣成不同样式。这样，买家得等实物到手后，才知道自己那件具体什么样，就跟开盲盒一样，毕竟这个世界上最喜欢惊喜的，就是女人。"

林梦佯装警惕地晃晃脑袋，"周公子，你很懂女人嘛。"

周施绮倒也不客气，"略懂。"

"遇过很多？"

"不多。"

"经验哪里来的？"

"我聪明，懂得举一反三。"

嚯，还真是不谦虚。

"那聪明的你，是什么时候发现我对你有意思的？"

"一开始。"

"在无锡？"

"嗯，那天在太湖边吃饭，我就知道了。"

林梦有种一直被当成傻子看的感觉，"这么明显吗？"

"嗯，你演技不好。"

"……"

事已至此，她也没必要再装了，"那我后来找你改衣服……"

"我自然知道你所执着的不是汉服，是我。"

他往她碗里夹菜，神色平淡如常，原来这家伙一直心如明镜，揣着明白装糊涂。

林梦申明道："但投资你做汉服，确实是因为认可你的审美。"

他笑，"这点自信我还是有的，不过有一件事我不明白。"

"什么？"

周施绮双手支着桌面，往她凑近一点，表情认真，"为什么是我？"

林梦微一思忖，决定如实招来，"我的漫画《画嬗记》，你看过吧？"

"嗯。"

"觉没觉得里头的男主角，跟你很像？"

"是有些神似。"

"那是根据我经常梦到的一位公子创作的人物，从三年前开始，我就反反复复梦见他，而你——"林梦顿了顿，"跟他长得一模一样。"

周施绮很惊讶，愣了半晌后说："我向来不信怪力乱神之说。"

"我也不信，所以我把这认为是——"林梦直勾勾看着他，眼里是不加掩藏的欢喜，"命定的缘分。"

吃完夜宵已经夜深，两人走到街口，周施绮说："我送你回去吧。"

"我今天可没喝酒。"

"可你今天不太安全。"

"？"

"你不化妆比化妆好看。"

林梦一愣，而后心里简直乐开花，今天真是个好日子，她决定得寸进尺，"周施绮，能不能答应我一件事？"

"你说。"

"你以后能不能尽量多看看手机，及时回我消息，你越来越可爱，我骚扰你的频率肯定越来越高。"

他忍笑，"考虑一下吧。"

对街有尚未打烊的奶茶店，亮着灯，林梦得寸进尺再进尺，"我想喝奶茶。"

"好。"

"要冰的，加椰果，然后……"

"糖要用代糖对吧？"

他竟然一直记得，林梦心念陡转，"周施绮。"

"嗯？"

"你其实也对我有意思吧？"

周施绮眨了眨眼睛，没说话。

林梦继续陈词，"你一早就知道我相中了你，找你改汉服只是借口，你也没明确拒绝我，放任我的死缠烂打，还偷偷记下我的饮食习惯。"

周施绮顾左右而言他，"我去给你买奶茶，你在这里等我。"

说完他就跑了。

林梦看着他仓皇逃离的背影，觉得真该找个机会好好审审他，这家伙藏得太深。

她正偷着乐，一辆违章驾驶的摩托飞驰而来，眼看她躲避不及要被撞到，横地出来一个人影把她推去一边，那人却被擦伤。

"你没事吧？"林梦上前查看，发现救她的人正是白天在家门口撞到的妇人，虽然她戴着口罩，但是那身衣服林梦记得。

妇人的手臂被划拉出一道血口子，林梦说："阿姨，我带你去医院吧。"

"不用不用，小伤而已。"

妇人的声音非常轻柔婉转，一听就是个性子温柔的人，令林梦生出亲近。

对街的周施绮察觉到这边的状况，奶茶才刚下单，他先赶了回来，"怎么了林梦？"

"摩托车违章差点撞到我。"

"有没有受伤？"

"没事，幸好这位阿姨救了我。"

林梦一转身，那个妇人却已经走远，只余那略带佝偻的瘦弱背影，夜风中显得孤单又凄寥。

第十一章
道阻且长

绮梦网店正式投入运营后，在游游的大力宣传下，汉服社群里的群友纷纷被梅兰竹菊系列汉服的构思吸引，认为这不仅是衣服，更是艺术，具有收藏价值，是以纷纷闻风至网店下单。

被肯定的感觉让周施绮备受鼓舞。自打不能跳舞后，他觉得自己身上的光也跟那条断腿一样，永远离他而去了。他那么要强的一个人，在竞争那么激烈的舞蹈环境里，都永远处于拔尖，然而那场车祸却夺去了他的骄傲，他每日蝇营狗苟，疲命于各种散活里，聊以为生，连他自己都几乎要放弃，觉得此生就要泯然众人了吧。然而上帝关上了他的门，却给他开了一扇窗，原来跳不成舞，他还可以做汉服，原来他从小自父亲处习得的手艺并非无用，冥冥中一切自有安排。

思及此，周施绮心里的小火苗再度被点燃，他的斗志回来了，从前，他觉得他可以凭双脚去到任何他想去的地方，现在，他相信自己也可以凭双手把输掉的人生，赢回来。

　　由于订单量大，周施绮加班加点赶制，连汉服模特的工作也暂停了，专心搞转型。周记制衣好久没这么忙碌了，眼看儿子将布料一匹匹运进来，闲暇许久的周爸爸摩拳擦掌，跃跃欲试，他空有一身好手艺，却无处施展，现下终于有了用武之地。周爸爸甚至开始研究起汉服，观摩儿子制衣的过程，毕竟是老裁缝，业务水平过硬，一看就懂，一点就通，继而不光裁衣做廓，连重氛围感的细节也一并掌握，大大帮周施绮分忧。父子齐上阵，事半功倍。

　　周施绮虽然身累，可内心却是振奋的。他虽然热爱汉服走秀，可当模特毕竟只是权宜之计，不长久，而汉服生意若上正轨，则可成为安身立命之本，这让他重新看到了未来的希望。

　　至于林梦，为了让周施绮专心完成工作，用洪荒之力控制住了自己往裁缝铺跑的冲动，把思念化为创作的动力，是以这段时间漫画连载非常高产，令读者欣慰。

　　不过晚上若有时间，他们还是会在一起吃饭，林梦也会把自己这一天的所见所闻告诉周施绮，虽然他话不多，但每次都听得很认真，而且总能从字里行间领会出她真正的想法，这一点真的很戳林梦，毕竟遇到喜欢容易，遇到理解难。不过她也不禁有些担忧，担忧他对所有人都如此，自己并不是例外，一想到他和别的异性在一起也会化身解语花，林梦就有点吃味起来。

　　"周施绮，你真的很懂女孩。"

　　"可能是因为你比较好猜。"

　　"你是在委婉地骂我笨吗？"

　　他揉揉她脑袋，"你当然不笨，你是可爱的女孩。"

　　她擒住他的爪子，"那你就是可爱。"

　　他愣了两秒才反应过来，一边嘲林梦土，一边低下头笑出声。

　　见他被自己撩到，她洋洋自得，内心又涌出细碎的甜蜜。

　　或许吧，人生孤苦，所以伴侣可贵，没有人是不渴望陪伴的，有了牵挂的人，你就不再是孤身一人，一切都有了去处。

　　周施绮的存在，让林梦觉得生活变得更踏实，更有盼头，就像一束光，照亮了原本漫无目的的自己。虽然林梦能感觉到他对自己尚不是全无保留的，有些事情依然不愿提及，比方为何不再跳舞，比方他去医院看的什么病，再比方他从不带她回自己家，每次约会都是发乎情止乎礼，点到即止，让林梦意犹未尽。

　　不过林梦相信这些都不是问题，假以时日，总能解决，有什么能抵挡两情相悦的力量呢？

　　游游本来就是社交积极分子，因为运营绮梦网店的关系，人际圈子又拓展了。汉服机构的人邀请她去观看自家策划的汉服舞蹈秀大赛，她要了四张票，邀请秦天、林梦和周施绮一同前去。

　　林梦揣测不清周施绮的心意，总感觉他对于舞蹈有某种避忌，于是小心翼翼试探，"你要是不想去，我们就不去。"

　　周施绮思考了几秒，然后反问，"谁说我不去的？"

　　林梦又惊又喜，"那太好了。"

　　见林梦展颜，周施绮也淡淡笑了笑，旧时的伤固然再疼，人也得往前走，逃，还能逃一辈子吗？若是害怕疮疤，那么疮疤就永远都是疮疤，哪怕愈合了，依然会困扰你消磨你，使你不得安宁。

　　他看着正给游游发微信应邀的林梦，也许是她给了自己迈出步伐的勇气和决心吧。

　　汉服舞蹈秀大赛在某大学体育馆举行，属于汉服机构策划的慈善活动，林梦和周施绮到场后，才收到游游和秦天的微信，这两位不约而同表示有事来不了，放鸽子都跟约好了似的，真是默契。

　　比赛正式开始前，主持人上台陈述开场白，介绍评委时，林梦赫然发现一张熟面孔，周施绮的大学学姐初棠，代表国风舞社"棠"出席。林梦想起她在豫园给周施绮的名片上就印有一朵海棠花的 logo，她的名字里又有个棠字，这么推测，她应该就是棠舞社的老板了。

　　初棠还跟上次见面时一样，穿着素色粗衣麻裤，长发挽在脑后，用一根银簪固定住，除此以外再无别的饰品，脸上也只是薄施脂粉，镁光灯下笑容淡雅，仪态轻灵，连对观众招手都自带古典仙气。林梦心下不齿，把自己搞得跟不食烟火的古风仙女似的，结果还不是给人当小三，败絮其中。

　　林梦看了眼身边的周施绮，见他神色如常，这才放下心来。

　　比赛正式开始，舞台上，年轻的舞者们挥洒汗水和热情，从敦煌舞跳到汉唐舞，从《桃夭》演绎到《铜雀台》。看着这些新鲜血液，周施绮的心情激昂又感慨，他也曾是他们中的一员，他深谙这短短几秒的一个动作，在台下要练多久，这是舞者的心酸，也是舞者的骄傲。

　　赛程行进过半，安排了十分钟的中场休息时间，林梦要去上厕所，周施绮便在外头等她。等林梦从洗手间出来，却见周施绮身边多了一个不速之客，正在跟周施绮说话。

　　林梦心里警钟大鸣，昂首挺胸走到两人中间，护崽似的把周施绮护在身后，"初棠学姐，又见面了。"

　　初棠："林梦小姐，真巧啊又遇见了。"

　　林梦："我就离开这么一小会，你就出现了，可不就是太巧了嘛。"

　　初棠听出林梦话里的揶揄，也不以为意，继续和周施绮寒暄，"我在网上看到你的汉服视频了，拍得真好，没想到你不跳舞了，干别的也一样出色。"

　　林梦受不了她娘里娘气的一套，于是下逐客令，"学姐你是评委，我们这些闲人迟到没关系，你还是早些回观战席准备吧。"

初棠完全不理林梦，眼带崇拜地看着周施绮，"从前只知道你喜欢汉服，却没想到你能把兴趣变成职业。"

周施绮笑道："还不是拜林梦所赐，要不是她，我也不会做这种尝试。"

初棠脸色微变，林梦暗自得意，心想你个绿茶婊想在我眼皮子底下勾人，奈何男人站在我这边。

初棠："时间差不多了，我得回去了……"

林梦飞快插嘴，"慢走不送。"

初棠继续无视林梦，"小绮，我对你说的话什么时候都奏效，记得来找我。"

初棠走后，林梦一脸审视地看着周施绮，"她对你说什么话？"

"无非是让我有困难记得去找她，千万别拉不下脸之类的客套话。"

"没别的了？"

"没了。"

"那你去吗？"

周施绮本来想说当然不去，然而见林梦那紧张兮兮的样子，玩心顿起，"看情况吧。"

"不许去。"

"为什么？"

"前女友什么的最可怕了。"

周施绮啧啧道："林梦，你调查得挺详细啊。"

"那当然，我都跟秦天问清楚了，而且，她一看就不是什么好人。"

"也许人家只是顾念校友情谊罢了。"

"不可能！她就是包藏祸心，面目可憎。"

周施绮被逗笑，"初棠怎么也算个气质美女，竟然被你说面目可憎。"

林梦目露杀气，"因为我喜欢你，所以所有企图接近你的异性，全部面目可憎。"过了会又补充道："当然，我除外。"

周施绮哈哈大笑。

在周施绮赶工、游游在汉服社群里为网店铺宣传的同时，秦天也没闲着，他拿着网店现有资料和数据尝试着拉一些短平快的商务活动。有个设计领域的投资公司对绮梦感兴趣，他们刚刚融到一笔资，想和一些有潜力的新锐设计师合作，于是在秦天的安排下，有了与周施绮的第一次会面。

会面安排在国金附近的一家咖啡馆，工作室负责人姓曾，留洋归来，从前在国外给大牌服装设计师当过助手，是以穿着打扮都带着洋派的标新立异。

曾总迟到了半小时，可毕竟是绮梦接洽到的第一个企业合作方，周施绮还是起立伸手，以示尊敬，"曾总你好，我是周施绮。"

曾总却不与他握手，大大咧咧坐下，"随意些，say hi 就行了，不来握手这一套，太老派。"

周施绮快快放下手，坐回座位上。

曾总："时间宝贵，我们长话短说。"

既然如此，何以让人等半小时之久？周施绮心里这么想，面上还是毕恭毕敬。

曾总："相信你也听秦天说了，我们公司刚融到一笔资金，从前我们都是对国外客户的，可是现在国内服装市场也起来了，骨子里毕竟还是华人嘛，就想在国内市场试试水温。近几年国潮崛起，我觉得这是个值得投资的大趋势，我看了你设计的汉服，觉得你的

idea 很棒，年轻人，很有想法。"

周施绮："谢谢曾总肯定。"

曾总："不过现在玩国潮的品牌都太拘谨。我觉得可以大胆一些，把最新潮的欧美穿搭风格融进汉服里，来个中西大满贯，这样就更多元化，做出来的衣服也更前卫大胆。"

周施绮表示质疑，"国潮背后要输出的其实是中国文化，把国外潮流加进来，短期内也许能起到吸引眼球的效果，但长此以往恐怕对品牌形象有所伤害，因为什么红做什么，等于拾人牙慧，没有自己的设计理念。"

曾总不以为然，"我们的品牌肯定是面向年轻消费者的，年轻人穿衣服图什么？就图个新鲜。什么时髦穿什么，过气了就不会再碰了。你以为大家还是老一辈的人吗？一件衣服一穿好几年，我们只需要把这个潮流炒起来，再找几个明星网红带货，哪怕做出来的汉服只流行了一季，也够回本了，等这波热潮过去，明年再想新的法子。"

周施绮皱起了眉头，"这不是割韭菜吗？"

曾总："做生意不都是这样？我们是商家，我们的工作就是想尽办法把消费者口袋里的钱变到自己口袋里，怎么？你还打算跟消费者站在同一阵线啊？"

周施绮的眉头更皱了。

曾总劝说道："我知道你怎么想的，我也经历过你那个年纪，有理想，有抱负，想做出让全天下叫好的服装。但是小周，社会是现实的，现实是冰冷的，等你经历过几次挫折就会明白，一切理想主义都是空谈，把钱弄到手才是硬道理。"

周施绮面前的拿铁还剩一点，他看着上头一点一点消融的浮沫，似陷入沉思。

曾总："怎么样小周？我接下来还有个会，时间有限，你可以回去考虑考虑，这两天给我答复，可以的话我们下次碰面谈具体条件。"

周施绮拿起杯子，喝光最后那点液体，说道："不用浪费你时间了曾总，我现在就能给你答案，如果是这种模式的合作，我不接受。我对汉服文化是有敬畏心的，要做就做正统汉服，每个细节引经据典，寻得出处，因为这背后代表的是华夏五千年的文化，不能沦为哗众取宠赚快钱的工具。"

曾总见周施绮一个刚冒出头的小裁缝，竟这么清高，不屑道："小周，我劝你想清楚再回答我，年轻人要识时务，我看过你的履历，你跳过舞，当过模特，现在做汉服不过是半路出家，我可合作的选择很多，可对你来说，我是你短期内的最佳选择，错过了这个机会，你也许会后悔。"

周施绮："但我要是昧着良心做事，也许会更后悔。对不起曾总，我不是一个识时务的年轻人，让您失望了。"

双方不欢而散，曾总离开前还说了几句极尽讽刺的话，周施绮虽然不后悔自己的抉择，但这些难听话还是令他心情有些受损，他走出咖啡厅吹吹风，企图让秋风吹散不佳的情绪。

兜里手机响，是林梦发来的微信。

林梦：在哪？

他回复：国金这边。

林梦：离我很近，我在喝下午茶，你要不要过来找我？

然后她马上发了个地址过来。

周施绮的唇角不自觉勾了勾。

林梦喝下午茶的地方位于某五星级酒店将近六十楼的高空露台，

俯瞰全上海最繁华之处，从半空望去，黄浦江犹如一条细细的玉带。

她和从前读书时的几个发小聚会，年少时经常厮混在一起，自打毕业后，这群人各忙各的，打理家里生意的打理家里生意，出国进修的出国进修，还有一个女孩已经结婚了，鲜少能凑齐人。这回恰逢其中一个发小回国发展，大家才难得聚齐，已婚小姐妹还携老公出席，大撒狗粮。

周施绮一走出露台，远远瞧见林梦在一群小伙伴中手舞足蹈，简直是人群中最欢脱那一只。她见到他，高兴地冲他挥手，然后小跑过来，挽着他的胳膊把他带到小伙伴面前，挨个介绍完这些发小，最后介绍周施绮。

林梦："周施绮，我朋友，同时也是合作伙伴。"

一个小伙伴戏谑道："这么帅的小哥哥，朋友？合作伙伴？我不信，从实招来。"

虽然两人近来时常约会，可并未正式确定过关系，除了那一吻，也从未有过任何逾矩行为，周施绮是慢热的人，林梦不敢激进，于是啐道："收起你那龌龊的思想。"

小伙伴才不依，面带邪笑，"不是男朋友？"

林梦见周施绮脸色轻松，这才松口，"还不是，准男友。"

小伙伴们起哄了。

"准什么准？林梦，心动就要行动啊。"

"对啊，这可不像你，赶紧的，趁我们都在，助你拿下。"

林梦老脸都被这群损友掀翻了，赶紧喝止，"你们可给我闭嘴吧。"

周施绮笑了，然后说："是我在追林梦，她还没答应。"

小伙伴们安静了几秒，然后起哄声更嚣。

"林梦可以啊，这么好看的小帅哥都被你撩到手。"

"几年不见，孙二娘竟然修炼成了钓系美人。"

"小哥哥，你再加把劲，她久旱逢甘霖，抵御不了多久的。"

周施绮越发觉得好笑，答应道："我会加油。"

林梦拉着周施绮坐下，和他说悄悄话，"这么给我面子？"

"面子是要用里子换的，你想想怎么报答我吧。"

林梦假装为难，"你看我身无长物，只好……"

"以身相许就免了，太便宜你。"

林梦和周施绮小声说大声笑，被已婚小伙伴怼，"你俩干嘛呢？来拼桌的吗？"

林梦反唇相讥，"就许你虐狗，我们也撒撒狗粮。"

已婚妇女不服输，"小哥哥你要小心她，她在你面前肯定还没露出真面目，将来她要是欺负你，我们帮你出头。"

周施绮一边答应，一边和林梦说："你这些发小都好可爱。"

林梦一脸嫌弃，"一群损友，怪我少时交友不慎，甩又甩不掉，凑合过呗。对了，你刚才聊得怎么样？"

周施绮摇摇头，"不好，理念完全不合。"

"合则来，不合则去。"

周施绮眉头微微一蹙，"不过我也在检讨，我在这行不过是个无名小辈，这么做会不会太轴了？"

"你这不叫轴，叫有原则，设计理念可是服装的灵魂所在，当然不能轻易妥协。"

刚归国的小伙伴闻言，问道："小周哥哥是做服装的？"

周施绮："做汉服，算是刚开始涉足吧。"

林梦："谦虚什么，我给大家展示一下周老师的作品。"

林梦从手机里翻出周施绮的汉服作品给小伙伴们传阅，大家交口称赞。

"好美好仙，我也想来一套。"

"现在国潮崛起，做汉服有前景啊。"

林梦相当自豪，"他可是我挖掘的潜力原始股。"

刚回国的小伙伴说："我也是学服装设计的，刚从英国圣马丁毕业，小周哥哥呢？"

周施绮有些不好意思地笑了笑，"我没正经学过，但我家是开裁缝铺的，我爷爷和我爸都做了一辈子衣服，可能我从小看多了，耳濡目染，自然就会了。"

小伙伴惊叹，"用看的都能学会，那要是正经学起来，我的饭碗岂不是没了？我不管，小周哥哥得多带带我。"

周施绮："带说不上，你要是有需要帮忙的地方，我一定尽力。"

已婚妇女："小周你别听他的，整个陆家嘴的广告牌都是他家的，这种人还需要饭碗？"

周施绮怔了怔，然后用笑容掩饰那一丝尴尬。

接着这群发小开始天南地北瞎胡侃，又是相约去帕劳潜水，又是扬言明年赴尼泊尔攀珠峰。已婚那位嫌弃自己当年在和平饭店办的婚礼太仓促，要去大溪地补办，因为她公公在那里买了一座海岛。

天色从明到暗，他们热议的话题，周施绮几乎一句话也插不上嘴，只能一板一眼听着，不时陪笑，机械动作般嘬着咖啡，偶尔吃几口林梦夹到他碟里的西点，以此证明自己在这场茶聚里的参与感。

这些人对他都很热情，完全不因他只是个小裁缝而势利眼，不是邵梓秋那种仗势欺人的富二代，也不知是出于林梦的关系，还是他们本就被这个世界所善待，所以也善待他人。

周施绮觉得，这不是他们的问题，这可能是自己的问题，因为他自卑，因为他知道，这些人对他再友好，他也不是他们那个世界的人。

可是他看看林梦，她谈笑自如，飞扬洒脱，她在那个世界里，活得多好。

天色全暗了，旁边的高空矩阵乐园亮起灯来，一盏一盏，从高空看下去，像一条亮闪闪的飞龙。

有人提议过去玩，这种追求速度和胆量的高空游戏，到了晚上更刺激。

林梦拽着周施绮，"我们去吧。"

周施绮摇了摇头，"你去吧，我在下面等你。"

林梦："你恐高？"

林梦对他残疾之事并不知情，周施绮便顺着这个理由点了点头。

林梦笑道："原来你也有怕的事啊。"

提议潜水的小伙伴说："林梦那就说好啦，年底一起去帕劳征服海底断崖，你可别临时怯场。"

林梦："谁不去谁是小狗。"

小伙伴对周施绮说："小周哥哥也一起来，不管你跟没跟林梦在一起，你也是我的朋友。"

周施绮下意识摸了摸左腿，一时不知该如何回应。

林梦啐小伙伴："你是乌鸦嘴吗？都年底了肯定在一起啦。"

小伙伴："哟林梦这么猴急啊，我就知道肯定是你贪图美色追的人家，小哥哥人好才帮你说话，露馅了吧。"

林梦追着小伙伴打起来。

气氛一片欢乐，只有周施绮是孤独的。

他的手指紧紧拽着左边裤腿，他的人和他那条残缺的腿，在这个无忧无虑的世界里，格格不入。

第十二章
浅喜似苍狗

　　游游工作安排得细，按照买家下单先后顺序，把订单分为四批，第一批是三十件，承诺会在一月内到货，其余三批也按照制作时程分别和买家说明了发货时间。绮梦网店目前的客户绝大部分都来自本地汉服社群，是以汉服完成后也是同城速递，几乎同一天就收到，不存在寄送时差。

　　距离绮梦网店正式创立已过去一月，眼看第一批汉服尽数到货，周施绮相当紧张，因为到了验收第一阶段口碑的时刻。他按照群里约好的时间来到周记制衣旁的小咖啡馆，林梦、游游和秦天已经到了，三人交头接耳不知在讨论些什么，神情有些凝重，见他到来，不约而同抬起头望着他，而且很有默契地把表情秒速切换成笑容。

　　他有一种不祥的预感，因为他们的笑里，带着一丝礼貌的尴尬。

　　周施绮在林梦旁边坐下，林梦问道："喝什么？咖啡？"

　　周施绮："都行，买家评价出来了吗？"

游游斟酌着用词，"出来了一小部分，我觉得先不着急看，可以等其余反馈齐了再看。"

周施绮："没关系，现在午休时间，我反正没事。"

周施绮伸出手，向游游要手机，游游是网店实际上的管理员，她手机直接可见后台信息。

游游没有立即把手机给周施绮，向林梦投去询问的眼神，林梦手指支颚，一脸死就死吧的表情点了点头，反正躲也躲不过。

秦天："小绮，现阶段的反馈是不完整的，也是暂时的，你不用太放在心上。"

周施绮从游游手里拿过手机，先审视了所有人可见的评论区，寥寥几条评价中，没有一条是正面的。

"终于收到货了，精致是精致，可那么多盘扣穿起来太麻烦了，还是去买简约汉服吧，不会再来。"

"怎么实物跟图片不太一样？发货之前也没说明？店主仗着有点才华就这么任性吗？"

"搞什么花中四君子的噱头，华而不实，哗众取宠。"

周施绮的心情晴转阴，而后他打开仅店家可见的私信区，见好几个买家私信留言，纷纷要求退款。

"纯手工好看是好看，但发货太慢了，真等不起，退款吧。"

"在朋友的安利下买的，他的衣服先到，结果告诉我穿起来要花二十分钟，懒人被劝退，申请全额退款。"

周施绮把手机还给游游，脸上是明显可见的低气压。

林梦安慰道："没事的周施绮，几个人的评价不代表全貌，你做的汉服这么精致，再等等，懂欣赏的买家很快出现。"

周施绮："你们早就知道了，对吗？"

游游："就比你早一点点。"

周施绮："瞧你们刚才那样子，还想瞒着我？"

秦天："你和周叔叔这个月没日没夜加班加点我们是看在眼里的，我们怕你心里不舒服。"

周施绮："我是和你们共肩作战的战友，我希望将来无论有什么你们都能坦诚以告，无论好坏，我们一起面对。"

小而整洁的开间里，没有开灯，只有平板电脑的屏幕发着光。

随着绮梦网店售出的第一批汉服陆续到货，本地汉服社群里也炸开了锅，周施绮浏览着游游主页梅兰竹菊汉服链接下的留言，心乱如麻。

"游游你这波安利不靠谱啊，中看不中用，差评。"

"果然物似主人，帅哥的脸看看就行了，帅哥的实力还是不能信。"

"大家别被网店照片骗了啊，周师傅人好看披个麻袋都好看，这么复杂的设计先不说穿起来费半天劲，卖家秀和买家秀也许根本是两回事。"

群友的评论一片利空，甚至主动劝退有购买欲的新买家，不过区区一个月，周施绮在汉服群里的形象就一百八十度急转直下，从人人求购到避而不及。

周施绮越看越烦躁，猛地合上电脑，瘫在一旁的单人床上。

这些日子以来日夜赶工的努力，得到的却是这样的收效，虽说世上之事往往不能一蹴而就，然而于他而言，也不能说不打击。别说妄想把绮梦划为君斯副线了，连解决面前的烂摊子都够他焦头烂额的，心累比身累更煎熬。

林梦的微信进来了：在干嘛？

他回复：休息一会。

林梦：感觉你这两天心情不太好。

周施绮：有一点。

他发完这一条，电话就打进来了。

林梦："因为网店反馈的事？"

周施绮："嗯。"

林梦："别给自己太大压力，我们毕竟刚刚起步，我爸当年做君斯，赔了好多钱才摸到门道的。"

周施绮："你爸是企业家，做事业靠的是眼光，而我是创作者，做出来的东西别人不买账只有一个原因，不够好。"

林梦："有句话叫欲速则不达，慢慢来嘛，以后再改进，我又不急着回本。"

周施绮苦笑，这正是他最在意之处，本来他和林梦只是雇佣关系，可现如今明显扯上了私人关系。他虽不才，可也是有骨气的男儿，不想靠女人。

林梦见周施绮不说话，接着宽慰，"放轻松点，别把自己逼得太紧，你还年轻。"

周施绮内心闪过一丝忧伤，在旁人看来他确实还年轻，可是同龄人早就起步了，他走了十几年的路生生被切断，一切等于从头来，比别人晚出发那么多，他能不急吗？不过这些林梦自然不知情。

林梦："我和发小约了过两天去上潜水课，为年底的帕劳大断崖打基础，我帮你也报了名，不许不来哦。你精神太紧绷了，需要放松，出去看看山看看海，世界多美好，别老钻牛角尖。"

周施绮此刻正半躺在床上跟林梦讲电话，因为在家，自然没戴义肢，他望着左半截空空荡荡的裤腿，缓缓说道："林梦，问你个问题，认真回答我。"

林梦："嗯。"

周施绮："要是我不能陪你看山看海、潜水爬山，陪你去看世界，你还会选择我吗？"

林梦："不是吧周施绮，你不但恐高，还有深海恐惧症啊？你不会连坐飞机都害怕吧？"

周施绮："回答我。"

林梦想了想，"大不了就不潜水不爬山呗。你要是怕坐飞机，我们就在国内旅行，现在大部分景区都能高铁直达。不过呢，恐惧症其实都是心理作用，是能克服的，你要不先从浮潜试起？大海真的很美的。"

她根本没经历过寒冬，怎能懂得风雪扑面的有口难开？

周施绮淡淡苦笑，"我有些困了。"

林梦："那你赶紧休息，我明天过来找你。"

周施绮："明天我打算根据现有反馈改进一下，出一套改良方案。"

林梦："那你忙完了和我说。"

周施绮："嗯。"

挂断电话后，周施绮发了好一会呆。他如何能妄求林梦对自己的境遇感同身受呢？他们根本活在不同的世界，网店失利，对于他而言是全部，对于她而言却不过是微不足道的一小部分。她有她的漫画，有她们家的君斯品牌，还有那么多厉害的朋友，她的征程是无际大海，而他却像一尾被困在水洼里的鱼。

曾经的他，在舞蹈方面是天才，每个教过他的老师都说这孩子真有天赋，一点就通，然而在做衣服方面，上天却没有更偏爱他。他之所以能设计出让人一眼惊艳的汉服，完全基于他自小对中国古典文化的理解和喜爱，然而落到实处，才发现事情并没有那么简单。

当不了天才，就当地才吧，而地才的秘诀只有一个，以勤补拙。

他长长地叹了口气，决定奋起直追，他不能懈怠，不能让林梦失望，更不能让自己失望。

他再度打开电脑，开始在网上做调研，看看那些成功的汉服店铺都是如何操作的。

微信提示音响了，他以为是林梦又在网上看到什么有趣的视频给他发过来，打开一看，却是初棠。

初棠：小绮，你明天有空一起喝杯咖啡吗？有些事想跟你聊。

周施绮思考了几秒，选择不回复，把手机放在一边，继续思考如何在现有汉服基础上做改善。

翌日是周日，按照惯例，周记制衣每周这天是闭店休息的，但是周施绮早早到了，他给自己安排了好多工作，先是研究每家成功汉服网店里的评论区，针对顾客反馈记录他们的优缺点，再是逐个打电话给绮梦的买家，询问具体意见，比如穿起来哪里不舒服，对哪里不满意，有何改进建议之类。当然，也有些买家态度不好，言辞中少不免给他气受，可他都恭恭敬敬一一接受，既然决定做这行，就要把顾客放在第一位。

完成大致调研已是中午，他列了个表格，把收集到的意见信息整整齐齐罗列清楚，方便后续改整。紧接着，他拿出样板服，决定在实物上研究可行的改进方案。

周施绮正在案板前用着功，忽闻挂在门上的铃铛响起，有客人进来了。

"抱歉，我们今天不做生意……"

他以为是客人没注意到门口的休息牌，待抬起头，才发现来者竟是初棠。

初棠对他笑笑，"我刚巧路过附近，就进来看看你在不在。"她环顾四周，"这么多年了，这里还是跟当初一样，真令人怀念。"

周施绮的语气冷冷淡淡，"你有什么事吗？"

"我昨晚给你发了微信，你看到了吗？"

"我昨晚睡了。"

"你现在有空吗？我想跟你聊两句。"

"我在忙。"

"就去旁边的咖啡店稍微坐一会。"

周施绮有些犹豫。

初棠眼蒙忧伤，"小绮，一杯咖啡的时间都不愿意给我吗？"

周记旁边的小咖啡馆，靠窗的位置，初棠面前一杯拿铁，周施绮面前一杯清茶，两人对坐。

初棠看着周施绮点的茶，"你还跟从前一样爱喝绿茶。我记得你说过茶叶明心静气，做我们这行的，最重要的是去躁凝神。"

周施绮并不想跟她叙旧，"你找我到底什么事？"

初棠喝一口咖啡，"有节目组邀请我们舞社参加舞蹈综艺，我想给参与录制的学员统一一下服装。我在绮梦网店上买了一套菊主题的汉服，是我喜欢的风格，而且你也是跳舞出身，知道衣服如何设计才能便利于舞者，所以想请你为我的学员量身定做演出用的汉服。"

周施绮冷笑，"那你是没看我网店的评价，我现在自己都焦头烂额，实在无暇帮忙，感谢抬爱。"

初棠用小勺子搅拌着咖啡，问道："是因为林梦吗？"

"关林梦什么事？"

"你是因为怕她介意，才不肯帮我吗？"

"我再说一次，跟林梦没有关系。"

初棠调整了一下话术，"你跟她，是在交往吧？"

周施绮没说话，相当于默认。

"林梦这小姑娘确实不错，长得好看，家里也有钱，她爸的君斯品牌在各大商场都能看到，她自己也不是游手好闲的富二代，创作的漫画在网络上的点击率很高。"

周施绮警惕起来，"你好像对她很了解。"

"袁海诚告诉我的，她在他们那个圈子里很有名的，有才有貌又多金。她爸连夫家都帮她找好了，知名电商邵氏二代，届时强强联姻，前途不可限量。"

"你到底想说什么？"

初棠神色认真起来，"小绮，她那样的人，和我们是不一样的。我们一手一脚全靠自己打拼，而她含着金汤匙出世。你们现在还在蜜恋期，当然觉得美好，若真考虑将来，肯定一堆矛盾。说到底，三观决定一切，人以群分。"

周施绮有些愠怒，"你不也和袁海诚在一起吗？难道你和他又是一样的人？"

"我和他已经分手了。"

这一点倒令周施绮始料未及，他看着初棠，见她一脸关切。

"小绮，正因为这条弯路我走过了，所以不想你再走一次。我们在一起跳了那么多年舞，我知道你有多不容易。林梦那种人，就算跟你分手了，顶多哭几场，然后转头扎进她爸给她安排的豪门婚姻里，接着当她不忧柴米的阔太太，她有人给她兜底，可你没有。"

"够了！"

周施绮喝止道，他已经听不下去，"要没别的事我先走了。"

他拿起账单要去结账。

"林梦知道你左腿的问题吗？"

周施绮的动作停滞了，这才是埋在他心底最深的一根刺。

初棠知道自己说中了，眼里多了几分笃定，"你瞧，你根本不敢让她知道，因为你心里清清楚楚，她一旦知情，一定会离开你。"

周施绮闭上了眼，他感到既冰冷又绝望。

窗外，来找周施绮吃午饭的林梦正经过，一边走一边盘算着中午吃什么，突然眼前电光一闪，像是漏掉了什么重要的东西，接着往后挪几步，透过小咖啡馆的窗户，看见了周施绮和初棠。

她忙不迭冲进咖啡馆，杀到二人面前，"你俩在干嘛？"

初棠相当镇定，"林梦小姐你好，我来找小绮聊合作，想让他帮我们棠舞社设计汉服。"

林梦质疑地看着周施绮，见他点了点头，这才相信，于是拿出正宫娘娘的气势，在周施绮身边坐下，"我们家周老师很忙的，你且拿个号，慢慢排队。"

初棠笑了笑，"好饭不怕晚，我有耐心。"然后对周施绮说："你考虑一下，想通了随时联系我，棠舞社是跳国风舞的，很多相熟机构都需要演出服，将来合作单子源源不绝。今天就先这样，等你消息。"

初棠对林梦点了点头，迈着常年习舞之人独有的仪态步伐，优雅地离开了。

林梦暗啐，"小三，竟想从我手里抢人，做梦！"而后马上换上笑脸对周施绮，"你饿了吧，我们中午吃蟹黄面好不好？"

周施绮面色有些疲惫，"我还有些工作没完成，你自己去吧。"

"什么工作不能放到明天再做？"

"网店的第一波反馈这么差，我不能掉以轻心，所以我花了点时间，搜集了买家反馈。其实让他们不满意的无非是这几点关键性问题，第一，穿戴太烦琐，第二，等待时间太长，第三，实物和图片有出入。我也看了别的成功网店的案例，这三点其实是有解决方案的。穿戴烦琐是我没经验了，完全按照古人的样式做衣服，但其实只要外观不影响，里头可以使用现代的穿戴设计，比方可以把盘扣换成按扣。时长方面，因为全手工，无法压缩时间，只能适当降低价格，以此换取客户的耐心。"

林梦不解，"手工多费精力啊，你们这么辛苦，还要降价？"

周施绮："没办法，网店开业初期，打开销路比什么都重要，只能是薄利多销，等后头口碑回升了再做别的打算。至于实物和图片有出入，因为游游放的都是我精修过的图片，美感是有了，但滤镜也削弱了真实感，建议之后除了模特上身图，还得直接放原图。"

"周师傅殚精竭虑，辛苦了，那你想吃什么，我打包回来给你吃。"

"你做主，网店现在问题这么大，我吃什么都一个味。"

"你已经做得很好啦，那些给差评的人就是不识货，别理他们，因为他人言论影响自己心情不值当。"

周施绮心中微愠，林梦根本不理解他的心情才说得出这种轻飘飘的话，但他如何能对她发怒呢？她是温室里的小公主，不谙民间疾苦，哪懂得他们这些蝼蚁生存的艰辛？更何况，她也是为他好，或者说，自认为为他好。

于是他只得揉了揉她的头发，"我要回店里干活啦，你自己去吃饭吧。"

林梦嘟囔着嘴，"再陪我一会嘛。"

周施绮叹了口气，"林梦，你再这样我真的做不完了。"

林梦噘了噘嘴，"那好吧。"

周施绮轻轻拍拍她的头，"乖。"

"过两天那个首映你得陪我去啊，那个电影我想看好久了。"

他淡淡笑了笑，"好。"

周施绮语气依然温和，可林梦总感觉他今天有哪里不太一样。

林梦是英雄片的狂热粉丝，托人搞到了主创见面会的首映票，一共四张，因为游游也爱看英雄片，既然带了游游，一个电灯泡跟两个没有分别，干脆把秦天也算上。

然而她高估了自己的号召力，游游和秦天同时拒绝了她的邀约。她直接微信视频电话拨过去，分别对两个人破口大骂，秦天比较老实，乖乖受训，屁都不敢放一个，轮到游游，就和她据理力争了。

"哎呀梦，你这么临时约人，被鸽也正常。"

"你知道这票有多抢手吗？黄牛炒到六千多一张，我今天上午才刚到手。"

"知道你厉害，可是我今天有安排了嘛，你乖，自己跟周施绮去看，二人世界不好吗？"

"你工作上的安排我都知道，既然不是公事，那就是私事，还有什么私事比跟我看首映重要？你又没有男朋友。"

游游眼神闪躲，那一晃而过的心虚被林梦捕捉到，再仔细一看，游游所在的背景和刚才秦天的很像，似乎是同一个地方。

"游游，你给我把镜头拉远。"

"拉远你不就看不清楚我了嘛。"

林梦已经露出杀气，"我让你拉远。"

游游无奈，只得拉至全景，只见她身在出租车后座，而坐在她旁边的，不是秦天又是谁？

秦天咧开嘴露出招牌大白牙，笑着冲林梦挥手。

林梦质问，"怎么回事？"

秦天："我们以为你没搞到票，所以改变行程去七宝古镇玩。梦梦，我们真的不是有意要放你鸽子的。"

林梦："我问的是你俩怎么回事？"

游游伸头一刀缩头一刀，"跟你想的一样，在搞对象。"

　　林梦大惊，"这么重要的事竟然瞒着我！叛徒！"

　　游游："这不刚刚开始嘛，打算稳定一点再公开，谈个恋爱而已，没必要搞得人尽皆知。"

　　秦天："游游说得对，幸福是自己的，秀恩爱死得快。"

　　林梦："……"

　　这俩货，刚好上就这么团结。

　　林梦："怪不得你最近这么忙，总有事，上次汉服舞蹈赛你俩就没来，那会就苟且上了吧。"

　　秦天："这你可冤枉游游了，那天她确实是想帮你和小绮营造单独相处的空间，不过……"他瞥了游游一眼，略带羞涩，"我们也确实在一起联机打了一整晚游戏。"

　　林梦："好你个游游，我算看明白了，以给我当僚机为借口，行自己撩汉之实，假公济私，你还真是不吃亏。"

　　游游被言中，假装听不懂，"信号不好，你说什么……喂喂……喂……"

　　然后就给挂了。

　　林梦大白眼直翻到后背，自己还没得手呢，她这个助攻倒爬自己前头去了，等游游回来，一定要逮住她好好审一通，不过那俩货不来也好，就没人打搅她跟周施绮了。

　　离首映开始还有十来分钟，周施绮应该快到了吧，她翻开微信聊天记录，上一条消息是她两个小时前给他发过去的：别忘了准时到啊。看完电影我们去学潜水，我发小专门给安排了全上海最好的潜水教练。设备和潜水服那里都有，你先试试，实在害怕随时放弃，我会忍住不笑话你的。

　　周施绮一直没回复，林梦有些着急了，给他拨了过去。

手机在茶几上响个不停，是林梦打来的电话。

然而周施绮躺在地上一动不动，就跟全然听不到似的，双目空洞望着天花板。

旁边散落着他的义肢，还有打翻的水杯。

两个小时前，他收到林梦的微信。林梦喜欢看山看海，他想成为那个能陪她去看山看海的人。

家里还留着从前练舞的练功服，他从柜子里翻出来换上，再套上袜子，站在镜子前一看，看不出和正常人有什么区别，潜水服也是黑色紧身的，两者从外观上来说应该差不多。

肉眼这关过了，他开始尝试跑跳。他从前是游泳健将，出事后再没下过水。医生说这款义肢是防水的，他想只要动作不那么激烈，应该没有问题。

他蹲下又站起，蹦到沙发上，连续试了好多次都失败了，断肢处传来的疼痛使他渗出冷汗，他咬牙坚持。这个义肢已经佩戴了三年，但毕竟不是长在自己身上的肉，每次摘下接受腔都挺难受的，受过重创的皮肉被外来异物磨损，撞击，那种痛感绵长又钻心。但是他想征服它，他想像正常人一样拥有肆意行动的权利。

他瞄准目标，奋力一跃——

哐当一声，他上了沙发，可是没站稳，整个人狠狠摔倒在地，连带接受腔都松脱，整条义肢飞了出去。

他疼得龇牙咧嘴，满头冷汗，整个人蜷缩起来，好一阵才缓过来，取过义肢再想装上，却发现接受腔的固定锁脱落了。

他心火冒起，一怒之下拿起水杯往墙上砸去，塑料杯子反弹到地上，打了好几个滚才终于偃旗息鼓，静静躺着不动了。

他多像个小丑啊，想伪装成正常的模样，费尽心机却依然徒劳，就算能骗过所有人，骗得过自己吗？

周施绮心力散尽，瘫在地上喘息，林梦喜欢的山和海，他终是无法陪她一起去经历了，要是她看到真实的自己是这般狼狈，还会对他义无反顾吗？

他突然感觉全身的力气被抽走，从心底涌出一股深深的绝望。

电影院那边的林梦急得如同热锅上的蚂蚁，主创见面会已经开始了，周施绮却仍旧没有回消息，电话也不接，她直觉一定出了什么事，首映也没心思看了，直奔去裁缝店找人，却扑了个空。致电秦天，他正和游游在七宝古镇逛得不亦乐乎，试着帮忙联系了周施绮，也没联系上。林梦跟秦天要了周施绮家地址，上去敲门，敲了半天无人答应，明显也不在家。

林梦更着急了，杵在周施绮家门口干跺脚。

游游在电话里安抚林梦，"别急，我和秦天马上赶回来。"

林梦："你们说他还能去哪？他该不会出什么事吧？"

秦天："先别自己吓自己，我问你，小绮这几天有没有见过什么人？"

林梦脑中电光火石一闪，"初棠！"

她和周施绮之前都相处得好好的，自从前几天他跟初棠单独见了面后，就有些异样，总感觉哪里不对劲，肯定是这个绿茶婊从中捣鬼。

林梦一刻都不能等，"我找她去！"

林梦走了。一门之隔，屋内的周施绮倚坐在门后，外面的对话他听得一清二楚，然而眼见林梦为自己那么着急，他却只能鹌鹑般躲起来，甚至不敢开门看她一眼。

没了义肢的他，根本不敢出现在她面前。

他内心既自责又自卑，变故到现在三年了，他痛苦过，迷茫过，绝望过，可从来没有哪一刻，像现在这般瞧不起自己。

林梦从网上查到棠舞社的门店地址，直接杀了上去，问接待初棠在不在，接待说棠姐正在带课，问她是否有预约，林梦扔下一句，"我来找初棠追债的。"就大摇大摆进去了。

半透明的舞蹈教室内，身穿纯白麻布衣裤的初棠正在教学生动作，长发用树枝状的发簪固定在脑后，配合优雅的古典舞姿势，简直仙气飘飘。

林梦敲了敲玻璃门，初棠见到她颇为意外。工作人员劝说林梦去候客室等待，林梦岿然不动，初棠只得让学生休息十分钟，带着林梦进了办公室。

"林梦小姐，你怎么来了？"

林梦不跟她废话，"你那天在咖啡馆和周施绮说什么了？"

"无非就是叙叙旧而已，怎么了？"

"周施绮不见了。"

初棠立马一脸担心，"他去哪了？找到了没有？"

"找得到我还来问你吗？那天他跟你见完面就一直怪怪的，今天干脆失踪了。"

初棠点点头，"那你要是找到他，记得给我报个平安。"

林梦真是看不惯她那副故作人畜无伤的嘴脸，"你没回答我呢，你到底跟他说什么了？"

"我想这是我和小绮之间的事，我有权不告诉你。等你找到他，你可以自己问他，要是他愿意说的话。"

林梦急了，"就是你搞的鬼！周施绮要是有什么三长两短，我不会放过你！"

初棠的表情老无辜了，"腿长在小绮身上，他要走怎么能赖我呢？

你找不到他就来找我，这是什么道理？而且你有没有想过，或许是他不想见你呢？"

"胡说八道！我跟周施绮明明好好的。"

"真的好好的吗？你一边撩着小绮，一边吊着小邵总，你真当小绮什么都不知道？"

"邵梓秋那边我早就拒绝了，周施绮一清二楚，你少挑拨。"

初棠气势上来了，"妹妹，我虚长你几岁。作为姐姐要告诉你一个道理，有时候呢，男人的消失就是一种委婉的拒绝。"

"谁是你妹妹？你个小三。"

初棠眉头一皱，表情不悦。

林梦知道自己戳到她痛处，继续加料，"你是怎么知道我和邵梓秋的事的？袁海诚告诉你的吧，他女朋友高小绵可是个狠角色，你猜我要是把你捅到高姐姐面前，她会怎么收拾你？你在上海还能混得下去吗？搞不好连你现在这个舞社，都是袁海诚出钱帮你办的吧？"

初棠没有说话，但脸色明显更不好看了。

局势逆转，林梦占了上风，于是施施然双臂抱胸倚在门边，"被我说中了？袁海诚靠吃软饭上位，你靠他的软饭钱搞事业，你们可真行啊，自成一条食物链。"

"你有证据吗？光凭一张嘴就想诬陷栽赃，我要回去上课了，请你自便。"初棠打开门，"还有，我跟袁海诚早就分手了。"

林梦一把把门重新合上，堵住初棠去路，"让我捋捋，袁海诚和你掰了，你一时没了着落，眼见小绮做汉服有了起色，觉得在他身上又能有所图，所以回来撩拨他，是这个路数吗？"

初棠瞪了她一眼，"是又怎么样？你能把我怎么样？"

林梦怒从心头起，"这会儿不装了？露出真面目了？不要脸的小三！"

初棠眼神挑衅，"随你怎么说，你巴巴在小绮屁股后头追了那么久，他现在不理你，还不是我几句话的事？让开。"

初棠把林梦往旁边推了一把，林梦哪里能忍？双倍力气推回去，推得初棠后退一步。

"林梦你闹事也看看地方，这里是我的地盘，你还想动手不成？"

话音刚落，初棠脸上就结结实实挨了一个巴掌，直把她打懵了。

林梦撸起袖子，"这一巴掌，是替高姐姐教训你的，让你勾引人男朋友。"

初棠先惊后怒，柔弱只是伪装，骨子里也不是善茬，扑过来就跟林梦撕打在一处。

林梦从小在父亲的军事化教育下长大，上学之后也没少跟男孩打架，实战经验比初棠丰富得不是一点半点，自然稳占上风，但是禁不住初棠阴险，往窗外喊，"周施绮！"

林梦以为周施绮真的在，一回头就挨了偷袭，她发了狠，一把揪住初棠的头发，"让你要诈！"

女人间的打架那可比男人精彩多了，男人都是直来直往，女人薅头发扇耳光，小阴招全招呼上，嘴里还一边骂骂嚷嚷。舞社的保安都被惊动了，奈何办公室门锁着，大家只能围在窗口干着急，等人去拿备用钥匙。

林梦脸上被初棠用指甲抓出了几道血丝，初棠的情况当然更惨，被好几个耳光扇得脸都红肿了，一向整整齐齐的头发也被揪得鸡窝般乱七八糟，被林梦压制在办公桌上，几无招架之力，弱弱地对窗口喊，"小绮，救我。"

林梦狞笑，"又想骗我？"

却闻身后传来熟悉的声音，"林梦，住手。"

林梦一转身，挤在保安前头的，不是周施绮又是谁？

两个女人为了一个男人大打出手，实在是一出好戏，但见两个平日里漂漂亮亮的大美女，衣服头发被扯得蓬乱、一脸糟污，简直贻笑大方。

周施绮站在办公室正中央，有椅子也不坐，两位滋事女士一人坐在一边，低着头像在等候发落。

周施绮居高临下看着二位肇事者，"你俩怎么回事？"

初棠楚楚可怜地望着周施绮，"我好端端在上课，她上来直接把我课打断，问我你在哪，我说我不知道，她二话不说就对我动手。"

林梦厉声斥责，"明明是你先推我的！"

初棠："怎么可能呢，我根本打不过你，你瞧瞧你都把我打成什么样了。"

林梦站起来指着初棠鼻子，"初棠你敢再给我乱放一个屁，我撕烂你的嘴！"

初棠转而向周施绮求助，"小绮，你看她。"

周施绮："林梦，坐下。"

既然是周施绮发话，林梦只得乖乖坐下。

初棠见周施绮帮着自己，顺势说："小绮，她真的很凶，找不到你就赖我。我好害怕，你留下来陪我好不好，我怕她再来找我麻烦。"

林梦："你想得美！周施绮你别听她的，她挑拨离间呢！"

周施绮："林梦你给我安静。"

林梦噘了噘嘴，禁言了。

周施绮："初棠，今天实在抱歉，林梦太冲动，给你带来困扰了，我替她向你道歉。至于留下来陪你，恐怕做不到，因为我还得送林梦回家。不过你放心，我会看好她，不会再让她闹事。"

这番话明显是站在林梦这边，把林梦当自己人，所以严加管教，把初棠当外人，所以客客气气。

林梦窃喜，周施绮果然不是昏君，掉阴沟里一回就不会再掉第二回，火眼金睛，鉴婊达人。

初棠有些始料未及，不服气地说："她今天整了这么一出，全舞社的人都在看我笑话，就这么算了？"

周施绮："她虽然打了你，可是你也打了她，也不算完全吃亏。如果真造成什么损失，比如医药费或者物品损坏之类，你可以列一张单子给我，我会全额赔偿，今天多有打搅，先告辞了。林梦，走。"

林梦麻利儿起身，跟在周施绮后头出去。

初棠愤愤道："周施绮，你别忘了我的话，你和林梦，不会有什么好结果的。"

周施绮脚步顿了顿，而后转身，"是好是坏都是我和她的事，我们自己会处理，不劳您费心。"

林梦跟着周施绮走出棠舞社，一出敌方地盘就按耐不住内心的焦急，开始连珠炮式询问。

"周施绮，你怎么电话不接微信不回？"

"我把能找的地方都找遍了，还以为你出什么事了，急死我了。"

"周施绮，你到底干嘛去了？"

周施绮平时走路就是不疾不徐，斯斯文文，此刻的脚步比平时还要再缓一些。他寻了一个无人的角落，然后靠在路灯上，也不说话，只是默默看着林梦，眼神沉沉的。

林梦觉得他的状态和平时不太一样，心里有些没底，声音也弱了下来，"你怎么不说话？"

"疼吗？"他指着她被抓花的脸。

早已不疼了，但她不想错过被周施绮照顾的机会，点了点头。

周施绮于是捧着她的脸，小心翼翼在抓痕上吹了几口气，又替她整理了一下有些凌乱的长发，动作极其轻柔，像对待一件易碎的瓷器。

"我中午出去办了点事，手机坏了，所以没及时回你消息，让你担心了，对不起。"

在林梦的印象里，周施绮的气质一直都是清冷克制的，就算表露心意，也是云淡风轻点到即止，难得这么情意绵绵，眼底里全是不加掩饰的深情，又怜惜又虔诚，简直温柔到骨子里去。

林梦整副心肠先软了下来，觉得这场架打得真值，既手撕了绿茶婊，出了一口恶气，又换得周施绮心疼，没白挨那几下。

"林梦，你以后不要一冲动就跟人动手，上次在婚宴也是，这次干脆直接大闹人家舞社。你虽然又机灵又勇敢，但总归是个女孩，万一打不过吃亏怎么办？"

"打不过就跑呗，把高跟鞋扔她脸上，撒丫子跑路，我高中可是校田径队的呢！"

她这一说完，两个人同时笑了起来。

周施绮摸摸林梦的脑袋，"还有，你以后尽量早点睡，别老熬夜画漫画，对身体不好，长命功夫长命做，吃饭尽量别点外卖，实在忍不住就点些健康的。最重要的一点，不要一喜欢上什么就倾尽所有，要学会保留，保护好自己。"

周施绮这么依依不舍再三叮咛，让林梦有种不祥的预感。

"周施绮，我不管初棠对你说了什么，她说什么你都不要信，她和袁海诚掰了，又想回来找你，她就是在挑拨我们的关系。"

"嗯，我和她早就结束了，她是什么样的人我也早就看清了，她的话我半个字都不会听的，所以以下仅代表我个人观点。"

他松开了放在她肩上的手，定定地看着她，眼里无波无澜，一

167

别跑，小裁缝！

片清明。

　　"林梦，我仔细想清楚了，我和你不合适，你别再找我了。"

第十三章

你愿意做我的太阳吗？

喜欢一个人，是需要勇气的，这代表你把自己的心放进对方手里，心是软的，手是硬的，他既可以选择用双手把你的心好好呵护，也可以选择一把捏碎。

而这种权利，是你给他的。

林梦已经四十八小时没合眼了，也几乎水米不进，失魂般瘫在沙发上。电视里放着综艺节目，游游为了分散她的注意力故意挑了个搞笑的，综艺咖们奋力施展幽默细胞，嘻嘻哈哈一片欢声笑语，然而林梦双目失焦，恍如失去五感般，感受不到喜乐。

游游从厨房捧出刚熬好的小米粥，仔细吹到不烫了捧至林梦嘴边，"梦，多少喝点吧。"

林梦就跟没听到似的，毫无反应。

游游叹口气，把小米粥放到茶几上，把林梦搂进怀里，"这样下去可怎么办啊，失恋也不能不吃不喝不睡啊，愁死我了，都怪周施绮那个公狐狸精！给人魂勾了拍拍屁股就走，理由都不给一个，梦我跟你说，他这属于杀伤力最强的一种，走了正好，要是时间再长些，你伤得更深，长痛不如短痛，不幸中之大幸。"

林梦听到周施绮的名字，稍稍有了些反应，把脑袋往游游怀里拱了拱。

游游摸摸她头发，"想哭就哭，别憋着，你一滴眼泪不掉的反而让人害怕，哭出来舒服。"

"我两天没洗头了，痒痒，你给我挠挠。"

林梦半天憋出一句这个，给游游整石化了。然而游游毕竟是林梦多年闺蜜，太清楚她的个性，一把揪住她的后脖颈给她扯起来。

"林梦你够了，我太了解你了，你要是还能哭还能骂人，我反而不担心，像现在这样装没事，就是有事。你可是在毕业致辞上写下过大女子何患无夫的女中豪杰，为了一个男人至于吗？"

林梦继续葛优瘫，双目望着天花板，"我哭不出来啊，现在这算什么？所有故事不论好结局还是坏结局，分开还是相聚，都有原因。我是一个创作故事的人，我自己的恋爱故事却这么简陋，连分手理由都不给一个，太讽刺了。"

"他不是说了吗？不合适。"

"什么样算合适啊？秦天运动达人，你跑步超过三分钟可能就需要人工呼吸，那你俩不也好好的吗？不合适这种借口，就跟不舒服让你多喝热水一样，都是废话。"

"那就找他问清楚，死个明明白白。"

林梦从手机里调出和周施绮的微信聊天记录给游游看，但见林梦发过去无数问题，打过去无数通语音电话，全部石沉大海。

游游愤愤不平，"冷战渣男！梦别担心，我去动员秦天，一定让周施绮那厮吐出真话，你不是一个人在战斗。"

中心医院，周施绮正在康复训练室内适应他的新义肢，扶着栏杆走走停停，屈膝蹲下，又尝试跑跳了几步。

孙医生一边记录着他的情况，一边问道："怎么样？还习惯吗？"

周施绮点点头，"比从前的轻便。"

"这个是最新产品，改良了不少。你从前接触接受腔那块皮肉老被磨得发红，这个就不太容易出现那种情况。它的设计更人性化，允许佩戴者使用的时间更久，相对来讲，也更能承受激烈一些的活动。"

周施绮笑了笑，"不过不知道是不是从前那个重量的戴久了，现在轻了，反而有些不习惯。"

"适应一段时间就好了。不过小绮，你从来都不是毛躁的人，怎么能把义肢弄坏呢？"

周施绮怔了怔，道："可能是时间久了，再牢固的东西都会出问题吧。"

"以后可得仔细些，就算再怎么改良，毕竟不是真的，和长在身上的腿还是不能比，记得定期来找我复查。"

"好的，谢谢孙医生。"

"那我先去忙了，你自己再适应一会，有什么问题随时联系我。"

"嗯。"

孙医生走后，周施绮在墙角坐下。他看着自己那条刚安装上的新小腿，那里没有温度，摸一摸，是僵硬的，亏自己像个傻子般的反复练习跳跃，企图带着假腿蒙混过关，陪林梦去学习潜水，简直痴人说梦。

那日他在家里听到外头的林梦说要去找初棠算账，他担心她冲动出事，可是他的义肢已损坏，步伐稍微大一点恐怕就要脱落，思来想去，将心一横，用大力胶带代替固定器，把残肢和义肢捆起来。

他担心不够稳妥，还在外头放几根筷子，再用大力胶带缠一圈，勉强能撑一段时间，不过膝盖自然无法自如弯曲了，他甚至不能坐下。

他以这种牵强的方式维系住自己最后一丝体面，去棠舞社把林梦捞了出来，说完分手后甚至因为害怕穿帮而不敢过多逗留，急匆匆坐上车，抛下万般委屈的林梦，像一个落荒而逃的败兵，一个只会逃避的孬种。

孙医生说得对，再怎么改良，那半条腿也不是真的，自欺欺人罢了。

从医院出来，周施绮去了父母家，今天是他和家人吃饭的日子，自从他上次说不想成为家里的负担后，二老再没为了他的到来而大张旗鼓地准备菜肴，吃的就跟平时一样，顶多添置一道他喜欢的菜。虽然不过是小康之家，但父母从小尊重他的感受和意见，这让他觉得自己比很多生来富贵却家庭不睦的孩子幸福。

今天的饭桌上却多了一位不速之客，秦天和周施绮前后脚到，笑嘻嘻地说想念周叔叔做的菜了，来蹭口饭，周爸爸周妈妈素来好客，自然欢迎。

趁家长在厨房忙活，秦天审问周施绮，"你和林梦到底怎么回事？"

周施绮语气冷淡，"就是你看到的这么回事。"

"游游说林梦找了你好几天，你一直玩失踪，你到底干嘛去了？"

"上海有几家实体汉服店，生意还可以，我这几天去实地采风，瞧瞧人家的成功之处。另外，绮梦不能止步于四君子汉服的失败，我吸纳了教训，想出了一个全新的汉服系列，正在拟草图。"

"我关心的不是这个，那林梦怎么办？人家林梦好端端的，你别老作行不行？"

周施绮不理他，自顾自去布置碗筷。

秦天跟在后头不依不饶，"你知不知道林梦已经三天三夜不吃不喝不睡觉了，再下去要破吉尼斯纪录了。"

"她现在难受，总比将来后悔强。"

秦天怨其不争，"作，太作了，你这样容易作死的周施绮。"

周家爸妈端着菜肴上桌，四个人坐下来吃饭。

周妈妈往秦天碗里夹肉，"你俩讨论什么呢？那么激烈。"

秦天："论一个男人如何把女人作跑。"

周施绮狠狠甩给秦天一个眼刀。

周妈妈："小作怡情，大作伤感情，而且作是女人的特权，哪有男人作的？这样的男人，欠缺社会的毒打。"

秦天："就是！"

周施绮甩过去第二个眼刀，秦天纯当看不到。

周爸爸笑眯眯，"小秦最近心情很好啊，遇上什么喜事了？"

秦天略有些腼腆，"也没什么喜事，就是……交了个女朋友。"

周妈妈："这还不算喜事啊？太好了！你爸妈知道没有？"

秦天："我打算过些天带她回家吃饭。"

周妈妈："老秦老早就想抱孙子了，见到儿媳妇肯定开心死了。"

秦天笑道："阿姨，八字还没一撇呢。"

周妈妈："有一就有二嘛！小绮你瞧瞧人家，你比人家还大几个月，你也加加油。"

周爸爸看了看儿子，"那个叫梦梦的小姑娘，好些天没来店里啦。"

周施绮默默吃饭，过了好一会才说："她以后也不会来了。"

周爸爸脸色微微变了变，也不好多说什么。

周妈妈可不会放过和儿子有任何牵扯的小姑娘，追问道："什么小姑娘？谁是梦梦？"

秦天摆出看热闹不嫌事大的架势，"阿姨，梦梦姓林，全名林梦，是一个喜欢周施绮的小姑娘，不过被他拒绝了。"

周妈妈："那她肯定长得不好看，我们小绮虽然不肤浅，但是对外表还是有要求的。"

秦天从朋友圈翻出林梦照片给周妈妈过目。

周妈妈："那她肯定是个花瓶，小绮不喜欢虚有其表的女孩子。"

秦天："她是漫画家，画的漫画目前在全网点击率稳占前三。"

周妈妈："又漂亮又能干，那她肯定很花心。"

秦天："她单身三年，对周施绮一见钟情，一门心思追了好久，十头牛都拉不回来那种，还投资给他开网店。"

周妈妈一脸疑惑，低头想了想，没想通，复又抬起头，"小绮，那为什么啊？"

周施绮沉默不语，周爸爸给老婆使了个眼色，示意她闭嘴。

周施绮扒干净碗里的饭，"妈，你上回说要给我介绍那个沈阿姨的女儿，她还在上海吗？"

周妈妈："在的在的。"

周施绮："安排我们见一面吧。"

某以鲜花为特色的网红餐厅，由于店中到处种满各色花树，恍如置身百花谷，每道菜都以鲜花命名，以鲜花入菜，简直仙气飘飘，是以有不少情侣慕名前来打卡。

林梦和游游戴着帽子口罩墨镜，全副伪装，坐在桃树后的座位上，以桃枝为掩护，严密监视入口处。

林梦："怎么还不来啊，秦天是不是记错时间了？"

游游："他跟周阿姨再三确认过，错不了，可能迟到了，再等等吧。不过周施绮这厮也真够奇葩的，忙着相亲的人，这几天还一直和我跟进网店修整方针，今天早上又发了一版设计方案给我，说是要弄什么二十四节气系列汉服，凹什么事业型人设啊，还管我要启动资金，这钱我就先扣住了，刁难一下他。"

林梦："给！认真搞事业的男人最帅。"

游游一戳她脑门，"你脑子被门夹了吧！他这样对你，你还说他好话，再说了，他搞事业用的还不是你的钱。"

林梦："公私不分不是好老板，而且他也许有苦衷呢？"

游游："我看你是脑子有坑……哎，来了来了。"

林梦顺着游游的目光望去，果然看见周施绮自大门口入内，他也没怎么刻意打扮，还是跟平常一样穿着白上衣和牛仔裤。然而数日不见，林梦思念更甚，此刻乍见，像久旱逢甘露，眼睛直接长在了他身上。

周施绮和服务员交代了两句，而后举目四顾，林梦做贼心虚地低头，却见他目光锁定一个方位，走了过去。

等待他的是一位短发女孩，二十出头的样子，看着像个学生，长得自然和林梦那种明艳型不能比，可也算娇小可爱。

周施绮问道："于虹？"

短发女孩绽放灿烂笑容，"是我，小绮哥你好。"

周施绮微微欠身，"抱歉我迟到了，内环太堵了。"

"没事，我也没来过这里，正好参观参观。你定的地方环境真好。"于虹很会说话。

周施绮从包里拿出一个小礼盒递过去，于虹打开一看，笑得很开心。

从林梦的角度既看不见礼盒里装的是什么，也听不见他们在说什么，然而她依然妒火中烧，"怎么第一次见面就送人礼物，相个亲需要这么周到吗？"

游游："面子工程罢了，别往心里去。"

林梦撇撇嘴，"他还没送过我礼物呢！这个女孩长得还算乖，可哪有我漂亮？"

游游点点头，"确实没有，但人家比你年轻。"

林梦抬头望着她，隔着墨镜都能感受到那股强大的杀气，游游立马闭嘴。

其实林梦误会了，那根本不是周施绮准备的什么相亲礼物，而是周妈妈送给沈阿姨的。

周施绮："这是我妈送给沈阿姨的钢笔，麻烦你代为转交。"

"这款老牌钢笔早就停产了，我妈从前用的那支坏了，找了好多地方都没找到，周阿姨有心了。"

两个人点完菜后，就陷入了沉默，周施绮向来是安静的人，不知道如何展开话题，还是于虹打开了话匣子。

"你从前来这里吃过吗？"

"没有，我也是看网友推荐的，我对吃不太懂行。"

"我们学校食堂很有名，你有空可以来试试，下回换我请客。"

于虹明显对周施绮的初印象不错，已经在暗示下一次见面，周施绮性子慢热，只是礼貌笑了笑。

于虹继续出击，"听周阿姨说你在做汉服？我对汉服文化挺感兴趣的，有空你给我讲讲课呗！"

"我也是半路出家，你要是想系统化地了解，我可以推荐几本专业书籍给你。"

"你还记不记得小时候我和你一起玩过家家，你扮皇帝，我披上棉被扮皇后，还说长大了要嫁给你，后来我被棉被绊了一跤，嗷嗷大哭，你说我要是再哭鼻子就不娶我了，然后我果然就不哭了。"

"我记性不太好，上个月的事情都记不太清，更何况是小时候。"

于虹的三连击都打在了棉花上，只好拿起杯子快快喝可乐。

周施绮也意识到自己的表现过于话题终结者，尝试着展示友好，"听沈阿姨说你在师大读研究生，你是学什么的？"

"美术，我从小喜欢看少女漫画，将来想成为一个漫画家。"

这让周施绮想到林梦，不知道刚强如她，小时候是否也喜欢过少女漫画？想到刚和男孩打完架的小林梦回到家就抱着溢出粉红泡泡的漫画书狂啃，他就不自觉笑了起来。

"什么事这么好笑？"于虹不解。

"没什么，你喜欢哪种风格的画？"

于虹见周施绮竟对这话题感兴趣，立即掏出手机，"给你看，这些都是我画的。"

平心而论，于虹的画工其实不错，作品和人一样，都走可爱风。可周施绮明显更喜欢林梦的风格，大胆别致，不拘一格。

借着看画的由头，于虹坐到周施绮旁边，一张张为他解说，两人之间的物理距离顿时拉近。

潜伏在暗处的林梦手指头直要把桃树枝抠出一个坑来，"不行，我忍不了啦，我要把那女的扔出去。"

游游按住她，"别忘了我们是来干嘛的。"

林梦果然气到忘了，"来干嘛的？"

"来跟周施绮问个清楚，就算死也让你做个明白鬼。至于他相亲，跟什么女孩约会，那是人家的自由，你无权过问。"

"我怎么觉得我是来受刑的，分开没几天，我难受得饭都吃不下，他倒好，这么快就跟别人勾三搭四。"

"稳住，有我。"

游游端起饮料往周施绮那桌走去，于虹正向周施绮介绍她的入学作品。

"其实我自己觉得这幅画画得一般，但我们老师很喜欢，说有几米的味道。"

游游佯装跟跄，撞到桌角，整杯饮料也泼在于虹身上。

"哎呀对不起对不起。"游游拿纸巾帮于虹擦拭，纸巾也是湿的，简直越帮越乱。

于虹对周施绮说："我去洗手间整理一下。"

游游跟在后头，"我陪你去，实在太不好意思了。"

游游跟于虹走了之后，就剩下周施绮一人了，他拿起手机看了一下，不过很快放下，他是不爱玩手机的人，这点与他的实际年龄很不相符，然后他望向窗外，眉头微锁，不知在想什么。

林梦其实有些紧张的，因为她无法预计周施绮会给出什么样的答案，不过逃避向来不是她的风格，伸头一刀缩头一刀，干脆给个痛快，于是起身，风风火火走到周施绮面前。

周施绮的视线从窗外转移到她身上，然后她摘下口罩墨镜，却发现周施绮面不改色。

"你怎么一点都不惊讶？"

"刚才那个人是游游，我认出她的声音了，那么你肯定也在附近。"

白搞一通神秘，不过无须在意这些细节，她拉开椅子坐在他对面。

"你微信不回电话不接，所以我来了，我来找你问个明白。"

"问什么？"

"拒绝我的理由。"

"我不是说了吗？不合适。"

"我不想听这种毫无营养的说辞，要不合适一开始就不合适了，何必等到现在。"

"就是跟你相处了一段时间之后，发现确实不合适。"

"哪里不合适？"

"哪里都挺不合适的。"

"别说这些没用的，你给我具体列举出来。"

林梦不愧是林梦，直把不甘分手的失恋女演绎成了向乙方施压的甲方。

然而周施绮就是那宁可失业也不屈从的铁骨乙方。

"我不想回答你的问题。"

"你必须回答。"

"为什么？"

"我今天要是不搞清楚真正的分手原因，我就一直缠着你，别说我和你之间还有业务往来，就算没有，我的缠人功力你是知道的。周施绮，你不让我好过，你自己也休想好过。"

周施绮上身往后仰，陷入沙发靠垫里，然后双手抱胸，微微扬着下巴，漫不经心地看着林梦，这种姿势让他整个人散发出一种既慵懒又傲慢的气质。

"林梦，我想你误会了，所谓分手，是针对情侣而言，而我和你，根本还没在一起。"

林梦怔了怔。

"从头到尾都是你在追求我，而我只是不拒绝，却从未答应过。假设你是我的前女友，那么你确实有资格向我追讨分手原因，然而我和你的关系，只是普通朋友，充其量再加个雇佣双方。拒绝一个人不需要理由，请你摆正自己的位置。"

林梦这边一团怒火，周施绮那边却如一盆冰水，她想发火，他却告诉她连发火的资格都没有。然而他的话听起来绝情，仔细一想，好像确实如此。

"你放心，工作上面我依然会尽心尽力，你是我的投资人，很感谢你信任我，目前没有让你盈利，我表示抱歉，但我绝对不会退缩，一定竭尽全力让绮梦有起色，毕竟我俩在一条船上，你好，就等于我好，这是我能给你的承诺。要是没别的事，请你尽快回到自己的座位，我的相亲对象应该快回来了，我不想让她有什么误会。"

林梦却兀自不动，眼神闷闷的，沉默了一会儿后，说："周施绮，你现在快乐吗？"

周施绮没想到她的思维跳跃如此之大，愣了愣。

"生活里没有了我，你快乐吗？"

他一时竟不知该如何作答，只得说："这不劳你操心。"

"我觉得你不快乐，你开心的时候就算不说话，眼底也是有笑意的，可是你从进来到现在，除了客套性的机械化微笑外，根本没笑过。"

周施绮突然冲她笑了笑，那笑容直如冰山消融，鱼入水中，令人如沐春风。

"是这样吗？"他问道。

林梦点了点头。

他瞬间收起笑容，眼底一片冰冷，"我没想到你这么大了，也是出来社会工作的人了，基本的社交技巧都不懂。我可以对你这样，也可以对别人这样，请你不要以为自己有多特殊。我知道你是画漫画的，可能有些职业病，但也别乱给自己加女主光环。自作多情是一件让自己和别人都尴尬的事。"

林梦不信，"你之前和我在一起的表现，只是出于礼貌？你是影帝吗？"

"不光是礼貌吧，你是我的出资方，让金主开心是一个创业者的基本素养，更何况心理学上有个词叫印象管理，男人都想给女人留下好印象，尤其是喜欢自己的女人，我也不能免俗，毕竟人都是自恋的，谁不喜欢被人喜欢呢？"

　　林梦死死盯住周施绮，"周施绮，你敢说你从未对我动过心？"

　　"我承认我对你有感觉，你漂亮、聪慧、富有，还那么喜欢我，甚至拿出真金白银投资在我身上，我但凡还是个男人，就不会对你没有感觉，可是荷尔蒙作祟和动心之间，是有区别的。你是一个很好的出资人，信任我、尊重我、给我创作自由，最重要的是，出手大方，世上女孩千千万，可是比你更好的甲方，难找，因为一时冲动而毁了前途，不值当。"

　　他陈述得条理分明，然而林梦只抓住了一个要点，"你喜欢我的钱多过喜欢我的人？"

　　"你要这么理解也可以。"

　　"那也没关系啊，我的钱也是我的一部分，不可分割。"

　　不知是不是被林梦彪悍的脑回路震慑，周施绮安静了一会，而后问道："林梦，我是否曾给过你一种错觉，让你觉得自己是我的小太阳，能为我驱散寂寞，带来快乐？"

　　林梦老老实实回答，"嗯。"

　　周施绮一直是清冷自持的，还带点莫名忧郁的，只有跟她在一起时，他脸上的笑容才会增多，而她喜欢看他笑。

　　他身躯前倾，凝视着她，"你愿意继续做我的太阳吗？"

　　纵使才听完那些无情话，但这句诱导仿似有魔力，让林梦不自禁颔首。

　　"把工作和私人感情混为一谈，从来都是不理智的行为。为了不影响我们将来的长期合作，除了必要的业务往来，其余时间——"他露出了她最喜欢的明媚笑容，"请与我保持92955886.7公里的距离，谢谢。"

第十四章

这样的我你还喜欢吗？

92955886.7 是太阳距离地球的公里数。

这串数字对林梦的杀伤力太大了，周施绮竟想离她这么远，乃至于在和欲购买她漫画影视改编权的资方开会时，她都心不在焉。

游游在桌子底下狠狠踹她一脚，"梦梦，陈总问你话呢，《画嬗记》大概会更多少回？"

林梦的神思从遥远的太阳系被拉回来，丧气地说："爱更多少回更多少回吧，看命。"

资方虎躯一震，这么有个性的作者很少见了。

游游尴尬地接过话头，"梦梦的意思是，创作是灵动的，无法用硬性规则去限定。"

资方点点头，"我们当然尊重作者，用人不疑，创作层面就不插手了，只有一点，故事的过程怎么虐都可以，结局希望是好的，毕竟要改编成影视剧的话，甜甜的爱情更符合大部分观众的取向。"

林梦耷拉着脑袋苦笑，"做梦吧，哪里有甜甜的爱情，轮得到'鬼'

都轮不到你。"

资方嘴角抽搐，未免有个性过头了吧。

游游再度解释，"梦梦最近潜心创作，讲话都自成一体，我来为大家翻译一下，她是想说，故事的结局一定会甜到连'鬼'都羡慕。"

好不容易熬完会议，坐车回去的路上游游忧心忡忡。

"梦啊，你这种状态能完成连载吗？"

林梦双目无焦地望着前方，"约都签了，弄不出来要赔钱的。你放心，我就算死，也在死之前把漫画画完，做一只负责任的'鬼'。"

"要不我跟资方申请延期，等你稍微调整一下再开工。"

"不用，小女孩才为情所困，我这种大女主命格，血液里流淌的是风，磨难不过是成长的养分。"

嘴上这么说，可是下车的时候要不是游游扶着，她差点摔个狗吃屎。

秦天已经在公寓大堂等她们，这几日为怕林梦一个人胡思乱想，游游基本驻扎在林梦家，而她和秦天正处于热恋期，难舍难分，是以秦天只要忙完学校的事也赶过来，两个人一边看护林梦，一边在林梦家约会，简直是关怀单身狗和谈恋爱两不误。

游游直奔到秦天跟前，"等很久了吧？"

秦天憨笑，"没事。"

游游："早知道给你配把备用钥匙，省得你在楼下干等。"

林梦提出疑惑，"这里好像是我家。"

但是没有人理她。

秦天把一盒热气腾腾的鲜肉月饼进贡给游游，"知道你喜欢这个，赶紧趁热吃。"

游游："这家很火的，你排了很长时间吧？"

秦天："你喜欢就行，今天签约顺利吗？"

游游："那当然，我出马。"

秦天："我们家游游就是厉害。"

林梦二度疑惑，"签约的人好像是我。"

依然没有人理她。

秦天又和游游小声说了几句悄悄话，才突然想起还有人似的，"对了林梦……"

林梦先行打住，"别给我，我不吃那种油不拉唧的玩意。"

秦天："所以我没给你买啊。"

林梦："……"

秦天拿出一盒包得很仔细的包裹，"又有人在前台留东西给你。"

游游："还是没留名字吗？"

秦天摇摇头。

这已经是本月第三次收到无名氏送的东西了，第一次是一盒奶糖，第二次是一册连环画。林梦打开包裹，这次是一个万花筒。

秦天："这哪个马大哈啊，连续寄错三次，还不留联系方式，送都没法送回去。"

游游："先留着吧，幸好也不是什么贵重的东西，否则失主要急死了。"

秦天把购物袋递给游游，"别老点外卖了，今天自己动手做吧，吃得健康点，菜我都给你买好了，都是半成品，做起来也方便。"

游游："你不上去啦？"

秦天："我学校还有事，得赶紧回去。"

游游："那你还大老远跑一趟干嘛？"

秦天："这不是……今天还没见过你嘛。"

游秦CP你侬我侬，大撒狗粮，林梦靠在柱子上，生无可恋，"秦天你赶紧走，你们这已经不是虐狗，是杀狗。"

秦天恋恋不舍离开，游游挽着林梦回到公寓，撸起袖子进厨房准备晚饭，林梦远离油烟，坐在客厅地毯上看着陌生人送来的三个包裹发呆，从左至右依次是万花筒、连环画、奶糖。

都是小孩子家家的玩意。她拿起万花筒凑到眼前一看，但见里头流光溢彩，仿若细碎群星闪耀，微一转动，群星挪移，换了个阵型，而她像个魔法师，动动手指就能让星河为她倾泻。

小孩子家家的玩意倒也有点趣。

她随手一翻连环画，见里头画的都是古代神话传说，精卫填海、女娲补天、夸父逐日，没有文字，只有彩图，而且画工简单易懂，应该是给低幼儿童看的。她想起小时候家里好像也有过这种画本，但之后随着搬家遗失，原来现在的孩子，也是看这些玩意长大的。

奶糖是散装的，一颗一颗盛在五角星状的透明糖盒里，她小时候就很爱吃奶糖，还吃到满嘴蛀牙，父亲因此不准她再吃。后来她长大了，父亲管不住了，可为了保持身材苗条，也不怎么吃糖了。甜味能带给人快乐，既然是散装糖，少一颗应该没人发现吧？她剥开糖纸，塞进嘴里，老牌奶糖的奶粉味香她一嘴。

虽然找不到失主，也不知道送礼之人为何要把这些小物件拆开来送，也许邮费都比东西本身贵，但在心情低落之时，这些阴差阳错到她手上的无主之物，确实稍微缓解了一下她的低落情绪。

微信提示音响起，她拿起手机一看，是父亲林贵华发来的消息：小邵说你不回他微信？

邵梓秋这两天一直约林梦出去，林梦还沉浸在被周施绮拒绝的悲伤里，哪里有心思？自然不予理睬。

正想着如何应付老爹，老爹直接一个电话打进来了，这回不是秘书，是老爹本爹。

　　"这几天忙什么？"

　　这本该能算是关心的话语，可林贵华的声音像在对下属询问公事，听不出感情。

　　"漫画版权刚签出去，要赶连载进度。"林梦答道。

　　"周末把时间空出来，君斯年会。"

　　"君斯年会我需要参加吗？我又不是员工。"

　　"可你是我的女儿。"

　　"往年办年会我也从没来过啊。"

　　林贵华顿了顿，再发声时，林梦觉得他的语气好像突然沧桑了不少，"梦梦，爸爸越来越老了，总有干不动的一天，公司迟早得你管。"

　　林梦的心一下子软了，再严厉再不近人情，那毕竟是生她养她的父亲，是她在世上唯一的至亲，于是她答应道："好。"

　　继上次在鲜花餐厅初见面后，周妈妈疯狂追问儿子对于虹的感觉，周施绮只得回答说感觉不错，然后想儿媳妇想疯了的周妈妈竟擅自作主替儿子约好了下一次的会面，引来周施绮怨声载道。

　　周施绮："妈，我最近忙着给网店设计新汉服，没时间。"

　　周妈妈："时间挤挤就有啦！人家于虹说啦，上次是你请客，这次换她请。小姑娘多好，还知道礼尚往来，不过人家毕竟是学生，让她请太贵的不好，我就帮你约在她们学校食堂啦。"

　　周施绮更郁闷，"她们学校很远的，一来一去多浪费时间。"

　　周妈妈："你天天闷在裁缝铺里，坐牢也要放风的嘛！大学环境好，你就当去散散心，别一天天的工作工作，工作是重要，人生大事就不重要？"

　　周施绮说不过妈妈，只得服从。

周妈妈甚至为儿子的脱单备置了战衣，是一件浅粉色毛衣，在周施绮身上比画来比画去，"别老穿白色了，太素。你皮肤白，穿鲜嫩点好看，跟小姑娘出去要打扮得活泼点知道吗？"

周施绮不太情愿，"妈，吃个便饭而已。"

周妈妈："吃什么不重要，重视自己的仪表等于尊重对方，快套上。"

周施绮难拂母亲好意，只得乖乖把毛衣套上。

周妈妈简直比自己约会还紧张，又开始跟儿子各种叮咛和女生相处要注意的事项，好不容易隔壁邻居李婶有事找周妈妈，周施绮这才得以消停，在沙发上坐下，喘了口气。

周爸爸坐在旁边看报纸，悄声对儿子告状，"你妈这人，有时候我都嫌她烦。"

周施绮勾起嘴角，对老爸调剂气氛的语言报以微笑，然而当他一放松表情，眉头就微微皱了起来。

周爸爸："要去约会的人，怎么看起来不太开心的样子？"

周施绮淡淡道："可能是因为网店的问题还没解决。"

周爸爸："想到对策了吗？"

周施绮："办法有是有，但没到实操阶段，还不知道具体可不可行。"

周爸爸："前头有路就行，最怕是找不到方向，有劲没处使。"

周施绮："爸，要是我这次又失败了怎么办？"

周爸爸语重心长，"小绮，爸爸瞧得出你有多在意网店的事，那我就放心了。"

周施绮不解。

周爸爸点了一根烟，吸一口，幽幽然道："你是我儿子，你的性格我最了解不过，你懂事、孝顺，怕我和你妈担心，所以总装出一副没事人的样子，但其实你心里根本没底，你对周遭的一切都无所谓，你其实根本不喜欢这种生活。小绮，三年了，我还是头一次见到你对一件事这么上心。"

周施绮怔了怔。

周爸爸："能够看到你重拾信心，爸爸比谁都高兴，这证明你又重新活过来了，所以千万不要轻言放弃啊。"

周施绮点了点头，"我会的。"

周爸爸："除了网店，可还有别的事让你烦恼？"

周施绮口是心非，"没有，我现在一心扑在工作上。"

"你是我从小抱大的，还想骗我？"

周施绮就没再否认。

周爸爸放下报纸，"小绮，那个叫于虹的小姑娘，人是不错，也好相处，可是好相处和喜欢是两回事。"

周施绮没说话，只是静静望着茶几上的水杯，仿佛入定一般。

"你和爸爸说老实话，你心里喜欢的，其实是林梦吧？"

周施绮突然从入定中醒来，"爸，于虹学校挺远的，我该出发了。"

说完再没给父亲追问的机会，匆匆出了门。

周爸爸望着儿子离去的方向，无奈叹了口气。

这边周施绮去约会，那头林梦也刚刚赶到君斯年会现场，林贵华在郊区包了个温泉度假村，全司集体在这里过一夜，翌日才走。

傍晚开始淅淅沥沥下起雨来，还几天就立冬了，气温愈发低起来，一下雨又湿又冷，服务员在宴会厅点起了壁炉，餐前酒和点心先上一轮，给大家暖暖身子。

所谓的年会，就是大型社死现场，对不对付都要说一些场面话，真心也罢违心也罢，还要共事，面具就得戴起来。林董的千金难得来与民同乐，大家自然纷纷敬酒。林梦其实酒量一般，此番为了给父亲面子，在来的路上提前吃了解酒药和牛油，对来敬酒的一律不拒，尽数空杯，大家给她叫好，果然是虎父无犬女，够豪气。

这样应付完一轮，林梦绕是有备而来，也有些犯晕，这才刚到饭点，饭后还有部门表演和抽奖表彰等活动，会一直持续到深夜，是一场拉锯战。她没什么胃口，便打算回房小憩一阵，利用吃饭的时间火速回回血。

林贵华为女儿准备的是套房，位于走廊最里面，非常安静，林梦只打算睡半小时，于是上好闹钟和衣而眠。

这样的睡法本来就睡不深，外头的雨势越来越大，她在半梦半醒间听见雨滴击打在玻璃窗上的声音，这声音中逐渐夹杂进了一点轻微的脚步声，脚步声越来越近，然后床的一边微微陷了下去，像是有人坐在上面，再然后，竟有呼吸喷在她面庞上。

她睁开眼，昏暗中，一张男性的脸距离她不过数寸，而且越凑越近。

林梦大惊之下本能挥出一拳，直击那人面门，男人吃痛，捂着脸嗷嗷叫疼，声音很是熟悉。

林梦打开灯，见来者竟是邵梓秋，惊道："怎么是你？"

"你以为是谁？我说林梦，你惊喜归惊喜，迎接人的方式也太暴力了吧。"

"你来干嘛？"

"当然是林叔叔请我来参加年会。"

"进我房间干嘛？"

"林叔叔说你喝多了不舒服，让我来照顾你。"

"我门是锁上的，你是怎么进来的？"

"当然是林叔叔给的钥匙。"

　　林贵华果然还是那个林贵华，还以为他岁数大了变仁慈了，是林梦天真了，怪不得非把她薅来年会，还给她安排最里面的房间，果然很贴心，贴的是外人的心。

　　林梦心里有气，拿起床边的矿泉水一顿猛灌，邵梓秋很自然地拿她喝过的瓶子喝水，被林梦狠狠打手，"要喝水自己去取。"

　　"梦梦，你怎么老对我这么冷淡？"

　　"邵梓秋，你怎么老阴魂不散？"

　　"当然是因为我记挂你。"

　　林梦冷笑，"你骗骗别人就算了，在我这里就别立情种人设了，谁还不知道谁啊？"

　　"我回国到现在两个多月，这两个多月里我一直在向你示好。你扪心自问，我泡妞那从来都是手到擒来，何曾在一个女孩身上浪费过那么多时间？"

　　"所以我觉得很奇怪，你很反常。"

　　邵梓秋眼含期待地看着她，"就不能是我浪子回头，弱水三千只取一瓢饮？"

　　林梦摇头摇得那叫一个坚定，"除非你跟人灵魂互换，否则绝不可能。"

　　邵梓秋见骗不过她，只得认了，"林梦啊，女人太明白不好，男人善意的谎言你得学会睁只眼闭只眼。"

　　"说吧，你到底打的什么算盘？"

　　"我想跟你结婚。"

　　林梦这下可惊得不轻，"你发什么疯？"

　　"你瞧，我说认真的你又不信。"

　　"你好端端的结什么婚，夜夜换新娘不爽吗？"

　　"林梦，虽然我很欣赏你的直接，但你有时候真的直接到有点过分。"

林梦没耐性了，"进重点。"

邵梓秋从冰箱里拿了瓶水，"我那死鬼老爸不只我一个儿子，这事你听过吧？"

邵腾家大业大，而男人能拥有的异性和他成功的程度成正比，这跟动物世界里一个原理，所以虽然法律上邵梓秋的母亲是邵家唯一的太太，但邵腾养在外头的小老婆可着实不少，而且互相都知道对方，不藏着掖着，只是没领证而已，有几个也替他诞下子嗣。从某种程度上说，邵梓秋的风流也许就是受了他父亲的影响。

"我爸三年前把我委派到国外，就是嫌我没个正形。现在我好不容易回来了，他又整了一出么蛾子，勒令我在三十岁之前把婚结了，说先成家再立业，像我这样的，得有个厉害点的老婆管住，否则会败家。我要是不从，他就在遗嘱上把我除名。"

"你就为了这个要结婚？"

"难道眼睁睁看着他把资产分给外头的野种？我爸这人心狠，他说得出做得到，绝对不是吓唬我。"

又是这种豪门争家产的套路，真是老土，不过林梦不明白，"你想结婚人选多的是，从你那些一夜新娘里挑一个就是了，干嘛非得找我？"

"我这种人结婚是小事吗？要是那女的存歹心，遗产到手就跟我离婚，我还得分她一半钱，或者她打着我的名堂在外头搞什么烂摊子，我还得给她擦屁股。可是你就不同了，我是了解你的，你心高气傲，做不出亏心事，而且你家虽然比不上我家，可也不差，没必要谋我的财，最重要的事，我爸对你也挺满意的。"

林梦恍然大悟，难怪邵梓秋死咬着自己不放，究其原因不是为情，而是为利，毕竟那种家庭出来的人，从小在利益更迭里长大，就算看着再吊儿郎当，盘算得失也是种本能。

邵梓秋喝下一大口冰水，叹了口气，"上海虽大，妞虽多，一时之间我竟想不到比你更合适的人选，从这个角度说，你真是我交过的所有女朋友里人品最过硬的。还有两个月就到我三十岁生日了，时间紧任务重，你要不要好好考虑一下？实在不行形婚也成，婚后各玩各的，谁也不耽误谁，我可以跟你签一份协议，把名下某些资产划给你，这可是别人都没有的待遇。"

林梦安静了一会，仿佛真的在思考。

邵梓秋相当期待，"如何？这买卖做得过吧？你放心，我不会亏待你的。"

林梦抬眼看着他，"邵梓秋，你口口声声了解我，那么你是哪里来的自信，觉得我会同意这种卖身行为？"

"什么卖身？怎么话到你嘴里就那么难听，明明是资源整合，各取所需，而且要是相处得好，形婚变真爱也说不定呢，毕竟我对你还是有感情的。"

林梦冷笑，"谈感情？你也配？我问你，这事我爸知道吗？"

邵梓秋不说话。

林梦拔高了嗓音，"回答我！"

邵梓秋被她的气势震慑，点了点头。

林梦扭头就走，找父亲算账去。

邵梓秋在后头喊，"喂，你再考虑一下吧，还有两个月时间。"

晚宴还在继续，林贵华却不在座位上，去了旁边的小会议室，林梦于是移步会议室，象征性敲了敲门，也不等里头回应，直接推门而入。

林贵华正跟财务总监议事，见女儿气鼓鼓地站在门口，已经猜到怎么回事，打发道："我们这里聊正事呢，有什么等明天再说。"

林梦并不打算妥协，"我要聊的也是正事。"

"梦梦，别任性。"

"任性的是你吧？"

林贵华见她这副样子，知道劝不走，只得先让财务离开，会议室里只剩下他父女二人。

林贵华倒也直接，"小邵都跟你说了？"

"你到底知不知道自己在做什么？"

"小邵想娶你，我也觉得他是贤婿人选，顺水推舟，有何不可？"

林梦爆发了，"可是我根本不喜欢他！"

林贵华的语气依然平静，"哦？那你喜欢谁？那个小裁缝？"

林梦感到惊讶，"你怎么知道？"随即略一思索，眼神一变，"你找人查我？"

"小邵说你和不三不四的男人混在一起，我只有你这么个女儿，肯定得调查清楚，及时制止，总不能眼睁睁看你选错路。不过你最近跟他不怎么往来了，倒省却我插手。"

林梦倒吸一口冷气，"你也知道我是你唯一的女儿，那你怎么舍得让我嫁给自己根本不喜欢的人？"

林贵华点了根烟，"梦梦，你还年轻，把爱情想得过于美好，其实所有开端美满的婚姻，到最终都是一地鸡毛。女孩终归是要嫁人的，不如嫁个合适的，就算没了里子，还有面子，就算将来感情淡了，可抓在手里的资产是不会骗人的，总好过你跟个一穷二白的，到最后人财两失，竹篮打水一场空。"

"在你眼里，嫁女儿也是一桩生意吗？计过算过，把我卖个最合适的价钱？"

"我知道你现在可能不能理解，但无论如何，我是为你好。"

林梦愣了愣，然后竟然笑了，越笑越大声，仿佛听闻了什么了不得的笑话，"为我好？那你可太伟大了，伟大到我们凡人无法理解。"

林贵华淡定地抽着烟，任由女儿讽刺，根本不放在心上。

好一会，林梦才终于笑够了，死死盯着父亲，"我从前老怨我妈，怨她抛夫弃女，我还那么小，她怎么舍得？当妈的人心怎么这么狠？可是现在，我突然有些理解她了——"

林贵华拿烟的手一抖，一截烟灰掉在烟缸外，他似被戳中内心最深处的隐痛，缓缓转头看着女儿，眼底已蕴含着怒意，正在拼命克制，如同海啸前的平静。

林梦一字一顿说完后半句，"像你这种人，活该被抛弃。"

周施绮出门的时候忘记带伞，所以此刻即便已在食堂吃完饭，也只得等雨小些再撤。

食堂有卖奶茶的，于虹买了两杯热的，递给他一杯。

周施绮说了句谢谢，而后不知怎的，看着手中浅咖色的液体脱口而出，"用的是代糖吗？"

于虹笑了笑，"学校食堂没那么讲究，不过我已经让他少放糖了，你这么瘦，还要减肥？"

"不是，是我之前有个朋友，喝奶茶一定要用代糖，说什么抗糖就是抗老。"

于虹打趣他，"一定是个爱美的女孩子吧？"

周施绮没说话，用吸管嘬着奶茶。

"我看了天气预报今天会下雨，还专门发微信叮嘱你记得带伞，你怎么还是忘了？"

"出门太着急了。"

于虹闻言心中窃喜，还以为他是急着见自己。

只有周施绮自己知道，他是被父亲说中了心事，落荒而逃。

"那就没办法啦,你这么粗心,只能等到雨停才放你走啦。"

"嗯。"

"我们食堂的饭你还吃得习惯吗?"

"嗯,挺好吃的。"

然后便再无话,绕是活泼如于虹,也拿这个闷油瓶没辙。

"要不我们去看电影吧?"她提议道:"校图书馆有放映室,里头有很多经典影片,等电影放完,雨也差不多该停了,时间正好。"

她在心里谋划好了,看电影不需要说话,届时选一个恐怖片,狭小黑暗空间内,两人的距离自然拉近。

周施绮的手机提示音这时响起,是秦天发来的微信截图,截图内容是游游发给秦天的消息。

游游:不好了!林梦出事了!

秦天:她怎么了?

游游:她被她爸打了,现在一个人在郊区冒雨往回走,这个鬼天气她不可能叫到车,我怕她有危险。

游游紧接着扔了一个地址上来:可是这个地方离市区好远,我赶过去起码得两小时。

秦天:周施绮在师大,离那里不远。

游游:让他先过去,我和你也赶紧出发。

秦天:好。

周施绮怔怔看着截图内容,于虹在说什么他已经听不到了,应该是在向他推荐想看的电影吧。

于虹:"小绮哥,你在听吗?这个电影你要是不感兴趣,我们就看别的。"

周施绮有些手足无措,慌乱道:"我都可以。"

"你怎么了,是不是出什么事了?"

周施绮不知如何作答，左右为难之际，秦天的微信电话打进来了，"小绮，你看到截图没？"

"嗯。"

"那你还这么镇定？你真不管林梦死活啦？"

周施绮仿佛被点穴般，毫无反应，内心却在两极挣扎，一边是理智，一边是情感。

电话那头，秦天疯狂叫嚷，"周施绮，说话呀，别装死！"

心战由于实力悬殊，很快分出胜负，周施绮说："地址再发我一遍。"

挂完电话，他对于虹抱歉，"对不起，我朋友出事了，我得过去一趟。"

于虹是个机灵人，眨了眨眼睛，"是那个用代糖的女孩子吧？"

周施绮有些讶异。

于虹说："小绮哥，我从小就喜欢你，不过你只当我妹妹，现在我长大了，所以我想试试，和你还有没有别的可能性。其实上次在鲜花餐厅，那个故意拿饮料泼我的人就告诉我了，她说你有喜欢的人，只不过我担心会影响我们的发展，就没和你说，现在看来，已经没什么好担心的了。"

于虹故作轻松，"你去吧，去找你喜欢的人，我这么优秀这么可爱，才不留不喜欢我的人。"

周施绮感谢她的理解，由衷道："谢谢。"

他正想冒雨离开，被于虹喊住，她从书包里拿出折叠式雨伞，"给，不然人没找到你自己先成了落汤鸡。"

"那你怎么办？"

"这里可是我的地盘，搞不好一会儿就邂逅一个帅气学长撑伞送我回宿舍，你赶紧走，别挡我桃花。"

周施绮笑了，而后再不犹豫，撑开伞冲进雨里。

外面风大雨大，可是心之所向，是什么也拦不住的。

雨越下越大，林梦已经走不动了。这么冷的天，她浑身湿透，又没吃饭，还喝了酒，挨了打，又冷又饿又困又疼，瑟缩在郊区路边的废弃车站里，头上勉强有个顶棚可以遮挡大部分雨水，可仍旧挡不住被横风刮进来的水柱。

她方才的话彻底激怒父亲，林贵华的巴掌毫不留情往女儿身上招呼，林梦脸上挨了十来记耳光，少不免淤青，有一下打得特别重，嘴角都破了，最后还是员工们闻声赶至，劝住怒不可遏的他，林梦才趁机逃了出来。

林贵华是强权主义者，小时候林梦若是不听话，也会遭到体罚，但都是避开要害的，也从没打过脸，毕竟是女孩子，面孔很重要，这次他是真的恨急了，被妻子抛弃大概是他心底最深的耻辱，竟被亲生骨肉这般赤裸裸揭露。

林梦拿出手机查看，网约车平台再次因长时间无司机应答而取消了她的订单。游游和秦天约莫半个小时前分别在太湖四君子的微信群里发了消息，让林梦坚持，他们找她来了，而同在群里的周施绮却从始至终没出过声。

也许，他是真的完全不在意自己吧，也许，确实是自己一厢情愿吧！世界现实，找伴侣也要计算匹配度和成功率，不能全凭一腔热血，就跟做生意一样，衡量清楚再下注，免得时间和精力错付。周施绮是多聪明的人，他怎么可能不懂这个道理？连她的生身父亲都能把她的终身大事当作一桩合买合卖的买卖，更何况是外人？

这夜的冷雨浇得她头脸生疼，也浇熄了她最后一点希冀。

她盘算着，等回到公寓，要先好好洗个热水澡，然后叫一顿爱吃的外卖，填饱肚子后，昏天胡地睡个一日一夜，等醒过来，又是一条好汉。人生总要向前，他不会为她停留，那么她也不会。

还有一点，别忘了她还是他的雇主，要鞭策他好好干活为她赚钱，把投进去的连本带利赚回来。

她彻底清醒了，现在的问题就是如何离开这里，郊区本来人就少，来的时候是她爸的司机送她的，现在已入夜，加上这种暴雨天气，整条路上乌漆麻黑，半个人影也无，看来只能寄望于游游和秦天尽快赶到。

前方突然微光一闪，好像是车头灯，林梦打醒精神，有希望了，忙跑到路边挥手。

那车子开得也不快，到近处停了下来，然后后座车门打开，从里头出来一个人，撑着伞走到她面前。

飘摇风雨中，她以为自己做梦了，虽然路灯昏暗，但她还是一眼就认出了他，认出了那张她前一刻已决定放弃的脸。

她一时间恍惚了，分不清今夕何夕，竟然有些腿软，他忙扶起她，温度从他身上传来，她放弃分辨和抵抗，服从本能，闭目靠向温暖坚实的去处。

周施绮告诉游游和秦天已经安全接到林梦，让他俩先回去，毕竟暴雨夜在外头折腾不安全。林梦离开度假村的时候太匆忙，身上只带了手机，行李和包都扔在酒店，没有回家的钥匙，证件也没在身上，没法去酒店开房，周施绮无奈之下，只得先将她带回自己家。

于虹赠的毕竟只是一把小巧的折叠伞，无法遮挡两个人，他下车后一只手抱着林梦上楼，另一只手把伞撑在林梦头上，自己却淋至湿漉漉，进门后来不及开灯，先轻轻把林梦放在沙发上，正要起身去开灯，林梦勾在他脖子上的双手却突然使力，他失去重心，倒在她身上。

她不知何时已恢复意识，黑暗中注视着他，"干嘛来救我？"

"你松开。"

"你回答。"

周施绮掰开她的手，她十指紧扣，不依不饶，可他毕竟劲儿大，实在斗不过，干脆耍赖喊痛。

她这一呼，周施绮立马松手，"我弄疼你了吗？"

她双臂一下子收紧，把他搂进怀里，"你就是紧张我，还不肯承认。"

周施绮无奈地叹了口气，任由她抱着，这样过了一会，他轻声说："能先让我把灯打开吗？"

林梦这才松开他。

周施绮开了灯，这里是他独居的小开间，地方收拾得干净整齐，这还是林梦第一次上他家。

"周施绮，你明明在意我，为什么又要拒绝我？"

周施绮从柜子里拿出一块新的浴巾给她，又拿出一套替换的衣服，"你去简单洗一下，这样捂着要着凉的。"

她刚才在车上就觉得冷了，全靠挂在周施绮身上取暖，衣服湿哒哒地粘在身上很不舒服，这里既然是他家，不怕他跑了，她打定主意，他要是不肯交代，她就赖着不走，赖到他肯说真话为止。

于是林梦拿着浴巾和衣服进了浴室，浴室虽小，但也拾掇得整整齐齐，最重要的是，这里半点女人的痕迹都没有，这让林梦很满意。她打开镜子后的储物柜，想找找有没有能捆头发的东西，却在里头发现了一瓶镇痛药。

林梦洗完澡出来，闻到食物的香气，桌上放了一碗面，还有一杯热牛奶，她腹中空空，现在酒劲散尽，着实饿了，便老实不客气地坐下，大口大口吃起来，吃饱了才有力气和他算账。

周施绮找出散瘀的药，坐在林梦对面，拿棉签蘸取，对林梦努努嘴。

林梦会意，把受伤的脸部凑过去，一边还动着筷子，不耽误吃。

周施绮仔仔细细给她上药，她穿着他的居家服，他的衣服在她身上自然宽大不少，这更显得她纤瘦，她不知用一根什么物什充当发簪，把尚未吹干的长发盘在脑后。他仔细一看，竟是他的牙刷，有些忍俊不禁，这一笑手就抖了，戳到了她微微破损的伤口。

林梦倒抽冷气，"疼。"

这次应该不是装的，他立马给她吹吹，"好点了吗？"

"嗯。"

"为什么打你？"

林梦没心思回答这个问题，她一边咀嚼，一边打量周施绮，眼神越来越不善，"你干嘛穿粉色？"

在她印象里，周施绮喜穿白，几乎很少穿别的颜色，更遑论这么骚气的衣服，明显不是他的品位，她余光一扫，瞥见晾在门口架子上的折叠伞。

"那把是女士伞吧？"她略一思索，"你今天又约会去了？"

若是真心喜欢一人，所有女生都是福尔摩斯。

周施绮点了点头。

"所以，我把你的约会搅黄了？"

他又点了点头。

"这么说，我比她重要？"

"我和她可以再约，可是你却有危险，毕竟相识一场，还是合作关系，我这么做只是出于道义。"

她放下筷子，"那你不该来。"

　　林梦眼神炯炯，"我今天本已下定决心，要和你一刀两断，可你这么一弄，搞得我又蠢蠢欲动。周施绮，你是知道我的，给点海水就泛滥，既然无心，你就该狠一点，别再招惹我，既然招惹了，那么之后无论发生什么，都是你的责任。"

　　她要无赖要得理直气壮，让周施绮不知如何招架，他还穿着那身湿衣服，于是说："我也去洗一下。"

　　他当然只是简单擦了擦身，连义肢都没取下，在雨里淋了这么久，又抱着林梦负重前行，他猜断肢处肯定又磨红了，毕竟再怎么改良，外物就是外物，假的就是假的，逞能是要付出代价的。

　　他换上干净衣服出来，见林梦的阵地已从餐桌转移到写字台，那里放着他没有上锁的电脑，他心下微微一慌。

　　林梦聚精会神盯着电脑屏幕，周施绮挪到她身后，果见她打开了桌面上的相册。

　　他的相册分门别类，按日期整理得很整齐，大部分都是他当汉服模特的图片和视频，唯有一个文件夹不是用日期命名的，而是单名一个"梦"字。

　　林梦在看的，正是那个文件夹。

　　里头全是他二人于半山拍摄的喜服素材，若说这些尚是与工作相关的，那么相册最后一张图片，就很可疑了，那是他俩初遇那次秦天拍的，太湖水悠悠，而她在岸边靠在他肩上假寐。

　　周施绮一颗心吊到嗓子眼。

　　林梦的声音不疾不徐，"首先说声对不起，我一开始真的不是有心偷看的，只是想借用电脑查一下邮件，不小心点开了相册。既然点开了，还发现了以我的名字命名的文件夹，就顺便看一下。我这个人，有时候自己都管不住自己。"她缓缓扭头看着他，"不过周施绮，既然心里没我，为什么留着我的照片？"

201

然后她站了起来，站在他面前，胸有成竹，万分笃定，"你就是喜欢我。"

证据确凿，周施绮不知从何辩起，他明明高她半个头，此刻的气焰却完全被她压过。

"不管你再编什么破烂理由，我都不会相信，既然你喜欢我我也喜欢你，我没道理放手。你的苦衷你愿意说就说，不愿意说我就等到你说为止，我的执着，你是领教过的。"

周施绮像被猎人围捕的兽类，逃进死胡同，退无可退。

良久，他低下头，深深叹了一口气，复又抬起头，似终于做了什么艰难的决定，"你真的想知道原因？"

林梦坚定地点了点头。

"好。"

他双手挪至裤腰处，开始松腰带。

林梦有些措手不及，虽然早就幻想和周施绮发生一些肌肤之亲，但现在这个场合，不太合适吧？周施绮办事也不看看气氛吗？

腰带已经松开，他提着裤子，眼神复杂地看着林梦，而后眉头一皱，带着一丝生死由命般的决绝，把手一松——

宽松的休闲裤落地，里头还穿着平角短裤，林梦的视线随着周施绮形状修长匀称的腿部肌肉线条由上扫至下，终于在看到那半截肤色明显不同的假肢后，被强烈的震撼惊到微微张嘴，半天说不出一句话。

周施绮苦笑，语气里饱含悲怆和无奈，"这样的我，你还喜欢吗？"

第十五章

深爱如长风

天牢中，无数死囚从牢笼里向林梦伸手，他们蓬头垢面一身血污，嘴里嚷嚷着根本听不出是人话的求救声，情状简直惨不忍睹。

林梦快步向前，片刻不敢耽误，终于离开死囚区，来到一座石牢，在角落里发现被铁链锁在墙上的白衣公子。

其实已经称不上白衣了，他那身衣服被鲜血染成褚红色，和苍白的脸色形成鲜明对比，他好像受过很重的刑，浑身是伤。林梦湿着眼眶，想扶他，却不知从何下手。

"你还好吧？"伤在他身，可是她痛到感同身受。

他声音虚弱，"别管我，你快走。"

她尝试解他的锁链，他摇摇头，"没用的，你赶紧走，再不走就来不及了。"

她非常坚持，"不，我得带你走。"

突然地裂山崩一声巨响，紧接着整座石牢开始摇晃，她被晃得跌坐在地，断壁残垣纷纷而下，这里眼看就要倾覆，她情急之下扑到公子身上，想替他抵挡砸下的石块。

没等碰到他，整面墙裂开，石牢原来在一座悬崖上，连着他的那块碎墙壁往崖下坠去，他也被一并拖下，她忙不迭冲过去，拉住他一只手。

然而她终是身单力薄，使尽全身力气，也无法停止他越沉越下，连带她自己的小半个身子也悬在崖壁外。

公子劝道："放手吧，不然你也会死的。"

她哪里肯听，双手紧紧握住他，用力至手筋暴起，"不！"

公子便伸出另一只手，一点一点，缓慢而坚定地，掰开她的手指。

她发出绝望的嘶吼，"不要！不要扔下我！"

他对她笑了笑，那笑容凄美决绝，荡气回肠，像冬日里的第一片雪花，像末日前的最后一缕阳光，像带走她心魂的绝唱。

"再见了林梦，你要多保重。"

然后他松开她的手，直直往崖下坠去。

"不要！"

林梦吼着从梦里惊醒，脸上全是冷汗。

正在客厅工作的游游闻声赶至，"怎么了？又做噩梦了？"

林梦掀开窗帘一看，日头西下，正是傍晚，幸好是梦一场，于是对游游说："没事。"

床头的药和水都没动过，游游念叨，"怎么又忘记吃药，这样下去你的感冒永远好不了。"

游游把药和水怼到林梦面前，林梦只得服下。

"这才乖嘛，你再睡会，等我写完策划书带你下楼吃饭。"

"秦天呢？他今天怎么没来？"

游游顿了顿，小声说："秦天看周施绮去了。"

林梦听到这个名字，心情有些异样，愣了两秒钟，问道："他怎么了？"

"那晚你俩都淋了雨，他和你一样重感冒。"

雨夜、无人的郊区、父亲的殴打、周施绮的体温，还有他那条触目惊心的断肢……一幕幕闪过林梦脑海，她这半生过得平顺，风平浪静，那晚所遭遇，已是至今最大冲击。

"他……他严重吗？"

"听秦天说比你病得厉害，前两天还高热不退，今天才退了烧。"

林梦喃喃道："烧退了就好。"

"可他也奇了怪了，病得这么重，工作效率却没耽误，刚才还发了新设计的汉服草图给我。"

林梦闻言有些发怔。

游游看着林梦，"梦，你现在怎么想的？"

"嗯？"

"周施绮的苦衷你已经知道了，他一开始对你冷淡，之后拒绝你，都是有原因的。你这一顿死缠烂打，把他最后的秘密都掀开了。你对他，现在是什么想法？"

林梦思索了一会，觉得脑中似有两股力量牵扯，互不相让，逐渐头疼起来，终于放弃，"我不知道。"她皱起眉头，"我又喜欢，但是又害怕，我真的不知道。"

游游表示理解，"也难怪，情况过于匪夷所思，漫画都不敢这么画，搁谁谁不乱，怪不得他之前一直瞒着你。"

林梦感到内疚，"他的腿……那样，还冒雨来接我，还把我抱上楼，他肯定很疼吧，我还让他陪我去爬山去潜水，他班主任婚宴上我还跟着大家起哄，把他拱上去跳舞。我、我这是在害他啊。"

游游安抚她，"不怪你，你又不知情，别自责了。"

"我逼着他把最脆弱的一面给我看了，然后又不敢面对，我是不是很糟糕？"

游游叹了口气，"对他来说，是挺伤人，可对你来说，人之常情。谈恋爱不是吃顿饭那么简单，我们都是大人了，谁不衡量个现实轻重呢？"

林梦依旧眉头不展，游游帮她掖了掖被子，"别想那么多了，先把病养好。"

游游起身往房外走，边走边感慨，"不过要我说，周施绮也真算坚强的，本该是人生中最璀璨的一天却遭遇飞来横祸，换个人也许早崩溃了，他却一直死撑着。"

林梦望着天花板发了会呆，终于大被蒙头，仿佛能把所有纠结和矛盾一起藏起来似的，继续当鸵鸟。

锅里的白粥正在沸腾，冒出一个又一个乳白色的泡泡。

沙发上的周施绮裹着毯子抱着手提电脑，正对守着锅的秦天耳提面命。

"绮梦网店经营初期，我们由于经验不足犯了一些原则性错误。关于穿戴烦琐和制作时长上的具体改进方案，我写在策划书里了，简单来说就是简化使用设计和在价格上压低以让消费者愿意承受相对漫长的等待。另外，我也把最近实地采风的结论记录了下来，别家的优缺点我们都需要借鉴，才可扬长避短。梅兰竹菊系列第一次在汉服社群亮相，引发不小关注，很多人被外表吸引下单，可是继那次之后，我们网店已经好久没新单了，我觉得还有一个很关键的因素就是我们店里只有那四身衣服，选择太少，得增加新产品。所以，我设计了这套以二十四节气为主题的新系列，你看看。

周施绮把稿纸拿给秦天，水墨色的画稿下写着春分、惊蛰等节气词汇，古风十足。

秦天关上火，盛上一碗白粥，继而接过稿纸，却看都没看就放在一边，"你给我打住，病还没好呢就着急干活。"

他把白粥端给周施绮，"小心烫。"

"我没事，今天已经好多了。"

"你药吃过没有？"

"吃过了。"

"别仗着稍微好点就不吃药，还是得再吃两天，省得病情反复。"

"好。"

"白粥会不会太寡？要不要我下去小超市给你买点腐乳酱瓜？"

周施绮莞尔，"我又不是小孩子了，自己会照顾自己的，你回去陪游游吧。"

秦天想了想，搬了把椅子在他旁边坐下，"我还是留下来陪你吧，游游什么时候陪都行。"

"这话说得，跟我快作古似的。"

"呸呸呸，你这人说话怎么一点也不讲究。"

周施绮的莞尔演变成了苦笑，"讲究有用吗？该来的又躲不掉。"

"小绮，那个……林梦她……"秦天斟酌了一下用语，"她就是没缓过来，你得给她一点时间适应。"

周施绮慢慢舀着碗里的粥，也不喝，重复着这个机械动作，"我早料到会是这种结果。"

"她这些天跟你一样重感冒，兴许等她病好就找你来了。"

"你不用安慰我，一般家庭谁愿意接受残疾人。更何况是她那样的条件？这样也好，早点断了，免得在我身上浪费时间。"

"小绮，你不要这么想，也许事情没你想得那么悲观。"

周施绮在家没戴义肢，那条只剩半截的腿摆在沙发上，他垂目看了看自己，语气平静，"秦天，我知道你讲这些是为了安慰我，但我真的没事，从我不能跳舞那天起，我就认识到了自己的命运。"

"要不我去探探林梦口风？"

周施绮摇摇头，"她的性子你还不清楚？想做的事谁拦得住？她现在不表态，就是一种表态。"

他放下碗，"从前学跳舞时，老师教我要懂得进出自如，表演时当自己是故事里的人，全然忘我沉浸，表演完了尽快抽身，回到现实世界。现在想想，我跟她的相遇，不就像跳了一场短暂的舞吗？你放心，我掂得清楚自己几斤几两，本就不属于自己的东西，不会心存妄想，我会继续踏踏实实过我的日子，之前如何，之后也如何，所以你不用担心我。"

秦天眼含怜悯，"你这孩子，真是懂事到令人心疼。"

周施绮故作轻松，"要是不懂事就能解决问题，那我一定第一个撒泼打滚。"

"别耍嘴皮子，快把粥喝了，吃饱才有力气对抗病魔。"

"好。"

周施绮一口一口慢慢喝粥，温热的液体顺着喉管而下，熨暖他的胃、他的身。

肉体上的病总是能好的，可是心病呢？

也许是服药有功，周施绮翌日醒来觉得精神不少，便披上棉服去了裁缝铺。

见儿子到来，周爸爸放下手中的活计，说道："不是生病了吗？还来干嘛？"

"我根据之前买家的反馈意见修整了一版新的汉服方案，这次以二十四节气为灵感，首先这种传统主题符合汉服的意境，其次选择也多，满足各种顾客的不同审美需求，打算先做板服出来看看效果。二十四套全部做出来不太现实，挑个三四套做，大概需时一周。对了爸，这个系列上架后，工作量肯定比之前大，还需要麻烦你帮忙。"

"那也不用急着过来，长命工夫长命做。"

"我已经好得差不多了，再在家待下去要憋出病来了。"

"你说你这么大个人，好端端跟小姑娘出去约个会还把自己弄感冒。"

周施绮随意扯谎，"于虹那天把伞借给同学了，我送她回宿舍的时候稍微淋了点雨。"

"跟于虹处得还愉快吗？"

周施绮轻轻应了一声，"嗯。"

"小绮，你什么时候学会骗爸爸了？"

周施绮怔了怔。

"秦天都和我说了。"

这个大漏勺，周施绮在心里暗骂。

"你长大了，自己有主意了，我知道你是为了不让我们担心，你的事爸爸也不多过问。但只有一点，无论你最后和谁在一起，我希望那都是你最衷心的选择。小绮，爸爸希望你快乐。"

看着老父亲关切的眼神，周施绮心里闷闷的。

林梦的感冒养好了，可心情依旧闷闷不乐，游游强行把她拉出来逛街，希望能用肤浅的物欲引开她的注意力。

游游拿起一件毛衣在身上比画，"好看不？"

林梦："好看。"

游游又拿起另一件衣服比画，"这件呢？"

林梦："好看。"

游游："哪件更好？"

林梦："左边的。"

然而她全程连看都没有看游游一眼，面上毫无世俗的欲望，真如看破红尘。

游游放下衣服，"太敷衍了吧。"

林梦："那你还问。"

游游强行扳过林梦的肩膀，逼她看着自己，"说好的大女主命格呢？说好的血里带风呢？你现在这副样子是要出家啊？"

林梦失神落魄，跟没听到似的。

游游："喂，我在跟你说话呢。"

林梦："出家？好像是个不错的主意，不用跟人打交道，每天青灯礼佛……上海有没有能带发修行的寺庙，我先去实习一下。"

游游："梦啊，以你这种贪财好色的秉性，出了家也会还俗的，别祸害佛门。告诉你个好消息，我前两天跟资方碰面，他们内部很看好你的漫画，还打算结合现下趋势，做成沉浸式情景剧，你的 IP 要实现跨界了，惊不惊喜？开不开心？所以说老天爷是公平的，情场失意职场得意，不搞感情你还可以搞事业，想开点，笑一笑。"

林梦强牵起嘴角挤出一个笑脸，眼角却还是耷拉的。

游游叹息，"笑得比哭还难看，要是真放不下周施绮，就去找他，拖泥带水从来不是你的风格。"

林梦安静了好一会才说："可是见了他跟他说什么呀？安慰他吗？他自尊心那么强的人，肯定不爱听。我也做不到像从前那样对他了，从前我无知无畏，肆意妄为，现在什么都知道了，反而缚手缚脚，提心吊胆。"

"那我带你吃点好吃的吧！唯美食与爱不可辜负，想吃什么？我请，难得铁公鸡拔毛，你把握机会。"

林梦快快道：“没胃口。”

“你老这样茶饭不思可不行，人都瘦了一圈，你不说我就带你去吃我想吃的了。”

林梦脑里突然闪过周施绮第一次带她去吃饭的画面，那家藏在巷子深处的苍蝇馆子，数十年专一只做大排饭，沉默又长情。

“我知道我想吃什么了。”林梦说。

周记制衣，周家父子忙活到中午有些饿了，周施绮便出去买饭。

弄堂里的老字号大排饭周施绮从小吃到大，这也是唯一一家他主动带林梦来吃过的餐馆。他本以为像她这种娇小姐，定吃不惯苍蝇馆子，没想到她吃得干干净净，还大呼不输米其林。

想到林梦开怀大笑的样子，他不自禁也跟着笑起来，也不知道她的病好点没，现在在做什么。

这样想着走到餐馆门口，却迎面撞见林梦和游游。

思慕的脸孔从心里来到面前，周施绮还以为是自己思念过甚，晃神了一会。

林梦的反应也是一愣，两个人面面相觑。

还是游游率先打破沉默，“小绮，这么巧啊，你也来吃大排饭？”

周施绮这才回过神来，点点头，“嗯。”

游游：“一会秦天也来，你要不要跟我们一起吃？”

周施绮：“不用了，我打包带去店里，我爸还在等我呢。”

三人走到柜台前点单，周施绮说：“你们先吧。”

游游：“没关系，你先。”

这一番谦让，反而使关系的疏远更显而易见，周施绮也不再推辞，点完餐后默默站去一边。

游游点完单，拉着林梦到角落的座位坐下。

午饭时段，堂食客人多，没有多余座位给周施绮坐。林梦自角落处观察他，见他清减不少，穿着白色羽绒服和牛仔裤，站得笔直，干净得像一个刚毕业的大学生，唯独神情淡漠，好看的双唇紧紧抿着，似蕴含着很多心事。

林梦心头突然泛起一股怜意，小声对游游说："让他过来坐下，他站久了肯定不舒服。"

游游："你自己干嘛不说？"

林梦别过头，游游无奈，只得招呼道："小绮，过来坐着等吧，这个时间段生意好，且得等一会呢。"

周施绮犹豫了一下，自己如果执意不过去，反而不大方，于是从善如流，在林梦对面坐下。

三个人沉默了一会，游游找话题聊，"你新设计的草图我看了，以二十四节气作灵感的想法很妙啊，既融合中国传统元素，又符合汉服气韵。"

周施绮："谢谢。"

游游："不过上次只有四套，这次却是二十四套，你接下来的工作量会大大增加。"

周施绮："但请放心，时长上我会严格把控，这周先做几套样板服出来，你们看过没问题的话，后续再上架。"

游游："成本不够的话，随时告诉我。"

周施绮："好。"

几句尬聊后，又陷入了沉默，这次连游游都放弃了，周施绮本来就是闷葫芦，之前全靠林梦输出，现在林梦闭麦了，气氛彻底没救。

林梦有些局促，双手在台下绞着衣服下摆，然而眼睛还是忍不住往周施绮那边偷瞄。

周施绮低着头，正在看压在桌板玻璃下的新餐单，近距离审视下，发现他脸部的轮廓比从前更锋利清晰，也许是瘦了的缘故，头发也长了，刘海隐隐盖住眼睛，这就让他看起来多了几分耐人寻味的气质。

周施绮突然抬起头，林梦以为他发现自己在偷看，有些紧张，可周施绮原来只是从桶子里取一次性筷子。

这时秦天到了，游游冲门口招手，"这里。"

秦天一走近，见这副阵容，有些意外。

游游解释道："偶遇，偶遇，你说巧不巧？"

秦天在周施绮旁边坐下，"这家店是小绮从小吃到大的，跟他家食堂一样，你们怎么想到要来这里吃？"

游游："还不是林梦……"她及时收住下半句。

周施绮望了林梦一眼，不作声。

这下更尴尬，变成四个人相对无言。

老板把打包好的饭放在周施绮面前，"两份大排饭，额外赠你两道小菜。"

"谢谢老板。"周施绮对三人说："那我先走了，你们慢慢吃。"

周施绮走后，林梦他们的饭也上了，可是林梦已经没了食欲，看着窗外灰蒙蒙的天色发怔。

游游："浪费美食是可耻的。"

秦天忍不住了，"我说林梦，你到底还喜不喜欢小绮？看着你们这样我真难受。"

林梦："这个问题我也想知道，我其实挺想他的，想知道他过得好不好，每天都在干什么，可真见到他，一句话都说不出来。"

游游仰天长叹，"作孽啊，你俩肯定是对方命里的情债。"

周施绮走在回裁缝铺的路上，他刚才其实心里挺乱的，一直都在故作镇定，本以为给自己打好了心理建设，可以从容对待，没想到一见到她，还是溃不成军。

真没用。

心绪不宁下，他连这条走了无数遍的路都走错了，又失魂落魄绕回大道上。

不远处，一辆违章车辆闯了红灯，正向他的方向疾驰而来。

林梦一行三人吃完午饭从弄堂出来，游游和秦天依依惜别。

秦天："时间过得真快，我要回学校了，真想和你再坐会。"

游游："我又何尝不想，但你现在努力工作也是为了我们的将来啊。"

林梦生无可恋，"四个小时后他就下班回来见你了。"

当然，游秦两人"撒狗粮"的时候相当专注，是听不到她说话的。

林梦万般无奈，扔下一句，"我先走了你们慢慢聊。"就越过狗粮制造中心往前去。

她走到大路口，发现前头围了不少人，救护车停在一旁，路边一辆肇事车辆车头都撞凹了，看来刚才发生了严重的车祸。

林梦在心里默默为遇难者祈祷，正要离开，却在离肇事车辆不远处的地上瞥见了什么，是两盒打翻的外卖，大排和蛋炒饭撒了一地。

她脑中嗡地一震，几乎站不稳，而后拔腿往救护车奔去。

为防错过最佳急救时间，医护人员火速抬着担架上救护车，车子立即发动，绝尘而去，林梦扑了个空。

旁边的目击路人窃窃私语。

"那小伙子还很年轻啊。"

"是啊，希望能救回来，不然太可惜了。"

林梦颓然坐地，没了？周施绮没了？一想到这种可能性，她只觉内心剧痛仿如五雷轰顶，刚才为什么不多留他一会儿？哪怕只一小会儿，也许惨事就不会酿成。

　　他那么好的一个人，即便上天夺去了他最珍贵的腿，他也没有颓废，靠自己的双手自立，活得不卑不亢。他受了那么多苦，可为何命运还是不能好好待他？

　　他明明那么喜欢自己，把初遇的合照珍而重之藏好，却因害怕带给彼此无谓的希望而隐藏心意，他爱得那么克制又小心翼翼，可自己呢？肆意闯入他原本平静的生活，搅得一团乱，然后不负责任地离开，扔下他一个人收拾残局，他心里该有多难受啊。

　　那一瞬间，和周施绮过往的点点滴滴历历涌上心头，他的善良坚强，他的故作冷漠，他的隐忍周全，他冒着暴雨来找她，他拖着那样一条腿陪她走了那么远的路，他爱她爱得那样温柔。林梦只觉上天入地，再也找不到第二号这样的人了，可迂腐如自己，竟还因为他的残缺而生出退缩，简直是愚不可及。

　　林梦的视线逐渐模糊，继而落下泪来，想到有可能再也见不到周施绮，啜泣逐渐演变成号啕大哭，跌坐下来哀鸣不止。

　　路人见这个年轻女子坐在地上痛哭，纷纷觉得奇怪，林梦经此打击，沉浸在巨大的悲伤里，根本顾不上旁人眼光。

　　婆娑视线中，一双男人的脚出现在面前，自她头顶传来的声音，此刻听来宛如天籁。

　　"林梦，你怎么了？"

　　林梦止住哭泣，猛地抬头，不敢相信自己的眼睛，擦了擦眼泪，再看，站在面前的不是周施绮是谁？

　　林梦站起身，由于起得太迅猛，差点没站稳，周施绮扶住了她，她紧张地捏捏周施绮的肩膀胳膊等部位，再三确认他完好无损。

　　周施绮一脸疑惑，"你到底怎么了？"

　　"太好了，你没事，太好了，我刚才以为……以为那个车祸……"

周施绮恍然大悟，"车祸发生的时候我正在旁边，就帮着打电话叫救护车，把压在伤者身上的护栏挪开，着急之下把外卖撒了。"

林梦不争气的眼泪又掉了下来，"你吓死我了，我多怕以后再也见不到你了。"

见她为自己担心至此，周施绮也不禁有些情动，但还是正了正色说："我没事，劳你挂心了。你自己这样能回家吗？需不需要我送你？"

林梦摇了摇头。

周施绮说："那我就先走了，我爸还在等我给他送饭。"

他正要迈开步子，却发觉衣角被扯住了，于是不解地看着林梦。

"周施绮，你还记不记得上次在你家，你问我的问题。"

周施绮心中猛然一颤，那夜他初次在她面前袒露创伤，袒露自己最脆弱最自卑的一面，他质问她，这样的我，你还喜欢吗？

林梦没有给他胡思乱想的时间，"我承认我被吓到了，毕竟我也是人，任谁遇到这种事，都需要一点时间接受，那么现在我告诉你我的答案。"

周施绮默默捏紧了拳头。

她深呼吸一口，而后一字一顿道："我确实有些介意，但是即便如此，我也还是喜欢你。"

今天是个阴天，热闹的十字街头在经历适才那场灾祸后，依旧人来人往。那个可怜的遇难者，今天还受人同情，可到了明天，也许就被人遗忘。

世人皆爱慕美好的皮囊，爱慕鲜花和掌声，爱慕高高在上的，强而有力的，可有几个人爱慕藏在光鲜背后的伤疤？那些阴影里的狼狈与孤独，卑微与苦难，谁会在乎？

可是她说即便如此，也还是喜欢他。

216

他像一座孤山，欲遁离红尘，她却似一头横冲直撞的小兽，直要把这山撞出一个窟窿来。

周施绮的心跳漏掉好几拍，她从他的眼神里得知了他的态度，紧接着再不迟疑，一头扎进他怀里。

周施绮怔了好一会，才缓缓回抱住她。

天大地大，碧落黄泉，上天安排了这样一个她，让他无处可逃。

第十六章
山有扶苏

《画嫚记》第二十三回

上回说到肖绮胆大包天，竟计划靠着出色的琴技在万岁寿诞上接近真龙天子，意欲行刺，幸好天子身边的侍卫护驾及时，夺下他藏在琴中的短剑，这才保了天子周全。

寿辰险变忌辰，天子自然怒不可遏，现场逼问肖绮行刺原因，可肖绮缄口不言。为彰显天家威仪，天子决定将凶徒当众处死，以儆效尤。

侍卫大刀举起，肖绮命悬一线之际，女子娇喝声传来，"慢~！"

一个华服少女排众而出，正是宁国府千金孟嫚。

孟嫚在御座前下跪，朗声道："陛下，此人杀不得。"

天子："为何？"

孟嫚："他是嫚儿的夫君。"

孟小姐此言一出，全场哗然，连肖绮也惊讶万分。

孟嬗将原委娓娓道来，"嬗儿与肖绮在上元灯会之夜一见钟情，可嬗儿身上已有陛下御赐的婚约，我二人无法，只得在城郊别院私订终身。然一时欢聚易，终身厮守难，圣命难违，嬗儿终归是要完婚的，只得与他惜别。肖绮气急之下，将一腔愁怨迁怒于赐婚的陛下，这才一时糊涂，差点铸成大错。"

百官叹惋，孟老爷听闻小女竟做出此等恬不知耻之事，当场气晕过去，相府上下也愤慨难当，这孟嬗是锦秋少爷未过门的正妻，举国皆知，这么一来，等于在全天下人面前扫尽相府的颜面。

孟嬗向天子苦苦求情，"陛下，你自小疼爱嬗儿，难不成忍心看着嬗儿变成寡妇吗？肖绮若是不在了，嬗儿便也随他去了。"

当今天子是个顶顶爱看戏本的人，尤其沉迷男欢女爱、才子佳人之类的故事。他喟叹后宫佳丽三千，却个个为着权势来，无一人真心爱他，是以对戏文中至死不渝的爱情故事心向往之，如今摆在他面前的，不就是一出活生生的鸳鸯谱吗？再者，宁国府曾在太上皇登基之时立下过汗马功劳，还因此获免死金牌一枚，是至高荣耀。这拆散有情人、逼死功臣之女的坏人，他是断断做不来的。

天子："孤念汝二人情深义重，肖绮死罪可免，然冲撞天子，活罪难逃，罚去玉佛寺做苦工，直到寺庙落成为止。另，虽言天子金口，一言九鼎，但万事万物离不开一个'情'字，若嬗儿与锦秋无意，为怕忤逆圣旨才勉强成婚，我岂不是害了这对娃娃？罢了罢了，你们爱嫁谁嫁谁，爱娶谁娶谁，婚约就此作罢，散了吧散了吧。"

肖绮由此死里逃生，不过当夜就要被遣送至玉佛寺。临行前，孟嬗拿钱买通了官差，容他二人单独小叙片刻。

肖绮手脚皆上了镣铐，万分不解地问道："为何救我？"

孟嬗："你的命是我救的，我不准你死，你就不能死。"

肖绮："我连圣上都敢行刺，你就不怕我？"

孟嬗："我早知你入皇城别有用心，你说你路遇山匪，可山匪劫财而已，何至于把人伤至那样？你说你是浪人琴师，可琴艺如你那般的，想进哪个府邸当差不行？何至于四处流浪？你又说你想在乐府谋一份差事，然你气色清高倨傲，断不像愿屈居人下之人，且每次问及你家人生平，你都避而不谈，我就察觉你定有秘密。我虽一届女流，但我祖上乃武将出身，家风开明，我自小随父亲见惯各色人等，察言观色的本事也许在你之上，我本以为你有难言之隐，只是没想到，你竟胆大至斯。"

肖绮："你就不问我为何这么做？"

孟嬗："你若想说，自然会说与我听。"

肖绮："玉佛寺工程浩大，不知何日是归期。"

孟嬗："玉佛寺就在皇城，你出不来，我还进不去吗？"

官差前来催促，要带肖绮上路，孟嬗别过肖绮离去。

肖绮眼见她窈窕背影渐行渐远，伴着手上的灯笼，成为这苍茫夜色中唯一一抹亮。

肖绮突然喊道："孟小姐，我不过一介草民，为了救我搭上自己的清白，值得吗？"

孟嬗回头，"是我的清白，值不值得我说了算。"

周施绮独居的开间里，他正坐在沙发上用手机看《画嬗记》的最新章回。

林梦洗完澡从浴室出来，坐在他旁边，"这位读者朋友，追更追得很紧嘛。"

周施绮笑着拿过她手里的毛巾，帮她擦干湿发，她便施施然靠在他身上，安然享受服务。

"林梦，孟嬗会后悔吗？"

"不知道，我画哪算哪，看我当天的心情。"

"那你会后悔吗？"

林梦扭头看着周施绮，"我要是回答你肯定不会，那就是在胡诌，将来的事情只有老天爷知道。可我能确定的是，我今天要是放你走，那我肯定会抱憾终身。"

周施绮的表情竟然有些腼腆起来，林梦从前也没少调戏他，可他要么一脸冷淡，要么给堵回来，从未像现在这样流露少年情态，想来是戳破了最后一层窗户纸，他的软肋她已知晓，在她面前无须再掩饰。

林梦在他身上调整了个舒适的位置，问道："那你呢？要是今天我不对你说那些话，你真就不再找我了？"

"嗯。"周施绮的眼神沉了沉，"其实，我一直都不明白你为何会喜欢我，就像收到一件很贵重的礼物，不敢相信又患得患失。即便你告诉我梦中公子的事，我也觉得那不过是巧合，等你看到了我的真面目，知道我没有你想象中那么好，你就会对我失望。"

他放下毛巾，"所以那天在我家，你看到我的腿之后仓皇而逃，我也很平静。真的，我一点都不生气，因为我早已做好了心理准备，只是……只是稍稍有些遗憾罢了。"

在林梦印象里，周施绮一直是理性的，自持的，清冷中带点傲气的，何曾像此刻这样谨小慎微地袒露内心的怯懦和自卑？不过她现在明白了，他的傲气是用来遮掩狼狈，维护他最后那层尊严的。

面前的周施绮卸下伪装，就像把肚皮翻出来的猫咪，毫无保留把最脆弱的部位交到你手上，盼着你不要辜负他，却又不好意思说出口，真是可怜又可爱。

"周施绮你错了，你比我想象中还要好。"

周施绮好看的眼睛透露出困惑。

林梦道："偷偷告诉你，我把你从前跳舞的视频都看了，你跳得那么好，跳舞多苦啊，你四岁就开始学舞了，能坚持那么多年，这一定是你很喜欢的事情，可是……可是你再也不能跳了，你心里该有多难受啊。"

林梦有些哽咽，平复了一下情绪，继续说下去，"换个人遭遇这种事，也许早崩溃了，早放弃人生了，毕竟这种情况，放弃也不丢人。可是你没有，你另寻出路，不卑不亢，由俭入奢易，由奢入俭难，顺风牌谁都会打，你打的是逆风牌，可你没有认输。"

周施绮胸口有些发闷，心里某个无人造访的角落，一直门扉紧闭，可有一双手，正在努力尝试着推开门。

林梦定定看着他，"周施绮，你真的很了不起。"

现在，那扇门被推开了，光亮照了进来。

周施绮内心甚至有些感动，他当然是喜欢林梦的，可是这一刻，他对她的感觉比喜欢又多了一点，人都是渴望被看见的，而她看见了他。任何一种触及灵魂的深刻感情，都是从理解对方的痛苦开始的。

他不知道该如何回应她的懂得，只得涩涩说道："谢谢。"

"谢我什么？"

"谢谢你理解我，信任我，包容我，也谢谢你让我做汉服，让我在关上一道门之后，重新又打开了一扇窗。"

林梦环抱他的腰身，"光用嘴谢吗？"

他有些羞赧，"那……你也可以提要求。"

"我今晚不想回家。"

周施绮没想到她这么直接，一时不知如何接话。

见他紧张兮兮，白皙脸颊处还隐隐泛出可疑的红晕，林梦情不自禁纵身上去，在他面颊上亲了一口。

这下，周施绮的脸更红了。

林梦笑了起来，"逗你的，编辑疯狂催更，说我今天再不更新他就自杀，我一会要去游游家熬夜加班。"

"为什么去她家？"

"因为我在自己家一定会忍不住睡觉。"

周施绮似懂非懂地点点头。

"怎么，你好像有些失望？"

周施绮点点头，随即反应过来，又立马摇摇头，摇完又觉得好像哪里不对。

林梦觉得他现在这个样子着实憨得可爱，有句话说恋爱中的女人智商都会变低，其实套用在男人身上也成立。

周施绮要送林梦去游游家，林梦想让他多休息，只准他送自己上车。

临上车前，林梦把着车门，"周施绮，明天有空吗？"

"有空。"

"你不是在赶制二十四节气新汉服吗？"

"汉服很重要，但……你好像更重要些。"

"哟，会说土味情话了呢！"

周施绮挠挠头，有些羞赧。

林梦笑着说："不过我也不会占用你太多时间，就陪我看个电影，把上次爽的约补上。"

"好。"

"所以，明天将是我们的第一次约会。"

"嗯？"

"你之前不是说我们算不得情侣吗？我擅自宣布从即日起你我的关系正式升级为男女朋友，你没意见吧？"

他笑了，"正合我意。"

他们定了第二天下午的电影票，距离开场不到十分钟，由于前车之鉴，林梦在影院门口惴惴不安，担心周施绮又临时出什么幺蛾子。正当她准备发起夺命连环 call 时，周施绮抱着爆米花和可乐，越过人群向她走来。

"买爆米花的人太多，排了好长队。"他说。

"不吃不就行了。"

"不行，第一次约会，买了可以不吃，但东西必须得齐，这叫仪式感。"

林梦被逗得哈哈大笑，挽着他进了电影院。

其实英雄片无论拍多少次，都是一个路数，黑暗是短暂的，正义终将战胜邪恶，这么多年也只出了一部《黑暗骑士》。可即便结局已知，这种俗气却热烈美满的东西也永远受欢迎，正如人们对自己生活的希冀。

看着大幕上那些身负异能的英雄们飞天遁地，不惜代价也要拯救世界，人类绝处逢生，只要不放弃，前头总有希望，林梦悄咪咪在黑暗处握住了周施绮的手。

他很快反客为主，把她的手包在掌心。

爆米花特别甜。

可乐特别冰。

电影特别好看。

俗气却热烈美满的东西，真好。

这几天气温又降了，看完电影他们决定去搓顿火锅暖暖身子，吃火锅要人多才好点菜，于是林梦叫上了游游和秦天。当游秦两人手牵手赶到，目睹对面那二人也是手牵手的状态时，简直惊到下巴脱臼。

听完大致原委，秦天和游游老怀安慰，仿如二人的老父亲老母亲。

游游："太好了梦，你终于迷途知返。"

秦天："太好了小绮，你终于不用当老寡王了。"

林梦和周施绮一脸隐形黑线。

他们选的火锅店生意很好，四人拿了号在等候区等位，利用这段时间，简单做了一下绮梦网店行至现阶段的复盘。

游游："同志们，梅兰竹菊汉服的反馈相信大家也都知道了，我也没必要粉饰太平，战绩就是——差。但是没关系，万事开头难，我们吸取教训，再接再厉。我已经挨个联系买家做单独售后处理，道歉的道歉，退款的退款，赔代金券的赔代金券，尽量做到安抚，社群里的负面评论我也尽可能控评了，虽做不到完全扭转群友对绮梦的印象，但也能让坏口碑不再蔓延。"

周施绮感到内疚，"抱歉，给你添麻烦了。"

秦天："说什么呢！这店又不是你一个人的。"

游游："而且群友也是因为被宣传照和视频惊艳，抱的期望太高，才受不了有落差。我们下一次别放那么好看的照片了，让买家收到的实物比图片好看，出乎他们预期。"

周施绮笑了笑，"我吸取了四君子汉服的教训，设计了二十四节气系列，选择多，而且定价也比之前便宜。虽说是古人的衣服，可买回去穿的毕竟是现代人，太烦琐的设计只会为使用者带来不便，所以我这次在保持外观不变的条件下，适当简化了穿戴设计，比如盘扣就可以纯作装饰，里头用按扣代替。"

游游："我也会把这些情况着重列明在店铺主页。"

周施绮："样板服我也做出来了，分别从春夏秋冬四季里挑了惊蛰、谷雨、白露、小雪四个节气作代表，制作了四身衣服，让买家大致领略这系列汉服的风格随着季节变换。

林梦："二十四件草图，包括样板服我们三个都已经审过了，觉得没有问题，但这么多衣服，制作上会不会遇到麻烦？毕竟我们不是机器造，是纯手工，销量一大，人手是存在偏差的。"

周施绮："这点我和游游已经达成共识了。大部分网店货品虽多，但销量最高的就是那几件镇店之宝。虽然这系列汉服有二十四件之多，但买家不可能一口气买全，所以每件衣服在售出数量上就会存在参差，卖得好的因为做得多，手艺自然也熟练，效率就高，卖得不好的做起来没那么快，但它需求量也低啊。"

林梦点点头，"有道理。"

游游："你预计完成一身汉服需耗时多久？"

周施绮："有了上次的经验，我和我爸现在的手艺熟练不少，比原先效率高，而且我摒弃了之前那些复杂的设计，不光使用者穿戴起来快，我制作起来也快些。不出意外的话，两天能完成一套。"

秦天："那我明天先联系摄影师，给四套样板服拍宣传照和小视频，争取这两天让新产品上线。"

游游："我也把概念草图发汉服群里，先预热一下，造个势。"

周施绮："届时记得把服装原图也一并上传，尽可能让买家了解更多产品详情。"

秦天："好。"

林梦在椅子下牵周施绮的手，轻轻捏了捏，"别紧张周师傅，天道酬勤，努力会有回报的。"

周施绮把她的手握得更紧，"嗯。"

游游起身去问服务员还要等多久，结果告诉她起码还得半小时，旁边就是服装区，林梦自然是不愿闲着的，拉着周施绮去逛街，游游和秦天紧随其后。

　　林梦很小的时候就幻想将来找个很帅的男朋友，然后帮他挑衣服打扮，再拉出去扫街，羡煞别的女的，现在这个梦想得以实现，自然乐此不疲。

　　周施绮笑着看她把一件又一件衣服在自己身前比画，这个也好那个也要，忍俊不禁，最后只从中挑了一件白色压花毛衣。

　　林梦："其他的你不满意吗？我觉得你穿什么都好看。"

　　周施绮笑道："我说过我不接受包养，这个就当是你送我的第一份礼物，现在就轮到你了。"

　　他拉着林梦往女装部去。

　　秦天也斩获新装一件，游游买的单，是送他的圣诞礼物。

　　四人逛至女装部，前面一家服装店的门牌上赫然写着楷体的"君斯"二字。

　　秦天："林梦，这不是你爸的品牌吗？真是走哪都能看见。"

　　游游："林叔叔在事业上的野心那是完全不输年轻人，这几年几乎把君斯开进了江浙沪的每个大型商场。"她放低音量，"不过富二代又如何，还不是跟我一样只给男朋友买一件衣服。"

　　林梦飞给游游一个眼刀，游游装失明。

　　周施绮奇道："君斯不是卖女装的吗？怎么今天那么多男客人？"

　　但见店门口围了不少男人，而且留神一看，全是五大三粗的大老爷们，君斯定价颇高，客人大部分都是小资熟女，这么多男客，确实有些反常。

　　突然，带头的男子拿起一盆东西往门口的巨幅海报上泼去，海报瞬间一片糟污，泼的竟是墨水！紧接着他大手一挥，所有人冲进店里，朝橱柜里展示的服装和商品等接着泼墨，此等举动不但吓坏了店员和客人，连途径的路人都被惊动，店内外一片混乱嘈杂。

　　秦天惊道："这是来闹事的啊。"

游游："梦，你爸跟人结仇了？"

林梦一片茫然："我不知道，家里生意的事我从不过问。"

周施绮安抚林梦，"先别慌，我和秦天去喊保安，如有必要你们就报警。"

林梦："好。"

周施绮和秦天走后，林梦看着眼前的乱象，又惊慌又担忧。

作为南方地区数得上名号的国产品牌，君斯被泼墨事件很快上了本地新闻，据记者采访，闹事的皆是被君斯拖欠工资的劳工，实在被逼得没办法了，才出此下策，大不了来个鱼死网破。肇事者更向记者提供了君斯欠款的合约等实锤，紧接着君斯财务出现漏洞的消息也不胫而走。

林梦在网上刷完所有最新相关消息，忧心忡忡，距离君斯门店被泼墨已有两日，消息不但没被压下去，反而越闹越大，一度还上了热搜。自年会之后，她再未和父亲联系过，虽然父亲对她不义在先，但那毕竟是她的生身父亲，说不担心是假的。

周施绮端给她一杯咖啡，"要真担心，就打个电话过去问问。"

"问了又如何，我又帮不上什么忙。"

"有时候关心就是一种帮忙。"

林梦觉得他言之有理，直接打给林贵华她是不愿意的，上次的气还没消，于是退而求其次打给公司秘书，却得到父亲因脑供血不足晕倒入院的消息，急得立马动身，周施绮怕她一人应付不来，便也陪着一起去。

医院住院部，秘书带林梦和周施绮刷卡进入顶楼的独立病房，林贵华正穿着病号服躺在床上闭目养神，餐桌板上的饭一口未动。

察觉到有人来，林贵华缓缓睁开眼睛，眼里满是疲惫，相隔不到一月，竟苍老了许多。

林梦觉得此刻的父亲又可恨又可怜，一时不知如何开口招呼。

倒是周施绮这个没有包袱的外人率先打破沉默，他把带来的果篮和鲜花放在桌上，"林叔叔好，我叫周施绮，是梦梦的男朋友，和梦梦一起来看你。"

林贵华淡淡点了点头，目光几乎没怎么在周施绮身上逗留，要换了往日，他定然对每个女儿身边的人上下审视，在心里评头品足一番，现在却全无心思，这样看来，君斯这次遇到的麻烦确实挺严重。

周施绮又关心了一下病人的身体，林贵华一一回答了，然后说："小周，我有些话要单独和梦梦说，请你先回避一下。"

出了这么大事，父女间有体己话要说很正常，周施绮于是先行退到外面，带上门。

病房内只剩下林家父女二人，两个都是硬邦邦的性子，谁也不愿先说话，终于林贵华叹了口气，有些愧疚地看着女儿，"脸还疼吗？"

林梦不无讽刺地说："你不如明年再问我。"

"上次确实是爸爸冲动了，一时昏了头脑，竟然对你下狠手，你要是不原谅我，也正常。我这个人，也许是太多年没被人爱过，所以脾气乖张，旁人说不得，做我的女儿，苦了你了。"

林梦有些难以置信，父亲在她这里的形象一直都是凶悍的威严的，明明错了也是不讲道理的，这还是她头一回从父亲嘴里听到这种服软认输的话。

然而冰冻三尺非一日之寒，要她立马上演父慈女孝，她是万万做不到的，于是把话题转移到目前的主要问题上，"公司到底出了什么事？"

林贵华的眼睛耷拉下来，"你别问了，我不想把你牵扯进来。"

"你不是说你老了，公司迟早归我管吗？"

林贵华眼神闪躲了一下，过了会才说道："其实这几年门店改版扩张以来，一直入不敷出，账面上早就出问题了。"

林贵华好大喜功，君斯早期发展是可喜的，市场占有率很稳，可他不满足，为了把君斯做成南方成衣第一厂牌，不但四处开新店，还投入不少资金整顿企业形象，拔高格调，商品的售价自然也高了。可羊毛出在羊身上，这就使得原本的老客户流失，而新客户又被更年轻化的品牌吸引，有钱的情愿再多拿出一点买国外大牌，搞得君斯的定位不上不下，销售额大不如前。

林梦虽然不管公司的事，可这些她多少有所耳闻，只是以为就算赚少了，也应该在可控范围内，没想到事态竟这么严重。

"资金出问题就应该截流缩支，尽快止损，你怎么还到处拉投资？"

"梦梦，你不懂，上了赌桌的人，谁愿意空手离开？"

林梦深呼吸一口，避免自己动怒，"缺口大吗？"

林贵华颓然，"足以倾家荡产。"

"那现在怎么办，有解决方案吗？"

"要么，有资金进来，填补亏空，让公司得以继续运作。要么……"林贵华眼色黯然，"申请破产。"

林贵华年过半百的人了，可眼里永远是透着要攻城略地的野心的，还从未有一刻像现在这样，倦怠、无力，甚至是怯懦，连带鬓间的白发都瞩目了许多。

林梦甚感心酸，终于走到父亲身边，语气也柔和了，"爸，没事，钱没了我们就从头再来，人没事就行。"

林贵华不认可女儿的观点，"我要是年轻个二十岁，确实可以从头再来，可我都这把年纪了，输了就是满盘皆输。梦梦，君斯是我多年的心血，我实在不忍心看着它付之一炬。"

林梦叹道："可如今也没别的法子了呀。"

"先前高达投资的高小绵答应帮我贷一笔款，不过这两天没了消息。"

"眼下君斯闹出这种丑闻，哪个还愿意砸钱？"

"办法也不是完全没有……"林贵华看着女儿，"小邵总表示过，他愿意帮忙。"

林梦有些警惕，"你什么意思？"

"梦梦，爸爸之前撮合你和小邵，就是出于这个原因，为了君斯实在扛不住时，邵家能拉我们一把。没有事先告诉你，是爸爸不对。"

"你想用我，去换你的公司？"

"爸爸知道这样做很自私，但是爸爸也是走投无路了呀。"

林梦往后退开一步，"我已经有男朋友了。"

"事到如今，我当然知道你跟小邵是不可能的。可他毕竟对你有情，你能不能出面替爸爸当个说客？也许他念及旧情，一时心软，愿意帮我们一把。"

林梦的内心纠结起来，天秤摇摇摆摆，犹豫不定。

林贵华的神色败如落叶，"我林贵华辛苦了一辈子，独自把女儿拉扯大，把公司搞得有声有色，难道临老，却要在失望和悔恨中度过晚年？"

林梦终是心软，"这两天安排我跟邵梓秋吃顿饭吧。"

林贵华喜出望外，"你答应啦？"

"你别抱太大希望，我只能尽力而为，不敢保证结果。"

第十七章

最冷的平安夜

天气愈发冷了，气温已经降到接近零度，明天就是平安夜。周施绮提前排了好几天队，才定到外滩一家西餐厅的位子，林梦喜欢吃牛排，这家店的牛排很出名，虽然这里一顿饭的钱几乎抵他半个月的收入，但这毕竟是他和林梦在一起后度过的第一个平安夜，总得整点仪式感。

周施绮怀着兴奋之情把明日晚饭的时间地点发给林梦，半个小时后，收到她的回复：周施绮，我明天不能和你吃饭了。

周施绮：怎么了？

林梦：我爸那边出了点事，我得过去陪他。

周施绮：要不要我陪你一起去？

林梦：不用了，毕竟是家事，我爸这人好面子，肯定不希望外人在场。

周施绮：好吧，有什么需要我帮忙的，随时告诉我。

林梦：好。

林梦家，林梦放下手机，惴惴不安，对正在一旁跳减肥操的游游说："我对周施绮撒谎了，我觉得好愧疚，怎么办？"

"那你去说真话，说你们刚在一起没多久，平安夜你却要去和前男友吃饭。"

"其实周施绮这人挺通情达理的，要真如实告诉他，应该也没事吧？"

游游一边喘气一边分析，"两个结果。一是他理解你，但毕竟你们孤男寡女，还约在平安夜这种失身的大好日子，而且邵梓秋那副操行他是见识过的，那么他担心之下，就会要求陪你去，他一去，姓邵的肯定不乐意，事情就黄了。"

林梦追问道："第二个结果呢？"

视频上的动作幅度越来越大，游游累到喘粗气，"就是他放任你一个人去，这证明你在他心里分量根本不重。"

林梦对周施绮很有信心，"这不可能。"

"那你就等着小邵总拍桌子走人吧。"

"就没有别的办法了吗？"

游游顾着跳操，没搭话，林梦吼道："喂！我在跟你商量要事，你能不能表现得尊重一点？"

"我在做的事也很重要啊！明天是我和秦天一起过的第一个平安夜，我不得临时抱一下佛脚，拿出最好状态吗？晚饭我也不吃了，断食减肥，你自己点外卖吧。"

林梦倒在沙发上仰天长叹，做孝女好难啊，只能先过了这关，之后再慢慢补偿周施绮了。

周施绮家，他正在跟秦天视频会议。

周施绮："怎么样，宣传照上架了吗？反响如何？"

电脑屏幕那端的秦天一脸严肃，"游游在忙，所以她让我跟你交代。"

周施绮："嗯，你说吧，我已经做好最坏的打算，大不了被骂。"

秦天："没人骂你。"

周施绮松了一口气，"哦。"

然而秦天紧接着说："因为根本没人看。"

周施绮："嗯，上次口碑遇冷，这么快让群友们重新接受绮梦，去网店消费，是有些困难。随着我们物料增多，发到群里的图片也会越来越多，再给他们一点时间。"

秦天哭丧着脸，"不光是网店，是连社群里的帖子都没人看。"

周施绮微微一惊。

秦天："游游也开始怀疑人生，她可是本群人气最高的群友，平时随便发个垃圾帖回复的人都一堆，可是现在，你看。"

秦天把社群网页截图发给周施绮，但见二十四节气汉服的帖子下方显示，浏览量为16，而留言竟是0。

秦天："游游从未有过热度这么低的帖子，她觉得自己很无能，觉得没脸见你，所以让我出面和你说。"

周施绮有些发愣，一时不知该说什么。

秦天："小绮？小绮你还好吗？"

周施绮回过神来，"我没事，你让游游别有负担。"

秦天："好，你也别太担心，刚上架一天罢了，困局只是暂时的。"

周施绮："嗯，对了，你把你社群账号给我，我想上去看看群友的具体反馈。"

秦天："都不是什么好话……"

周施绮："所以才要面对啊，真话总是难听的。"

秦天："好吧，那你别看太晚，少熬夜。"

挂断视频后，周施绮用秦天的账号登录本地汉服社群，查看与绮梦网店相关的消息，但见和上回群友们蜂拥而至的盛况形成鲜明对比，这次凄凄寥寥，连关注的都没几个，更遑论下单的。之前之所以有那么好的销量，主要靠汉服社群的群友支持，可看来上次的失败使绮梦网店信誉透支，群友们已经不愿意再给机会了。

再等等吧，也许只要有一个人愿意购买，等看到这批汉服的实际品质，看到他为绮梦所做出的努力，群友们的观点就会有所改观，损伤的口碑也会慢慢回升。

周施绮这样安慰自己，然后给自己泡了一杯热咖啡，继续上网锁定值得现场取经的实体汉服店，他最近已经去过几家汉服店做实地调研，吸纳优点，规避缺点。用功途中他还刷了一下即时新闻，君斯泼墨事件已经从热搜上下来了，可君斯财务亏空的消息又上了本地经济版头条。

他相当担心林梦，拿起手机想给她发消息，想了很久要如何宽慰她，却终是放弃，语言多苍白无力，这种时候她需要的是实际帮助，怪来怪去，还是怪自己无能，在她家最困难的时候，一点忙都帮不上。

他用秦天的账号切至网店页面，见电脑屏幕一角亮起，有一条新消息涌入。打开对话框，是一个客人发来的私信，那客人表示想做汉服私定，细节比较复杂，需要面聊，而且这个客人很大方，先支付了押金。

周施绮瞬间振奋，也许这就是能帮他逆转口碑的第一人，眼见希望又降临，他立刻向客人询问时间地点，表示一切皆可配合，毕竟除了产品本身外，服务好也是服务业的其中一项重要优势。

客人回复得很快，甩给他一个高级餐厅的地址，时间是明天晚上。

平安夜，外滩霓虹闪烁，灯光秀照亮半条黄浦江，人比平时更多，男男女女都精心打扮，赶赴约会和派对，这注定是个不眠之夜。

周施绮穿梭于人群，还穿着他那件有点旧的白色羽绒服，在周遭盛装出席的行人中显得有些格格不入，本来平安夜打算穿林梦送给他的那件白毛衣的，但既然今天见不了面，也没必要穿新衣服了。

他走进一座大厦，乘电梯进入高层酒廊，这个大方的客人着实有些奇怪，做个衣服还约在这么高级的酒廊，有钱人的心思属实难以捉摸。

客人预先定了靠窗的座位，视野很好，从窗口望出去不但能俯瞰外滩，还能俯瞰位于下层的露台西餐厅，露台中央有乐队在演奏圣诞贺曲，乐音飘扬。

离约定见面的时间还有一刻钟，周施绮点了一杯热红茶，一边欣赏风景，一边静候客人的到来。

露台西餐厅，林梦不情不愿地缓步挪向目的地，离远就见邵梓秋穿着一身骚包的白西装向她挥手，一条胳膊还搭在栏杆上，一副故作潇洒的样子。

"梦梦，不是说不想见我吗？嘴上说不要，身体很诚实啊。"

林梦瞟了他一眼，"穿成这样，以为自己白马王子啊。"

"满意吗？你没来之前，可是好多女的对我抛媚眼。"

林梦小声嘀咕，"白马会的王子还差不多。"

"上次的事情你考虑得如何？距离我的生日就剩不到一个月了，时间越来越紧迫。"

这正是她来此的目的，林梦清了清嗓子，换上比较礼貌的语气，"小邵总，先不聊这个，我今天来是有别的急事想请你帮忙……"

邵梓秋大手一挥，"不着急，菜和酒我都点好了，都是你喜欢的，我们有长长一整个晚上，慢慢吃慢慢聊。"

高层酒廊，入户电梯门打开，一个高大的中年男子从中步出，径直走向周施绮那桌，周施绮乍见来人，很是惊讶。

"没想到是我吧？"中年男子说。

周施绮当然没想到，林梦不是说在陪父亲吗？那么林贵华出现在此，林梦人又在哪呢？

不过周施绮还是镇定了一下心神，招呼道："林叔叔。"

"嗯。"林贵华说："我可以坐下吗？"

周施绮点点头。

林贵华落座后，空气安静了一会，周施绮当然没有天真到觉得林贵华真是存心找他做汉服，以这种方式约他出来，肯定另有目的，于是保持沉默，将话语主导权交给林贵华。

林贵华点了一杯威士忌，啖了一口后道："小周，我家目前的情况，想必你已经了解。"

"嗯。"

"君斯财务出了漏洞，急需资金填补，现在唯一能救我们的，只有邵家。"

周施绮交握着的两只手紧了紧，"林叔叔，你到底想说什么？"

"小邵，也就是邵腾的大公子邵梓秋，想必你是见过的。他和梦梦虽然早就分手了，但其实心里一直没放下梦梦，还表示过想娶她。如果小邵当了我女婿，你觉得邵家会对君斯不管不顾吗？"

林贵华直直盯着周施绮，"所以，我想请你，离开梦梦。"

一老一少两个男人目光交锋，沉默对峙，气氛又静又冷。

周施绮突然轻轻笑了，而后说："你接下来该不会要说，给你五百万，离开我女儿这种话吧？"他松开紧紧绞着的双手，给出答案，"林叔叔，我现在就可以很肯定地告诉你，多少钱都不可能。"

林贵华似早料到他会这么说，并不意外。

周施绮接着道："我只是一个小裁缝，你瞧不上我，我无话可说，但是我是跟你女儿谈恋爱，不是跟你谈恋爱。当然，我非常希望你终有一日能接受我，要是不能，那我也没办法。至于君斯的财务问题，我想那应该是公司层面要去解决的事，请别把下一代牵扯进来，更别拿女儿的终身幸福做赌注，我想这不是一个合格的父亲该做的事。"

林贵华靠在松软的沙发背上，"我知道，从你的角度一定觉得我自私，拿女儿去堵生意上的漏洞，可是梦梦有没有告诉过你，若是扛不过这关，君斯会破产？"

周施绮微微怔了一下，未免他担心，林梦尽挑轻的跟他说，他不知道后果会这么严重。

林贵华见他反应，已知他定不知情，说道："梦梦当然没告诉你，让你知道了，你又能为她做什么呢？再告诉你一件事，梦梦作为我的独女，虽然不涉公司的事，但她也是君斯的大股东之一。覆巢之下，安有完卵？君斯若真破产，她日子能好过到哪去？"

周施绮的手指又开始绞在一起，他感到紧张。

露台西餐厅，得知了林梦来意的邵梓秋拍着胸脯，一副慨然仗义的样子。

"就凭我爸和林叔叔这么多年的交情，君斯出事我们邵氏也不可能袖手旁观。"

林梦刚松口气，正准备表示感谢，就听邵梓秋话锋一转。

"这事我和我爸商量过了，我名下的子公司可以注资，但是必须控股，毕竟事情闹成这样，君斯内部管理确实存在不小的问题。"

林梦反对，"君斯现在虽然闹出丑闻，但名气在外，如果后期整顿得当，不是没有重新崛起的可能。这个品牌是我爸一手创建的，你要他拱手把控股权让出来，恐怕不太现实。"

邵梓秋为难道："我也没办法啊，可做生意嘛，在商言商，谁也不愿意在毫无把握的前提下就巴巴把真金白银投进去。"

林梦心想，邵家父子这对狐狸，说好听点是救君斯，说直白点就是把君斯变成自己的，还真是人情买卖两不误，都占了。

邵梓秋往林梦的酒杯里续上红酒，"我理解你的为难，可你也得理解我，我得对我爸负责，毕竟谁的钱都不是从天上掉下来的。不过呢，我倒是想到了一个合情合理的解决办法。"

"说来听听。"

"我是邵家大儿子，我妈是我爸的唯一合法配偶，我妈的就是我的，若我在我爸规定的时间内完婚，就能顺利得到大部分财产，届时我把名下的君斯股份全部转让给你，你的就是你爸的，林叔叔半点没亏。所以，唯一的解决方案，就是你嫁给我，这样我得到了财产，你又保住了君斯，两全其美。"

林梦面无表情，不置可否。

高层酒廊，林贵华见周施绮眉头微皱，知道自己的说辞起了作用，继续加码。

"我就梦梦这么一个宝贝女儿，从小无论衣食住行还是教育，都给她最好的，虽然你也许觉得我的处事方式有些极端，但作为一个父亲，我只想保证她下半辈子无忧。不瞒你说，你的家世背景我已经派人调查过了。小周，别怪叔叔无礼，可怜天下父母心，我只是想知道女儿在跟什么人交往，你所遭遇的事叔叔也都知道了，确实挺不容易的，叔叔看得出来，你是个好孩子——"

林贵华顿了顿，"可是好不好跟合不合适，是两回事。先不说你和梦梦从小过的是截然不同的生活，你现在的汉服网店都是梦梦给你投资的，而且据我所知，销售业绩很差，你一个大男人还要靠女人接济，你让我如何相信你能照顾好梦梦？再说远一点，万一君斯真的宣告破产，我们父女成为负资产者，就算你愿意，你有能力负担她的生活吗？"

周施绮在桌底下捏了捏拳，自尊心隐隐作痛。

"梦梦大手大脚惯了，因为她根本没缺过钱，她对钱没有概念。叔叔相信你是个有责任心的人，但是她愿意跟着你过那种每一笔开销都要算清楚的日子吗？就算她现在说愿意，可你能保证她将来不后悔吗？贫贱夫妻百事哀，谈恋爱和过日子是两回事，等激情退去，剩下的全是鸡毛蒜皮，与其将来互相埋怨，相看两生厌，不如趁早考虑清楚。梦梦性子冲动，凡事只看眼前心情，从不管后果，可我作为她的父亲，不得不为她多想一步。"

周施绮当然明白林贵华所言不无道理，但是他对林梦有信心，正如林梦对他有信心一般。

"林叔叔，将来会发生什么只有老天爷知道，我能确定的，就是目前我和林梦两情相悦，谁也离不开谁。人生总会遇到难关，我们齐心协力，也许能度过也说不定呢？"

"哦？你对你们的感情这么有信心？"

周施绮点点头。

"可是梦梦好像不是这么想的。"林贵华推开窗，"你看看下边那个穿红衣服的是谁。"

周施绮顺着林贵华指的方向看去，见露台边的座位上，一红衣女郎正与一白西装男子进餐饮酒，西装男还把手搭在她肩膀上，行迹亲昵，虽然离得有些距离，但周施绮不会认错，红衣女郎正是林梦。

林贵华见周施绮神色大变，笑了笑，道："梦梦是我的骨肉，我太了解不过了，她是离不开锦衣玉食的日子的，都不用我教，就已经开始为自己谋后路了。"

周施绮气血上涌，原来她放自己鸽子，是为了在平安夜去见别的男人，还拿父亲当挡箭牌。

"小周，你也别太生气，毕竟恋爱不是人生必需品，失恋也不会死人，可是破产就是关系生存的大事了，梦梦这么做，也是人之常情，你不要怪她。"林贵华感慨道："毕竟是我林贵华的女儿，再怎么胡来，关键时刻利弊轻重还是拎得清的。"

周施绮注视着下方动静，搭在窗台上的手已经用力到暴起青筋。

露台西餐厅，邵梓秋还在做林梦的工作。

"我们苦恼来苦恼去，都是为了各自的爸爸，也算是同病相怜，要婚后实在处不来，等情况一稳定，我和你离婚也行，不过你得在婚前签一个放弃协议，君斯的股份我可以还给你，别的还是算清楚比较好。"

林梦突然正色看着邵梓秋，"梓秋哥哥，问你个问题。"

从前林梦还在大学跟邵梓秋谈恋爱时会这么喊他，自打二人分手后，她对他的态度形同路人，他已经好多年没听她这么唤自己，骤闻之下，心情也柔软了起来。

"嗯嗯，你问。"

"你这辈子，有真正爱过什么人吗？"

高层酒廊，林贵华此行目的已达到，向周施绮告别。

"小周，该说的叔叔都说了，你是个懂事的孩子，相信你也是真心喜欢梦梦，会为她考虑，那么叔叔就不打搅了。还有，我和你见面的事，也请你不要告诉梦梦，我尚在住院期间，免得她担心我的身体。"

"林叔叔，其实你身体根本没问题吧。"

"何出此言？"

周施绮看了看林贵华面前的威士忌空杯，"脑供血不足是不能喝酒的，你之所以躲进医院，应该是为了暂避风头。"

林贵华笑了，"真是个聪明人，我就喜欢和聪明人打交道，相信你能做出最正确的选择。"

林贵华起身离开，待他走远，周施绮拿出手机，从通讯录找到林梦的电话号码。

露台西餐厅，邵梓秋被林梦的问题问住了，他好像确实认真思索了几秒，但马上觉得心烦，又放弃了。

"这个问题与本次会面无关。"

"我猜你没有。"林梦说："正因为你从来没有真正爱与被爱过，你才能那么无所谓地把自己当成一件婚恋市场上的商品，觉得价格合适，说卖就卖了。"

林梦眼露悲悯，"梓秋哥哥，你好可怜。"

邵梓秋上一瞬还没个正形的脸在这一瞬僵住了，也许是从来没人对他说过这样的话，他感到既陌生又无所适从，一时不知该如何回应。

林梦放在桌上的手机响起，是周施绮的来电，她接起电话，"喂，周施绮，平安夜快乐。"

"平安夜快乐，你在干嘛？"

林梦语塞了两秒，才谎称道："在陪我爸啊，不是和你说了嘛。"

"要不要我送点夜宵过来给你们？"

"不用了，特护病房什么都有，而且我爸快睡了，你就别折腾了。"

周施绮很久没出声。

林梦还以为信号不好，喊他名字，"周施绮？"

"嗯，我在。"

"你早些休息吧，明天见，明天我过来找你吃中饭。"

"明天中午我可能有事。"

"哦，那你忙完了告诉我。"

"好。"他停顿了一会，"那么林梦，再见。"

高层酒廊，周施绮挂断电话，他的视线一直没离开过林梦。

他的女朋友，在他眼皮子底下，对他撒谎。

再怎么喜欢，关键时刻，还是奔向对她有用的人。

黄浦江上烟花绽放，周施绮望着那漫天缤纷，无力地闭上了眼。

第十八章

他朝若是同淋雪

　　过完圣诞，很快就到元旦，正是一年中节日堆积，喜气最盛之时。

　　与喜庆氛围成对比的，是周施绮的心情，现代消费者的猎奇心很重，可包容度不足，绮梦网店第一批梅兰竹菊汉服遭遇口碑滑铁卢后，即便游游如何在汉服社群里卖力吆喝，宣传这次的二十四节气系列已全然改善上次的缺点，群友们都不愿再给机会二次购买。二十四套汉服的草图已陆续尽数发在群里，然而依然无人关注，水静河飞，更遑论有人去网店下单，本地汉服社群这个重要的消费群体，眼看是流失了。

　　工作上遇到瓶颈就罢了，雪上加霜的是平安夜林梦对他撒的谎，在周施绮心里播下了一粒不安的种子。他不是笨蛋，想一想就能明白，林梦这么做肯定是为了帮君斯解决困境，可情侣之间最重要的是信任，她瞒着他，不管是出于什么目的，都代表她不够相信他，既不相信他能理解她，也不相信他有能力帮助她，这一点仿佛印证了林贵华对他说的话，令周施绮的自尊心倍感受挫。

他把这一切苦闷都憋在心里，选择不对林梦说，她家里出了那么大事，怎可再因他的情绪而给她增添烦恼？他能做的，只有在她看不见的地方默默努力，希望网店不拖她后腿，起码让她回本，希望终有一日，他能成为令她安心令她全盘信任的人。

然而先前绮梦的生意全靠汉服群友支撑，现在群里无人下单，就代表周施绮无事可做，网店开业至今他一直忙碌，如今彻底空闲下来，一时间倍觉空虚。恰逢年末，各种商演活动密集，正是模特最忙碌之时，他便重拾旧业，让秦天帮他接洽尾牙演出，毕竟不进则退，他不能让自己荒废下来。

秦天帮周施绮接了一档商场的跨年国风会演，会演上，模特们将穿戴款式各异的汉服走秀，和无锡小镇那种重在表达古代身份的演绎形式不同，这次更注重的是展示服装。周施绮灵机一动，主动向主办方推荐绮梦网店的汉服，主办方最初不愿接受，毕竟是一家名不见经传的新店，周施绮一咬牙，表示愿意免费提供演出服，这才使主办方松口，同意在会演上采用绮梦出品的汉服。

虽是无利买卖，但这家商场规模不小，人流量大，而且还是跨年会演，对于现今山穷水尽的绮梦网店而言，也不失为一次不错的宣传机会。

周施绮打给林梦，欲跟她分享这个好消息，话没说完却被她打断，"我在看君斯这两年的资料，先不聊了，晚上我要请客，你也一起来，有什么见面再说。"

晚饭地点定在一家杭帮菜酒楼，因为宴请的客人是杭州人士——高达投资的高小绵。高小绵前阵子出差办事去了，这两天才回来，为了成功从她手里拿到资金用来补君斯的漏洞，这才有了这顿饭。

高小绵一边往龙井虾仁里加醋，一边说："一个中外合资的厂家，跟我吹得天花乱坠，说是什么国际最高新技术，幸好我专程飞过去看了，厂子还没有这个酒楼大，这年头，敢乱吹牛的人真多啊。"她夹一筷子虾仁进嘴，"嗯，这个虾仁做得还算有水准。"

林梦笑道："我没我爸那么厉害，能把顶尖的杭州厨子请过来，只能找一家像样的杭帮菜馆，高姐姐吃得惯就好。"

高小绵："林总呢？他怎么没来？"

林梦："我爸最近身体不大好，在医院养病呢。"

一直在一旁安安静静作陪的周施绮这时抬头看了林梦一眼。

高小绵："君斯闹出这么些动静，他肯定心累，让林总多保重啊，身体才是革命的本钱。"

林梦："好的姐姐，那贷款的事……"

高小绵放下筷子，"梦梦，我知道你家现在挺困难的，我也很想帮你们，但资本市场人人为利而来，风险大的事谁也不愿做，你爸提的那个数肯定是到不了。这样，我想想办法，看能不能先帮你们拉来一两成的钱，但利息肯定低不了，可能还得拿房子做抵押，成吗？这已经是我能力范围的极限了。"

林梦知道她所言不虚，答应道："好，谢谢姐姐。"

高小绵："谢什么啊，都帮不上大忙，邵家才是大财主，你说你要是跟小邵……"她瞄了周施绮一眼，"不过你这个男朋友确实很帅，女爱俏，姐姐也年轻过，理解的。来！小周，我敬你，要好好对梦梦啊。"

周施绮举杯，而后一口饮尽杯中物，辛辣液体入喉，和他的心情一样，不是滋味。

服务员推开包厢门，袁海诚这会儿才到，一进门就抱歉："绵绵对不起，被银行那帮人拖到现在。"

　　虽说早知道袁海诚是高小绵的挂件，走哪伺候到哪，但林梦事先并不知这个吃着软饭养着小三的家伙今天会来，不自禁对他翻了个白眼。

　　袁海诚显然也对于这顿饭是林梦做东并不知情，稍稍怔了怔，这毕竟是知道他丑事的人。

　　高小绵："林梦你见过啦，不用介绍。这是她男朋友，小周。"

　　袁海诚假笑道："小周好。"

　　周施绮在豫园见过袁海诚，虽然林梦未将初棠是小三的事对他说过，但这个场景下，他自然也大概明白了，对袁海诚微微点头示意。

　　于是这场饭局的阵营就成了三个明白人在一个毫不知情的人面前装糊涂，多少有些尴尬。

　　高小绵："银行那帮人怎么回事啊？事情不是早谈拢了吗？"

　　袁海诚："就是啊，都耽误我和绵绵吃饭了。"

　　高小绵啐他，"没个正形，让弟弟妹妹看笑话了。"

　　林梦和周施绮看的确实是笑话，却不是肉麻撒狗粮的笑话，而是软饭男里外各一套的笑话。

　　高小绵拉着林梦的手，"我和小袁要结婚了。"

　　林梦心里想，这高小绵可真是倒了血霉，摊上这个软饭男，嘴上说："太好了，恭喜姐姐。"

　　高小绵："结婚一生人一次，我打算大搞一场，把所有姐妹都请来当伴娘，算你一个？"

　　林梦爽快答应，"好啊没问题。"

　　高小绵："对了海诚，你这几天跟银行的人打听打听，看能不能先着急给君斯贷一笔款。"

　　袁海诚看了看林梦，为难道："这……恐怕有些难度。"

　　高小绵："每年都有固定额度的高利息贷款，又不是白要他们的。"

袁海诚："我尽力而为吧。"

　　林梦陪高小绵喝了点酒，周施绮送她回去，她即便整个人晕晕乎乎的，还不忘在车上和从前那帮发小打电话，让他们帮着想办法。

　　一旁的周施绮听她张口闭口钱的事，胸口有些发闷。

　　林梦打完电话，有些疲惫地靠在周施绮身上。周施绮抚摸她的秀发，这才找到机会和她单独说会话，他知道她心里一堆烦心事，不愿将绮梦的困境直接告诉她，徒增她的烦恼，于是选择报喜不报忧，"我元旦接了一档跨年国风会演，主办方看过我们的汉服后，同意把绮梦网店的服装用作演出服之一，这个商场很旺的……"

　　"Joseph 他爸不是一直对君斯挺感兴趣的嘛？之前还找我爸要过股份，怎么突然变卦了？……叔叔这就不懂了，炒股都是低买高卖，现在正是入手的最佳时机……"

　　林梦电话是不打了，又用语音回起了微信，等回完一轮才突然想起还有周施绮这么个人似的，"你刚才说什么？"

　　他那点好消息，在她这里根本不算什么。

　　"没什么。"他淡淡说。

　　林梦叹息道："真是世态炎凉，从前巴着我爸的人那么多，现在他一有事，全都躲得远远的，不过也不能怪他们，易位而处，可能我也会这么做，这就是现实。"

　　"要是漏洞真补不上，最坏的结果会如何？"

　　"股东就会起诉君斯，到时候除了宣布破产，别无他法。"她自嘲道："那我就从富二代变成零资产了，人生跟坐过山车一样，真刺激啊。"

　　周施绮沉默了一会，然后说："要是真的一切归零，那也不怕，我们还年轻，有手有脚饿不死，我陪你。"

　　林梦反应很大，"当然不行！我们家老头争强好胜了一辈子，临到老栽那么大一跟头，他已经进医院了，再来个打击他会受不了的，我不允许这种事情发生。"

　　"要是真就发生了呢？"

　　"不会的，我会有办法的。"

　　"什么办法？找邵梓秋吗？"

　　林梦瞟了他一眼，略微有些不耐烦，"你别听高姐姐说两句就胡思乱想，我和小邵总早结束了你又不是不知道。"

　　周施绮望着车窗外，他想起林贵华的话，想到在她父亲眼里，他是一个非但帮不上家里忙，还要靠林梦出资接济的拖油瓶，不知林梦心里，是否也是这么想他。

　　周施绮眼里多了些说不清道不明的纠结，"林梦，我是不是妨碍你了？"

　　林梦还在看手机，"妨碍我什么？"

　　"要是没有我的话，你也许已经嫁进邵家，成为邵太太，君斯也不至于像现在这样孤立无援。"

　　林梦放下手机，"周施绮，你到底想说什么？"

　　"没什么，只是觉得自己有些多余。"

　　"你能不在这种时候胡搅蛮缠吗？我已经够烦的了。"

　　"是啊，我什么也帮不了你，只会胡搅蛮缠。"

　　林梦有些生气，本来心情就烦躁，"我现在不想跟你聊这些。"

　　周施绮冷笑，"不想跟我聊，想跟小邵总聊吗？"

　　林梦火了，"周施绮，你够了！"

　　"我说中了对吗？"

　　"你今天吃错药啦？你从前可不是这样的。"

　　"你从前也不会骗我。"

"你什么意思？"

"平安夜那天晚上，你真的是去陪林叔叔吗？还是去见邵梓秋？"

林梦心虚起来，"我不是跟你交代过了吗？"

"那天我在酒廊约了客户，你和邵梓秋吃饭我都看到了，你还想骗我？"

林梦见事情暴露，只得说："我这不是怕你多想嘛。"

"你是怕我多想，还是觉得我根本不配知道？"

"我没那意思。"

周施绮苦笑，"有困难第一个不是找男朋友，而是找前男友，我这个男朋友做得可真够失败。"

"周施绮，我承认这件事情确实是我处理不当，我向你道歉，但是你也得理解我，现在这种十万火急的关头，我着急啊。"

周施绮死死盯着林梦，仿佛要从她脸上盯出点什么来，"你这么做，其实不光是为了林叔叔吧，你也怕过苦日子，想要留住富贵，但是又不愿承认自己爱慕虚荣，于是就拿父亲当挡箭牌。"

他一字一顿说出那句林梦最讨厌的话，"其实你骨子里根本跟你父亲是同一种人，功利、自私，不，你还比他多一样，虚伪。"

林梦难以置信地看着周施绮，"没想到你是这么想我的。"

"我也不愿意相信你是这种人。"

林梦已经不是愤怒，而是伤心，她对司机说："停车。"

司机靠边停下，林梦说："你走吧，我现在不想看到你。"

周施绮完全没有犹豫，推开车门大步离去，连头都没有回。

林梦看着他离开的背影，只觉寒心，在她最需要支持的时候，她最在乎的人却在她心头狠狠扇了一巴掌。

《画嬗记》第二十四回

肖绮进玉佛寺做工后，孟嬗买通监工，女扮男装进来看过他一次，偷偷给他带了些吃食和换洗的衣物，还有一些以供防身的碎银。佛寺日子清苦，他清减不少，看他低头啃着她带的桂花糕，一双弹琴的手因每日劳作而粗糙破损，她虽恨他有事瞒她，却也不禁心疼。

孟嬗："事到如今，你还是不愿告知我行刺天子的原因？"

肖绮咀嚼的动作滞了滞，不言语。

孟嬗有些愠怒，"我走了。"

"孟小姐。"他自后喊她，"待你我下回相见，我定让你知晓。"

这是委婉告诉她还想见她的意思？肖绮性子素来清冷，莫非经此一事终于认识到她的好？竟难得对她流露出恋恋不舍之情。

孟嬗那点薄愠烟消云散，"一言为定。不过现下我得走了，要是被我爹发现我不见了，又是一顿好打。择日我再偷溜出来看你，等我。"

肖绮："孟小姐，这个月十五，你可否前来与我一聚？那天是我……是我的生辰，我想吃桂花糕。"

这么大个人了，竟还嗜吃甜食，孟嬗笑着答应。

当夜，肖绮趁着工友和监工都睡了，蹑手蹑脚走到园中无人角落，从袖子里拿出一枚袖珍烟弹，对着天空拔下塞口，但见一道银色烟花自弹口射向天际，在夜空中划出一道光痕。

当月十五，月圆之夜，孟嬗如约带着桂花糕潜入玉佛寺，遍寻不见肖绮，正纳闷，自寺外传来喧嚣，放她入内的监工赶来报信，有一伙黑衣蒙面贼人持刀闯入，武功极好，且悍勇无比，护寺的禁卫军不敌，已被他们闯了进来，援军正在赶来，情况危急，着孟小姐赶紧逃离。

孟嬗正着急，终于在偏厅找到了肖绮，正欲拉着他逃命，黑衣贼人赶至，将他二人团团围住，外头马蹄声纷沓而来，应是援军已至。

孟嬗想办法拖延时间，将肖绮护在身后，朗声道："我乃本朝宁国公独女，我若有何不测，我父亲定让你们死无全尸。但你们若肯放我们二人离去，如若你们不慎被擒，我也会设法向圣上求情，定无戏言。"

援军声势浩大，正涌向寺内，黑衣人防线旋即被冲破。

正此千钧一发之际，只见肖绮自后掐住孟嬗脖颈，一众黑衣人立即朝他跪下，齐呼，"少主。"

孟嬗大惊，想转头，却被肖绮拿捏住她颈间生死大穴，动弹不得。

肖绮："此女乃一品大员之千金，挟持她，随我杀将出去！"

林梦龙飞凤舞画完最新一期连载，气鼓鼓把电脑扔去一旁。

游游看着新番，啧啧道："男主角白切黑，不怕读者骂娘啊？"

"谁敢骂我我就骂回去，正好憋了一肚子邪火。"

"你跟周施绮已经冷战三天了，今晚跨年夜，你俩确定还要这么僵持着？"

林梦高昂她倔强的脖颈，"他讲话太难听了，我反正是不会先低头的。"

"有个说法是冷战超过三天等于默认分手，他是你千辛万苦追回来的，你就这么放过他了？"

倔强的脖颈微微颤了颤。

"周施绮今晚会在新天地演出，正好我和秦天也要去新天地跨年。要不我打听下他在哪个商场演出，你假装不知情，和他来个不期而遇？这种普天同庆的气氛下，所有不开心的都随着旧的一年过去，还有什么解不开的？"

林梦没吱声。

"你不说话我就当你默认了。"

倔强的脖颈依旧一动不动。

游游拿起手机，打给周施绮，"喂，小绮啊……"

本就年轻人云集的新天地，在这一年的最后一夜，更是人山人海。辞旧迎新，向来是人们最爱做的事情，仿佛只要把旧的送走，新的就必然会好一样。

某新潮购物中心外的广场上，T台高筑，上书"国风会演"字样，穿着各式各朝汉服的模特轮番上场，热闹非凡，底下驻足观看的人越来越多。

周施绮正在后台候场，他身上穿着二十四节气中的惊蛰汉服，其余二十三个节气，由别的模特演绎。由于二十四节气本身就具备传统汉文化的元素，体量也足够，所以主办方单独给周施绮设了一个三分钟环节，让他带领模特们展示这二十四件汉服。

这是他为自己的设计争取回来的宣传机会，虽然同样性质的工作他做过无数回，但当身上穿的是自己的心血时，心情还是和往常截然不同，满足感无可比拟，仿佛又回到了当初跳舞的时候，每当练完一支舞，上台接受检验，既紧张又兴奋，这种满怀期待的心情让他觉得自己在世上鲜活地存在着。

从前肢体是他的武器，站上台，他就是王者，现在，笔墨丹青自他脑中成形，再自他手中变幻出翩翩衣袂。

二十四节气环节的反响不错，商场的顾客们纷纷被具有传统韵味的服装吸引，拿出手机拍摄模特。现在这种看脸的年代，颜值是王道，周施绮的外形是一众模特中最佳的，等他演出完下了台竟还有人求合影，他不善言辞，可是一一满足看客要求，因为这是对他的肯定，虽然这份肯定很渺小，但对此刻身处谷底的他来说，非常重要。

要求合影的人中有一个熟面孔，周施绮讶异，"尹经理？你怎么在这？"

轻熟女郎乌发红唇，媚眼横飞，正是无锡汉服小镇负责商务的尹经理。

"离婚少妇有假放没人陪，过于寂寞，来上海散散心。这样都能遇上你，你说巧不巧？"

一辆轿车驶抵购物中心门口，林梦步下车，她出门前稍加打扮花了些时间，加上跨年夜堵车，到的时候走秀已经结束了。人群熙熙攘攘散去，她自中间寻觅周施绮的身影，见一白衣少年推着一个行李箱自 T 台后步出，这是他演出时放置服装用的，除此以外，他手里还拎着一包衣物，尽管双手都不得空，然而他却丝毫不显狼狈，人群中气质依旧出众。

林梦正要迎上去假装偶遇，却见一名身材曼妙的女子从他手中接过衣物，两人还不时有说有笑。林梦心头无名火起，她为结束冷战挖空心思，他却没事人似的在这里跟别人勾三搭四？

帮周施绮拿东西的正是尹经理，周施绮对她说："谢谢。"

尹经理："不客气，相请不如偶遇，你不请我喝杯东西？"

周施绮犹豫了一下，"现在有点晚了……"

尹经理笑了笑，"你想什么呢？又不是让你带我去酒店，就在附近找个咖啡馆。小镇景区刚获批政府资金扶持，明年会在文化活动上加大投入，来个升级。现有灯光汉服秀的服装不够专业，秦天给我看过你们网店的衣服，我觉得很有想法，想跟你聊聊合作。"

周施绮有些尴尬，人家来谈商务的，原是自己想多了，于是爽快答应道："好，其实刚才二十四节气部分的汉服就是我设计的，商场外就有一家咖啡馆，24 小时的，我带你去？"

"要去哪啊？"

是林梦的声音，周施绮转身，见林梦就杵在他身后，一脸不善，他有些意外，不过很快恢复镇定。

林梦气势汹汹走过来，指着尹经理，"她是谁？"

周施绮冷着脸反问，"你是在质问我吗？"

林梦不依不饶，"我问你她是谁？"

尹经理笑着说："这个妹妹我记得，我们在太湖边见过。"

林梦也想起来了，汉服小镇景区的商务负责人，那时她就觉得这个尹经理对周施绮心怀不轨，竟然巴巴儿地追到上海来了？可不能让她乘虚而入。

林梦："周施绮，我们聊聊吧。"

周施绮："我现在有朋友在，改天吧。"

林梦早把假装偶遇再和好的原计划忘了，较上了劲，"就现在。"

周施绮有些烦，"林梦，你讲不讲道理？"

林梦心里更不是滋味，"我们在一起之后的第一个跨年夜，你竟然要去陪别人？你讲不讲道理？"

周施绮不打算理林梦，对尹经理说："我们走吧。"

林梦一把拉住周施绮，不让他走，周施绮语带讥讽，"说不想看到我的是你，现在不让我走的也是你。林梦，你到底有几副面孔？"

尹经理见阵势不对，说道："没关系的。小绮，我们改天再约也一样，你先忙，再会。"

尹经理走后，周施绮望着林梦那只死死扯住自己衣袖的手，无奈道："你不是要聊吗？聊吧。"

林梦这才松开手，故作冷漠，"你别以为我是故意来找你的，我无意中经过罢了。"

周施绮面无表情，等着她继续说下去。

林梦快速整理了一下用词，"我承认跟邵梓秋吃饭没告诉你，是我不对，可我也是怕你多想啊，难道你就一点错没有吗？你跟我说了那么重的话，半句对不起不说，情侣之间争吵太正常了，这是第一次，将来保不齐还会有第二次第三次。从前都是我惯着你，你不能总是恃宠生娇，难道将来有了矛盾，都要我来解决？你也应该检讨一下你的态度。"

"说完了？"

林梦检查了一下，没有表达遗漏，点了点头。

"你随随便便把人打发走，就为了告诉我你有多委屈？"

"我觉得这不是小问题啊，现在不及时解决，将来就会像滚雪球一样越滚越大。"

"你知不知道，尹经理刚才是要跟我聊汉服秀合作的，她可选择的合作对象有很多，这种事情越快敲定对我们越有利。"

林梦任性劲儿上来，"不就是一个尹经理吗？东家不打打西家，又不是只有她手上有活。"

"现在绮梦网店什么情况你不是不知道，我花了那么多精力设计二十四节气的汉服，可是一个订单都没有。现在好不容易有新的合作机会找上门，我当然得好好把握。"

"你不是说汉服虽然重要，但是没有我重要吗？"

"林梦，你别蛮不讲理。"

"我蛮不讲理？这可是你亲口说过的话，哼，男人的嘴骗人的鬼。"

周施绮火气上来了，"你能不能懂点事？现在是特殊时期，你家遇到了困难，我要是能把网店的生意运作好，多少也能帮你一些。"

"那点钱根本帮不上什么忙好吗？"

周施绮强压怒气，"钱虽不多，可绮梦也是你真金白银投了钱的。

你可以任性，但我有我做事的基本原则，抛开我们私人关系不说，我作为受雇者，也不能让我的投资者赔本。"

林梦嘴比脑子快，"什么赔不赔本，我投资绮梦那是为了赚钱吗？那是为了泡你！"

话一出口她就后悔，但已来不及了。

空气顿时安静，周施绮眼神灼灼，看得林梦很是心虚。

漫长的沉默过后，周施绮终于开口，"是真的吗？"

林梦声音都弱了，"一开始确实是为了泡你，但后来……"

周施绮打断了她，"怪不得你根本不在意我能不能拉到生意，我费尽力气在会演上让汉服有展示的机会，你也根本不放在心上。原来我不过是你砸钱弄回来的玩意儿，就跟花钱养宠物一样。"

"不是的周施绮，你听我解释，我后来确实觉得你干得不错……"

周施绮听不进她的话，反而自顾自笑了起来，那笑里带着巨大的失望和沮丧，让林梦心慌。

周施绮捂着脸，调整了一下呼吸，放下手时，面上已一片冰冷。

"我懂了林梦，我都懂了，我以为你欣赏我，体恤我，支持我，可一切的缘由，不过是因为我长得像你梦里的人。你想得到我，就跟你想得到橱窗里的一件商品一样，都是能花钱买回来的，倒叫你破费了。"

他叹了口气，"其实我早该明白，像你这样条件的女孩，身边有很多很多比我优秀的人，你的选择多的是。我对你而言，不过是一种执念罢了，等执念消散，也许你还会嘲笑当初选择我是多么愚蠢。"

林梦否定他的想法，"不是这样的周施绮，你能不能对自己有点信心？"

"到底是我对自己没信心？还是你对我没信心？我再怎么努力，

所得到的那点成果在你看来也不值一提，一出事你还是去找前男友。说到底，你就是觉得我无能，觉得我照顾不了你，你就是不肯相信我。"

"不管我一开始接近你是出于什么目的，可是我对你的喜欢是真的，这还不够吗？"

"我们不是小孩子了，光有喜欢是不够的。"

林梦如往常般固执，"我觉得可以。"

周施绮苦笑，"瞧，这就是我和你的不同，其实初棠说的没错，我和你确实不是同一个世界的人。"

林梦的语调阴阳怪气起来，"按你这么说，我和邵梓秋才是同类，那我是不是该去跟他好？"

这本来只是一句刻薄话，谁料周施绮竟认真思考了一下，而后应道："如果你真这么想，我也无话可说，毕竟你家遇上难关，而邵家是唯一能帮忙的。"

林梦的防线有些崩，"周施绮，这是你的心里话？"

"我自己帮不了你，总不能阻碍别人帮你。"

"所以即便我真跟邵梓秋在一起，你也无所谓？"

周施绮表情苦涩，"林梦，你从来都是独断独行，在意过我的感受吗……"

林梦质问，"我问你是不是无所谓？！"

周施绮被她霸道地打断，情绪反而从怨怼转为平静，他仔仔细细看了她一会儿，说道："从客观角度来说，小邵总确实更适合你，他虽然风流成性，但若能浪子回头，也不失为美事一桩。"

周施绮的话一字一句打在林梦心上，周遭人来人往，唯独他二人是静止的。

林梦闭上双眼，再睁开，眼里的光散去一半。

"周施绮，你说得对，我这个人脑子一热就不懂思考，冷静下来想想，我和你确实不太合适，我家现在蒙难，最坏情况得申请破产，成为负资产，别说你的汉服生意没正式上轨道，就算上了，就那点盈利，简直杯水车薪。我还是去找真正能帮得上我的人才是正事，和你这一笔，就当是不识愁滋味的糊涂账了。"

两个人沉默对峙，昏黄路灯照亮空气里的浮尘，而那浮尘好似会变身，未几，越来越大，还隐隐闪着光。

竟是飘雪了。

细雪中，周施绮突然笑了笑，"好啊，祝你早日觅得如意郎君，白头偕老，永结同心。"

林梦眼里的光彻底黯了下去。

细雪落在她乌黑的发上眉上，不过很快融化，然后又有新的覆上来。

她最后看了他一眼，那眼神跟看陌生人似的，而后，再不做逗留，转身离去。

天寒地冻，行人步履匆匆，着急去往目的地避寒，只有她走得最慢，好像全然不怕冷似的，缓慢而坚定地，离开他。

他便也定定地站在原地，目送她离去。

零点的钟声响起，周遭人欢呼雀跃，互相拥抱祝福，唯有他安安静静矗立在飘雪中，像一尊雕像。

雪花洒在他的头上、身上，他想起一句凄美的话，他朝若是同淋雪，此生也算共白头。

第十九章
素履以往

　　上海已经好多年没下雪了，可是这场跨年夜的雪直下了一天一夜，天地都素裹，白茫茫一片干净。

　　昨夜的剧情急转直下令人无法招架，林梦这下家庭爱情双失意。由于担心，游游这次干脆连夜搬进了林梦家，然而当她揉着惺忪的睡眼醒来，走出房间却惊见林梦已经在案前开始工作，旁边还摆着一杯飘香的热咖啡。

　　"醒啦？早餐我做好了放在厨房，你自己热一下，咖啡壶里还有，你自己倒。"

　　游游有点不敢相信自己的眼睛，用力掐了掐手臂，疼的，确定没有出现幻觉，问道："梦啊，你怎么啦？"

　　"我过了一遍版权合约，有几条细则可以再出一份补充协议，要点都给你列出来了。你一会儿把影视方那边最新出的策划方案发我，我看看有没有什么要加的。"

游游忧心忡忡，"梦梦，你这个样子，我很担心啊。"

"我什么样子？"

"装没事就是有事，想哭就哭吧，别把自己憋坏了。"

"哭也于事无补，我从前由着性子来，把恋爱看得比天大，那是因为还有退路。其实周施绮说得没错，光有喜欢是不够的，他对我的喜欢，敌不过他的自尊心，我对他的喜欢，敌不过我的专横和任性，在现实面前，一切都是以卵击石。"

"化悲愤为动力是好事，可你就一点不难受吗？"

"难受归难受，该做的事还是得做。万一君斯真的没了，我也得有能力单独走好将来的路，这也许就是所谓成年人的崩溃吧，体面不能丢。"

林梦从小没遭遇过太大挫折，是以到了现在这把年纪，行事作风依旧跟孩子似的任性，可是该来的躲不掉，这次之后，她好像一夜之间成熟了许多。和上次被周施绮拒绝的情况不同，她既没有吃不下饭，也没有睡不着觉，手上更是有条不紊处理着事情，但脸上的笑容没了，话也少了，从前那股活泼劲儿荡然无存。

人往往都不是在哭得最伤心的时候变成大人的，而是在忍住没哭的时候。

融雪总比下雪冷，周爸爸关节不好，大冷天容易不舒服，周施绮便着父亲早点回家休息，自己留下来顾店。

周爸爸有些不放心，"你一个人忙得过来吗？"

周施绮苦笑，"汉服社群的人恐怕已经对我没了信心，二十四节气汉服上架到现在都没开过张，有什么可忙的？"

周爸爸说："再等等吧，可能现在天气冷，买汉服的人不多。"

周施绮知道父亲在宽慰自己，点点头。

周爸爸突然想起什么，道："我看了最近的新闻，林梦她们家，没事吧？"

周施绮摇了摇头。

周爸爸松了口气，"没事就好。"

"我的意思是，我不清楚，我们……好些天没联络了。"

周爸爸脸色微微一变，"你们又怎么了？误会不都解开了吗？"

"这次没有误会，是不欢而散。"

"小绮，梦梦现在正是最需要人陪的时候，你在这种时候离开她，不是爸爸说你，你这事办得不地道。"

"可是如果她没了我，反而能过得更好呢？"

周爸爸怔住了。

周施绮苦笑，"我从前觉得自己挺厉害的，即便后来不能跳舞了，我也觉得只要够努力，总能成为一个还不错的人。可是现在我发现我错了，在她最需要帮助的时候，我却什么都不能为她做。"

"梦梦是个很不错的女孩子，也许她根本不在意这些。"

"正因如此，我更觉得自己配不上她。"

在那个初雪之夜，目送林梦离去后的周施绮，像是突然泄尽了全身力气，他想到林贵华的话，想到高傲如林梦，为了救君斯不惜去向邵梓秋低头，想到在她最难的时候，他却只能眼睁睁看着她烦恼，甚至对她说出那些伤人的话。

"爸，我知道你是为我考虑，我也记得你说过希望我快乐，但是有些东西比快乐更重要。"

周爸爸沉默了几秒，终是叹了口气，大袖一挥，走了。

周施绮回到案板边，看着上边铺展开的料子。料子上有两条画错的线，本应平行，却因画线人手抖而不小心相交，就像他和她，原是来自两个不同世界的人，本不应有交汇，全因他长得肖似她梦里的人，这才令她生出错误的执念，不惜编出投资开店的借口，也要把他留在身边。她错就罢了，毕竟她这一生一帆风顺，任性惯了，可是卑微如他，竟也生出不该有的绮念，把这一切误判成缘分，还以为自己承受了漫长的孤单苦楚，天可怜见，才派她陪在他身边，简直错得离谱。

绮梦网店是这一场错爱的产物，所以会落到无人问津的地步，实属正常，毕竟源头就是错的，可怜他曾为之振奋，以为这是他人生的新出路，却终是自作多情。从网店一开始备受好评，到口碑遇冷，到他不死心，想尽办法挽救，再到如今的彻底凉凉，他的心情直如坐过山车，忽上忽下，没有一刻安宁，现在好了，一切终将结束了。

绮梦网店是林梦注资开的，如今她家自顾不暇，店里又没有生意，倒闭是早晚的事，那么他和林梦之间唯一的牵绊，也要断了。

他拿画粉把两条出界的线修整，令它们重归平行，而后苦笑，他和她的结局也将如此吧，这一程错付，说到底，只是一场空欢喜。

百无聊赖下，周施绮拿出手机，刷一会视频以打发寂寞，大数据精准捕捉到每个用户的喜好，是以推送给周施绮的都是汉服相关视频，其中不乏他自己参与拍摄的作品。有一条视频是新上架的，拍摄的正是跨年夜他参与国风会演的片段，视频中的他身穿自制二十四节气中的惊蛰服，青衫素裹，气质出尘，在一众模特中相当出众。

评论区不乏网友对他的点评：

"这个汉服小哥哥也太好看了吧，这种姿色去当明星都可以啊。"

"一分钟，我要他的全部资料。"

"简直像从古画里走出来的人，种草这件汉服了。"

他拍了那么多汉服视频，雷同的评论看过不计其数，但从未像现在这般，每一条都看得仔仔细细，一来因为这身汉服是他自己做的，二来因为此刻事业爱情双失意的他，实在是需要鼓励，哪怕是一点点也行。

他是有视频号的，但从没发过内容，仅用于观看。不知是网友对他的肯定让他突然觉得网络世界可爱起来，还是他实在寂寞无助得厉害，总之，他拿起手机，拍下了第一条自发拍摄的小视频作品。

"大家好，我叫周施绮，曾是一名中国舞演员，现在是一名汉服设计师，我的网店叫绮梦，嗯……其实我当设计师没多久，但店里生意不行，我也不知道自己还能坚持多久……给你们看看我做的汉服吧。"

周时期把镜头对准墙上挂着的二十四节气汉服，逐套介绍，视频时长不够，他又拍了第二个视频，介绍完汉服后，再度把镜头对准自己。

"这些就是我设计的汉服，其实不光设计，我家是开裁缝铺的，所以我自己也会做衣服，这些汉服也都是我手工做的……哎，时长又不够了，那么先就这样。"

拍摄完毕后，他把视频上传到网上，其实他的号统共没几个粉丝，与其说是拍给网友看的，不如说是拍给自己看的，绮梦网店再这么没生意下去，关门是迟早的事，当是最后给自己留个念想吧。

正这么想着，听闻脚步声自门口来，推门而入的是一名中年妇女，戴着口罩，斑白的头发整整齐齐盘在脑后，虽然穿戴朴素，可身材保养得宜，窈窕高挑。

"欢迎光临。"周施绮说："有什么能帮您吗？"

"我想做一件斗篷。"

妇女摘下口罩，但见她虽已不再年轻，但面容姣好，目光和蔼温柔，年轻时必是个美人。

"一件送给我女儿的斗篷。"

　　高级私人会所内，邵腾做东，正宴请林家父女吃饭，邵梓秋自然也一同出席。

　　邵腾："梦梦啊，上次吃饭，你临时有事走了，这次可再不许这样。"

　　林梦："不会的邵叔叔，我上回已经亏了，今天一定要吃回本。"

　　邵腾哈哈大笑。

　　林贵华："梦梦从小被我当男娃养，一点女孩家的矜持含蓄都没有，见笑了。"

　　邵腾："这样才好，我顶看不惯那种矫揉造作的姑娘，就喜欢梦梦这种爽利人，要是有个这样的女儿就好了。"

　　林贵华："梦梦是你看着长大的，也跟你半个孩子似的，而且她跟小邵青梅竹马，未来亲上加亲也不是没有可能。"

　　邵腾："那我可求之不得，这臭小子欠收拾，也就梦梦能管住他。"

　　两个长辈笑了起来，林梦和邵梓秋对望一眼，都不说话。

　　邵腾："老林，你身体好些没？"

　　林贵华："我这哪里是身体不好，我是心病，不过前些天高小绵答应先贷一笔款给君斯以解燃眉之急，我这才稍微松泛些。"

　　邵腾点点头，"我这边的意思我已经让小邵代为传达了，老林，你得理解我，每一笔花出去的钱，我都得对股东有所交代。这样，我们以保住君斯为第一要务，剩下的，之后再议……"

　　林贵华和邵腾的话题已经从儿女转移到生意，林梦吃着平时最爱的惠灵顿牛排，味同嚼蜡，若换作从前，她必然找借口开溜，可今夕不同往日，也许还有需要邵家帮衬的地方，只得挤出微笑相陪。而一向嘴碎的邵梓秋，今天竟也格外安静，坐在她对面默默舀着汤，没有插科打诨。

　　吃完这顿次要联络感情主要沟通商务的饭后，一行人往会所外走。林梦收到袁海诚发来的微信，本来已经在走流程的贷款，他突然说不行了，林梦再问到底怎么回事，他就不回复了。

这件事情火烧眉毛，林贵华身体刚好些，林梦不想让父亲操心，能自己解决最好，于是佯称要去漫画网站那边办点事。

邵腾："小邵今天没什么事，让他陪你去吧。"

林梦："不用麻烦梓秋哥哥，我自己可以。"

林贵华："今天天气好，你俩办完事正好能一起晒晒太阳喝杯咖啡。"

林梦当然知道二位长辈拉郎配的心思，她心里着急，于是便也不再推辞。

一上邵梓秋的车，她报了个地址，邵梓秋奇道："这不是去网站的路啊。"

"去什么网站，我这是去讨债。"

高达投资总部，林梦来得巧，在大堂遇到正送客户出去的袁海诚。

她径直上前，"袁总，贷款到底出了什么问题？"

袁海诚没想到她会找上门来，推辞道："林小姐，我今天约满了，这个事情我们改日再议。"

林梦着急道："没时间了，我爸已经答应这周会先还清拖欠员工的薪酬，要是拿不出来，可没法交代。"

"这我也没办法啊，先不说了，我上边还有个会。"

林梦拦住他去路，"你起码得告诉我个原因。"

袁海诚为难道："我们家绵绵之所以松口，那是为着面子，君斯这摊浑水谁愿意搅啊？"

林梦对他的解释不满意，"可是之前款项明明已经在走流程了。"

袁海诚叹气道："林小姐，能说的我都说了。"

　　他迈步要走，又被林梦拦住，袁海诚略带不屑地笑了笑，"林小姐还真是骁勇，软的不行来硬的。可是这里是高达，你以为是棠舞社吗？容你随意撒泼。"

　　林梦一时语塞，袁海诚趁机步入电梯。

　　一直旁观的邵梓秋安慰林梦，"看开点，虽然这货挺操蛋的，但是钱捏在人家手里。"

　　可是林梦直觉没这么简单，在邵梓秋送她回去的路上，依然在脑里复盘整件事。

　　车子驾过一个路口，周遭景色有些熟悉，林梦想起来了，棠舞社就在这附近，她可是上去砸过场子的。

　　心念陡转下，她对邵梓秋说："前边右转，随我去个地方。"

　　棠舞社的选址很好，位于整个街道最繁华处，而且是独门独户的一栋三层楼洋房，并不是大厦里头的商户，想来这当然也跟袁海诚的资助有关。然而当林梦再次踏足这里，却发现门口贴着转让启事，只营业到本月底，棠舞社的生意一直不错，这是何故？

　　林梦在舞社的顶层玻璃教室找到初棠，她正亲自给学生上课，一见林梦，下意识有些怵，以为她又要来找自己麻烦。

　　林梦安抚她，"放心，我不是来找你打架的，你先好好上课，我在休息区等你。"

　　林梦自己动手，在茶水区调了速溶咖啡，递一杯给邵梓秋。

　　邵梓秋疑惑道："你在袁海诚那里吃了瘪，来跳舞泄愤啊？"

　　林梦："你一会就知道了。"

　　初棠上完课过来，身后还跟了个高大的男老师，以防林梦再次动粗。

　　林梦："哟，涨经验啦，还带了保镖。"

初棠："找我什么事？快说，我很忙。"

林梦："你这店生意这么好，干嘛结业？"

初棠："与你无关。"

林梦："没记错的话棠舞社是袁海诚出资的吧？怎么？他缺钱了？"

初棠瞄了眼身边的男老师，有些尴尬，她给袁海诚当小三的事对舞社瞒得严严实实，在众人眼中依然是那个不食烟火的初棠老师。

初棠："我不想跟你聊这个。"

林梦："不巧，我今天就是来跟你聊袁海诚的。"

初棠："那我无可奉告，失陪了。"

初棠正要起身，只听林梦朗声道："袁海诚把我们家的钱吞了，我现在被他逼得没办法，什么事都做得出，你不配合我就天天来这里坐着，逢人就念叨，念叨到你配合为止。"

初棠惊诧道："袁海诚吞了你们家钱？"

林梦点点头，"那可是我们家的救命钱。"

邵梓秋看林梦诈初棠诈得面不改色，在心里默默对她改观。

初棠对男老师说："我和这位小姐有些私事要聊，你先忙去吧。"

男老师走后，初棠看了看邵梓秋，意思让林梦也把他屏退。

林梦："他也是债主，被袁海诚讹了钱，你放心，他嘴巴紧，只想把钱要回来，别的一概不会说出去。"

初棠这才在座椅上坐定，"他吞了你们多少钱？"

林梦大概编了一个数字，初棠喃喃道："胃口不小啊，看来他是真遇上麻烦了。"

林梦："本以为他会拿来补贴你，没想到钱也没落你口袋，到底怎么回事？"

初棠琢磨了一下措辞，"我跟他早分干净了，没有什么钱财上的瓜葛，不过前阵子他突然找我，说急需用钱。毕竟这么多年情义在，棠舞社最初也是他出资的，于是我便把店拿去抵押，换钱给他救急，他说会还给我，可是一直没有音信，资金到期收不回，便只得把舞社卖了。"

林梦："就这样？"

初棠："就这样。"

林梦见初棠眼神闪躲，道："你没说实话吧？舞社是你立命之本，被他连累到闭店，别说你们已经分手，不用讲情面，就算还在一起，也不应该这么轻易就算了。棠姐，我和你的过往恩怨暂且抛下，现在我们可是站在同一阵营的，都是受害者，你说得越全，我们越能把钱讨回来，你是聪明人，相信你拎得清。"

林梦说得在理，初棠思索了一会，咬了咬牙，"好吧，告诉你也无妨，袁海诚要跟那个姓高的老女人结婚了，他害怕跟我纠缠不清会被老婆发现，就提出分手。关系上是分了，但钱上面的事一时半会断不干净，毕竟我跟他在一起的年头也不短了，前阵子他告诉我有个对冲基金，说是有内幕消息，稳赚不赔，我寻思着人我已经没了，钱我多少得捞回本，过去我也从他那些内幕消息里赚过几笔，便不疑有他，把钱都搭了进去，没想到他后来告诉我赔干净了。我也尝试去找他闹过，但他说投资这事输赢很正常，又没人逼我，还说他自己也赔了不少，这事我没处讨理去，老本都没了，无计可施之下，这才把舞社卖了。"

林梦啧啧道："说到底，还是贪作怪。"

初棠怼回去，"你们不也是？"

林梦："什么对冲基金？什么内幕消息？听都没听过。"

初棠："那你们是怎么被他吞钱的？"

林梦："这位是小邵总，邵氏电商的太子爷，袁海诚敢动他吗？

至于我家，已经没钱给他吞了，反过来是我们管高达借钱。"

初棠反应过来，"林梦，你诈我？"

林梦："抱歉，为了让你说实话，动用了一些无伤大雅的小伎俩。不过现在至少我们知道他搞对冲基金赔了不少，还把你也拉下水。这也许就是他不批贷款给我的原因，想拿这笔钱先去填自己的漏洞。"她微微思索了一会，"初棠，我们合作一把如何？"

从棠舞社出来，林梦径直上了邵梓秋的车，可驾驶座上的邵梓秋却有些出神，没有立即驱车。

"发什么呆呢？"林梦问。

"我明明和你打了那么多年交道，可是今天，我好像才刚刚认识你。"

林梦不以为然地笑了笑，"你要是跟我一样，面临家庭破产，被恋人分手，你可能也会变得不一样。逆境使人成长，这句话我终于感同身受了。"

邵梓秋看了她一会，"我想娶你，本来只是权宜之计，可是现在，我倒真觉得你不失为一个能并肩前行的好伴侣。"

周记制衣，周爸爸遵照儿子叮嘱，这几日都只上半天班，店内只有周施绮和那名中年女客。

女客连续来了好几天，说是想给女儿做斗篷，可却怎么都形容不出要做怎样的斗篷，周施绮找了好多样板给她挑，她也没有看中的，着实难伺候，幸好周施绮对于岁数大的人向来有耐心。

"阿姨，你女儿多大年纪？"

妇人端详周施绮，"跟你差不多。"

"那不小了，可能需要成熟一点的款式。"

"但她好像很喜欢卡通，对了，她爱穿红色。"

"阿姨，要不你先把你女儿的尺寸告诉我。"

"我……我不知道，我跟她分开很多年了。"

这令周施绮有些为难，只有一个颜色，根本不知从何下手。

妇人似有些内疚，"我不是一个称职的母亲。"

周施绮安慰道："世上没有母亲不爱自己的孩子，想必您一定是有苦衷。"

妇人的情绪并未得到抚慰，反而咳嗽起来，周施绮扶她坐下，给她倒了杯热水，又帮着给她顺背，妇人这才渐渐平复下来。

"我之所以想再见见她，是因为，我已经没有多少日子好活了。"

周施绮愕然。

"肺癌晚期。"妇人苦笑，"快要死了才想起来找女儿，想必她也不会原谅我。"

周施绮想了想，说："阿姨，你知道为什么每当人受到惊吓，都会下意识地喊妈呀，而不是爸呀，因为每个人骨子里天然联系最紧密的亲人，一定是母亲。也许你女儿很挂念你，一直等着你去找她呢？"

妇人笑着拍拍周施绮肩膀，"小周，你是个心善的孩子，谢谢你愿意安慰我。"

"实话实说而已。阿姨，不着急，你没想好就慢慢想，我等你，一定给你女儿做一件满意的斗篷。"

"现在年轻人里头像你这么有耐心的，不多了。"她叹了口气，"女儿是我身上掉下来的一块肉，我又何尝愿意离开她？这个原因说起来就话长了，如果你愿意听，阿姨就讲给你听。"

周施绮心想，知道了她和女儿的故事，也许就可以帮她设计出适合的斗篷，于是点了点头。

"阿姨年轻的时候，看了太多言情小说，一心追求纯粹浪漫的爱情，用你们现在的话说，就是恋爱脑，可是那个年代不像你们现在这么自由，婚恋嫁娶一事上，父母是很有话语权的……"

她望着窗棂上未融的霜，陷入了回忆……

妇人姓苏，闺名晚情，父亲是做纺织生意的，在同龄人中，算是家庭条件很不错的，只需好好读书，不需操心生活。她一直读到大学，考入文学系，成为那个年代稀有的女大学生。

由于家里条件好，她长得又漂亮，还是个大学生，做媒的人自然不少，可是她通通不答应，因为她早有了喜欢的人，是比她大一届的同系学长。学长姓宋，是系里有名的才子，腹有诗书气自华，写的散文屡屡登在校刊上，还给苏晚情写过动人的情诗。彼时的晚情少女情怀，自然被有才有貌的宋学长打动，偷偷谈起了恋爱，打算等毕业就结婚。

然而没等毕业，意外就发生了，宋学长的父亲做买卖赔了钱，欠下一屁股债，当儿子的只能退学去打工，减轻家里负担。后来两人相恋的事被双方家长知晓，苏家自然反对，要是女儿嫁了过去，能不能过上好日子不说，夫家的债务保不齐也要一并分担，于是采取强硬措施，拆散鸳鸯。

苏晚情是个爱字当头的主儿，在当年绝对是女性先锋，于是偷偷和宋学长约定私奔，等生米煮成熟饭，父母也无话可说。然而私奔计划才刚开启，苏家爸爸就生病了，苏晚情放心不下老父亲，只得暂且搁下儿女私情，回来尽孝道，这一留，就再没走成。

后来苏爸爸收了个徒弟，姓林，是从苏北来的，很是吃苦耐劳，学东西也快，在纺织厂里非常帮得上忙，逐渐独当一面。苏晚情早到了婚娶的年纪，苏爸爸心疼女儿，想着与其让她嫁进条件好的夫家，看人眼色过日子，不如找个没有家底背景的，听话疼老婆不说，还能帮家里干活，小林任劳任怨，是个做实事的，总比宋学长那种整日只懂舞文弄墨的强，于是开始撮合女儿和小林。

苏晚情最开始是不干的，但是她父亲日渐病重，说若是闭眼前不能见到女儿有所托付，死也不能安乐，宋学长又要去外省打工，她一个人势单力孤，逐渐扛不住，觉得熬不到希望了，心便也凉了，于是就从了。

都说女子出嫁那日，是一生中最美的一日，然而苏晚情却觉得，那是她对命运妥协，放弃掉余生的一日。

小林是小地方出身，婚后对老婆非常好，好到无条件地言听计从，当菩萨般供着的地步，亲戚们都说苏晚情好福气，老公又听话又能干，找了个潜力股。可是苏晚情却有种感觉，觉得小林对她的顺从不光是因为爱，更是因为自惭形秽，用现在的话说，等于是凤凰男高攀了白富美，他一方面当然觉得有面子，可另一方面，他们夫妻之间的关系从来都是不对等的，他得用跪舔的姿势，才能弥补自己出身条件上的先天不足。苏爸爸为女儿的初衷是好的，但他却没有顾虑到这一点，从来都是势均力敌的感情，才能健康长久。

也许是出于自身的自卑，小林对于成功的渴求比一般人更为热烈，是以在工作上非常拼命，在苏爸爸过世后，为了与时并进，更着手把纺织生意改建成成衣买卖，苏晚情这时也怀了孕，他即将当父亲，真正是事业家庭双丰收。

然而这种看似美满的家庭，其间的隐患，只有局中人知道。虽然夫妻间一直相敬如宾，日子也越过越好，可苏晚情从未真正快乐，即便小林确实对她千依百顺，甚至不需要她工作，脏活累活都一个人包办，但爱是理解、是欣赏、是吸引，却从不是感动。她心知肚明，却粉饰太平，她以为后半辈子会就这样无波无澜过去，然而她错了。

她自少女时就爱看小说，这个习惯一直延续至婚后。某天，她去新开的书店买书，见一个高大男子正站在梯子上整理书架上的书，一股莫名熟悉感促使她走近，男子正要下梯子，无意间和她眼神对视，晃神之下，竟摔了下来。

这名男子不是别人，正是宋学长。他直到去年才终于把家里的外债还清，搬了回来，开了个小书店，也不是没想过找苏晚情，但得知她已婚，也只得把这段前缘放下。两人彼时都是三十出头的年纪，多年后再见，只觉恍如隔世，年少时那段青葱回忆，早随时光蹉跎而去。

小林忙于赚钱，苏晚情独自在家养胎，闲极无聊下，时而会去书店买书，喝一杯清茶，消磨一个下午，由此，和宋学长相处的时间便多了起来。两人本就志趣相投，有共同的热爱和聊不完的话题，在得知宋学长为了等她，至今未娶后，苏晚情一直控制住的那道防线，崩塌了。

当年那段只开花未结果的恋曲，在人过中年后得到延续，虽无发肤之亲，但心理上的默契是更要命的，两个人都吃过苦，挨过孤独，更明白知音可贵的道理，这一次，他们更坚定。

终于，苏晚情在顺利产女后，对小林摊牌。小林暴跳如雷，以为妻子只是一时情迷，要去找宋学长算账。苏晚情却告诉他，自己根本从未爱过他，她当初为局势所迫，做错了选择，而如今，她不过不想再错下去。

拖拖拉拉一年后，小林终于彻底死心，在离婚证上签了字，条件是女儿必须归他，苏晚情无奈下只得答应，不仅如此，连父亲留给她的原纺织厂、现成衣制造间也留给前夫，自己净身出户。小林大感不解，付出这么大的代价，就是为了离开自己？

苏晚情却笑言，她只觉一身轻松，因为终于可以做回自己了，一生那么长，怎么好勉强？而且，一人也只得一个一生……

苏阿姨讲完这一切，眼中却是含笑的，痛苦过、挣扎过、纠结过，却终是无悔。

一个人在人生最后的阶段，可以问心无愧说出"我无悔"三个字，是多么值得骄傲的事。

"我唯一觉得对不起的，就是我女儿。她父亲怨我，不让我见孩子，后来她上了幼儿园，我还偷偷去看过她几次，我也不知道她喜欢什么，就送了她一些小孩子爱玩的玩意，什么连环画、万花筒、奶糖。后来被她爸知道了，不仅安排她转校，连出入都有专人看着，再加上老宋工作变动，我们搬离了上海，直到去年才搬回来，想见面就更难了。"

苏阿姨双目噙泪，"我印象最深的，是她一周岁生日，那时候我和她爸还没正式在离婚协议书上签字，一起给她过了个生日，我们在桌上摆了一堆玩具娃娃，让她抓周，她哪个都没看上，却抓着一个小姐姐的斗篷不放，那个斗篷上画了好多卡通，具体是什么卡通人物我记不清了，就记得是个正红色的斗篷。我当时就对她说，等有机会，妈妈送你一个比这还好看的斗篷……没想到这机会，竟等到现在。"

原来这斗篷背后竟藏了这样一个故事，母女一别竟就是二十多年。

"小周，你可会觉得阿姨自私？"

"人最终都是为自己考虑的，漫漫一生，得对自己负责任，自不自私取决于有否伤害到他人，这得问你女儿。从我的角度，我只觉得阿姨你好勇敢，在那个年代，做出了很多人不敢做的决定。"

"你觉得阿姨做得对吗？"

"与其和不爱的人苟且残生，耽误两个人，不如痛快一点，自己做那恶人，若是对方将来有一日幡然醒悟，会理解你的。"

"要是人人都像你这样想就好了，我当年做出这决定时，真是无一人支持，放着大好的日子不过，却跟着一个穷书生四处漂泊，所有人都不理解。"

"爱过的人自会理解。"

苏阿姨笑道："小周，你可有喜欢的人？"

周施绮有些惆怅，对着相熟的人不方便说太多，对着陌生人，还是一个有感情经历的长辈，反而愿意开口，"有，但分开了。"

"为什么呢？"

"我没有能力照顾她，不如别耽误她。"

"那她喜欢你吗？"

周施绮点点头，"很喜欢，我这辈子，从没遇过这么喜欢我的女孩……有时候我都觉得自己配不上她的喜欢。"

"你这种想法，跟我爸有什么分别？"

周施绮一时没明白，"嗯？"

苏阿姨啐他，"我爸把我安排给一个他觉得能照顾我下半生的人，自以为对我好，可结果呢？我不还是离婚了，好不好最终只有自己知道。而且你们现在这个年代和我们当时不同了，女性在社会上的地位越来越重要，她所需要的，就算你给不了，她也可以靠自己的努力争取，面包是可以挣回来的，但爱情是可遇不可求的。"

"她那么好，离了我，也许会有更好的选择。"

"那是她的人生，你是谁啊？你有什么权利替她做决定啊？"苏阿姨的语气有些激动，"你年纪轻轻的，怎么想法跟老头似的这么迂腐。未来的事情除了老天爷，谁也没法决定，而且万一她遇不到更好的选择呢？你负得起责吗？"

周施绮被问住了，不知该如何回答。

苏阿姨语重心长，"小周，心之所向素履以往的道理你听过吗？

阿姨是过来人，阿姨走过的弯路，不希望你们再走一次。你需得明白一个道理，一个女孩如果真心喜欢你，只想要你喜欢回去，其余的不过是锦上添花。"

周施绮正细品着这段话，游游的电话打进来，他对苏阿姨说："阿姨我接个电话，您稍等一下。"

电话刚接通，游游就火急火燎地问："怎么不回微信？"

周施绮："我店里有客人，怎么了？"

游游："你自拍的短视频，火了。"

周记制衣附近的咖啡厅，周施绮、游游和秦天三颗脑袋凑在一起，六只眼睛齐刷刷盯着小小的手机屏。

周施绮除非工作原因不怎么上网，但见他几天前发上网的那几则短视频，浏览量均已达数十万，他的粉丝数也飙升至五位数。网友纷纷留言感慨他人长得帅就算了，汉服也美轮美奂，简直是神仙小裁缝，为什么会没生意呢？没天理啊。

游游把手机页面切至绮梦网店，只见留言咨询的买家众多，有不少已经下了单，都是从视频号的口播引流过来的，说支持国产小裁缝，这么优质的纯手工汉服网店，不能倒闭。

游游放下手机，对周施绮啧啧道："最火网红的蹿升速度也不过如此了。"

秦天纳了闷，"就这几条小视频，反响竟这么大？"

游游："那些主播半小时就说几句废话，还不是一堆人抢着刷火箭刷法拉利？图他们酷吗？还不是图他们长得好看，更何况我们周师傅不是绣花枕头，除了脸，还有手艺。而且宣传汉服就是弘扬传统文化，多么正能量，视频方自然也不会限流。"

她看着周施绮，表情痛心疾首，"我当初只把目标客户锁定在本地汉服社群，简直是鼠目寸光，没能早日利用周师傅的颜值，是我在业务上犯过最大的失误。"

周施绮还有些懵，"那，接下来该怎么做？"

游游眼里迸发出搞事业的斗志，"我要弥补我的失误。"

秦天："怎么弥补？"

游游："我今晚要闭关写脚本，谁也别来打搅我。"

秦天："什么脚本？"

游游："当然是拍摄脚本，我要让绮梦冲出本地，面向全网——给周师傅开直播。"

高达投资总部，林梦让前台代为转达，说找袁海诚袁总，不一会前台回话，说袁总今天一天都有事，抽不出工夫接见她。林梦拿出一封信件，麻烦让转交袁总，然后自己坐在大堂沙发上等待。

没等林梦把屁股坐热，袁海诚就着急忙慌把人请上了办公室。

"袁总，不是一天都有事吗？我看你明明有空嘛。"林梦揶揄道。

袁海诚慌张问道："这张照片你哪来的？"

"惊不惊喜？这种照片我还有好多，还有你们的聊天记录我也备了份。没想到袁总平时看着一派斯文，关起门来玩得这么野啊。"

信件里头装的是袁海诚和初棠的亲密合照，初棠是有心眼的人，从跟了袁海诚那天起，这些偷情证据全都留着。

"你和初棠串通了？"

"她跟着你投资搞到血本无归，我又被你扣住了救命用的贷款，敌人的敌人就是朋友。"

袁海诚怒斥，"这……这根本是流氓行为！"

"呵，到底谁是流氓啊？你要是不给个交代，我保证像这样的信件，明天就会出现在高小绵的办公室。你猜她要是看到了，还愿不愿意跟你结婚？”

“林梦，你这属于威胁恐吓！”

“那你告我去啊，反正我光脚的不怕穿鞋的，大不了来个鱼死网破。”

袁海诚的办公室位于大厦顶楼，面积大视野好，在陆家嘴这种寸土寸金的地方，堪称办公室中的楼王。

林梦站在大落地窗边，“不过袁总这么聪明的人，肯定知道这么做划不来。我林家已是强弩之末，而你刚搬进这么豪华的办公室，前途不可限量，结了婚之后高姐姐的重心逐渐向家庭转移，那么你就是高达第一把手，成功实现靠女人飞黄腾达，也不失为软饭界的一个传奇了。辛辛苦苦忍辱负重这么多年，就因为几张照片几段聊天记录而尽毁成果，太不值当了吧？”

袁海诚拿起桌上的冰水一饮而尽，稍微冷静了些，知道林梦不会善罢甘休，干脆如实相告，“那笔贷款我已经用作别的用途，追是追不回来了。”

“投资就跟赌博一样，有输有赢，袁总偶尔眼光失准也在所难免，看开点，下次再想办法赚回来。只不过这笔款子既然作了你的用途，那肯定还是得从你口袋里出。”

“我自己那摊子事都刚刚摆平，上哪给你筹钱去？”

“那不是我要考虑的问题。我只知道，如果这周我要不到钱，高姐姐就会知道她看似忠犬的未来老公，背着她都干了些什么龌龊事。”

袁海诚怒视林梦，林梦丝毫不怵，冷静地看着他，僵持了一会后，他终是叹了口气，败下阵来。

“你等着，我给你想想办法。”

“请注意你的用词，不是给我想办法，是给你自己。”

翌日，周记制衣，秦天手持手机，充当摄影师，游游当主持人，至于拍摄的主角，自然是正在制作汉服的周施绮。

游游率先入境，跟网友打招呼，镜头在挂满样板汉服的裁缝铺内环视一圈，最后定格在周施绮身上，只见他专心致志缝纫着汉服上的珠花，心无旁骛。

游游向网友介绍，"感谢老铁们支持，绮梦网店这两天终于有订单了，周师傅开始忙了，他工作的时候非常认真，全情投入，所以和大家聊天的任务就交给我啦，有什么问题就问我吧，不过认真的男人最帅气不是吗？……什么？想知道裁缝铺的地址来活捉他？这可不行，我们小周师傅很害羞的……刷火箭就不必了，大家要想支持周师傅，就去网店下单吧，免得他失业。"

直播间的人越来越多，一来汉服制作这种直播题材很稀有，二来年轻人对上海老式裁缝铺感到好奇，三来当然是老原因，男主角够帅。

眼见观看人数暴涨，游游一边辛苦一边开心。一场直播下来，不光周施绮视频号的粉丝数涨了，连绮梦网店的粉丝数也涨了不少。游游一口气猛灌下半瓶绿茶，"没白浪费我的口水。"

秦天看着网店里新增的订单量，"这下可够我们周师傅忙的。"

周施绮虽然没说话，但心里是喜悦的，柳暗花明又一村，谁说不是呢？

可他仍不敢懈怠，对游游说："新下单的买家都是从视频号导流过去的粉丝，都是来支持我的，我不能让他们失望，你跟他们要一下具体的衣服尺码，务求尽量做到量身定制，让他们对汉服满意。"

游游："好。"

眼见绮梦又重新有了希望，三人都重新振奋了精神，然而周施绮的振奋里却带着一丝不敢言说的期待，要是林梦知道了，她可会和自己一样高兴？

　　游游前后给周施绮做了三次直播，观看人数一次比一次多。全民网络的时代，好的物料自己长了腿，最帅汉服小裁缝的名声已经在汉服圈甚至是全网打响，当周施绮惊见粉丝量已冲破六位数，且止不住上涨的趋势，留言和私信栏都已爆时，自己都被吓了一跳。

　　游游："瞧，这就是网络的力量。"

　　秦天摩拳擦掌，"有流量就可变现，如何利用好这波热度，用最有效的方式做大做强，是我们现在要考虑的问题。"

　　周施绮比较冷静，"网络和所有东西一样，都是双刃剑，水能载舟亦能覆舟，那么多人看着，我们更不能出错，踏踏实实干活，做出好产品才是王道。"

　　游游："周师傅红而不飘，孺子可教。"

　　这时周记制衣门口的迎客铃铛响起，却是一个意想不到的客人——曾有过合作机会却谈崩了的曾总。

　　秦天也大感意外，"曾总？"

　　曾总对秦天点头示意，而后对着墙上挂的那一排汉服四下环视，"小周，你这里整得挺不错嘛。"

　　周施绮脸色冷淡，"你找我有事？"

　　曾总："给你发微信你也没回，所以我找上门来了，我们聊聊？"

　　周记制衣附近的咖啡馆，两人刚落座，曾总点了一杯咖啡，问周施绮，"你喝什么？"

　　周施绮："不用了，有话快说，我很忙。"

　　曾总感慨，"士别三日刮目相看，之前衣服还没有销路，现在成网红了，汉服小裁缝，啧啧……讲话腰杆子都硬了。行，那我就长话短说，你的直播我看了，很特别，怪不得这么火爆，网店销量都被你带火了，我觉得你不光能做设计，还能带货。我这里有个机会给你，起码能让你赚的钱翻几倍。"

周施绮："该不会又要我搞什么中西融合吧？"

曾总："怎么会呢？我知道你的坚持，不会强求，既然你的设计已经得到广大网友认可，我又何必舍近求远，最终的目的不过为了赚钱罢了，不过呢绮梦网店现在的销量虽然不错，但赚的都是零售，零售都是小钱，你想靠这个发达，等到何年何月？"

周施绮："那你想怎么合作？"

曾总："我想买断你三年内的所有设计，你每年不光要定时定量完成KPI，还要以汉服小裁缝的形象配合宣传，在网上带货，并且所有设计的最终版权归属于我，至于我想怎么利用，你无权过问。"

周施绮冷笑，"那岂不是卖身？"

曾总："我很不喜欢你这种露骨的形容，但严格来说，确实也没错。"

周施绮："我想我们不用再聊了，抱歉再次浪费您的宝贵时间。"

周施绮正起身要走，被曾总喝住，"等等。"

曾总在手机计算器上按下一个数字，"这是你每年的底薪。"

那串长长的数字打动了周施绮，他没再挪脚。

曾总见他的反应，轻蔑和得逞地笑了笑，补充道："还不包括超出KPI部分的分红，如何？小周，这可是你老老实实卖衣服卖十几年都赚不到的钱。"

周施绮想到君斯欠下的债，想到林贵华的话，想到林梦对自己失望的眼神，现在面前就有一个机会，能让他成为可以帮她分忧的人。

他动摇了。

曾总接着加油添醋，"小周啊，你想做任何事情的前提，都是经济自由，理想是需要财力支撑的，你是个聪明人，知道该怎么选择吧？"

周施绮咬了咬牙，选择坐回了座位。

别过曾总从咖啡厅出来，周施绮的脚步有些飘，平生第一次，他做出了违背内心的决定。

回到裁缝铺，正忙着联系买家的游游和秦天立即放下手中的活迎了上来。

秦天："聊得如何？"

周施绮："曾总提出要买断我三年内的所有设计版权，还要利用我在网上的热度帮他带货，完成KPI。"

游游："这太过分了。"

秦天："这个曾总钱是不缺，可办事不太地道，我再帮你找别的合作方。"

周施绮淡淡道："我同意了。"

游游和秦天都愣住了。

游游："为什么呀？我们现在发展势头良好，之后要是运营得当，不会没有盈利，何必贪图眼前？"

周施绮："之后是多久？一年？三年？十年？我能等，但林梦等不了，她们家出事之后我半点忙帮不上，我心里有多恨自己你们知道吗？这笔钱或许不能完全填补君斯的亏空，但总归聊胜于无。"

秦天："小绮，可是这么做，完全不符合你的原则。"

周施绮苦笑，"也许所谓的原则，就是用来为某个人打破的吧。"

这时一名客人入内，是个中年男客，身量高大，戴一副金丝框眼镜，打扮得很文气。

周施绮强打精神迎上前去，"您好，有什么能帮您吗？"

"你就是小周吧？"男客问道。

这客人是头一回见，周施绮不知他为何会认识自己，但还是点了点头。

"我姓宋，是苏晚情的丈夫。"

周施绮恍然大悟，"您是来帮阿姨取斗篷的吧？我根据她的要求打了个样出来，正想拿给她看看。"

"她前两天晕倒，进了急诊室。"

周施绮很担心，"苏阿姨没事吧？"

宋先生眼神忧伤，"她恐怕……快不行了。"

位于马当路的国际顶尖婚纱店里，高小绵被她的伴娘团和服务员包围着，正在试一套全身缀满珍珠的银色定制鱼尾服。一分钱一分货，华丽衣裙在镁光灯下熠熠生辉，衬得裙中人直如从海中冒出来的美人鱼，可惜美人鱼最近疏于锻炼，腰腹堆积了点肉，布料贴身，一侧过身子，无所遁形。

林梦走进店里，高小绵招呼她，"梦梦，快来帮帮眼，哪件更适合我？"

服务员："高小姐，您身上这件真的很美，而且是全球仅此一件，独一无二呢。"

林梦从已经挑选出来的几件婚纱里择出一件纯白绉纱削肩裙，款式大方，优雅端庄，"我认为这件就不错。"

服务员："这件也好，但略显普通了些，毕竟是结婚这么隆重的事。"

林梦："是人穿衣服，不是衣服穿人，我姐气场摆在这里，过分烦琐反而显得累赘，而且婚礼是为自己办的，又不是为别人办的。

你非推销这件，是因为它最贵吧？"

服务员被说中了心思，有些讪讪。

高小绵拉过林梦的手，"女人扎堆，就是爱说场面话哄人，还是你讲话最实在。"

林梦笑道："选衣服跟选爱人一样，不要听别人怎么说，自己的感觉比较重要。"

医院，周施绮随着宋先生来到病房。经过治疗，苏晚情的状况已暂时恢复稳定，由于癌细胞早已扩散至全身，医生建议不再做强度治疗，增加病人不必要的痛苦，着家属好好陪伴，尽量让她保持开心，前后也就这几天了。

周施绮把斗篷样板拿到病床前，"苏阿姨，你要的斗篷我做出来了，你看这样行吗？"

根据苏晚情提供的零星回忆，周施绮得知她女儿应该属于自小有些男孩子气的那种女孩，于是便设计了一款既符合她年龄，又不失童稚，还带些英姿飒爽风格的红斗篷，斗篷四围还镶嵌了一圈白色人造毛，红白相间，鲜艳醒目。

苏晚情的面色很虚弱，颤颤巍巍接过斗篷，"小周，你不光手巧，心也巧，你做的斗篷，相信我女儿会满意的，你能不能再帮阿姨一个忙？"

"阿姨您说。"

"把这件斗篷，亲自交到我女儿手上。"

"好，阿姨您把地址告诉我。"

"我女儿，你是认识的。"

周施绮怔了怔。

"我记得第一次见你，是在长宁区的夜宵一条街，你和她看起来感情很好，你还跑到马路对面给她买奶茶。"

　　周施绮在脑中极力梭巡，终于从那堆记忆碎片里寻到端倪，"那次她差点被一辆违章的摩托撞到，幸好有个好心人替她挡了一下……"

　　苏晚情点点头，"搬回上海之后，我偷偷去她家楼下等过她几次，看她进进出出。从前和你一起时，她总是精神抖擞，可是现在，她脸上的笑容明显少了，这也是我为什么找你做斗篷的原因……我本以为时间还长，总能找到合适的机会和她相认，可后来我身体日渐不适，去医院检查，才知道自己命不久矣。"

　　宋先生瞥过头，偷偷抹眼泪。

　　苏晚情长长叹了口气，"老天留给我的时间不多了，原谅我以这种冒昧的方式出现。"

　　婚纱店，林梦在陪高小绵试婚鞋，口袋里手机响，拿起一看，竟是周施绮的来电，她愣了愣，随即狠起心来，挂断。

　　高小绵："梦梦，你要有事就先去忙，我这且有得折腾呢。"

　　林梦："没事，骚扰电话而已，我想喝杯咖啡，你要吗？"

　　高小绵摇摇头，"我在备孕。"

　　林梦有些愕然，婚礼还没办就开始琢磨孩子的事，不过高小绵的岁数也算是高龄产妇了，这事确实得抓紧。

　　电话又响了，这次是游游打来，问林梦在哪，林梦以为游游要来找自己吃晚饭，就把所在地址告知。

　　试婚纱是一项耗时工程，除了礼服本身，还有配套的鞋子首饰头饰等，高小绵请来的伴娘姐妹们七嘴八舌为她大婚当日的造型出谋划策。林梦得空偷一会懒，接过服务员送上的咖啡喝了一口，目光流转间，被一件挂在墙上的礼服吸引了目光。

　　那是一条飘逸的伞裙，款式乍一看简单，可细看却很特别，裙身像铺满细细碎碎的银沙，灯光一打，星星点点，闪着耀眼又温柔的光。

　　服务员上前，"林小姐，这条裙子很衬你，你要试试吗？不买也没关系的。"

　　林梦本想拒绝，可服务员说："设计师的灵感来源于她做的一个梦，在梦里她穿越迢迢银河，踩着星辰去见她的情人，整个宇宙都是见证，所以这条裙子的名字叫'星河入梦'。"

　　林梦觉得很浪漫。浪漫是无用的，可是很多她原来以为有用的东西，其实也是无用的，就比如她曾经幻想今生第一次穿婚纱，一定要是心爱之人为自己披上，可是她心爱之人却说，祝你早日觅得如意郎君，白头偕老，永结同心。

　　于是她说："好啊，我试试。"

　　这是她第一次尝试这么繁复的服装，尽管有店员帮忙，着实还是费了一番功夫，她拖着长长裙摆从试衣间出来，望向全身镜中的自己——

　　没有愧对星河入梦的名字，摇曳之间，满身闪烁生辉，像把银河穿在身上，美则美矣，可镜中人的脸上，看不到半点欢喜。

　　都说女人一生中最美的一刻，必然是披上嫁衣之时。林梦小时候也不是没有做过身披婚纱，把自己的手交到白马王子手里而后共度余生的爱情梦，可是现在她却觉得事情不是这样的。

　　世上没有永恒之事，你若对了，结不结婚都对，你若不对，就算有幸遇上心仪之人，也会生变，人最终的归宿，只有自己。

　　这是经历一系列变故后，人生教会她的事。

　　服务员："林小姐，你好美啊。"

　　连高总都说："我结婚那天你可得给我低调点，别抢了我的风头。"

她在众人的夸赞声中缓缓转过身，却对上一双错愕的眼睛。

他应该是刚刚进门，一身风尘仆仆，捧着要给她的红斗篷，可映入眼帘的却是她身披婚纱的待嫁模样。

第二十章
人生忽如寄

林梦从小就没有妈妈，她小时候也羡慕过，看别的孩子受了委屈有娘疼，她却只能殴打洋娃娃出气，她的父亲又一门心思全扑在挣钱上，没什么时间陪她，所以她从小不爱哭，因为哭了也没人倾听没人安慰。

母亲的缺席，加上父亲的忙碌，她上学时好几次家长会都是林贵华派秘书来的，也因此被同学笑话过。不过后来她学会安慰自己了，有娘了不起吗？她有大房子住，出入有司机接送，他们有吗？

在这样的家庭环境里长大，使她的性格过分刚强，天长日久下，她早已习惯了这份孤独，可老天爷真爱开玩笑，有些东西，在她已经不想要时再出现，还不如从头到尾不给她希望。

此刻的她，正站在病房门口，远远望着里头那个据说是自己生母的病人。

护士刚给苏晚情做完检查，宋先生说："谢谢你愿意来看她，医生说她……也就这两天了，其实这么多年来，她一直很惦念你。"

林梦语气里毫无温度，"惦念了我这么多年都不来看我一次，那她挺能忍的。"

宋先生一时语塞。

周施绮买了水回来，递一瓶给宋先生，又递一瓶给林梦，林梦不接，径自走入病房。

苏晚情的身体已经很虚弱，可见到来人眼睛还是猛地一亮，早先她行动还自如时，由于思念心切，曾在林梦家附近徘徊，自然一眼把女儿认了出来。

林梦："你好，我是林梦，听说你很想见我，所以我来了。"

苏晚情努力克制自己激动的情绪，"你……你坐。"

林梦依言在病床边的椅子上坐下。

苏晚情近距离看着林梦，高兴到不知该说什么好，斟酌了半天，才说："斗篷你收到了吗？"

林梦："收到了。"

苏晚情有些近乎讨好地说："总想送你点什么，却怎么也想不好，就记得你一周岁的时候死死拽着人家小姐姐的红斗篷不放，小小年纪，很是执着……"

苏晚情想起回忆中的小林梦，露出笑容，却被现在的林梦无情打断，"我早就不记得了，我也并不喜欢戴斗篷，不过还是谢谢你的用心。"

苏晚情叹了口气，"我知道你肯定怨我，所以我不敢来见你，小时候离开你，是妈妈对不住你……"

"从前的事情发生了就是发生了，别说什么对得住对不住的，我早已习惯母亲缺失的人生，道歉又不能改变现实。我今天之所以来，不是来跟你叙旧情的，我跟你之间，也没什么旧好叙，只是因为你病重，出于人道主义精神，尽量替患者完成未了的心愿，而且你曾帮我挡过摩托车，算是对你表示感谢。"

　　其实林梦和母亲长得很像，只是气质截然不同，苏晚情温婉，到了下一代，也许是受父亲影响，眉宇间多了几分生人勿进的凌厉。

　　如此相似的两代人互相对望，明明是亲生骨肉，说出来的话却陌生到如同毫不相干的人，令苏晚情倍感心酸，她泫然欲泣，"梦梦，你这些年，过得好不好？"

　　林梦不耐烦起来，"我说过了，我生命里头根本没有母亲这个词，所以过得好不好跟你毫无关系，你年轻的时候一味追求自己的幸福，到老了想认女儿了卖个惨就行了？哪有那么便宜的事？"

　　也许是被女儿的话刺激到，苏晚情呼吸急促起来，进而不断咳嗽，在门口观望的宋先生立即冲进来，周施绮去喊医生，林梦被这阵势吓到了，站起来连连后退，终于在苏晚情咳出第一口血时，再也忍耐不住，不顾苏晚情的苦苦哀求，夺门而逃。

　　林梦整个人是懵的，脑子里一片空白，她既未面对过生死，也不知如何与这种叫母亲的生物相处，陌生感令她恐惧，她小跑至楼下花园处，连连喘息。

　　旁边有人递给她一瓶水，这次她没再拒绝，接过来狠狠灌下半瓶，才逐渐缓和了情绪。

　　"苏阿姨的情况不太稳定，建议你跟她说话的时候措辞尽量不要那么尖锐。她这些年不是不想来看你，是林叔叔不让，还有，你每年生日，她人到不了，但是都寄了礼物过来……"

　　林梦直接把水瓶砸他身上，"周施绮，怎么哪都有你？不是和我撇清关系了吗？怎么还掺和我的事？你是不是觉得自己这样特别伟大、特别高尚、特别了不起？想用我的狼狈来衬托你那颗高贵的心？"

周施绮解释，"不是的林梦，我只是想帮你……"

"帮我？你拿什么帮我？光凭一张嘴吗？"

周施绮快速组织了一下语言，说道："你最近一堆事，可能没有留意绮梦的动向。我的直播在网上反响不错，店里的销量重新起来了，之前被我拒绝的曾总又找上门来，想买断我三年，他会给我一大笔钱。我虽然不懂你们君斯的运作，但秦天告诉我，只要有资金注入，起码能让公司重新动起来，再不济，可以让你们先把拖欠员工的款项还清……"

林梦打断他，"买断？怎么个买断法？"

"买断我三年内的所有设计版权，还有我本人围绕产品的无条件配合。"

林梦冷笑，"这种卖身契，你签了？"

"还没，他这两天会把合约发给我。"

林梦冷冷道："不许签。"

周施绮怔怔看着她。

林梦上前一步，"绮梦名义上的老板依然是我，我说不许签，听到了吗？"

周施绮觉得她这话有漏洞，"可我是以个人名义签的。"

"那也不行，你是我第一个发现的，没有我，你现在还在当模特。"

"可是林梦，你们家现在需要钱。你父亲说得没错，我只有具备了一定经济基础，才有能力照顾好你。我管不了那么多啦。"

林梦吼道："我不需要你照顾！你用放弃自己得来的钱来照顾我，这样的照顾，我不需要，听明白了吗？"

林梦转头就走，周施绮追了几步，被她指着鼻子警告，"我爱去哪是我的自由，你敢干涉，我就对你不客气。从前我喜欢你，拿你没办法，现在我可不怕你。"

她气势汹汹地走了，周施绮静静看着她离开的背影，看了好一会，竟然笑了：她会那么激动也是因为不许他卖身，表面凶巴巴，心里毕竟还是在意他的。

林梦在医院外头晃晃悠悠，只觉心乱如麻，像有什么力量在内心分成两股，左右撕扯。正是下班时分，人们忙忙碌碌往家赶，因为那里有人在等他们吃饭，于是她坐上一辆出租，从一个医院，奔赴去另一个医院。

林贵华的身体本就无碍，但因为欠款的事尚未解决，怕人寻麻烦，便一直称病躲在医院，这事他连女儿都瞒着，是以当林梦推门入内时，他匆忙把抽到一半的烟扔到窗外。

"梦梦，怎么这个时候来？"

"来找你吃顿饭。"

"医院哪有什么好饭菜？你不是在陪高总试婚纱吗？应该跟她吃饭，贷款的事还得拜托她。"

"人家有家有室，不用我陪。"

"那你去找小邵总，多联络联络感情。"

林梦有些疲惫，"我忙碌一天了，不想再听到这些外人的名字，我只不过想和自己的父亲一起吃顿饭。"

林贵华便不再多言。

这家私立医院的收费是全市最高的，林贵华住的又是最高端的独立病房，配的餐虽然清淡，可看上去也健康可口，搭配得宜。

两父女对坐着吃饭，林贵华三句不离老本行，又开始扯生意上的事，对林梦各种耳提面命。

林梦嘴里的饭菜没了滋味，"我们上次单独吃饭是什么时候，你想得起来吗？"

"两父女想什么时候见面不行，何必在意这些？"

林梦微微苦笑了一下，而后话锋一转，"爸，你希望我将来嫁给什么样的人？有想过吗？"

"这个当然。我只有你一个女儿，我的女婿，那必须足够出色，得有事业心，有前途，靠得住，最好还能帮衬我们家，这样我才能放心把你交给他……小邵吧，上进方面是差一点，不过他还年轻，有他老子给他带上道，将来差不到哪去。"

"这么听起来，你心仪的女婿跟你很像啊。"

"这样的男人才有资本照顾好家里人。"

林梦看着父亲，"那我妈为什么和你离婚？"

林贵华拿筷子的手一滞，几乎就要当场发作，但想起上次父女就是因此失和，还是按捺住了自己，却也难免语气恶劣，"问这个干嘛？"

"因为想知道啊，你从没详细对我说过原因，只说是我妈对不起我们。"林梦表情认真，"作为你们的女儿，我想我有权利知道。"

"她那种水性杨花的女人，和旧情人不清不楚，连亲生女儿都能说不要就不要。这样的人，什么事情做不出来？"

"这么说，她从未爱过你？"

"哼，她嫁给我无非因为她爸身体不好，图我能干听话，想让我给她们家纺织厂干活。"

"那你为什么娶她？"

林贵华虽然愤怒，却答不上来。

林梦拿勺子默默搅着碗里的汤，"这些年，其实她不止一次来看过我吧？你没让，对吗？"

林贵华没说话，等于默认。

"我每年生日她给我寄的礼物，你也都藏起来了，对吗？"

林贵华猛然反应过来，"她找过你了？"

林梦不想隐瞒，"她快不行了，肺癌晚期，临走前想见见我。"

林贵华恍惚了几秒，忽然大笑起来，"老天有眼，恶人有恶报。"

林梦看着父亲，他那副大仇得报的样子，仿佛死的不是曾和他结发的前妻，而是一个害他性命的十恶不赦之徒，林梦恍然大悟。

"爸，其实你也没爱过她吧？"

林贵华收起笑容，看着女儿。

"但凡曾经爱过，不论多大的仇，这么多年过去了，人之将死，你也不可能做到一点怜悯心没有，心里只有畅快，更何况她还替你生了个女儿。"林梦下了结论，"她嫁你，是迫于形势；你娶她，是为了前途和虚荣心。毕竟你是小地方出身，而她是大城市的大学生，家里还开厂子，娶到这样的老婆，想必你当时觉得吐气扬眉，也顾不上爱不爱了。不过，她后来情愿净身出户跟一个穷书生走，使你颜面无光，所以你恨她，但恨的不是她离开你，而是她揭露了你的脆弱。"

林贵华脸色难看起来，"她到底跟你说了些什么？"

"她什么也没说，只不过我觉得你们的结合根本没有爱情做基础，难怪会离婚。"

"她既然结了婚生了孩子，就该恪守本分。"

林梦当然不认同父亲这种略带封建的观点，不过她不想在这里扯什么男女平等，而是提出了另一个质疑，"你们之间有矛盾，那是上一代的事，为什么要扯上我？你自己没了老婆，便让我也没了吗？"

林贵华大手一甩，一碗汤泼过去，不过林梦这次早有准备，闪身避开了。

"滚！给我滚！"

林梦从善如流，穿好大衣，拎起包，走到门口突然想起什么，转身道："我从刚进来就闻到烟味了，医生是不准病人抽烟的，要是在医院出了什么事，他们要担责任的。爸，你的病根本是装的吧？"

说完也不等林贵华回答，径自开门走了。

病房内的林贵华沉默了一会，突然发狠，把桌上的饭菜一股脑全扫到地上。

《画嫱记》第二十五回

肖绮一行人利用孟嫱做人质，成功杀出包围圈，逃离了玉佛寺。孟嫱到此刻方知，她自小溪边救下来的这位公子，竟是先皇重臣的遗孤。

如今的万岁，是本朝第二个皇帝。先皇初登基时各方势力未平，局势纷乱，先皇遂派大将肖氏平定流寇，肖将军四处征战，战功赫赫，在百姓中威望日隆。朝中有歹人挑拨，妄言肖将军日益狂妄，俨然一人之下，不把其余官员放在眼里，更有甚者，开始散播肖将军暗自招兵买马，想取皇帝而代之的消息。

功高盖主，自古都是忌讳，就算没有这些流言，皇帝也不会放任肖将军壮大下去。于是，在一次赴边疆剿逆党之征中，皇帝将派去支援的援军换成了绞杀肖将军的死士，在肖将军毫不设防的情况下，将其全军覆灭，一代英雄，就此殒命，甚至死无全尸。皇帝对外却宣称是肖将军不敌逆党被屠，后又因担心肖家人报复，派人斩草除根。幸好朝中尚有仁慈之臣，念及肖家一门忠勇，偷偷提前报了信，肖家仆从拼死护着肖将军当时尚未足月的小公子出城，这才保住了肖家唯一的骨血。

这位小公子，就是肖绮。

肖将军门士众多，这些人暗中积聚成一股力量，要为冤死的肖将军报仇，而肖绮自然成为他们的中心。

上元灯会之夜，肖绮伙同关外势力，装扮成商贾进入皇城，欲诛杀当今圣上，为父报仇，行动前却遭城中禁卫军埋伏，死伤惨重，他身负重伤，独自逃到城郊，幸被孟嬗搭救，才捡回一命。他此生为报仇而来，不顾部下劝阻，孤注一掷，打算于万岁寿诞时独自赴险，誓将皇帝一举击杀，这才有了之后孟嬗扯谎救他之事。

彼时肖绮携部下带着孟嬗，连夜从一早挖好的地道逃出皇城，暂时脱离了追捕，一行人就地歇息片刻。

孟嬗被绑在一棵树上，肖绮把一个装着水的竹筒凑到她嘴边，她冷冷撇开嘴。

肖绮："多少喝点吧，保存体力。"

孟嬗不理他。

肖绮放下水，竟拿出一把匕首，孟嬗胆战心惊，却见他手起刀落，切断了捆绑她的绳索。

肖绮："你走吧，一直往东去，那里有守城哨所。"

他又塞给她一个包裹，"里头有干粮和水，还有一些碎银，这把匕首也给你，留着防身。"

孟嬗愣住了。

肖绮伸出手，似想抚摸她秀发，却终于克制住，"遇上我是你倒霉，走吧，别回头。"

孟嬗："没了我，你们若遇到追兵，定然不敌。"

肖绮："生死有命，从我踏入皇城那日起，就没想过活着离开。"

孟嬗："就不能放下仇怨吗？我知道你父亲死得冤，可那是先皇犯下的错事，本朝皇帝是个仁君。"

肖绮："父债子偿，我这一生的使命，就是复仇。"

孟嬗："除了复仇以外，就没别的让你牵挂？"

肖绮当然明白孟嬗的意思，苦笑道："这辈子我命该如此，辜负了你，罪该万死，若有来生……若有来生……"

他说不下去，拂了拂袖，留下她，走了。

孟嬗惘然，凡人能顾好今世已属不易，来生这个东西，谁说得准？

苏晚情躺在病床上，借着周施绮的 iPad，看完最新一更漫画，眼角竟然流下泪来。

"苏阿姨，别哭，还没到最后，结局不一定就是悲剧。"

"我的女儿，能画出这样的故事，她好棒。"

原来为的不是剧情，而是感慨女儿的出色。

周施绮表示认可，"她确实很好。"

"小周，阿姨看得出来你喜欢梦梦，梦梦也喜欢你，所以你要勇敢一点，知道吗？"

周施绮有些难受，顾左右而言他，"阿姨，你饿不饿，宋叔叔出去给你买你爱喝的糖粥了，要不要我先喂你喝点牛奶？"

苏晚情这两天的情况更严重了，肿瘤已经压迫到食管，只能喝一点流食，主要靠葡萄糖吊命。

"阿姨不喝，阿姨就是不想梦梦走我走过的老路，误人误己。阿姨希望她能和自己喜欢的人在一起……"

苏晚情说到激动处，突然剧烈咳嗽起来。

婚庆公司，高小绵正和负责这次婚宴的团队沟通细节。高小绵一共请了五个伴娘，负责帮她应酬挡酒，林梦是其中之一。作为重要角色，伴娘伴郎自然也得熟悉流程，是以林梦也在场。然而男主角袁海诚却因为公司有事，得晚些到。

高小绵管事管惯了，要求又高，连办婚礼都拿出女总裁的架势，指点江山，每一个细节都不放过，一点小毛病都能立马给你抠出来，直令负责团队胆战心惊。

林梦中途上了个洗手间，回来时见高小绵在室外休息区抽烟，一手支额，很疲倦的样子。

林梦倒了一杯水给她，"不是备孕戒烟了吗？怎么又抽上了？"

"一个流程对下来，工作量不亚于开一次专案会议，头昏脑涨。"

"袁总呢？"

"他在忙新一季项目的事，不过他来了也没什么用，还不是我说了算。"高小绵狠狠抽一口烟，"结婚真累啊，幸好就结一次，忍一忍就过去了。"

林梦心念陡转，问道："高姐姐，你结婚是为了什么？"

高小绵想了想，"因为年纪到了，因为想要孩子，因为想换一种生活节奏，归根结底，还是因为想要个家。"

"你爱他吗？"

"当然。我性格霸道专制，没几个人受得了，全然好欺负的男人我又嫌他孬种，也是幸运，让我遇到海诚，既能搞得定我，又有些真本事。"

"他爱你吗？"

高小绵看着林梦，缓缓吐出一个烟圈，"我知道你怎么想的。你跟所有人一样，觉得他跟我，为的是前途，可是一个人若数年如一日对你用心成那样，我不相信他一点真心没有。"

"倘若他真的做出对不起你的事呢？"

高小绵脸色不悦起来，"梦梦，我本以为你是想法特别的女孩子，没想到你跟外面那些人一样，等着看我笑话。"

林梦想到自己的父母，想到那对被不幸婚姻拖累的怨偶，那延续半生的阴影都源自于此，无形中好像有股力量，督促她做出正确的事。

她在高小绵身边坐下，调出手机里的资料，咬了咬牙，递过去。

她前些天才用这份资料，威胁袁海诚替她解决资金的事。

林梦仔细观察高小绵的表情，却非常意外地并未从她脸上看到任何类似震惊、愤怒、伤心的神情。

高小绵把手机还给林梦，语气相当冷静，"你什么时候知道的？"

事到如今，林梦没必要骗人，"刚刚认识你的时候。"

"这些东西你哪来的？"

"前些天你让他帮我解决贷款的问题，可是他把那笔款另作他用了。无计可施之下，我只好联合被他甩掉的小三，逼他把钱吐出来。"

"为什么选择现在说？"

"因为你要跟他结婚了，我怕你所托非人。"

高小绵看了林梦一会，"我知道了，请你继续保密。"

林梦有些错愕，"你就一点都不意外？"

此刻日正当午，高小绵被太阳晒得眯了眯眼，而后又从口袋里拿出一根烟，点上。

"本来还想在外人面前演一下爱情事业双丰收的赢家戏码，现在看来，跟你没必要了。我这个人要强，年轻的时候忙着打拼，几乎没有私人生活，更别说感情，后来我有钱了，可是公司里那些小年轻人前对我尊敬，人后叫我灭绝师太，说我没有男人要，就连我父母，尽管我养着他们，他们也嫌我是嫁不出去的老姑娘。我当然知道袁海诚接近我是为了什么，可是有什么关系呢？各取所需罢了，我奋斗那么多年，要是连一点利用价值都没有，那我也太失败了。"

"他对你不忠你也不在乎？"

"在乎又能如何？不结这个婚？帖子可都派出去了，我丢不起这个人，里子我已经有了，面子我也想要。我今年四十有三，闯了这么多年，实在有些寂寞，我也想要个孩子，想有一场婚姻，哪怕只是曾经拥有也没关系。"

"他跟你结婚是另有所图，也许将来还会骗你。"

高小绵淡淡笑了笑，"妹妹，到我这个年纪，不存在骗财骗色一说，来者都是客。"

林梦这才彻底明白过来，她一直觉得奇怪，像高小绵这种驰骋商场的女强人，竟然被一个男人蒙得团团转，还以为无论多强的女人一旦遇到真爱，都会变成恋爱脑，却原来高小绵心里早有定数，倒是她多管闲事了。

高小绵掐灭烟头，"不过林梦，谢谢你，你是个好姑娘。"

说完就先行回室内继续商讨婚礼细节，留林梦一个人在室外。

透过玻璃墙面，林梦见里头的高小绵精神抖擞，仿如无事发生，强大的心理素质使林梦不得不佩服。

手中的手机震动，林梦打开一看，是周施绮发来的微信：林梦，阿姨快不行了。

匆忙的脚步声回荡在医院走廊里，林梦跑至病房门口，见两个主治医生已退了出来，摘下口罩摇摇头，无力回天的意思。

她深呼吸一口，推开门——

病床上的苏晚情全身插满管子，闭着双眼一动不动，若非心电监护仪上显示患者还有微弱脉搏，林梦几乎都以为她已经走了。

宋先生和周施绮守在床边，宋先生已经哭成泪人，周施绮强忍泪水说："林梦，阿姨一直撑着一口气，就是在等你。"

林梦走近，她这才发现，床上的人如此瘦削，薄薄的像秋风里的一片落叶，简直触目惊心。

听到林梦的名字，苏晚情有了反应，挣扎着睁开了眼睛，吃力地喊道："梦梦……"

林梦知道这个音量已经是她用尽全力发出的，于是坐到床沿，凑近些听她说话。

苏晚情："妈妈太笨了，一直想送你些什么，只记得你小时候喜欢万花筒、连环画、奶糖、斗篷，却忘记你早已不是小孩子了……妈妈真没用，连你喜欢什么都搞不清楚……"

原来那些匿名送去林梦家的小物件，是她寄的，那是她回忆里对女儿为数不多的印记。

苏晚情："妈妈快走了，妈妈不求你原谅，只想跟你说声对不起。我这辈子唯一的遗憾，就是没能看着你好好长大……不过幸好，我的梦梦很乖，很争气，长成了很好很好的大人。"

林梦的鼻头有些发酸，她调整呼吸，努力使自己保持平静。

苏晚情对周施绮伸出手，"小周……"

周施绮握住那只骨瘦如柴的手，"阿姨，我在。"

苏晚情："阿姨知道你担心自己没能力照顾好梦梦。人们习惯把过得好理解为'有'，有车有房，有钱有权，可其实过得好应该是'无'，无忧无虑，无病无灾，就像我和你宋叔叔，我们到老，连自己的房子都没有一套，可是我们这一辈子，过得真的很开心……梦梦，小周是个好孩子，妈妈看得出，他是真心喜欢你的，他只是给自己的压力太大了，妈妈希望你们好好的，人要和自己喜欢的人在一起，才会开心……"

苏晚情的眼神已经没有焦点，虚无地望向空中，"老宋……"

宋先生即刻上前，握住她另一只手。

苏晚情："说好白头偕老的，先你一步离开，对不住了，这辈子能遇见你，是我最大的福气……说句对不起梦梦的，我从未后悔过我的决定，跟你在一起的每一天，我都很快乐……"

林梦这时发话了，"你没有对不起我。"

苏晚情其实已经看不清了，然而眼睛依旧固执地望着声音源头的方向，期待着多听女儿说几句话。

林梦泪盈于睫，"如果你当年为我留下来，留在这个没有爱的家里，孤苦压抑地过一辈子，我才会抱憾终身。你是一个母亲，你是别人的妻子，可你也是你自己，如果让我替你做选择的话，我也不希望你为我放弃你的人生——"

林梦长长呼出一口气，"妈妈，你的选择没有错。"

苏晚情愣住了，而后瞳孔放大，伸出双手在空中胡乱扑腾，被林梦紧紧握住。

苏晚情："你、你喊我什么？"

林梦泫然欲泣，"妈妈。"

心电监护仪上的图案波动陡然加剧，苏晚情又哭又笑，一时间百味杂陈，连声音都洪亮了不少。

苏晚情："梦梦，谢谢你，妈妈这辈子，值了……你一定要好好的，妈妈希望你快乐……"

监护仪发出刺耳的长音，波动的曲线也成了一条长长的直线。

窗外斜阳西下，昼去夜来，林梦握着的手还是暖的。

这世上又多了一个没有妈妈的孩子。

第二十一章
我在追你

清晨六点整，周施绮就赶到了地铁站，坐上了第一班地铁。

车厢里人不多，他用手机刷着网店更新的消息，最早做好的二十四节气汉服已经发货，前排几个买家陆续收到货物，在评论区留言。

"实物跟图片一样美！别无二致，玩汉服好几年了，这是我买过最美的一件没有之一。"

"从直播追过来的，神仙小裁缝人帅手巧，做出来的衣服跟本人一样美貌，我愿称之为魔法。"

"这是仙子的衣服吗？穿上之后都不好意思大声骂人了。"

用心果然是有回报的，如果没有，就是用的不够多。

周施绮把从前的失败化为力量，在这次二十四节气系列的产品层面务求做到尽善尽美，他的诚意果然被看到。而随着口碑发酵，原本已对他失望的本地汉服社群也有回心转意的迹象，有几个群友已经开始在群里议论，说要不再给次机会买件试试？

　　从内心深处洋溢出的喜悦让周施绮深感满足，虽然这些天他非常累，但一切都是值得的，然而他并不敢松懈，随着绮梦的口碑升温，订单量也日渐增多，等待他的必将是漫长的忙碌。

　　抵达周记制衣是六点半，他爸一般是八点上班，这会店里应该没人，他自己带了钥匙，正要开锁，却发现门是虚掩着的，入内一看，周爸爸已经泡好了今天的第一壶茶。

　　"爸，你怎么这么早到？"

　　"对门夜宵摊的黄婶都告诉我了，你这几天连续忙到凌晨才走，儿子这么辛苦，我这个当爹的能袖手旁观？"周爸爸把一盒还冒着热气的锅贴递给他，"早饭，赶紧吃。"

　　周施绮笑着接过，吃了起来。

　　"又要照顾梦梦，又要赶订单，凌晨才睡，现在就开始干活，这样下去你身体要吃不消的。"

　　"爸，我没事。"

　　"等有事就晚了，不行，我得想个法子出来……你今天只许干半天活，中午给我回去休息，能睡一会是一会。"

　　周施绮收敛了笑意，"苏阿姨中午出殡。"

　　马路上微微有些拥堵，一身黑衣素缟的林梦坐在其中一辆车上，她正送苏晚情的遗体去火化，游游伴在她身边，秦天坐在前座。

　　林梦望着窗外，幽幽道："你们有没有听过一个说法，世上每个人都有母亲，母亲是我们的来处，没了母亲的人，从此以后便只有去处，没有归途。"

　　游游握住她的手，"梦梦，节哀，人死不能复生。"

　　林梦："说不难过是假的，可是每个人终归是要走的，我妈死前最后一句话，说她这辈子，值了。身为女儿，我应该替她高兴。"

秦天："阿姨跟你分开这么多年，终于相认，也算是了却了她的心愿。"

车辆抵达殡仪馆，有人比他们还早到，除了宋先生之外，一身黑衣的周施绮也已候在外头。

办丧事的这几日，除了游游和秦天会抽空过来帮忙，周施绮几乎是衣不解带地陪着林梦，料理完她的事，再回去熬夜赶制新订单。她也不说谢谢，也不赶他走，她自己也没想到，和母亲的重逢即是死别，这种时刻饶是她再刚强，内心也渴望有人陪伴吧。

人多神奇，短短一生，可以留下这么多故事。

人多渺小，末了只剩下小小一鞠灰，天地间一抹尘埃罢了。

遗体火化时，林梦在想，其实人这一生，有些事情是不是注定的？比如会遇到的人，比如会面临的抉择，要不然哪来这么多冥冥中呢？或许在来到这个世界之前，我们就已经看过自己的剧本了，所以才会选择以这个身份度过此生。

那么，就一定会有让我们觉得人间值得的事情。

作为亡者唯一的骨肉，林梦捧着骨灰盒走出殡仪馆，周施绮、宋先生、秦天和游游伴在她身后，此生有缘成为母女，也算是有始有终。

殡仪馆外停着一辆林梦很眼熟的车，她料到会有这一茬，于是把骨灰盒交给宋先生，自己迎上前去。

林贵华从车上下来，面色比冬日里的阴天还要阴沉。

"我昨天给你打了三次电话。"

"爸，抱歉，我实在是抽不开身。"

"高达那笔贷款没拨下来，我答应这周结清欠款，现在还不上，被人追在屁股后头讨债。”

“那笔钱出问题了，等我忙完再想别的办法，或者你先找邵叔叔商量一下。”

林贵华眼神阴冷，“你忙什么？忙着帮那个女人善后？”

“人死为大，今生母女一场，我得送她最后一程。”

“她从来没养过你，这种人你还认她做妈？”

“人活着都不容易，她也是不得已……”

林贵华暴怒，“我一个人辛辛苦苦把你拉扯大，临了你却帮着这个抛夫弃女的女人，林梦，你良心被狗吃了？”

“爸，你冷静一下。我知道你有怨气，但她离开，难过的是你一个人，她若不走，难过的是你们两个人。在这件事上，我不认为她做得有错。”

林贵华睁大双目，简直难以置信，随后再无法遏止怒意，扬起大手，一个巴掌往林梦脸上招呼。

父亲的脾性林梦是清楚的，在她准备说出那句话时，就做好了他会爆发的准备，然而预想中的疼痛并没有降临，周施绮伸手抵住了林贵华将要落下的巴掌。

“林叔叔，动口不动手。”

林贵华驳斥，“她是我的女儿，我想打就打。”

周施绮朗声道：“她是你生的，可是她的人生是她自己的，她有选择的权利。”

这句话如有回音般，激荡在林梦心里，从小她的父亲都教育她要为家里考虑，要优秀要争气，她性子刚，和父亲硬碰硬，永远吃亏，虽然不服，可从未有人替她出头。

他是第一个站出来，为她挡住伤害的人。

林贵华厉言道：“小周，还以为你是个识时务的人，为了梦梦好，会自动消失，看来你是把我的话当耳旁风了。”

林梦这才知道父亲私底下找过周施绮，父亲的手段她是了解的，也许她和周施绮之间之所以会起矛盾，和父亲脱不了干系。

周施绮道："林叔叔，先前是我糊涂，觉得再喜欢也抵不过现实，觉得自己没有资格和梦梦在一起，可是现在却觉得这样想大错特错，我到底有没有资格，不是现实说了算的，是她说了算的。"

林贵华冷笑，"你是想明白了，破船还有三分钉，想赖上我们林家，我告诉你姓周的，我用真金白银供出来的女儿，不会便宜你这么个残疾人！"

林梦忍无可忍，"够了！你这么不尊重人，怪不得别人也不尊重你。"

宋先生、游游以及秦天也围了上来，宋先生道："这里不欢迎你，念在你是梦梦父亲份上，对你以礼相待，还请你自行离开。"

林梦只觉得心累，好言相劝道："爸，念在曾经夫妻一场的份上，让我妈好好走完最后一段路吧，就当积德。"

林贵华见女儿是定然不肯跟自己走的了，只得快快上车离开。

林梦长长叹了口气，叹家事难办，也叹她父亲作茧自缚。

在陵园安置好墓碑和骨灰后，林梦别过宋先生，游游主动提出陪着她，毕竟刚刚经历丧母之痛，却被林梦拒绝。这阵子发生太多事，她想独自静静。

回到家后，她洗了个澡，收到两条微信，一条是高小绵发来的，约她明日见面，另一条是周施绮发来的。

他说：你今天还没吃东西，想吃什么告诉我，我就在你家附近。

林梦只回复了高小绵的消息，然后随手把手机扔去一边，吃了一颗安眠药，钻进被子蒙头大睡。

　　林梦家小区外，一直候在外头的周施绮等不到林梦回复，心里头惦记着没做完的汉服订单，只得先行回周记制衣。

　　还没到呢，离远就听到裁缝铺里头传来人声，今天客人这么多？走进去一看，周施绮呆住了，只见一群中老年男子一人一张小板凳，坐在那围着周爸爸，七嘴八舌地发言，周施绮认出其中两个也曾经是在这一带开店的老裁缝，但因为店子没生意所以关门了。而周爸爸坐的是椅子，所以比他们都高出一截，戴着老花眼镜手舞足蹈，俨如领导发言一般。

　　周爸爸："所以只要区分开某些手法，这汉服板板正正，剪裁上反而比旗袍简单，无非是手工和刺绣上要做到精致，考点功夫。"

　　其中一个老裁缝道："刺绣有什么难的，绣了几十年了，再难的花色都给你手到擒来。"

　　周爸爸："最怕的就是你这种人，仗着经验老到爱乱发挥，别把现在的东西加进去，回头我们小绮要说你不尊重历史了。"

　　另一个老裁缝说："周哥你也说半天了，别浪费时间，直接上手吧，我这都多久没干活了，手痒痒。"

　　其余人附和，"对啊，我们都听懂了，干活吧。"

　　周爸爸见周施绮杵在门口，对老兄弟们说道："你们等会，我儿子回来了，我和他交代几句。"

　　周爸爸把儿子拉到外头，周施绮问道："这是什么情况？"

　　"这些叔叔都是我年轻时的同行，后来因为老式裁缝铺式微，他们一个个都被迫提前退休，一身手艺闲着没事干，未免你干活干到头秃，也未免他们老来寂寞，我想了个两全其美的办法，让他们加入，一起做汉服。"

　　周施绮有些疑虑，"他们对汉服根本不了解，能行吗？

"你爹我难道了解？还不是一点就通，我们这帮人，一辈子就没干过别的，要是连件衣服都做不明白，岂不是白活了？至于酬劳，我会和他们算清楚，你就别管了，他们有活找上门，开心还来不及。"

这转变太突然，周施绮尚有些将信将疑。

周爸爸啐他，"凡事总得试出来，行不通大不了重来，你一个小年轻，怎么不懂变通？游游把订单给我看了，那么多活，不找帮手的话，你是想累死自己还是想累死你老子我？而且梦梦她妈刚过世，你还得忙着照顾他，你当你会分身术啊？"

父亲的话都到这份上，周施绮只得讪讪应道："好吧。"

虽然这些老裁缝的帮忙能暂时把他从日夜无休的工作中拯救出来，让他得以喘息，但他心里也是没底的，毕竟没试过，谁也不知道结果会如何。

周爸爸推搡他，催他离开，"这里就交给我们这些老头吧，你去办正事。"

"什么正事？"

周爸爸的眼神意有所指，"年轻人的正事除了搞事业，当然是搞对象。"

林梦累极了，事多又加心情焦躁，连续几日根本没睡好觉，难得放松下来，这一觉就从白天睡到大半夜。

醒来之后饥肠辘辘，冰箱里的存货早已告急，空空如也，她既懒得出门，点外卖又要等，想了想，还是决定去楼下便利店随便买点吃的。

刚打开门，脚不慎踢到什么，是一个放在门边的保温饭盒，打开一看，竟是那家她最爱吃的大排加蛋炒饭，也不知是什么时候放在这里的，由于装在保温盒里的缘故，饭还冒着热气。

她拿起手机，看了看周施绮白天给她发的那条微信，他应该已经走了，思及他这几日帮着自己忙上忙下办丧事，林梦还是出于礼貌回了个谢谢。

他回复得很快：饭还热吗？需不需要给你买点别的？

林梦问道：你在哪？

周施绮：小区东门。

林梦家客厅窗户正对东门，她从窗口望下去，果见一个穿着白衣服的高瘦身影矗立在那里，那个人影小小的，可是她不会认错。

也不知道他在那里站了多久，林梦问他：你一直没走？

周施绮：嗯。

她睡了多久，他便在下面候了多久，在寒风里，从日到夜，坚定的，安静的，像一颗固执的树。

林梦还在思索什么，他的信息又来了：我去给你买点热饮吧，大半夜别喝冰的。

她给他回：热奶茶！两杯！再加一份虾仁馄饨！

约莫过了二十分钟，小周跑腿到了，她给他开门，他竟真就站在门外把外卖递给她，见她不发话，愣了几秒说："那你慢慢吃，我先走了。"

刚迈出两步，林梦问道："又打算去下边站岗？"

他转过头看着她，没说话，可表情是默认的。

林梦凶巴巴道："网店订单做完了吗？擅离职守不务正业。"

他答道："从直播里追过来的买家太多了，光靠我和我爸肯定是做不完的，所以我爸喊了一群老裁缝来帮忙，人多力量大，而且这些叔叔都是做了几十年衣服的人，手上的活肯定比我利索，暂时用不着我。"

"挺厉害啊周施绮，做大做强啦，都敢招兵买马了，需不需要给老裁缝们发薪水啊？"

"薪水是要给的……"

他下半截话被林梦打断，"我一分钱不会出，别说我现在自顾不暇，就算啥事没有，我在你身上投的资一毛都没回本呢，休想再让我拔毛。"

"不用的林梦，老裁缝的劳务费我会跟他们另算，都从我个人所得里出，不会给你添麻烦。"

"周施绮，你少来苦肉计这套。"

他不说话，可纯净真挚的眼睛在夜色里显得尤为明亮。

林梦最受不了他这副样子，不知道的若看见，定以为自己蛮横无理欺负他呢，她在心里暗骂，白莲花，嘴上却说："你自己吃过没有？"

他摇摇头。

她提着外卖进去，却给他留了门，"进来吃饭。"

他从未进过林梦家，有些犹豫。

林梦嚷道："这么多我一个人怎么吃得完？我不想浪费粮食。"

林梦一人住一个大三居，一间主人房，一间客房，游游有时候会过来睡，还有一间用作书房，都是统一精装修，简欧风格，高雅中透着低调的贵气，周施绮那个朴素的小开间和这里自然是不能比。

周施绮坐在餐桌前吃着馄饨，人没怎么动，眼珠子却好奇地左右巡视。

林梦一边啃排骨一边斥他，"看什么看？没见过有钱人啊？"

"你这里漂亮是漂亮，就是……"

"就是什么？"

"就是不像家，像酒店。"

"见识少，大房子都是空荡荡的。"

"你们家冰箱这么大，刚才你去拿辣椒酱，我看到里头除了几盒面膜几瓶苏打水，几乎是空的，就知道住在这里的人没什么生活。"

林梦一个眼刀飞过去，"贼眉鼠眼东看西看，早知道不叫你进来吃了，由得你在下边挨饿受冻。"

他的表情很乖，说出来的话却有些挑衅，"你要了两人份的餐，不就是为了让我也吃上吗？"

林梦被说中，把碗一摔，"赶紧吃！吃完赶紧走！"

然后她趿着拖鞋进了书房，打开电脑工作，再不理周施绮。

客厅静悄悄的，周施绮向来安静，吃东西也几乎不发出声音，又过了一会，外头传来水声，林梦出去一看，见周施绮正撸起袖子，在厨房洗碗。

他背对着她，她悄悄走到他身后，见他专心致志，长长的睫毛低垂，一双白净修长的手在水流下刷着污垢，多么像一个温柔又好脾气的居家男人。

他察觉到背后的动静，偏过头看了看她。

她双手抱胸，不无揶揄地说："装什么贤良淑德呢，演完可怜又演贤惠，你戏够多的。"

周施绮把洗好的碗放进消毒柜，在毛巾上擦干净手，问道："你明天在家吗？"

"跟你有关系吗？"

周施绮从奶锅里取出一罐蜂蜜，"半夜别喝那么多奶茶，对睡眠不好。我只在你家找到这半罐蜂蜜，太久不喝都结晶了，不过还好没过期，我拿热水化开了，你一会赶稿要是渴了就泡点蜂蜜水喝，不过最好还是别熬夜。"

林梦没好气，"你翻我东西了？我准你翻我东西了吗？这是我家，周施绮，别拿自己不当外人，别以为你帮我点忙我就得感谢你，你以为你是谁啊？我睡不睡得着，喝多少奶茶，要你管啊……"

在林梦连珠炮式的语言攻击下，周施绮麻溜穿外套穿鞋子，滚了，临出门还不忘带走垃圾。

林梦望着紧闭的大门，暗暗骂了声晦气，回房继续工作，走到一半又折回来，从流理台上取走那半罐蜂蜜。

翌日，林梦和高小绵约在高达总部见面，林梦到了才知道，邵梓秋也在。

高小绵："梦梦，今天把小邵总也请来，是为了商议君斯的事。"

林梦坐下，听听他们怎么说。

高小绵："答应你的贷款是追不回来了。袁海诚说从他的私人户头里出，他自己也赔了个底儿掉，哪来的闲钱？他所谓的私人户头，其实就是想挪用我的钱。这事我之前不知道就算了，可现在知道了，于公于私，我是定然不会当这冤大头的。"

林梦把袁海诚偷腥的事通报给高小绵，倒绝了自家求生的路，有时候做好事也得承担后果，可高小绵做得并没错，跟她不相干的事，凭什么由她买单？

高小绵接着说："按照君斯现在的情况，漏洞补不上，就只能宣布破产，除非有人愿意接盘，但像这样信誉度受损还背了一屁股债的企业，估计很难了，尤其林总还很坚持，不愿将君斯拱手给外人，听说先前邵腾邵总提议过注资控股，还被拒绝了，所以我和小邵总思来想去，想出了一条方案。"

毕竟是关乎父亲命脉的事，林梦不自觉把身子往前倾。

高小绵："小邵总和我可以联合出资，解决君斯的危机，君斯也可以依然姓林，但是三年之内，君斯不仅得把欠我们的钱还清，每年还得按一定递增比例为我们赚得收益，否则，君斯就当作抵押品，直接归邵氏和高达所有。我粗略帮你算了一笔账，大概是这个数。"

高小绵在计算机上打了一串数字，给林梦看，林梦抽了一口冷气，这可不是小数目。

高小绵："相当于君斯为我们白打三年工，换取自由。"

林梦："这种打工强度，要是完不成，就是竹篮打水一场空。"

高小绵："压力当然是有的，你们也可以选择现在就宣布破产，解散君斯。"

林梦想了想，说："待我和父亲商量一下。"

趁小邵总去上厕所的间隙，林梦问高小绵，"这个主意是你出的吧？"

"我提供了思路，他定了具体比例份额，世上没有白吃的午餐，届时君斯若完不成指标，归我们所有，我们投入的资金也不至血本无归，帮人的前提，是得先保全自己。林梦，这已经是我能为你想到的最佳方案，当是感谢你对我心存善念。"

林梦看着高小绵，这个女人思路清晰，行事果决，知世故却依旧恩怨分明，磊落通透，没有废话，她开始欣赏起这种女性来。

"谢谢。"林梦说。

"与其说感谢，不如铆足劲为公司增加效益，对了，你的伴娘服做好了，你记得去店里试，哪里不合身直接让他们改。"

"婚礼如期举行？"

"当然，我一生人一次的大日子，风雨无阻。"

"袁海诚背着你拿贷款去填自己的烂摊子，你就这么放过他？"

"一码归一码，他那些小动作我自会慢慢跟他算账，可这是我送给自己的婚礼，岂能因他毁了？"

一人有一人的活法，高小绵半辈子贡献给了事业，在爱情上交了白卷，虚情假意逢场作戏她早已看透，她就是想送自己一场婚礼，她付得起这个代价，也担得起这个后果，有何不可？

　　从高达出来，邵梓秋提议送林梦回家，林梦在车上对他致谢，"谢谢你今天愿意来，我知道这已经是你能代表邵氏做出的最大让步。"

　　邵梓秋不想邀功，"我们家老头老嫌我本事不够，做不出成绩，想扶持外头野生的弟弟，我要么多揽点实业，要么多搞点钱。君斯的摊子呢，我找分析师看过了，入手不亏，顶多不赚，反正不会赔，所以你不用谢我，我也是为自己谋划。"

　　"你结不成婚，遗产怎么办？"

　　"老头子老当益壮，身子骨比我还硬朗，一时半会儿不会嗝儿屁，我争取表现优良，让他在挂之前改回遗嘱，而且，离我生日还有一周，你怎么就知道我不能在这一周内邂逅真爱，来个闪婚？"

　　"梦想要有的，祝你走狗屎运。"

　　邵梓秋逗趣她，"你这么关心我，要不要考虑真的跟我，也免除你那么大压力？"

　　林梦不无嫌弃地说："你和压力，我选后者，压力使人进步。"

　　邵梓秋也不生气，轻轻笑了笑，自打君斯出事后，林梦觉得和他之间的关系和从前不太一样了。其实仔细想，邵梓秋本性并不算太坏，虽然又嚣张又花心，有点看不起人，讲话还油腻，惹人生厌，但能看起来就讨人厌的，往往不是真的大奸大恶之徒，他会变成这副德行，多少也是因为家庭的缘故，在那种争宠夺势的环境里长大，亲人之间先是利益，再是真心，这才要靠外界的刺激来弥补缺失。

　　"梦梦，平安夜你问我的问题，我回去想了很久，我很想推翻你的结论，但可惜，你说的似乎没错，我这辈子至今，从未真正爱过什么人。"他用不羁的笑掩饰失落，"交过的女朋友不计其数，却连爱都没谈过，全是逢场作戏，就跟我爸老说我的一样，整天在外头瞎混，半个屁干不出来。"

林梦只得这样安慰他，"你还年轻，未来路还长。"

邵梓秋看着道路前方，有些出神，"你说三年前我要是没出事，没去国外，我们现在会不会不一样？"

林梦纳闷，他三年前出了什么事？

车子抵达目的地，邵梓秋下车，很绅士地替她开车门，林梦正要询问他三年前到底发生了什么，余光瞥见一个熟悉的白色人影，站在小区门口。

林梦当即挽起邵梓秋胳膊，"配合我一下。"

不明所以的邵梓秋被强行挽着过马路，当看清站在对面的是周施绮，才明白林梦意欲何为，于是马上施展演技和她故作亲昵。

林梦耀武扬威地从周施绮跟前越过，且看都不看他一眼，当他是空气，周施绮迈步挡在她面前。

林梦："你有事吗？如果不是重要的事麻烦让一让，别挡着我和梓秋哥哥。"

周施绮也不回答，可也不让开。

林梦挽着邵梓秋绕过他，走出几步，复又折返，"你站一天了？"

周施绮点点头。

林梦："打算继续站下去？"

他又点点头。

林梦："你到底想干嘛？"

周施绮吐字清脆，"我想追你。"

林梦愣住了。

他又修改了一下用词，"不，我正在追你。"

这个人连讲这种话都面不改色，坦然疏淡地仿佛在说，咖啡记得别加糖。

林梦有些难为情，却还是板起脸道："没理解错的话，我们已经闹掰了。"

周施绮："所以我要把你追回来。"

一直被当作工具人的邵梓秋忍不住给自己加戏，"小白脸你看看清楚，梦梦现在和我在一起，劝你知难而退。"

周施绮瞥了眼两人挽在一起的手，面不改色，"假的。"

林梦和邵梓秋的脸上同时迸出问号。

周施绮："梦梦演技本来就差，你的演技比她更浮夸，不过虽然明知不是真的，看你俩挨得那么近，我还是有些吃醋。"

林梦嚷道："你当自己影帝啊，老批评我演技，神经病。"

她拽着邵梓秋走进小区，走到一半，回过头一看，见周施绮竟拿出一本书，靠在门边看了起来，显然是没打算走，林梦在心里骂了句脏话，又拽着邵梓秋杀回周施绮面前。

林梦："天气预报说今天会有阵雨。"

周施绮淡淡说："知道了。"

林梦："知道还不快滚，就你那小体格，一会淋雨又重感冒。"

周施绮继续看起了书，竟把她的话当耳边风。

林梦："喂，跟你说话听没听见？什么破书看得这么起劲？"

她一把将书抢过来，一看封皮，竟是自己出版的第一本漫画。

周施绮："就是你的破书。"

林梦五官都几乎化成一个囧字，"周施绮，你杵我家门口蹲我，这属于'私生饭'行为你知不知道，很低级的。"

周施绮："很低级吗？"

林梦："非常低级。"

周施绮："那我明天换个地方蹲。"

林梦："……"

工具人邵梓秋忍无可忍，摊牌了，"你俩要冷战要吵架，请自便好吗？我约了我爸打高尔夫，迟到是要挨骂的。"

"工具人"撒丫子跑了，现场剩下女作者和"私生饭"，大眼瞪小眼。

林梦："你要怎样才肯走？"

周施绮："让我上你家。"

林梦一挑眉，"'私生饭'还想登堂入室？"

周施绮："我只需要五分钟。"

周施绮追星成功，进门后直奔冰箱方位，打开背包，里头鼓鼓囊囊全是新鲜采买的食品、肉类、蔬菜、鸡蛋、水果，还有牛奶和酸奶，他把这些吃的分门别类、整整齐齐归置好，昨天还一贫如洗的冰箱，顿时变得相当富足。

弄好冰箱，他又走向流理台，拿出搭配好的养生茶包，什么枸杞桂圆、红枣玫瑰、菊花绿茶，各种功效，放进空置的玻璃器皿里，一次一包，非常方便。

林梦冷冷看着他跟田螺姑娘似的做完这一切，打算好好审审他，没想到他竟去玄关穿鞋，要走了。

林梦问道："你去哪？"

"五分钟到了。"

"刚才让你走你可没这么听话。"

周施绮好像突然想起什么，拿出几张单子给林梦，"物业通知单，有两张是催缴水费煤气费的，我已经帮你缴过了。"

林梦有些警惕，"我家的通知单为什么给你？"

周施绮挠挠头，"可能我来得多了，物业觉得我是你家里人。"

林梦斥道，"周施绮你太鸡贼了，你想曲线救国农村包围城市？

想用群众的力量逼我就范？"

他一脸诚挚，"我没有，我只是在追你。"

"你这是追求还是盯梢啊？"

"我没什么经验，你要是觉得我哪里做得不对，可以提意见。"

"那你从前都是怎么追女孩的？"

"我没追过。"

林梦有种不祥的预感，果然，他下一句就是，"因为不需要。"

凡尔赛得如此一本正经，气定神闲，简直恬不知耻。

"林梦，这是我第一次主动追求别人，如果做得不好，请你多包涵。"

林梦语气尖酸，"拿我当小白鼠啊，就你这破技术，我凭什么答应？"

周施绮低着头，好像真的认真思考了一会，说道："那我再琢磨琢磨。"

林梦双手叉腰，拿出审犯人的架势，"不是你说我跟别人好你也无所谓的吗？"

"我后悔了。"

"周施绮，你怎么这么作？"

"我觉得我给不了你幸福，甚至觉得离开你是为你好，可当我在婚纱店看到你身披婚纱，我才知道我根本接受不了，一想到你将来有可能嫁给别的男人，我的心就痛得厉害。林梦，之前是我自以为是了，我向你道歉。"

听到他的道歉，林梦有些暗爽，可并不打算就这么轻易放过他。

"不是你说光有喜欢没用吗？不是你说照顾不好我不想妨碍我吗？"

"是，所以我在努力。现在绮梦网店口碑蹿升，订单量稳步上涨，是个好趋势，之前曾总的合约你不让我签，我让秦天糅合视频号和网店，做了一份商务推广的PPT，看看能不能找到另外的企业客户，游游说了，专业用语上，这叫 TO　C 转 TO　B，双管齐下，才有可能让汉服这一块业务尽快产生盈利，帮你减负。"

林梦一声冷哼，"还减负？天真！我问你，万一君斯破产，我背上债务，你就不怕被我连累？"

她不想把高小绵已帮君斯想好后路的事告诉他，倒要看看他如何招架。

"那我就更应该好好对你了。"

"什么？"林梦大感不解。

"君斯的事，完全是你父亲的责任，担子突然落到你头上，可你没有诉苦，也不怨天尤人。你对我骄横任性，霸道不讲理，从前我也以为你是那种温室里娇养的花儿，被爹妈捧在手心里长大，没受过风吹雨打，可现在我才知道，你来自那样一个家庭。"

林梦的情绪沉了下来。

"你既要抵抗父亲的无理，又要当自己的妈妈。我的家庭条件虽然大不如你，可父母恩爱和睦，通情达理，任何难事心事，我若愿意说，他们都会理解我支持我。我有时在想，你小时候要是遇到不开心的事，是不是只能自己默默消化？心里的话没人倾诉，所以才画下来，才找了个出口，把它们变成故事？"

周施绮看着她，"林梦，原来你是这样长大的啊，这样长大的你，包容了你的父亲，原谅了你的母亲，这样的你，让人如何不喜欢？"

这世上之人所谓的喜欢，无非因为你漂亮好看，有趣好玩，抑或优秀高贵，能为人所用，这些喜欢都暗含着很多期望。而有的人喜欢你，是因为看见了你的汗水和卑微，知道你辛苦又平凡，允许你不美不乖，还想把糖果都塞给你。

别跑，小裁缝！

林梦从小很少哭，可是此刻视线里周施绮的模样，却渐渐模糊起来。

第二十二章

清梦压星河

林梦当晚失眠了，她脑子里全是周施绮的容貌，以及他说过的话。

他说他很内疚，怕自己照顾不好她，怕会耽误她。

他说林爸爸说得没错，他只有具备了一定经济基础，才有能力照顾好她。

他还说不惜把自己卖身给曾总，只为了能够帮助她家。

林梦翻来覆去，辗转难眠，干脆一骨碌爬起来，拿过床边的手机，给游游发微信。

已经立春了，气温没有之前那么冷，周施绮起了个大早，赶到裁缝铺，见一众老裁缝已在父亲指挥下井然有序干起活来，而且采用分工制度，一人负责一道工序，效率更高。

看来父亲的方法初步奏效，他稍微放宽了心，于是买上林梦爱吃的早点，去她家楼下站岗。

周施绮不是笨蛋，林梦嘴虽不饶人，但他这几天送过去的东西，她照吃不误，想来已经开始原谅他，然而今天发给她的消息，却迟迟等不来回音。

他有些慌，即刻拨通游游的电话，问明原因。

游游："喂小绮，怎么了？"

周施绮："林梦在家吗？她一直没回我微信。"

游游："她昨天半夜里让我帮她订今天一早去无锡的高铁。"

周施绮奇道："去无锡？"

游游："对啊，我也觉得很奇怪，去无锡干嘛，问她她又不说。"

游游旁边的秦天拿过电话，"她昨天还跟我要了网店的 PPT 和尹经理的联系方式。"

周施绮："尹经理？"

秦天："对，就是汉服小镇那个商务负责人。"

周施绮脑中电光火石一闪，明白过来，当即挂断电话，奔赴高铁站。

无锡汉服小镇，景区这半年致力改整，也铺了一些相关的宣传通路，口碑逐渐散播出去，故游客比从前多了不少，更吸引了不少汉服爱好者前来打卡，园区里到处可见穿着汉服拍照游玩的男男女女。

与外头的轻松休闲形成鲜明对比，景区办公室里，两个女人一人坐在会议桌一头，一个明艳张扬，一个轻熟妩媚，面上的表情都很严肃，气氛很是凝重，桌上摊着一份打印出来的彩色 PPT。

尹经理率先打破沉默，"林小姐，你晚了一步，我们已经和另一家汉服机构初步达成了合作共识，而且人家规模还比你们大，历史比你们久。我想这份策划书，我不用再看。"

林梦表示理解，"在商言商，肯定是跟更大、更有名的机构合作更为合适，不过我想问尹经理一个问题，你们为什么要把汉服秀做升级？"

尹经理："一来是政府支持传统文化，二来汉服秀也算是景区一大卖点，做好了有利于增加客流量。"

林梦点了点头，"传统文化的复兴和传播，最大的难度在于如何让年轻人更易接受，毕竟现在各种时髦新潮的玩意层出不穷，他们的选择多的是。我再问尹经理一个问题，来汉服小镇游玩的，都是些什么人？"

尹经理："大部分都是年轻人，敢把汉服穿出街的也只有新一代，不过这个群体在年轻人里也是小众。正如你所说，他们的选择太多了。"

林梦："把以上两点结合，你们要做的工作相当于把非汉服群体的年轻人吸引进来，我这么理解对吗？"

尹经理："言简意赅。"

林梦："汉服跟其他所有民族的传统服饰一样，有自己的独特体系，华夏文明五千年了，老祖宗的衣服我们只在画上看过，在史书上记载过，可谁也没有真正身临其境去穿过，对不对？"

尹经理："林小姐，你到底想说什么？"

林梦："汉服虽然是古代的东西，可是它合该跟所有艺术品一样，有自己的生命和成长。原来那些汉服机构之所以在年轻人中引不起更大的水花，就是因为他们过于墨守成规，做的都是能想象到的东西，跟古装电视剧里那些服装别无二致。可是时代在进步，审美在变化，尤其对于年轻人而言，他们意识更新的速度比谁都快，只有在尊重历史考古的前提下，做到审美与他们同步，甚至做出超乎他们想象的东西，才能吸引他们的关注。这一点，周施绮做到了。无论是之前失败的梅兰竹菊系列，还是现在大获成功的二十四节气系列，都打破了汉服给人的刻板印象，才能在网上引发这么大的关注度，尹经理现在就可以动动手指上网看看，他视频号的大部分粉丝原来可不属于汉服群体，这就是他凭借个人审美吸引过来的新血液。"

尹经理："我就是在网上看了小绮的设计，才想找他合作，可是那次被你打断，之后又被别家捷足先登，现在合作都谈得七七八八，你要我怎么去回绝别人？"

林梦："如果你们跟传统汉服机构合作，没错，升级后的汉服质量确实会更高，也许外观上也会更美更华丽，但依然是大家能想象到的东西，无法满足年轻人那颗爱猎奇的心，你那两点任务要如何达成？"

尹经理："从我个人角度出发，我当然认可你的观点，毕竟我本人也很欣赏周施绮。可是景区不是我家开的，你说的那些都是软道理，拿不出硬性数据做支撑，我很难拿着这套说辞对主办方交代。"

林梦："硬性数据我没有，但硬道理我有。我家就是做服装生意的，虽然现在声势大不如前，可不谦虚地说一句，饿死的骆驼比马大，公司规模仍是长江以南最大的，厂子和人手我们都有。要是景区和绮梦合作，我们君斯可以包办生产，至于价格，当然给你最低的成本价，相当于大大为你们节省了开支，这够你向主办方交代了吧？"

尹经理的眼神没有之前坚定，她动摇了。

林梦再下一城，"尹经理，我知道你离过婚，现在一颗心扑在工作上，看你的气质和作风，就知道你是个在事业上有野心的女人。"

尹经理有些警惕，"我个人私生活，和本次会面有何关系？"

林梦："虽说你职位不低，可毕竟也是帮人打工的，恕我直言，职场中要蹿升，就得做出业绩。你是想安分守己拿一份死工资呢？还是做出别人做不出的决定，让人刮目相看，从而实现快速进阶呢？"

这一次，尹经理彻底沉默了。

林梦把手提电脑推到她面前，"我想，你还是好好看看这份策划书吧。"

从景区办公室出来，已是傍晚时分，这一场会议竟持续了如此之久。

尹经理把林梦送到门口，林梦说道："留步，我自己走就行了，不用客气。"

尹经理："林小姐，你刚才问了我那么多问题，我现在也想问你一题。"

林梦："请说。"

尹经理："你是聪明人，应该看得出我对周施绮很有好感，日后他跟我合作，少不了朝夕相处。我虽不如你青春靓丽，可自认为也是个有能力有魅力的女人，你就不怕我挖你墙角？"

林梦："当然怕。"

尹经理奇道："那你还把他往我身边推？"

林梦："我喜欢富士山，又不能把富士山搬到家里，喜欢周施绮，还能把他锁在身边不成？真正的喜欢不是互相捆绑，而是互相成全，给他底气和自由，让他去做他想做的事，如果因为我的喜欢，反而使他的世界变窄了，那我得差劲成什么样？"

尹经理品味了一番她的话，感慨道："你是个有胸襟的姑娘，周施绮身边有你，是他的福气。"

林梦笑了笑，"况且，我对周施绮有信心，也对自己有信心。那么，就此别过，我等你的好消息。"

林梦大步流星走出办公区域，虽然累了一天，但她觉得心情甚佳，突然，她浑身猛地一颤，被人自后揽入怀里。

不过她没有惊慌，很快镇定下来，因为她闻到了熟悉的药草香气，身后是她梦里的人。

他的声音闷闷的，带着鼻音，"林梦，谢谢你。"

微风裹挟着太湖的水汽和花香袭来，青石板街上人来人往，他俩头顶的大树，刚冒出第一簇绿枝。

春天里，一切总是值得期待的，她想。

随着气候回暖，太湖景区逐渐步入旅游旺季，农家小院的生意也好起来，周施绮携林梦到时，院里已坐了好几桌客人。

老板热情招呼他们，"好久不见，带女朋友来吃饭啊？"

林梦纠正他，"不是女朋友，我还没同意。"

老板只当小年轻耍花枪，一脸姨父笑地去给他们准备饭菜了。

林梦皱眉疑惑，"老板凭什么认定我是你女朋友？"

他佯装思索了一会，"大概……看脸吧。"

林梦斥道："谁跟你有夫妻相？"

"这可是你自己说的。"

"周施绮你现在怎么这么不要脸？"

"向你学的，你追我的时候也这样。"

林梦作势要走，被周施绮拉住，她嚷道："人谁没有过去，不许再提我的黑历史。"

周施绮很乖地点点头，等她坐定后问道："那我是不是追到你了？"

"当然没有。"

他睁大眼睛，一脸天真，"可你跑来无锡跟尹经理谈合作都是为了我啊。"

林梦展开诡辩，"第一，你和尹经理的合作算是我搅黄的，我是个负责任的人，犯过的错自己扛。第二，绮梦又不是你一个人的，我才是真正的幕后金主，好吗？不多给你拉点活，怎么从你身上剥削钱财？第三，君斯的事，目前算是找到解决方案了……"她顿了顿，声音也低了些，"你不用因为我，卖身给曾总那种人。"

"好。"

周施绮拿出手机给曾总发微信，表示合作告吹，发完还向林梦展示，像个给老师检查作业的乖学生，动作一气呵成，完全没有犹豫。

林梦有些意外，"这么听话？"

他乖巧地点点头，"以后都听你的，所以，能给个机会吗？"

林梦开始拿乔，"我考虑一下吧，不过你这人太不让人省心了，莺莺燕燕这么多，什么前女友啊女学生啊女经理啊，各种年龄段，从清纯到性感各种风格都有，要是找了你这样的男朋友，每天不得日防夜防。"

"那你给我个名分吧，就像在我身上盖个戳一样，宣示主权。"

"盖戳？你当我养猪吗？"

此言一出，两人同时笑了起来。

这时，老板五岁的小儿子拿着机器人玩具走了过来，"哥哥，你能陪我玩会儿吗？"

林梦记得这小崽子，第一次来吃饭，他就从她手里抢走周施绮陪自己玩，于是替周施绮回答了，"不能，因为他要陪我玩。"

人类幼崽的记忆力惊人，马上把林梦认了出来，"我记得这个姐姐……"

林梦沾沾自喜，以为自己独特到令人过目不忘，谁料孩子指着她鼻子，"哥哥说你是蛇蝎美人。"

林梦一脸杀气地看着周施绮，"美人我认，蛇蝎你从哪里看出来的？你以后再乱说话，我就把你扔进太湖喂鱼。"

孩子受到惊吓，扑进周施绮怀里，"哥哥，她好凶，你别跟她玩了，跟我玩吧。"

周施绮："不行，我也怕她，会被拿去喂鱼的。"

林梦嗖一下站起来，周施绮以为她又要走，急忙拉住她手，"我错了。"

林梦无奈道："我上个洗手间。"

待林梦从洗手间回来，见他们那桌没人了，找了一圈，在院子角落的花圃里找到一大一小两个男孩子，两人蹲在地上背对着林梦。小崽子奶声奶气地为周施绮介绍自家花卉："这个红色小花我最喜欢了，每天都给它浇水。"又指着一旁的仙人掌说："这个我最讨厌，我一点水都不给它喝。"

周施绮："这叫仙人掌，耐渴耐热，生命力旺盛，半个月不喝水也死不了。"

小崽子郁闷，"渴也渴不死它，更讨厌了。"

周施绮："你为什么讨厌它呢？"

小崽子："因为它浑身是刺，看起来凶巴巴的，不像别的小花那么温柔。"

周施绮耐心地解释道："仙人掌的生长环境恶劣，所以它把叶子进化成了刺，一来减少蒸腾带来的水分流失，二来也可以免遭动物侵害，要不是这样，它怎么能活到现在？"

小崽子似懂非懂点了点头。

周施绮："就像那个姐姐，你觉得她凶，那是因为别人对她不好，她唯有强硬一些，才能保护好自己。"

小崽子："这么说我们应该要对姐姐好一点。"

周施绮："回答正确。"

林梦看着二人背影，突然觉得这小崽子也顺眼了起来。

吃过晚饭出来，天已经黑透了，两人沿着太湖边徐徐漫步，初春的野花已经开了一波，花香随着夜风飘散，沁人心脾。

周施绮："天黑了。"

林梦："我没瞎。"

周施绮："再晚就没有高铁了。"

林梦："要回你自己回去，我累死了，要在这里歇一晚。"

周施绮："好，听你的。"

林梦："什么听我的，我有说要跟你一起住吗？"

周施绮伸了个懒腰，"我也累，我也不走了。挑客栈方面你比较在行，我相信你的品位。"

林梦："少来这套，马屁对我有用吗……"

林梦还想接着怼他，可周施绮的电话响了起来，他看了看来电显示，说道："我接个电话。"

他也没避着林梦，就当她面接的，林梦听不见对面那头说了什么，只知道他拒绝了某个请求。

周施绮挂断电话，主动向林梦汇报，"我大学班主任打来的。"

林梦拿腔拿调，"我有说我想知道吗？"

周施绮："只要你想知道的，我都能告诉你。"

林梦："切，马屁精。"

两人安安静静走出一段路，林梦终是耐不住好奇，"他找你干嘛？"

周施绮心里觉得她可爱，先是笑了笑，而后收敛了神情，道："电视台负责舞蹈栏目的导演联系他，想做一期……残疾舞者的专题。"

林梦默默观察周施绮，这毕竟是他心里最深的痛，然后小心翼翼问道："你拒绝了？"

他淡淡答道："嗯。"

俗话说得好，千穿万穿马屁不穿，周施绮的狗腿大法奏效，林梦默许他跟着自己入住同一家客栈。而林梦的眼光确实也毒辣，那家客栈是这一带生意最好的，只剩最后一间套房，林梦率先将身份证甩给前台，"我要了。"

周施绮在她后头小声说："这间房好像挺大的。"

林梦叫嚣道："休想让我收留你。"

才一顿饭时间，周施绮就学得了小崽子的精髓，"我只是一个人住陌生地方，有点害怕。"

"少给我装可怜，你那么小就到处表演，怎么会怕。"

"小时候跟团表演都是一群人，而且我年纪最小，哥哥姐姐都会关照我，后来我不能跳舞了，到哪便都只有一个人了。"

他眼色黯淡了些，林梦意识到也许不小心触及了他的痛处，只得说："那你要真害怕，就跟我一起住吧，我让服务员加张床。"

周施绮眨了眨亮晶晶的眼睛，点了点头。

两人取了房卡上楼，林梦留意到他一直在旁边低着头偷笑，也觉得有些好笑起来，问道："这么高兴？"

"都说哄女朋友是直男恋爱中要面临的第一大难题，我运气好摊上个好哄的，还不值得高兴吗？"

语毕，在林梦向他飞来一脚前闪身躲开，身法精准。

怪不得这间客栈生意好，占据最佳观湖位，背山对水，三面开阔，巨大的落地玻璃窗将太湖美景尽收眼底。

然而外头的夜景对林梦失去了吸引力，她的关注点都集中在那个正散发出潺潺水声的浴室里。

周施绮正在里头洗澡。其实两人确立关系后，也不是没有过单独在家相处的机会，但从未一起过夜，孤男寡女共处一室，干柴烈火一触即发。林梦虽已洗过澡，可为了以防万一，还是从包里拿出香水喷了几下，然后在沙发上摆出一个看似随意实则撩人的姿势。

然而周施绮不知道是在洗澡还是扒皮，用时比女人还久，她向里头喊了一声话，在得到回复，确定他没晕死过去后，百无聊赖地打开了电视机，一个频道接着一个频道机械化地切换下去。

剧集和综艺都大同小异，她也只是为了打发时间，然而当屏幕闪过某个画面，她心念一动，又把频道调了回去。

这是一档口碑很好的舞蹈栏目，每期节目满满都是关于舞蹈的干货，比方这一期的主题是"历史"，不光聊舞蹈里表现的历史故事，也聊成名舞者从名不见经传到在舞蹈界拥有一席之地所需要经历的一切。台上一分钟，台下十年功，每一个动作和表演背后所付出的时间和汗水，都是外人难以估量的。

节目最后播了一段《胡旋舞》，表演者是此领域的第一把交椅，现在虽因年迈已退居二线，依然孜孜不倦育人，以自己的能力为舞蹈发展做出贡献。视频中，老舞者穿着游牧民族的服装，带着陈年腰伤上阵，在明月下的沙丘上翩翩起舞，年轻时那种强度的动作自然是完成不了了，他把舞蹈改编成适宜他目前身体情况的风格，少了飞扬跳脱，多了沧桑磅礴，自成一番风味。

林梦脑中闪过周施绮从前跳舞的片段，平时的他内敛清雅，可是只有在舞台上，他才会散发那种不可言喻的夺目神采，像一把被开了光的利刃。

林梦看得有些出神，连周施绮已经从浴室出来都过了好一会儿才发现，周施绮站在沙发边上，望着电视里起舞的身影，眼中明显流露出一丝神往，被她捕捉到。

节目播完了，林梦关掉电视，从上至下扫视了周施绮一圈，他穿着客栈为客人准备的宽松睡衣，一派休闲模样，可林梦却觉得哪里不对劲。

"周施绮，你放轻松。"

他揉着尚未吹干的湿发去烧热水，"我怎么了？"

"你在家里也这样吗？"

周施绮不解地看着她。

"戴着义肢。"

林梦竟就这样直勾勾说了出来，连她自己都没想到。

房间里很安静，安静到他们能听见自己的呼吸声，直到水烧开，热水壶发出啪嗒一声，才打破了死一般的沉静。

周施绮倒了两杯热水，一杯给自己，一杯给林梦，然后在她身边坐下，默默吹着杯子里滚烫的水。

周施绮当然是喜欢她的，林梦作为一个女子，能感觉到，但他每次都是发乎情止乎礼，除却君子秉性，也许他的腿才是终极障碍。

林梦觉得，不能再这样下去，要么生，要么死。

他手里那杯水已经被他吹得没那么烫了，他递给林梦，又被林梦放在桌子上。

"周施绮，我说过，我已经接受你了，是完全接受，连带你的残缺一起接受。"林梦的眼神无比真诚，"让我看看它。"

这样的眼神像一把穿透一切的利刃，让周施绮不得不折服，他只是短暂地犹豫了一会儿，而后卷起宽松的裤腿，再是松开接受腔，摘脱义肢。

他的动作很缓慢，却很稳，他当然明白这意味着什么，两人若要长久相处，这一关不过不行。

当那一截人工假肢离开他的躯体，他长长呼出一口气，就像终于去除所有伪装，既虚弱又坦诚，既无奈又无愧，百感交集。

然后他看着林梦，那眼神怎么说呢？像一只主动卸去獠牙和利爪的野生动物，任人宰割，听候发落，无怨无悔。

林梦看着那空荡荡的半截裤腿，问道："还会疼吗？"

他摇摇头，"时而阵痛也只是心理作用。"

"你平时在家怎么活动？"

"有拐杖，而且家里活动范围小，我单腿也够用了。"

他习舞多年，平衡力自然好。

"义肢戴久了会不会不舒服？"

"嗯，毕竟不是自己的东西，设计得再好也会产生摩擦。"

"那你以后单独和我一起的时候，就别戴了，我希望你舒服些。"

她的神情坦然自若，既没有嫌弃，也没有怜悯，仿佛只是在叮嘱他天热记得多喝水。这种态度令他自在，她没有异类化他，在她这里，他做回了一个平常人。

他当然明白她这么做，是为了自己。

当多巴胺退去，荷尔蒙消散，人类卸下一段关系最初的完美伪装后，能留下的，才是爱和尊重本身。

"好。"他应承道。

套房配的是一张大床，能躺四个林梦，现在是午夜十二点，她躺在床上睁大眼睛望着黑漆漆的天花板，毫无睡意，至于周施绮，则睡在床边临时添加的折叠小床上。

"周施绮。"她尝试着轻轻唤一声。

"嗯。"他答应得也很轻。

"你也睡不着啊？"

"嗯。"

"你看上去不像爱熬夜的人。"

"我确实不熬夜。"

"那你今天怎么了？"

他没立即回答，她问完就反应过来，自然是因为她在。

他避重就轻，"可能是因为床太小吧。"

以周施绮的身高而论，折叠床对他来讲确实迷你了些。

"那你陪我聊会天吧。"林梦提议。

"好。"

"汉服秀具体如何升级你想到了吗？"

"尹经理只是被你说动，还没最终确定给我们呢。"

"我无聊，先问问不行啊？"

"哦。"他乖得很，想了想说："其实上次在上海见到尹经理之后，我就大致有了思路，现在汉服秀比比皆是，可是每个地方的汉服秀都大同小异，无非是穿着古装走个秀，大家看个热闹，看完也就散了，浪费了这些服装背后上下几千年的文化结晶。要彻底跟别家不一样，就得从根本上改善，不能只是走秀，得加入沉浸式表演，每一拨出场人物自带剧情，拿《牡丹亭》举例，表演者就得穿着明朝的服装现场演绎一出还魂记，不过这只是我初步的设想，具体能实现几成还不知道。"

林梦心领神会，"这样观众不光记住了衣服，也记住了衣服背后的故事。"

"或许用这种方式，才能真正激发人们对汉服的兴趣。"

"那故事内容得一期一换，现在的人接受新事物很快，但厌倦也很快，你得做好准备。"

"这个我也想到了，我从小跳过的古典舞没有上百也有几十，光是那里头就能变幻出好多故事，从前只觉得训练辛苦，不光形体和动作要做到完美，连带背后的意境也要心领神会，方能跳出神韵，没想到现在竟派上了用场。"

林梦话锋跟着思路转，"我在你家见过你收藏的那一排汉服，那都是你从小跳舞的演出服吧。其实你之所以愿意转换跑道去汉服领域，不过是曲线救国，究其根源，你内心深处，还是爱舞蹈。"她提议道："周施绮，你去参加那个舞蹈栏目吧。"

周施绮没有说话，不知是在思考还是不想回答。

林梦接着说："你刚才都在我面前单腿蹦了，你这么要体面的人，要放从前，自己也不敢想象吧？可是你看，只要迈出那一步，其实并不难。"

过了好一会，周施绮才淡淡道："嗯，你让我想想。"

林梦从被子里向他伸出手，"恭喜你，已经勇敢迈出了第一步，虽然只是精神上的，但也可喜可贺。"

周施绮借着月色握住了她的手，然后就再没放开。

她的手好软，今晚的月光好美，太湖边的空气好香甜。

一男一女两个人，一大一小两张床，床之间隔着距离，可两只紧紧握住的手，消除了那点距离。

遥想太湖初遇，那时的他俩怎么都想不到，半年后再来，会是这番光景。

再然后，小床上的人消失了，床之间的距离依旧存在，可人之间，却没了距离。

两具年轻的躯体纠缠在一起，在如此美妙的春夜，一切都是恩赐。

第二十三章
云胡不喜

　　TO C到TO B的转型尚未成功，但周记制衣确实"做大做强"了，除了本来的店面，现在还拥有了好多分店，事情还要从周施绮的直播说起。

　　基于汉服小裁缝的网络效应，众多关注他视频号的粉丝移步去绮梦网店下单，而陆续收到货的买家一致对产品给出好评，和别家差不多的价格，品质和品位却更高更好些，如何能不满意？随着口碑发酵，去看直播的汉服隐藏用户自然越来越多，就这样形成良性循环，现在绮梦网店已俨然成为汉服圈一股冉冉升起的小清流：不因网红效应恃宠生娇，踏实做产品。

　　周爸爸之前给出的方案非常奏效，老裁缝们手艺过硬，虽然刚上手时难免因为年纪大而闹出些小乌龙，被周爸爸训斥，但一旦进入状态，效率奇高，从前能给太太小姐们做旗袍，现在也能给年轻人做汉服。这些赋闲已久的老裁缝迎来事业第二春，不光能赚到钱，还能重新找到被年轻人需要的存在感，内心倍感欣慰，从而一传十十传百，不光附近一带，就连别的区的老裁缝也慕名前来加入，人多力量大，所以即便网店的订单量日益增大，也全然能应付。

　　然而第二个难题随之而来，人手增加了，场地也需要跟上，才能满足制作需求。这些老裁缝很多都是有店面的，而且从前那个年代，很多店面都是自家的，即便后来倒闭了，有部分店面也留着没有卖掉，周爸爸灵机一动，征用荒弃的裁缝铺，在门口挂上"绮梦"二字，当作网店的制作分店，租金另算，合理解决了这一难题。

　　整个网店的制作流程越来越正式，而随着人手大增，周爸爸也从手工层面解放了出来，成了这一群老裁缝的管理者，每日还要检查他们的工作成果，俨然一个小领导，这也令他觉得自己老来仍能发光发热，大感满足。

　　至于周爸爸对接的上线，自然是游游。游游负责对接客户和维护粉丝群，定期给制作部门下达工作指令和要求，再按时检查。不光如此，游游还让周施绮设计了绮梦网店的 logo，拿去注册，正式生成了商标。

　　和汉服小镇那边的合作也基本达成了共识，周施绮腿脚不便，秦天作为绮梦的商务代表，这些天拿着策划书于上海无锡两地奔走，大呼简直在和游游异地恋，相思成灾。不过付出是有成效的，周施绮提出的汉服结合古代故事的沉浸式演绎方案获得了景区主办方认可，签约在即。

　　眼看零售和商务端都渐成气候，太湖四君子对于绮梦品牌初步制定了一个三年小目标。首先，汉服小裁缝的直播是网店之所以能重新有起色的原因，所以直播不能断，就算再忙，也得抽出时间一周直播一次，回馈粉丝；其次，二十四节气系列的成功，让周施绮摸到了汉服使现代人容易接受的门道，他之后的设计都会在此基础上改进，初步计划是一月上新一个系列；其三，由于业务范围的扩大，原先的管理人手显然不够，游游计划从本地汉服社群中吸纳适合的人手加入绮梦，至于秦天，则从学校辞职，专职汉服事业，正式实现把爱好变为职业。当然，之后制作部也会根据需求继续筛选合适的裁缝人选，坚持纯手工制作，至于检测裁缝是否能称职的任务，自然是落到周爸爸头上。

周施绮从小是个要强的人，经历了三年的迷失后，现今他重返战场，重拾了对人生的自信，这一切都归功于汉服，可见热爱真的能救人于水火。作为绮梦的灵魂人物，他喊出了一个不算小的口号，三年内，要让绮梦成为全国最专业的汉服品牌，这是他的初心，也是他唯一可回馈的。

这其中最感老怀安慰的，莫过于林梦，她最初基于追求周施绮而起的无心之举，竟开花结果，可见人就是要敢想，连梦都不敢做，如何美梦成真？

此刻的她正站在商场礼品柜前，托腮欣赏忙于挑选礼物的周施绮。

时下流行少年感，女孩们的实力上来了，审美品位也有所转变，贪图少年清爽不油腻，耿直不世故，忠诚不虚伪。可林梦却觉得，所谓的少年感与年龄无关，也不是青春的皮相和甜言蜜语，而是一种期盼，是无论你到了人生的哪个阶段，他都能让你觉得世间美好才刚刚向你展开。

就比如当周施绮买好单，把服务员包好的礼物交到她手里的那一瞬，她心里简直千树万树桃花开，对人生下半程的憧憬多到漫出来。

周施绮拍拍她脑袋，"又在胡思乱想什么呢？记住，一会就说这是你买的见面礼，我爸妈一定喜欢。"

林梦感慨，"男朋友这么懂事，我真是老怀安慰。"

周施绮笑道："我第一次正儿八经带女朋友回家吃饭，不得不严阵以待。"

"有什么注意事项吗？"

"我爸你早就熟悉了，至于我妈，我跟她介绍过你，她对你挺满意的，就是……"

"就是什么？"

"就是她觉得你条件太好了，怕你不是认真的。"

林梦眉头一皱，挽起周施绮胳膊，"那阿姨也太低估她儿子了，走，向她揭露你的真面目。"

周施绮已经好久没见家里煮那么多好菜了，一桌子都摆不下，还跟邻居借了小桌来放果盘和点心，周妈妈不仅换了新衣服，竟还化了淡妆，连周爸爸都在老婆的逼迫下把自己最体面的西服穿上了，这阵仗，过年都没这么盛大。

周施绮小声跟妈妈说："妈，真没必要。"

周妈妈一手肘推开儿子，笑着对林梦说："梦梦，没什么菜，招呼不周，你随意啊。"

林梦："这还叫没菜？阿姨，你们家伙食太好了，我能天天来吗？"

周妈妈："欢迎欢迎。"

周爸爸想夹两筷凉菜吃，周妈妈在桌子底下踩了他一脚，他立刻把筷子放下。

周妈妈："梦梦，你快尝尝好不好吃。"

林梦尝尝这个又尝尝那个，越吃越兴奋，眉飞色舞道："阿姨，你手艺太棒了，有你这样的妈妈真幸福。"

周妈妈笑道："梦梦真会说话，好吃你就多吃点。"

林梦点点头，随即又觉得诡异，因为其余三个人都看着她吃，没人动筷。

林梦："你们也吃啊。"

周妈妈："吃，吃。"

在周妈妈示意下，两父子才敢开动，但也吃得相当斯文，根本放不开。

林梦放下筷子，"阿姨，我是不是给你们添麻烦了？"

周妈妈："当然没有，不麻烦的。"

林梦："这一桌子菜少说得准备半天吧，还有这些瓜果点心，太破费了，其实真的不用这么隆重，跟平时一样就行了。"

周妈妈："那怎么行？我们平时吃的东西你吃不惯的，不能怠慢了你。"

周施绮插嘴，"妈，真没事，我都带她去苍蝇馆子吃大排饭，她照样光盘。"

周妈妈瞪了儿子一眼，"你就不能带女朋友去好点的地方？连你爸带我出去吃饭都知道要找个环境好点的餐厅。"

周爸爸小声嘀咕，"我俩去哪吃饭还不是你定。"

周妈妈瞪完儿子又瞪老公。

林梦忍俊不禁，"阿姨，你们一家子都太可爱了。"

周妈妈："这一老一少没个正经，让你见笑了。"

林梦："叔叔，阿姨，我真的好喜欢你们家的氛围，跟你们待在一起就很开心，所以下次真的不用再这么见外。我是来跟周施绮处对象的，不是来当客人的，你们平常给周施绮吃什么，我就吃什么，否则，就是把我当外人啦。"

周妈妈有些语塞，"这……"

周爸爸："梦梦说得对，她又不是客人，是自己人，你别搞得紧张兮兮的。"

周妈妈："好吧，那你有哪里不习惯的，一定要告诉阿姨啊。"

林梦欣然答应，"好。"

更让周妈妈无措的还在后头，吃完饭后，林梦竟主动进厨房刷起碗来，周妈妈连连阻止，"梦梦你放着别动，怎么能让你干活？"

林梦："吃了那么多东西，干点活应该的呀，周施绮平时不帮你干活吗？"

周妈妈："他是他，你是你。"

周施绮吃着草莓无所谓地说："妈，她第一次上未来婆家急于表现，你就给她这个机会。"

周妈妈一巴掌拍在儿子背上，"你个臭小子。"

周施绮笑着把一颗大草莓塞进母亲嘴里。

外头周爸爸喊他，"小绮，过来帮我拿点东西。"

周施绮："来啦。"

周施绮出去后，厨房就剩下周妈妈和林梦，周妈妈见林梦那么娇贵漂亮的一个女孩，竟窝在小小的厨房里帮自家干活，又是心疼又是歉疚。

周妈妈："梦梦别弄了，还有这么多碗呢。"

林梦："阿姨，这活我不做完，等我走了，就得你做，你烧这么多菜已经很辛苦了。"

周妈妈："阿姨知道你是好孩子。"

林梦："其实我从小没帮我妈干过活，因为在我很小的时候，我妈就改嫁了，直到前阵子我才和她重遇，可总共见了没几面，她就因病走了。"

水流哗啦啦而下，冲刷着碗碟里的油污，周妈妈这才知道，原来这位千金小姐的身世竟有些可怜。

　　林梦："所以能帮你干活我挺高兴的，我没有妈妈了，帮你干活的时候，就好像在帮自己的妈妈干活一样。"

　　周妈妈柔声道："梦梦，你要是愿意，可以把我当成自己的妈妈，什么时候想阿姨了，随时欢迎你来。"

　　林梦笑着应道："好，阿姨，我还得谢谢你。"

　　周妈妈："谢我什么？"

　　林梦看着周妈妈，"我真的很喜欢周施绮，这辈子从来没这么喜欢过一个男孩，他真的很好，谢谢你生养出这么好的儿子，我一定会好好对他的。"

　　这晚周施绮随林梦回家过夜，林梦洗完澡敷完面膜，蹑手蹑脚掀开被子钻进周施绮怀里，这才发现他还没睡着。

　　"又失眠了？"她问道。

　　他睁大眼睛望着天花板，"我想不通。"

　　"怎么了？"

　　"你给我妈灌什么迷魂汤了？"

　　"啥？"

　　"我妈说我要是敢对不起你，就把我另一条腿也打断，你到底对她说什么了？婆媳关系从来都是老大难问题，老阿姨不应该这么好收买啊。"

　　林梦哈哈大笑，得意扬扬地说："怎么样周施绮，你们家全是我的友军，你就孤军奋战吧，斗是斗不过我的，高下立现。"

　　黑暗中但见他眼里精光一闪，"我让你看看清楚谁在上谁在下。"

　　他一个翻身，把林梦压在身下，林梦正要呼救，被他的吻结结实实堵了回去，再然后，呼救声就逐渐演变成了不可描述的呻吟声，回荡在暧昧的夜里……

《画嬗记》第二十六回

孟嬗按照肖绮的指示，一直往东走，夜去昼来，日头升起，看着前方的红日，逃出生天本该庆幸的她，心头却不知怎的，有些沉重。

眼看离哨所越来越近，她却逐渐体力不支，烈日炎炎下，更是头晕目眩，眼看快要支撑不住，却闻前头传来马蹄声，抬眼望去，见肖绮身着白衣骑在大马上向她奔来，难道她竟力竭至斯，产生了幻觉？

孟嬗再也支撑不住，倒了下去。

肖绮当然不可能赶来，待孟嬗转醒，发现自己躺在哨所驿站厢房的床上，照顾她的人是相府的锦秋少爷。

原来锦秋少爷奉圣上旨令，带兵缉拿肖绮一伙。早在上元灯会肖绮组织的刺杀行动被禁卫军拦截后，锦秋就暗中联系上了关外势力，那都是一群亡命之徒，犯了事被驱逐出皇城，只要有钱，什么都肯干，锦秋于是跟他们达成协议，若可相助一举擒获肖绮为首的逆贼，则不但重重有赏，还会设法让他们重回皇城。此次肖绮携亲信欲去关外休养生息，重整旗鼓，没料到等待他的将是一个陷阱。

孟嬗听得心慌，锦秋还以为她刚逃离虎口，惊魂未定，着她好生歇息，待他擒获逆贼立功归来，即刻迎娶她过门。

当晚，孟嬗途径锦秋厢房时，听得他和将士密议围剿肖绮之策，手段之残忍狠辣，令她胆战心惊。她身上还带着从肖绮处得到的半枚紫玉佩，想到肖家满门忠烈，蒙受不白之冤，连唯一的骨血也将遭毒手；想到和自己朝夕相处过的人儿将命殒异乡，此生再不复相见；想到别院里为她抚琴解忧的他，上元灯会上惊鸿一瞥的他，凄然对她说若有来生的他……

孟嬗的心隐隐绞痛，她再不可抑，趁天黑潜入马厩牵走军中最好的千里马，星夜奔程，她要制止这场屠杀，她要去给肖绮报信。

周施绮看完最新一期漫画，打开留言区，读者们七嘴八舌在上边发表意见。

"孟嬗好勇敢啊，为了所爱，不顾一切。"

"勇敢？傻气才对！放着好好的相府少爷不要，去追一个逃犯，这姑娘恋爱脑吧。"

"一腔孤勇，只走别人走不了的路，大女主都是这样的。"

"哎，这种女孩也就存在于漫画里，放在现实社会，都是宁在宝马车里哭不在自行车上笑，谁会舍弃富二代去跟一个穷小子？"

周施绮不自禁笑起来：林梦会啊，你们亲爱的作者大大。

什么样的人创造什么样的故事，林梦自己够勇敢，够果决，认定的事情绝无二心，若非她如此执着，恐怕自己和她早已分道扬镳。

这样看来，自己确实是不够勇敢呢。

正想着，林梦的微信就进来了：周末高小绵结婚别忘了，记得把时间空出来。

周施绮：没忘。

林梦：好看的衣服有没有？我希望你艳压全场，让女人们眼红，满足我的虚荣心。

周施绮：明天就去买！

林梦：啧啧，越来越上道了周施绮。

周施绮：你教得好。

林梦：孺子可教，高小绵的婚礼要不是西式的，你穿汉服来一定很好看。

林梦提起汉服，周施绮的目光就不自禁瞥向墙边，衣架上挂着一排他从前的战衣，一件件都记录着他的汗水和光荣，就像将军立下过的汗马战功，而此刻，它们只能在角落里孤独地老去。

被人揭下面具是一种失败，自己揭下面具却是一种胜利。

周施绮突然觉得，自己也许可以再勇敢一些，于是把心一横，从通讯录里找出一个号码，拨了过去……

第二十四章
迷梦背后

　　高小绵包下了一座超五星酒店用作婚宴场地，还请了设计师重新布置会场，把品味藏在细节里，低调又奢华。当天宾客济济，衣香鬓影，沪上商圈里叫得上号的人几乎都到了，还请到知名主持人来当司仪，排面十足。高小绵最终还是没有听取林梦的意见，选择了那件缀满珍珠的华贵婚纱，与喜不喜欢无关，这袭婚服全球仅此一件，要价高昂，是身份与财富的象征，既然是送给自己的婚礼，她自然一切都要最好的。

　　周施绮着一套天青色的休闲西服到场，西服料子垂坠，宽松飘逸，加上他自小习中国舞所培养出来的姿态气韵，在一众修身笔挺严阵以待的男宾中，显得云淡风轻，风度出尘，直如一股清流。

　　林梦从伴娘工作中寻出间隙，牵着他的手绕场一圈，享受来自女士们的注目礼，一颗虚荣心得到大大满足。

　　林梦："舒坦。"

周施绮："我表现得还可以吗？"

林梦："没想到你衣品还不错，这一身又出挑又不刻意，举重若轻。"

周施绮："婚礼这种场合，男士们不是穿黑就是穿白，而且很容易用力过猛，那么我就反其道而行之。"

林梦："啧啧，你个心机 boy。"

两人正嬉闹间，迎面走来邵梓秋和他的新女伴，新女伴很年轻，一脸乖巧清纯，像校园里品学兼优的校花。

邵梓秋又打扮得跟白马王子似的，极其骚包，一见林梦就开始挑事，"林梦，你个伴娘不好好陪着新娘，出来瞎晃悠什么。"

林梦："新娘子都没有意见，你哪来那么多话？"

邵梓秋瞄了周施绮一眼，"少见一会小白脸又不会被人抢走。"

林梦不甘示弱，怼回去，"幼齿成这样的你也下得去手，新女朋友成年了吗？"

女孩连忙解释，"我不是邵总的女朋友。"

邵梓秋："这我公司新来的实习生。"

林梦："实习生为什么要陪你参加婚礼？"

邵梓秋哑口无言，幸好女孩机灵，替他解围，"我刚来上海，不认识什么人，邵总人好，说带我见见世面。"

林梦一脸不信，不过是老渣男骗小女孩的惯用伎俩罢了。

女孩接着说："原来你就是林梦姐姐，邵总老提起你。"

林梦："他在背后说我什么坏话了？"

女孩："没说坏话，都在夸你，说你是唯一一个让他念念不忘的前女友。"

周施绮宣示主权似的拥住林梦的肩，"感谢你对我现女友的赞美。"

女孩："林梦姐姐，你男朋友好帅啊，是演员吗？"

林梦毫不谦虚，"他帅气的程度确实不输演员，但他不是演员。"

邵梓秋送这对不要脸的臭情侣一个大大的白眼。

女孩看着周施绮，"这个哥哥有些眼熟……我想起来了，你是网上很火的那个汉服小裁缝，我看过你的直播。"

周施绮："谢谢支持。"

邵梓秋开始说风凉话，"啧啧林梦，你果然是林叔叔的女儿，好会打算盘，前期给小白脸投点小钱，后期让他做汉服给你挣大钱，放长线钓大鱼，人财两得啊。可怜小白脸还以为傍上富婆，搞了半天还得自己卖力干活，真是羊毛出在羊身上。"

林梦挽着周施绮假笑，"他愿意给我剥削，你羡慕啊？"

周施绮附和，"对，乐意之至。"

邵梓秋做了个呕吐的表情。

女孩："小裁缝哥哥，我在网上看过一些你的视频，你从前好像是跳中国舞的，怪不得这么适合穿汉服。"

林梦有些担忧，虽说周施绮对自己的残缺已经没那么忌讳了，但不代表他能在外人面前做到完全坦然。

然而周施绮只是微微犹豫了一下，而后不卑不亢道："我从前是个舞蹈演员，不过三年前遭遇一场严重车祸，之后就再也不能跳了。"

曾经羞于启齿之事，他已经敢面对了，林梦赞许地看了周施绮一眼。

邵梓秋却不知为何脸色一变，问道："你三年前什么时候出的车祸？"

周施绮："六月十八号，就是我得金莲花奖的同一天，我不会记错。"

邵梓秋的脸色更难看了。

这时，主持人上台开始讲笑话活络气氛，林梦便也回到伴娘团，簇拥着新娘进入会场。

会场中央搭建了一座高高的玻璃栈桥，从大门一直延伸到主舞台。婚礼进行曲响起，华贵无方的高小绵在众人的注目下缓缓走上玻璃栈桥，珍珠礼服的裙摆拖拽得老长，由林梦和另外一个伴娘在后头负责提裙。

林梦自高处捕捉到一抹天青色的高瘦身影，站在栈桥边，笑盈盈望着她，他没有落座，也许是为了方便她看到自己吧。林梦对周施绮笑笑，目光扫到前排最佳观礼位，本应坐在那里的邵梓秋却不知去向。

走到一半，射灯自上打下来，无数花瓣伴着灯光从天而降，强光晃得林梦有那么瞬间睁不开眼睛，等她再睁眼，却不慎被裙摆绊到鞋跟，一个没站稳，从高台上摔了下去。

林梦像陷入一个无底的黑洞，一直往下掉往下掉，掉入深渊一处湖水里，这才止住。她从水里钻出来，见湖边站着一个人，一身白衣，风姿绰约，她往他那边游过去，伸出手让他拉自己，却见他面色冷酷，袖手不理。

突然湖水消失了，她继续往更深的地方坠去，梦到过的各种古代场景垒在一起，像一层一层的高楼，她从上至下穿越，每穿越一层，那曾经鲜活过的场景就化作废墟，云散烟消。

当那些场景全部消散，她像生出浮力一般漂浮在黑暗的半空中，面前出现周施绮的身影，他的模样和梦中公子叠在一起，时古时今，徐徐向她走来，嘴里唤她，梦梦。

她忙不迭答应，却见四围突然透出光明，路灯、车辆、行人，原来她所在之处是一个十字路口的上空，而身着白色汉服的周施绮正横穿马路，此时一台车辆超速，将将从他前头擦过去，她惊呼好险，本以为没事了，可紧接着又一辆车风驰电掣般冲过来，速度更快，半空中的林梦尖叫着让周施绮快跑，他却哪里听得见？

车头灯一闪，他整个人被撞飞起来，在半空中和林梦擦肩而过。

林梦能看清他惊惶的脸，看清他染血的白色衣袂，她伸出手想捞他，她的手却跟没有实体似的自他身上穿过，她再怎么努力都是徒劳。

周施绮终于落到地上，以一种常人做不到的扭曲姿态，大量鲜血从他身下溢开，他一动不动，像一具被玩坏的破碎玩偶。

林梦被这个画面击溃，失声大哭，终于哭着从梦中醒来，原来她在一家中医院里，而跟前好端端守着她的，不是周施绮是谁？

她哭着扑进他怀里，牢牢抱紧他，"吓死我了，我梦见你……梦见你……"

他轻拍她的肩膀安抚，"噩梦而已，我不是好好的吗？刚才我去给你拿药，回来见你睡着了，就没有吵醒你，想让你再睡会。"

林梦的情绪逐渐稳定了，"自从那天在婚礼上摔下来撞到头后，我的头就经常疼，我是不是摔成了脑震荡啊？"

"别胡说，你脑子好着呢，医生说你前阵子太操心，积郁已久，精神过于紧张才引发头疼，吃点安神的中药调理就行。"

两个人手牵着手往医院外走，周施绮叮嘱道："你以后真的要小心些，这么大个人了，还虎头虎脑的，幸好撞得不严重，要是撞傻了，我下半辈子不得照顾一个傻子？"

林梦答应道："知道啦……不过刚才那个梦，实在太逼真了。"

"梦而已，别胡思乱想。"

林梦回想起适才梦里的画面，心念一动，问道："三年前那场车祸你伤得这么严重，最后是怎么判决的？”

周施绮的脚步顿了顿，语气虽然平静，可仍能感受到他克制之下的愤怒，“肇事者当场逃逸，至今无从追究。”

“路口都有监控的，而且在那样的闹市区，真要追查起来，不可能一点痕迹寻不到。”

周施绮冷笑，“我何尝不是这样想的？可无论申诉到哪里，最后都告诉我们查不出来。”

“这是为什么？”

“还能为了什么，犯事的人手眼通天，定是有头有脸的人物，才有本事把事情压下去，我们这些小老百姓一没钱二没背景，就算不服，又能上哪说理去？”

林梦捏了捏他的手，以示抚慰，“这种人自有天收。”

林贵华前几天出差下厂子视察去了，对于高小绵给出的方案，他最初是抵触的，心高气傲如他，临老怎愿意屈居人下为人打工？但也找不到更好的解决办法，便只得从了，这天在林梦陪同下上律所正式签约。

协议是三方的，邵梓秋那边却只派了代表律师来。其实自打高小绵婚礼之后，邵梓秋就似乎有些避着林梦，林梦虽觉得有点奇怪，却也没放在心上。

走完流程正是饭点，高小绵提议一道吃个便饭，预祝注入新血液的君斯能发展顺利。

林梦：“你们去吧，我约了男朋友。”

高小绵：“让小周一块来啊。”

林梦瞧了瞧父亲，林贵华虽没有表示反对，可脸色不善，人的掌控欲是和能力成正比的，现如今君斯沦为赚钱还债的打工仔，他傲气大挫，气焰有所收敛，再者也拗不过女儿，这方面只得睁只眼闭只眼。虽然绮梦网店现在发展得不错，可林贵华对周施绮这样出身的人依旧是不满意的，偏见不可能在一夕之间消除。

多一事不如少一事，林梦婉拒，"不了，我们早就约好了。"

高小绵："年轻人的爱情，容不下旁人，令人羡慕哇。"

行至停车场，一辆正往外驶的车闪了几下车头灯，林梦被强光一晃，眼前突然一黑，浮现出周施绮染血的脸，一睁眼，没了，一闭眼，又出现了，快闪片段般冲击着她的头脑，撕扯般疼痛，她捂着脑袋一脸痛苦。

高小绵扶着她，"怎么了梦梦？哪里不舒服？"

林梦："头好痛。"

高小绵："要不要带你去医院？"

林梦："我包里有止痛药。"

林贵华从车里取来水，喂林梦服下药，又让她坐着休息了一会儿，情况有所缓解。

高小绵："结婚那天我可被你吓死了，从那么老高的地方摔下去，还撞到头。"

林梦笑道："幸好我皮实，还能爬起来坚持把流程走完。"

高小绵："你可别掉以轻心，撞到头可大可小，还是得再去复查几次。"

林梦："周施绮盯着我，里里外外检查三次了，啥事没有，就是经常头疼，也找不出原因。"

林贵华喃喃道："你的头痛症不是早就治好了吗？怎么又发作了？"

林梦惊讶，"我得过头痛症？"

林贵华点点头，"这事你既已忘记，我也就没必要再提。"

林梦："那我是怎么被治好的？"

林贵华："我找了权威的心理医生帮你做治疗。"

林梦："什么时候的事？"

林贵华："三年前。"

三年前帮林梦做催眠治疗的医生姓崔，是业内顶级专家，不过去年退休了，现在在杭州享受退休生活。林梦和崔医生约好了见面时间，周施绮放心不下，也陪着一道去。

坐在赴杭州的高铁上，林梦望着车窗外快速后退的景色出神，三年前到底发生了什么？她莫名其妙患上头痛症，不断梦见和周施绮长得一模一样的白衣公子，还有邵梓秋曾对她说过，三年前我要是没出事，没去国外，我们现在会不会不一样？

虚空中似有一根绳索，越织越密，像一张网，无形中把很多看似毫无关联的事连接在一起，千头万绪，她一时理不清因果，只觉得头部又隐隐作痛起来。

周施绮递给她一杯热水，握紧她的手。

她望着身边人，未知的恐惧渐渐消散，她知道无论发生什么，他都会陪她一起面对。

崔医生住在西湖茶山上的一处院子里，坐拥湖光山色，景致好不迷人，然而林梦一路上山都惴惴不安，毫无心思欣赏沿途美景。

崔医生为客人泡了龙井，问清来意后，说道："三年前你的头部曾受过轻微撞击，但只是外伤，真正导致头疼的是心理因素，催眠世界代表人的潜意识，内心真正的恐惧和害怕都会在那里体现，我在催眠过程中帮你去除了不快的记忆，你的头痛症也就没再犯。"

周施绮："那为什么她最近又开始头疼了呢？"

崔医生指着角落里一盆不起眼的小花："看到那盆花了吗？"

　　林梦点点头。

　　崔医生："记忆并不能完全删除，我只是把它藏在你潜意识的角落里，让你留意不到它。也许因为你的头部受到二次撞击，刺激之下，使它从角落里又被翻了出来。"

　　周施绮："那现在该怎么办？"

　　崔医生："有两种选择。第一，再次接受催眠，消除记忆；第二，唤醒记忆，在现实里解决问题。"

　　林梦回答得相当果断："我选第二种。"

　　崔医生："你可以再考虑考虑，有些事情，不知道比知道轻松。"

　　林梦："谢谢您的建议，可是我逃过一次了，不想再逃第二次。"

　　催眠治疗就在茶林深处的茶室里进行，那里清幽宁静，空气里隐隐弥漫着从窗口飘入的淡淡茶香。

　　墙壁上挂着一副古代山水图，林梦盯着那幅画，一边回答着崔医生的问题，逐渐地，听觉和嗅觉变得灵敏起来，仿佛能听到几十里外的鸟叫虫鸣，能闻到山下人家正在烧饭的烟火气味，山水图里的景色也从二维变成三维，亭台楼阁都立体了起来，栩栩如生铺陈在她面前，身着白色汉服的周施绮从亭子里步出，她起身追了过去，须臾间，古代景致逐渐演变成都市里的霓虹高楼，她环视一圈，发现自己正处在一座大厦底下，而周施绮的身影也消失在钢筋丛林里。

　　那座大厦她认得，是上海一处私密性极强的高级酒店公寓，一辆大奔停在公寓门口，从后座下来一个女郎，穿着时髦，青春窈窕，提着一个精致的礼盒，正是三年前的林梦，她让司机在外头等候，自己刷卡上了楼。

　　林梦跟着三年前的自己进入电梯，她想起来了，彼时的她尚未跟邵梓秋分手，刚和游游提前结束旅游从外地回来，礼盒里头装的是为男朋友精心挑选的礼物。电梯门在高层打开，两个林梦一前一后走出来，走到最把边那间房门口，那里是邵梓秋为了离公司近，长期租下来的一个地方，作为他的女朋友，林梦自然拥有房卡。

为了给邵梓秋一个惊喜，三年前的林梦在事先未通知他的情况下到来，却撞破他跟一个冶艳女郎衣衫不整躺在地毯上，欲行不轨之事，而屋内满是酒气。惊喜变惊吓，她将礼盒砸在邵梓秋脸上，不理他的解释，夺门而出，他已经不是第一次犯错了，这次她再也不会原谅他。

她火急火燎下楼，邵梓秋一边披衣服一边追在后头，司机在吸烟区抽着烟打着电话，车子尚未熄火，她其实并未考到驾照，然而怒火中烧，想都不想，坐上驾驶座驱车离去，现在的林梦便也跟着钻进后座。

车子一路驱向马路，越开越快，后座上的林梦往后看，原来是邵梓秋驾着他那辆跑车紧紧追在后头，两辆车都横冲直撞，连续闯了好几个红灯。

突然，窗外一抹熟悉的身影闪过，虽然夜街喧嚣，但他是那么鲜明，一袭白色汉服，在人群里异常夺目，手里还捧着个金灿灿的奖杯，一脸欢欣地穿过马路。

她们的车辆从他跟前将将擦过，他避过了一辆违章车辆，惊觉好险，正放松警惕，车头灯一闪，他没避过第二辆。

正驱车的林梦因为听闻后头的猛烈撞击声而回头，一惊之下，自己的车也撞上围栏，她的头撞在方向盘上，幸好受气囊保护，只是皮外伤，她推开车门下去，目睹汉服少年被撞飞的惨状，见他以一种扭曲的姿势倒在地上，意识却是清醒的，睁大无辜又恐惧的双眼，看着她，似乎在向她求救。

她正要上前设法施救，车主在发现自己撞到人后，只是短暂愣了一会，而后踩尽油门加速逃离，车轮从少年一条腿上碾过。

她目睹这惨状，当即昏死过去。

马路中央，现在的林梦将一切原委尽收眼底，只觉无边恐惧蔓延全身。

崔医生在林梦眼前打了一个响指，回忆片段戛然而止，而她还在茶室，时间仅过去一小时。

这一小时，却是她人生里最难过的一小时。

崔医生递给她一张纸巾，示意她擦擦额头的冷汗，说道："希望你不会后悔你的选择。"

林梦失魂落魄地走出茶室，候在外头的周施绮立即迎上来扶着她，"怎么样？感觉好点了吗？"

她望着眼前人，这张脸和回忆里满面鲜血的脸重合，他本应拥有灿烂的人生，本应拥有肆意追求梦想的权利……

泪水从她眼眶里狂涌而出，她几乎是用尽全身心力般、从喉咙深处发出嘶哑的低鸣——

"对不起。"

第二十五章

无关迟暮

三年前的车祸逃逸案最终以林梦出庭作证而重新得到说法，邵梓秋在酒驾肇事后动用关系躲过追查，甚至逃到国外避风头，对此，被告直认不讳，被判处有期徒刑四年缓刑三年，林梦本人也因无照驾驶被判罚款以及行政拘留。

庭审结束后，林梦对邵梓秋说："对不起，但我必须这么做。"

邵梓秋下巴上的胡茬都长了出来，印象里他都是精致公子哥的样子，还从未如此颓唐过。

"你是不是等着我说，'你做得没错，犯了错就得认，做个堂堂正正的人'，林梦我告诉你，不可能，我就是这么个没担当的人，逃避责任只图舒坦。不过这几年我确实也过得提心吊胆，总担心事情什么时候会被捅出来，现在这样也好，起码不用再带着阴影做人了。"

"做过的事情就一定会留下痕迹，逃能逃到哪里去？但凡你还有良知，欠着别人总归是心里不舒服的。"

邵梓秋冷笑，"别光教育我，你先顾好自己吧，事情因你而起，周施绮真的能原谅你吗？"

别过邵梓秋后，林梦在法庭外的休息区域找到周施绮，他坐在梧桐树下的长凳上，闭目靠着树干，不知是在养神还是盹着了，安静平和，仿如画中人，阳光透过叶子的缝隙洒在他脸上，斑斑驳驳，风一吹过，光点晃动，证明这并不是一幅画。

林梦在他旁边坐下，他感觉到有人，睁开了眼。

林梦："我明天就去拘留所了。"

他好像听不见似的，也不看林梦，直直望着前方，自言自语一样，"怪不得经常梦见我，什么梦中公子，根本是你的梦魇。"

林梦三年前因为被周施绮撞车一幕所刺激，自此留下阴影，引发头痛心慌等精神症状，被崔医生催眠后隐去了这部分记忆，这才恢复正常。然而记忆虽暂时消失，周施绮的脸却在她脑海里挥之不去，他遇难时刚结束舞蹈比赛，身穿跳舞用的白色汉服，令人印象深刻，林梦每每在梦里见到的白衣公子，缘此而来。

所以根本不是什么命定的缘分，她是他命里的劫数才对。

周施绮似陷入沉思，林梦不敢触碰他，也不敢打搅他，过了好一会才低声问道："你能原谅我吗？"

她的语气非常虚，因为心里没底，因为就算他不原谅，也合情合理。

周施绮依旧跟没听到似的，反而问她，"拘留几天？"

"十五天。"

他掐了掐指头，不知在算些什么。

林梦以为他嫌自己被关的时间太短，说道："你要是不够解气，我可以把自己关在家里，你想关多久关多久。"

周施绮站起身来，"你先好好反思完这十五天再说。"

"那我和你……我们怎么办啊？"

她后半段声音小了，因为他已经走远了。

《画嬗记》第二十七回

孟嬗骑着千里马，日夜兼程，终于在中途截住了肖绮一行人，以防他们落入锦秋设下的陷阱，然而她怎么都没想到，这才是真正的陷阱。

原来锦秋根本没有串通境外势力，也根本找不到肖绮的去向，他知道若是直接问孟嬗，她定不肯说，所以才用这种方式引她去报信，偷偷跟在后头，一举包抄了肖绮及其部下。

锦秋骑在马上呐喊，"逆贼，你已被重重包围，插翅难飞，我劝你自行投降，还能留你一条全尸。"

肖绮铁骨铮铮，"休想，我肖家男儿宁死不屈。"

锦秋："既然如此，休怪我手下无情。"继而对孟嬗道："嬗儿，你做得很好，速速回来。"

孟嬗百口莫辩，锦秋派出几名贴身心腹保护她，其余火力，尽数向肖绮攻去！

肖绮等人虽神勇，奈何寡不敌众，逐渐败下阵来，一行人死伤惨重，眼看就要被一网打尽，紧要关头，残余部下以死护肖绮杀出包围圈，为肖将军留后。

锦秋即刻带兵追赶，孟嬗趁人不备，吹哨将千里马唤来，一跃而上，也追了过去。

肖绮逃到一处悬崖瀑布边，下头河流湍急，是阻隔皇城不受侵扰的天险之河，人称忘川，因为一旦坠入，再见面就是下辈子。

锦秋优哉游哉地看着无路可逃的肖绮，"认输吧，你是斗不过我的。"

肖绮冷笑道："锦秋少爷，你这么咄咄逼人非要把我逼上绝路，你就已经输了。"

锦秋眉头一蹙，"什么意思？"

肖绮："大抵自皇帝诞辰，孟小姐豁出去女儿家的名节护我，你就已经恨上我了吧？毕竟全皇城谁人不知她是你未过门的媳妇？然而你心心念念的女子，心里牵挂的却是我，叫你如何不恨？"

锦秋："一派胡言！嫚儿仁善，一时心软才救下你这狂徒。"

肖绮："我是否胡言你心里清清楚楚，你这么着急要置我于死地，因为你知道若我不死，孟小姐是断然不会回到你身边的。"

锦秋懒得再跟他费口舌，指挥弓箭手引弓准备，只待一声令下，便将肖绮射成刺猬。

关键时刻，孟嫚策马赶到，下马向肖绮狂奔而去。

锦秋挥手下令，万千箭雨中，肖绮用唇语对孟嫚说，"永别了，嫚儿"，然后仰面向悬崖下倒去。

这是他头一回唤她嫚儿，孟嫚恸哭着要随他而去，被锦秋拉住袍子，她脱下外袍，纵身一跃——

"肖绮，我来找你了。"

林梦在拘留期间完成了《画嫚记》最新一更，由于没有电脑，只得在纸上一笔一画画下剧情，用这种最原始的方式进行创作。

林贵华曾试过动用点关系提前把女儿捞出来，被林梦拒绝，她甚至连游游的探视也一并拒绝，比起周施绮这些年来所受的，这短短十五天的禁闭实在算不得什么，她因冲动无知间接酿成惨祸，这也教会她往后无论遇到什么事情，都得学会控制情绪，生而为人，在男女之情以外，还有更多需要背负的。

　　拘留结束那天，游游备上好吃的好喝的来接人，一脸心疼，拘留所里条件差，大小姐何曾受过这种委屈？本以为林梦甫一出来定会抱着她诉苦，不料林梦直接把一摞画纸递给她，正是在拘禁期间完成的画稿。

　　游游颤巍巍接过画稿，宛如一个老怀安慰的老母亲，就差没抹眼泪了，"身陷铁窗不忘奋进，简直是肖申克的救赎，梦梦你长大了，都过去了，以后会越来越好。"

　　林梦有些失望，"你一个人来的？"

　　游游知道她想问谁，却也只得如实点点头。

　　林梦颓然道："周施绮还是不肯原谅我。"

　　游游安慰她，"秦天说他最近挺忙的，好像要参加一个什么节目。"

　　林梦苦笑，"忙到女朋友重获自由都不闻不问？"

　　游游便不再说话，二人乘车回到林梦住所，半个月没人住，本以为屋子里多少会积些灰尘，可窗明几净，空气也清新，比她住时还干净些。

　　林梦问游游，"你中间来打扫过？"

　　林梦家用的是密码锁，游游是知道密码的，但是她摇了摇头，"没有啊。"

　　林梦觉得狐疑，走进卧室打算洗个澡换身衣服，却在床头柜上发现了一封信函，打开一看，里头是一张综艺节目的嘉宾函，嘉宾函上写了她的名字，地点在太湖汉服小镇，时间是今天傍晚。

　　林梦整个弹起，跌跌撞撞跑出客厅，"周施绮参加了什么节目？"

　　游游正在帮林梦整理衣物，"就是他班主任之前找过他，但被他拒了那档舞蹈节目，他不知怎的突然又回心转意，这两天好像在准备录制呢。"

　　林梦从行李里翻出身份证，也无暇再收拾别的，匆匆忙忙出门。

游游在后头喊，"才刚回家，你上哪去？"

"周施绮让我去找他。"

今天的汉服小镇和平时不太一样，太湖边的桃林里平地多出一个硕大的透明缸子，四四方方，装满了水，足有一间屋子那么大。节目组的工作人员围着大水缸忙忙碌碌，正在做正式拍摄前的筹备工作。

湖边临时搭建出的休息棚里，周施绮对着镜子里的自己出神。

他身上穿着自己设计的纯白汉服，距离上一次跳舞，已经是三年前。这三年里，别说练习，跳舞这两个字对他而言，简直是禁忌。镜子里的他和当年相比，少了意气风发，多了沉稳内敛，岁月从他身上拿走了一些旧的东西，又送给了他一些新的东西。

导演走进棚里，拍拍他肩膀，"小绮，别紧张，虽然今天是直播，但你已经在泳池里彩排过好几次了，没问题的，放轻松些，这次还得多亏你，不仅提供了创意，还拉来了景区赞助。"

周施绮淡淡道："不客气。"

导演看着他汉服下空荡荡的半截腿，面露惋惜，"我看过你比赛的视频，做了这么多年舞蹈栏目，拍过那么多舞者，你真的……太可惜了。"

"导演，你这一生，可有过最骄傲的时刻？"

导演想了想，感慨道："我的节目曾经差点拿了综艺大奖，和第一名就差几票，太遗憾了，不过纵使最后败北，想起来也算是我职业生涯的巅峰了。"

周施绮笑了笑，"我曾以为我最骄傲的时刻，定是三年前荣膺金莲花奖的时候，毕竟我这漫漫余生，也许再也攀不到那个高度了，可现在却觉得不是这样的。"

他看着镜子里的自己，"人这一生，最骄傲的一刻并非是功成名就荣耀加身，而是从悲叹和绝望中釜底抽薪，以孤勇和意志迈出逆境，重新生出对人生的挑战心。"

林梦赶到太湖时恰是落日时分，被火烧过的天空，映得湖面红霞一片。

她向工作人员出示嘉宾函，顺利进入拍摄现场，往桃林深处走出一段路，骤见一个巨大透明水缸出现在前方空地上，缸沿上站着她再熟悉不过的人儿，黑夜里的白衣公子，白日里的周施绮，晚风送来桃花香，也吹拂起他的衣袂，他心无旁骛低头盯着水面，高高矗立着，在这落日余霞里，直如天降的谪仙。

古风音乐响起，她的心也提到嗓子眼。

只见周施绮轻轻往前一纵，落入水中，很快沉到缸中央，并没有再漂浮起来，他在腰间绑了重物以抵抗部分浮力，而后，随着音乐翩然起舞。

水里的动作应该比在陆地上缓慢些，然而于他却似丝毫无损，他想快就快，想慢就慢，灵动悠闲，随心所欲，原本残缺的那条腿在水里竟也不构成影响，反而使他看上去像一尾灵活的人鱼，又魅惑又神圣，汉服衣摆随着他的动作一收一放，像白玉做成的云朵，而他像神祇，落日、春风、桃花、山色、湖光，万事万物都听他号令，在他指点间，为他服务。

在场所有人都被这前所未见的舞蹈所震慑，神仙应该在天上，怎么会在水里？

可惜他毕竟不是真的神仙，水缸一角有换气的管子，他游过去吸了几口，然后回到中央，正要继续跳舞，突然表情惊恐，全身痉挛，掐着自己的脖子，似很痛苦的样子，而后一下子泄了力，歪着头昏死在水中央，音乐声也戛然而止。

林梦惊呼出声，冲了上去，没等她迈出几步，音乐声重新响起，从刚才轻灵飘逸的风格，换成了昂扬奋进的风格，水中的周施绮猛然睁眼，而后奋力捶打水缸，凡是他捶过的地方，都有一束红色灯光自外照过去，很快，所有射灯都照向水缸，视觉上看去，就像被一团火焰包围着，熊熊燃烧，水火两重天。

周施绮的舞姿也从优雅转为激烈，在痛苦中求生，七情上面，刚才还是谪仙，现在就成了水火中备受试炼的凡人。

音乐起到最激昂处，周施绮扯开当胸的衣服，以一种不屈不悔的大无畏姿态，定格。

林梦望着水与火中重生的周施绮，看呆了。

这支舞蹈时长虽不长，难度却很大，既要屏气，又要抵抗水的阻力，中间还要变幻风格，再加上天气乍暖还寒，从冷水里出来的周施绮披着浴袍捧着姜茶，正在休息棚里取暖，摄制组其余人员在外头善后。

林梦小心翼翼掀开棚子一角，弱弱地问道："我可以进来吗？"

周施绮闭着眼睛休息，没理她。

她自问自答，"那我进来啦。"

她把一个热水袋放在周施绮腿上，他不理她，她往他身上盖了一层衣服，他还是不理她，她拿起毛巾，仔仔细细帮他揉干湿发，他说话了。

"你能不能安静一会儿？"

她有些歉疚，"我弄疼你了吗？"

他又不理她了。

休息棚里别的椅子都被搬出去做其他用途了，林梦只得在他身边蹲下，委委屈屈说："我知道，你还在生我的气，你就是不肯原谅我。"

他依然闭着眼睛，"你知道就好。"

林梦胸口涌出一股气焰，也许是刚才的舞蹈给了她孤勇，也许她本就是个如此执着之人。

"我确实是错了，可是错已铸成，人生也没有后悔药吃，我已经想好了，我是不会放弃的，你不肯原谅我，我就一直守着你，直到你原谅我为止。"

周施绮直到此刻才终于睁开眼，"这是你被关半个月悟出来的道理？"

林梦用力点了点头。

"那么我告诉你，我是永远不会原谅你的。"

林梦一颗心凉了半截。

"老天夺去了我最宝贵的东西，又让我遇上你，我本以为是一段缘分，现在明白了，你是来还债的，这笔债可重了，重到你倾家荡产，还很多很多年都还不完。"

他定定望着她，"林梦，你做好用下半辈子偿还的准备了吗？"

林梦先是一怔，之后才反应过来，心中狂喜，正要说什么，被周施绮打发出去，"姜茶凉了，去，帮我续一杯热的来。"

她接过杯子欢天喜地出去了，只觉这一生，从未被人使唤得这么快乐过。

天上明月初升，人间白日喧嚣偃旗息鼓，而她和他的故事，才刚刚开始。

第二十六章

人间惊鸿客

《画嬗记》最终回。

话说宁国府千金孟嬗和相府少爷锦秋自小定下娃娃亲，可这年到了该成婚的年纪，孟嬗却突然患上心病，总说在梦里遇到一名白衣公子，念念不忘，是以不愿嫁给锦秋，孟老爷请遍名医，也无法根治女儿的心病，婚事只得姑且作罢。

也是自这年起，孟嬗身上突然多出半枚紫玉佩，她怎么也想不起这玉佩自何而来，只觉得分外宝贝，随身携带，看久了心里又痛又爱，不知何故。

原来孟嬗那日坠入忘川河后被救起，虽捡回一条性命，却失去了记忆，把和肖绮经历过的一切都忘了，只隐隐约约觉得心里缺了重要的一环，肖绮虽从她记忆里消失，却潜入梦里去，夜夜伴她入眠。

三年弹指过。

这天是佛诞，孟夫人为祈求女儿的心病早日康复，带着孟嬗去刚落成的玉佛寺祈福。孟夫人潜心向佛，祈福仪式也极尽烦琐，闷得孟嬗哈欠连天，于是趁众僧涌入祈福殿诵经行礼的环节，偷偷溜了出去。

玉佛寺位于皇城中心位置，出了后山就是市集，孟嬗自从患心病后被家人严加看守，如非必要不许她出门，她天性爱热闹，难得自由，自然是到处转悠，流连忘返。

前头有卖冰糖葫芦的，她兴冲冲跑过去买下一串，一口咬下，嘎嘣脆，又甜，心情大好，忽闻后头悠悠然传来熟悉的声音，亦幻亦真，宛如天籁，竟似从梦中而来——

"先生，我这紫玉从来只有一半，且帮我断断怎么回事。"

光华流转，时移世易，漫画里的人物从纸上走进现实，实景舞台上，孟嬗和肖绮的戏还在继续。

扮演孟嬗的林梦循着声音来处而去，一个算命摊前，周施绮扮演的肖绮正虔诚向算命先生请教。

算命先生："公子能否详言？"

肖绮："三年前我自河边被救，前事尽忘，唯有身上这半枚紫玉佩，每每看到，又觉怀念，又觉心痛，想来应和我的过去有关。"

算命先生一捋胡须，"前尘已逝，纠结只是徒增烦恼，所谓破镜重圆，凡人来世上辛苦一遭，无非为寻找缺失的另一半，你这玉佩也是一样。"

肖绮："那我何时能寻到？"

算命先生："冥冥中自有安排，公子莫急。"

肖绮付完钱起身，围观看热闹的都觉得算命先生是个骗子，一顿胡诌，说了跟没说一样，觉得无趣便散了，唯有红衣少女站在原地不动，怔怔望着肖绮，手里还拿着一串咬过一口的糖葫芦。

肖绮正觉此女面善，见她自腰间取出半枚紫玉，和肖绮身上那半枚正好拼成一整块，严丝合缝，肖绮大惊。

孟嬗："这位公子，我们在梦里见过。"

两相凝望，画面定格在破镜重圆的那枚紫玉佩上。

古风音乐响起，所有参与演出的演职人员尽数登台，台下掌声雷动，还有观众举着"绮梦"灯牌应援，庆祝由漫画《画嬗记》改编的大型实景情景秀首演成功。

林梦和周施绮带领台前幕后所有工作人员向观众谢幕，双手紧紧交握，在鲜花和掌声中对望一眼，默契尽在不言中。

距离周施绮太湖边的水火舞，已过去三年，这三年间，他因精妙绝伦的水火间一舞在全网出圈，当网友得知这个会跳舞的汉服小裁缝背后的故事，更是感慨他的身残志坚，周施绮从汉服圈的网红，一跃成为现代青年的励志榜样，声名鹊起，成为半个公众人物。

周施绮主刀设计的"绮梦"汉服品牌也随着主人的名气大增而正式从小众迈入大众视野，由于精良的创意和丰厚的文化底蕴，再加上经过他的改良，更适合现代人穿戴，是以跃升为备受年轻人追捧的国潮品牌。为了扩大汉服文化的影响力，周施绮还尽可能压低了成本，薄利多销，务求使人人都穿得起正宗汉服，这也令绮梦稳站汉服产出的销量榜首。至此，周施绮正式成为汉服界的代表人物，也让绮梦成了国内最专业的汉服品牌，实现了他当初许下过的三年为期的事业目标。

林梦脑子活络，顺势将当初的玩笑话变成了现实，将"绮梦"引进君斯，成为一条独立的汉服元素线。"绮梦"后来成了品牌最赚钱的副线，在帮助君斯还清债务上建了大功。

汉服小镇经过三年时间的发展，已成为长江以南最具规模的汉文化景区，慕名而来的游客众多，大部分都是冲着别具特色的灯光汉服秀而来，这秀的特别之处在于每一场秀都是一个声色艺俱佳的古代故事，而且定期更换剧情，是以反复打卡的游客也不在少数。汉服秀的服装总监和艺术总监都是周施绮，由于这场秀的成功，之后找绮梦定制统一表演汉服的机构简直不计其数，由于忙不过来，只能推却一部分，现已升职为景区总负责人的尹经理庆幸自己当年是第一个和周施绮合作的，简直押宝押中。

　　林梦的漫画《画嬗记》由于在网上反响热烈，顺利被搬上荧幕，紧接着舞台剧、音乐剧等周边相关项目也一并进行开发。周施绮因为对汉服文化研究透彻，被剧组请去当汉服指导，这项工作后来成了他的副业。秦天现在是绮梦的商务总监，除了负责商务运营外，也成了周施绮的经纪人，游游则晋升为宣传总监，负责帮他们运营媒体和社群号，维护粉丝端。

　　林梦从前老笑话游游和秦天肉麻，可自打和周施绮感情稳定后，也迷恋上了撒狗粮这项运动，天天在网上秀恩爱，她和周施绮这组颜值又高，又都是在各自领域有一定知名度的人。主办方应粉丝呼吁，让两人上场主演由《画嬗记》改编的情景剧，这才有了太湖边这场首演。

　　首演结束后，演员在后台换衣服卸妆，林梦和周施绮共用一个休息间，周施绮帮她拆掉发套，她轻松地呼出一口气，"终于结束了，戴发套太难受了。"

　　周施绮提醒她，"这才是第一场呢，之后还有五场。"

　　林梦哀怨，"我为什么要自己来演这情景剧？"

　　这时游游带着秦天和几个十八九岁的女孩子来到门口，敲了敲本来就没关的门，佯装斯文，"能进来吗？"

　　林梦大白眼一翻，"少在外人面前装了，你平时进进出出什么时候问过我意见。"

一个女孩很兴奋地对同伴说，"林梦的性格跟我想的一样，又耿直又傻白甜，好可爱。"

秦天："梦梦，这几个是我从前学校的学生，她们都是你的忠实读者，专程来无锡看你首演的，想来找你要签名。"

林梦："没问题。"

林梦依次帮学生们在《画嬗记》的漫画书上签字，其中一个学生问道："为什么选择在汉服小镇进行首演呢？上海能找出不少比这好的场地啊。"

林梦朝周施绮努努嘴，"他是景区的艺术总监，场地是他拉的。"

周施绮笑着望向林梦，"因为这是我和林梦正式邂逅的地方。"

学生们一脸兴奋，然后纷纷拉着林梦和周施绮合影留念，两位主角有求必应，学生们满意离开。

游游叮嘱外头的工作人员把花篮搬去指定位置，对林梦说："高小绵真是大手笔，就数她送的花篮最大最多，款姐就是款姐。"

周施绮："她带着孩子在莫干山亲子游还没忘记咱们，有心了，替我谢谢她。"

秦天："她和袁海诚的离婚案拖拖拉拉小半年了，也不知道有结论没有。"

游游："袁海诚一开始当然不肯，但高小绵什么人物啊，早就抓住他把柄，他要是不从，就把他干的那些龌龊事捅出去，够给他商业定罪的，他无计可施，已经同意净身出户，从高达离职，并且放弃女儿的抚养权。"

林梦："这个吃软饭的，偷鸡不成蚀把米，活该，希望高姐姐回复单身后活得更精彩。"

游游："对了梦，还有一个人，今天也送了花来。"

林梦："谁啊？"

游游从手机里调出花篮照片，花朵中的贺卡上写着：替我向他转达，对不起。

林梦心下了然，把照片拿给周施绮看，虽然没有留名，但他们都猜到送花的人是谁。

林梦："这三年间他被限制自由，看来已经懂得悔过。"

周施绮淡淡道："犯下的错永远存在，岂是一句轻描淡写的道歉就能解决的，幸运的是我挺过来了，希望他也能好自为之。"

晚上，一行人在湖边小院吃庆功宴，少不了推杯换盏，吆五喝六，林梦中途收到父亲林贵华发来的消息，是一张君斯本季财务状况的说明单。

经过三年稳扎稳打的努力，君斯已度过危机，虽尚未还清全部欠款，但从这张财务单上看，恢复自由也是指日可待。

林梦正打算给父亲回复，却意外收到林贵华发来的第二条消息。

林贵华：有空带小周回家吃饭，就我们三人。

林梦心里闷闷的，眼眶有些发酸，说不清是感慨，还是压抑太久之后的高兴，周施绮正在接受导演敬酒，她便起身独自去湖边转转。

夜里的太湖与白日相比，又别有一番风情，铺满碎银的湖面，峰峦之上的山月，时值初春，空气里弥漫着新生的草木香，晚风送来氤氲的水汽，微微凉，马上又阴干，像处于一片封闭又安全的海边。

林梦曾经恨过父亲，恨完又觉得他很可怜，得是多么无爱的一生，才会把人逼至凉薄如斯，人这种生物，生下来就是要来爱的，他几十年营营役役，竟到老才懂得这个道理。

所幸他终于懂得了这个道理。

背脊一暖，她陷入一个坚实可靠的怀抱里。

　　林梦觉得自己是幸福的，人生在世，爱过，也被爱过，如此真切而踏实地感受到自己活着。林梦觉得自己亦是幸运的，一段爱情好不好，从女孩身上就能看出来，二人相恋三年，她愈发自信有底气，因为背后的他宠她懂她爱她，维护她的自尊心，也给她做自己的勇气。

　　她仰面倒在他怀里，把后背安心交给他。

　　灯火虽近却晦，星光虽美却远。

　　而他既是遥远的星星，也是近处的灯火。

　　"周施绮。"

　　"嗯？"

　　"如果我们没有在这里重遇，你现在会怎样？"

　　"我不知道。"他想了想，"也许还是单身，也许还没从阴霾里走出来。但总有一天我会的，不管那个人是不是你，我会的，你呢？"

　　她笑了，"我也是。"

　　真正健康而长久的恋爱不是互相捆绑，也不是通过一场恋爱来治愈颓靡的人生，而是两个独立向上的灵魂互相为对方的生命增色添彩。

　　人生路行至此，现在的她是最好的她，现在的他也是最好的他。

　　而他们，会成为更好的他们。

　　凛冬散尽，星河长明。

　　"我爸喊我们回家吃饭。"她说。

　　"好，我们回家。"

　　（全文完）